Martin Meyer-Pyritz

Löschzug 7

Martin Meyer-Pyritz

Löschzug 7

Droste Verlag

Bibliografische Information Der Deutschen Bibliothek
Die Deutsche Bibliothek verzeichnet diese Publikation in der Deutschen Nationalbibliografie; detaillierte bibliografische Daten sind im Internet über http://dnb.ddb.de abrufbar.

Umschlag unter Verwendung von Fotos der FW 7 Düsseldorf: Dirk Wiesner (Coverbild), Zdenek Trunitschek, sowie des Autors
Satz: Fanslau Communication/EDV, Düsseldorf
Druck und Bindung: Clausen & Bosse, Leck
ISBN-3-7700-1170-8

www.drosteverlag.de

Inhalt

Vorwort

Liebe Leserin, lieber Leser!

In meinem ersten Roman *Der Feuerwehrmann* und in meinen darauf folgenden Werken *Brandgefährlich 1* und *Brandgefährlich 2* verwende ich immer wieder die Wortwahl *mein Chef.*

Sicher sind Sie mit mir einer Meinung, dass ich mit dem besitzanzeigenden Fürwort *mein* keineswegs den Anspruch erhebe, der Chef gehöre mir persönlich.

In diesen ereignisreichen Jahren habe ich mit meinen Feuerwehrkameraden unzählige Einsätze erlebt. Heute, da ich selbst Dienstgruppenleiter einer großen Düsseldorfer Zugwache bin, hat sich mein Aufgabengebiet erheblich verändert.

Wenn Sie darum in dem vorliegenden Roman *Löschzug 7* lesen, dass ich von *meinen Männern* oder von *meiner Wache* spreche, so bitte ich Sie, diese Schreibweise genauso wertfrei zu betrachten. Auch hier versteht es sich von selbst, dass mir weder die Männer noch die Wache gehören.

Auf einer Feuerwache bilden wir eine feste Gemeinschaft, in der jeder seine Aufgabe zu erfüllen hat. Wir geraten bei unseren gefährlichen Arbeiten immer wieder in kritische Situationen und werden von unterschiedlichsten Gefahren bedroht.

Die Rettung von Menschen war seit jeher meine wichtigste Aufgabe, aber jetzt wurde mir noch eine andere Pflicht übertragen. In meiner neuen Position als Dienstgruppenleiter trage ich für jeden meiner Männer eine große Verantwortung. Ich fahre mit 17 Mann in den Einsatz und möchte auch mit 17 Mann wieder auf die Wache zurückkehren.

Diesen Männern fühle ich mich in freundschaftlicher Weise zutiefst verbunden.

Ohne sie, ohne ihren Einsatzwillen, ihren Mut und Idealismus könnte ich als Einzelner überhaupt nichts ausrichten. In unserer Gemeinschaft hat daher jeder seinen ganz besonderen Wert! Jeder Einzelne ist gefragt, wenn es darum geht, unseren gefährlichen Job zu erfüllen.

Denn nur in einer gut funktionierenden Gemeinschaft sind wir stark genug zu retten, zu bergen, zu löschen und zu schützen!

Der Mensch hat
dreierlei Wege
klug zu handeln:
erstens durch
Nachdenken,
das ist der edelste,
zweitens durch
Nachahmen,
das ist der leichteste,
und drittens durch
Erfahrung,
das ist der bitterste.

Konfuzius

»Einsatz für Löschzug 7, vermutlich Dachstuhlbrand!«

Der Feueralarm verhallte in dem langen dunklen Gang, gleichzeitig flammten sämtliche Deckenleuchten auf. Sofort verwandelte sich das bis dahin diffuse Nachtlicht in ein kaltes, gleißendes Weiß. Gnadenlos riss der Vierergong die Männer aus ihren Betten.

Es war exakt 3.16 Uhr – von jetzt an lief die Zeit.

Wir hatten genau 90 Sekunden!

Bettdecken flogen zur Seite. In Windeseile zogen die Männer ihre Hemden und Hosen an.

Die Zeit lief – nur noch 68 Sekunden!

Rechts und links des langen Ganges wurden Zimmertüren aufgerissen.

Zwanzig Männerbeine rannten über den grau marmorierten Steinboden in Richtung Fahrzeughalle, während die Alarmdurchsage der Leitstelle erste Informationen über die allgegenwärtigen Lautsprecher in ihre Ohren hämmerte.

»Einsatz für Löschzug 7! Vermutlich Dachstuhlbrand! Kölner Landstraße XXX!«

Noch verharrten die großen Feuerwehrfahrzeuge wie mit dem Lineal ausgerichtet in Bewegungslosigkeit still nebeneinander.

Ein LF 24, ein LF 16 und eine DLK 23/12 – der komplette Löschzug der Feuerwache 7.

Das Licht aus mehreren langen Reihen Leuchtstoffröhren spiegelte sich in den reflektierenden Folien dieser modernen Großfahrzeuge wieder. Die Fahrzeughalle war jetzt taghell erleuchtet. Überall war es jetzt taghell, auf der gesamten Feuerwache.

Knapp drei Minuten würde dieses Alarmlicht aufleuchten, danach würde es sich wieder automatisch abschalten und die Wache erneut in die Dunkelheit dieser Nacht eintauchen, so als wäre gar nichts geschehen.

Aber bis dahin mussten wir längst mit eingeschalteten Blaulichtern und heulenden Martinshörnern die Feuerwache verlassen haben und uns auf dem Weg zum Einsatz befinden.

In der Fahrzeughalle sprangen die Feuerwehrmänner in die bereitgestellten schweren Lederstiefel, zogen die dicken Überhosen hoch, deren Hosenbeine schon über die Stiefelschäfte gestülpt waren. Dann warfen sie sich die dreiviertellangen Feuerschutzjacken über. Den Rest ihrer Ausrüstung mussten sie im Fahrzeug anziehen, die Zeit drängte.

Nur noch 24 Sekunden!

Längst hatten die Maschinisten der drei großen Feuerwehrfahrzeuge die stets angeschlossenen Stromkabel gezogen, die Pressluftleitungen abgekuppelt und sich auf ihren pneumatisch gefederten Fahrersitz geschwungen.

Fast gleichzeitig hatten sie die Zündschlüssel um eine viertel Umdrehung betätigt. Sofort leuchtete im Armaturenbrett eine lange Doppelreihe von rot und grün unterlegten Feldern auf.

Der Bordcomputer führte den Selbstcheck durch, prüfte sämtliche elektronischen Systeme und Aggregate. Zeitverlust – maximal drei Sekunden!

Alles okay – die Maschinisten drehten die Zündschlüssel weiter bis zum Anschlag durch. Die kräftigen Dieselmotoren starteten und die Luft schien zu erzittern.

Insgesamt 572 kW dröhnten gleichzeitig durch die Fahrzeughalle.

Mittels eines Funkimpulses öffneten sich jetzt die hohen Segmenttore. Unmittelbar darauf rollte der Löschzug 7 ohne Zeitverzögerung auf den asphaltierten Feuerwehrhof.

Nur noch 16 Sekunden!

Verdammt, das hatte mich bestimmt fünf, wenn nicht sogar sechs Sekunden gekostet.

Ich ärgerte mich, denn jede einzelne Sekunde ist überaus kostbar, wenn insgesamt nur 90 Sekunden zur Verfügung stehen.

Aber dieser Feueralarm hatte mich in einer totalen Tiefschlafphase erwischt. Solche kurzen Sekunden der Orientierungslosigkeit treffen jeden von uns immer wieder.

Jetzt galt es, noch schneller zu sein als gewöhnlich, damit meine Mannschaft nicht mit laufenden Motoren vor dem Ausfahrttor auf mich warten musste.

Ich rannte gerade durch die kleine Fahrzeughalle. Die Plätze, an denen hier gewöhnlich zwei Rettungswagen stehen, waren leer. Sie mussten sich bereits irgendwo draußen im Einsatz befinden.

Der erste RTW, der 7-83-1, fährt immer mit einer festen Besatzung. Der zweite RTW ist unsere erste Unfallreserve, seine Besatzung wird aus der Mannschaft des Löschzuges gestellt.

Also fehlen dir jetzt zwei Männer im Zug!, schoss es mir durch den Kopf.

Anstatt der üblichen zwölf stünden mir demnach für diesen Einsatz nur noch zehn Männer zur Verfügung.

Ich stieß die Metalltüre zum Vorraum unseres Büros auf.

Hier steht unser Alarmdrucker, der die Einsatzdaten ausspuckt. Das ist auch der Grund, warum ich nicht wie die anderen in die große Fahrzeughalle renne. Ich brauche diese wichtigen Einsatzdaten, und die erhalte ich nur hier. Außerdem hängt hier, griffbereit an einem Haken, meine Alarmjacke und darunter stehen meine Feuerwehrstiefel. Also raus aus den Schuhen, rein in die Stiefel und die dicke Jacke übergezogen.

Schon jagte der C-Dienstwagen mit meinem Chef, dem Wachvorsteher Klaus Wloka, vom Hof, jeden Moment musste das LF 24 vorfahren.

Schnell griff ich die ausgedruckten Alarmschreiben und eilte zur Türe hinaus, da rollten sie auch schon mit eingeschalteten Blaulichtern vor, lediglich die Martinshörner blieben noch stumm.

Vorneweg fuhr das LF 24, als nächstes folgte die Drehleiter und den Schluss bildete unser neues LF 16.

Draußen empfing mich ein richtiges Sauwetter. Die kalte Oktobernacht war äußerst ungemütlich, dazu war es stockdunkel und ein scharfer Nordostwind peitschte mir feine Regentropfen wie spitze Eiskristalle ins Gesicht.

Ich setzte mich rasch auf den hohen Beifahrersitz ins Führerhaus des ersten LF und schlug schnell die Türe hinter mir zu. Thorsten van Es, mein Maschinist, hatte das Löschfahrzeug kaum richtig zum Stillstand gebracht und trat nun erneut aufs Gaspedal.

Das Einfahrttor stand immer noch offen, die Ausfahrt war frei – nichts konnte uns jetzt noch aufhalten.

Restzeit 3 Sekunden!

Geschafft! Der Löschzug 7 verließ in geordneter Formation die Wache.

»Wir fahren Kölner Landstraße XXX, vermutlich Dachstuhlbrand!«, rief ich meinem Maschinisten zu.

Thorsten nickte: »Ich weiß Bescheid, das muss ungefähr in der Höhe der Tankstelle sein.«

Er war jetzt hochkonzentriert. Die Alarmfahrt forderte seine gesamte Aufmerksamkeit. Vor der ersten Kreuzung schaltete er das Martinshorn ein. Weit und breit war kein Autofahrer zu sehen, aber die Ampel zeigte rot. Der Lärm unserer Sirene riss sicher einige Menschen aus ihrem Schlaf.

Ich setzte meinen Helm auf und brummte: »Mistwetter«.

Dann zog ich den Sicherheitsgurt quer vor die Brust, presste den Verschluss ins Schloss und griff nach dem Sprechfunkgerät.

»Hier 7-46-1. Alles klar bei euch, Männer? Sind alle an Bord?«

Frank Brozulat, mein Drehleiterführer, meldete sich als Erster: »7-33-1 verstanden, wir sind bereit.«

Unmittelbar darauf meldete sich der Gruppenführer des zweiten LF, Roberto Schmittke:

»7-44-1 ebenfalls verstanden, aber mir fehlen zwei Männer.«

»Habe ich schon bemerkt Roberto, die sind mit dem RTW im Einsatz. Wen nimmst du jetzt in den Angriffstrupp?«

»Tofu und Kleffi rüsten sich aus. Und hör mal, ich kenne das Haus, ich glaube fünf oder sechs Etagen. Eckhaus, unten Geschäfte oben Wohnungen. Man kommt da auch über so'ne schmale Anfahrt von hinter ran. Ich schlage vor, ich bleibe mit unserem LF an der Ecke stehen und erkunde die Rückseite?«

»Gut Roberto, mach das und gib mir über Funk Bescheid.«

Damit beendete ich unser Gespräch.

Obwohl ich vorhin nur wenige Schritte bis zur Beifahrertüre des LF zurückgelegt hatte, waren meine Haare total nass geworden. Inzwischen spürte ich die kalten Regentropfen, wie sie unangenehm meinen Hals hinunterrannen. Draußen arbeiteten die drei großen Scheibenwischerblätter ohne Unterlass. Sie liefen bereits auf Stufe zwei, trotzdem war unsere Sicht miserabel. Während der bisherigen kurzen Fahrt hatte sich der Regen nämlich in Schneematsch verwandelt. In den Ecken der großen Windschutzscheibe schoben sich bereits erste kristalline Verklumpungen zusammen.

»Fahr bloß vorsichtig, das könnte glatt sein«, warnte ich meinen Maschinisten.

»Das **ist** glatt.«

Thorsten hatte kaum meine Warnung bestätigt, da hörten wir Robertos Stimme über Funk:

»He Leute, fahrt bloß vorsichtig, das ist sauglatt da draußen!«

»Haben wir schon bemerkt, danke.«

Besorgt blickte ich auf das sich verändernde Straßenbild. Innerhalb weniger Minuten hatte eine dünne aber äußerst gefährliche Schneeschicht den schwarzen Asphalt weiß gefärbt. Das sah gar nicht gut aus. Hinter mir im Mannschaftsraum hatte niemand Augen dafür. Meine Männer rüsteten sich mit Atemschutzgeräten aus. Und dazu mussten sie sich mächtig sputen, denn es blieb ihnen nur wenig Zeit. Wir hatten keine lange Anfahrt.

Isabel Friesinger hatte außer dem gleichen Nachnamen nichts mit der bekannten Eisschnellläuferin gemein. **Sie** hatte in ihrem jungen Leben noch nie solche, wie sie glaubte, »wackeligen« Kufen unter ihre Füße geschnallt und beteuerte stets energisch, wenn man sie scherzhaft auf ihre »Verwandte« ansprach, dass sie das auch künftig nicht vorhätte. Sportliche Ambitionen waren noch nie ihr Ding gewesen. Selbst als kleines Mädchen hatte sie sich vehement geweigert, ein Fahrrad zu besteigen. Neidlos hatte sie ihren gleichaltrigen Freundinnen zusehen können, wenn diese im Sommer auf ihren Rädern zum Schwimmbad fuhren.

Isabel hingegen hatte schon sehr früh ein Auge auf das andere Geschlecht geworfen. Dabei achtete sie geflissentlich darauf, dass ihre Auserwählten ein Auto besaßen. Allein dieser Umstand bedingte, dass **ihre** Freunde in der Regel erheblich älter waren als sie selbst, was jedoch weder ein Hindernis darstellte, noch sonderlich auffiel, denn mit ihren üppigen Proportionen wirkte sie wesentlich reifer als ihre gleichaltrigen Altersgenossinnen.

Isabel wechselte ihre Freunde auffallend oft. Jeder riss sich um sie. Sie war sich ihrer Wirkung auf Männer schon früh durchaus bewusst und setzte ihre Reize dementsprechend gekonnt und verführerisch ein. Im Laufe der Jahre erwarb sie sich dadurch allerdings einen recht zweifelhaften Ruf.

Während ihre Freundinnen nach und nach den Hafen der Ehe ansteuerten, wollte keiner der »übrig gebliebenen Freier« mit einer, die schon durch so viele »Hände gegangen war« eine ernsthafte Beziehung eingehen. Für diverse kurzfristige Vergnügungen stand Isabel natürlich weiterhin hoch im Kurs. Irgendwann beschloss sie, sich nicht mehr ausnutzen zu lassen.

Für gewisse »Freundschaftsdienste« verlangte sie von diesem Tag an einfach mehr als nur ein kleines Dinner bei Kerzenschein.

Ihr Erfolg war höchst fragwürdig, denn im gleichen Maße wie die Ersparnisse auf ihrem Konto nach und nach wuchsen, und das in beträchtlichem Maße, verkümmerte die geschundene Seele in ihrem kleinen missbrauchten Körper. Anfängliche Freundschaften traten mehr und mehr in den Hintergrund, niemand wollte noch ernsthaft etwas mit ihr zu tun haben – Isabel vereinsamte. Aus dem einstmals lebenslustigen, hübschen jungen Mädchen wurde eine verbitterte Frau. Geblieben war ihr nur noch das nackte brutale Geschäft.

Bisher hatte sie es konsequent vermieden, Freier mit in ihr Appartement auf der Kölner Landstraße zu nehmen. Heute war sie diesem Grundsatz erstmals untreu geworden. Aber Gerome war ja auch kein richtiger Freier. Klar, ab und zu schlief sie mit ihm, aber Gerome brauchte dafür nicht zahlen. Dafür passte er halt ein bisschen auf sie auf.

Eigentlich erstaunlich, dass Gerome immer noch so muskulös ist, dachte sie, denn er nahm seit mindestens acht Jahren harte Drogen und manchmal betrank er sich hemmungslos, so wie an diesem Abend. Isabel hatte ihn kurzerhand aus der Kneipe gezerrt und mitgenommen. Er hatte keinen Widerstand geleistet, denn der Alkohol hatte ihn außer Gefecht gesetzt. Gut, dass ihre Dachgeschosswohnung über einen Aufzug zu erreichen war, sonst hätte sie den 89 Kilogramm schweren Mann bestimmt nicht bis auf die sechste Etage hinaufgeschafft.

Total erschöpft ließ sie Gerome auf ihr Bett gleiten und warf sich erst einmal schwer atmend neben ihn. Nach einigen Minuten, in denen sie sich von dieser körperlichen Anstrengung erholt hatte, erhob sie sich und öffnete ihre eigene kleine, aber gut sortierte Hausbar. Isabel schenkte sich einen Scotch ein und hob lächelnd das Glas. »Prost Gerome.« Sie leerte das etwas zu volle Glas in einem Zug, anschließend begann sie, den kräftigen Mann zu entkleiden. Es war alles andere als einfach, aber schließlich hatte sie es doch geschafft. Schwer atmend betrachte Isabel jetzt den vor ihr liegenden, gut gebauten Körper.

Gerome hatte von alledem nichts mitbekommen. Er schlief tief und fest. Isabel warf noch einmal einen langen letzten Blick auf ihn und löschte anschließend das Licht. Dann knöpfte sie ihre Seidenbluse auf.

Schade, wirklich schade. Ich glaube gar, ich wäre heute bei dir schwach geworden. Aber in dieser Nacht konnte sie von Gerome kein amouröses Abenteuer mehr erwarten. Dennoch würde sie diese Nacht wohl nie mehr in ihrem Leben vergessen.

Unten in der Kneipe, aus der Isabel vor einer guten dreiviertel Stunde Gerome abgeschleppt hatte, braute sich derweil etwas zusammen. Tattoo alias Peter Schmalenbusch kehrte von der Toilette zurück, auf der er gerade Drogen genommen hatte. Er war erst vor zwei Tagen aus der U-Haft entlassen worden und hatte heute mit Gerome diesen Sieg gefeiert.

Aus blutunterlaufenen Augen stierte er jetzt auf den leeren Platz an der Theke, den Platz auf dem eben noch sein Saufkumpan gesessen hatte. Im Gegensatz zu Gerome konnte Tattoo seinen langjährigen Drogenkonsum nicht leugnen. Das zersetzende Gift zerfraß seinen ausgemergelten Körper, so wie es die Körper vieler junger Menschen gleich einem Krebsgeschwür zerstört.

Nachdem der schmierige Typ hinter der Theke mit unverhohlener Schadenfreude berichtet hatte, dass Gerome von

Isabel abgeholt worden war, kochte eine riesige Wut in Tattoo. Fast hätte er sie an dem Barmann ausgelassen, denn dessen hämisches Grinsen reizte ihn ungemein, einfach mal so kurz mit der Faust hinüberzulangen. Aber es waren nicht die Drogen, die ihn so aggressiv machten, daher beherrschte er sich. Außerdem konnte er immer noch klar genug denken, um zu erkennen, dass er bei einer Auseinandersetzung mit dem kräftigen Barmann den Kürzeren ziehen würde. Aber einer müsste heute noch dran glauben, und er wusste auch schon wer! Diese erneute Demütigung, die er durch Gerome und Isabel glaubte erfahren zu haben, wollte er diesmal nicht mehr einfach so durchgehen lassen.

Nein, diesmal nicht. Was zuviel ist, ist zuviel!

Wie oft hatte er schon Isabel umworben, aber jedes Mal hatte sie ihn abblitzen lassen, angeblich weil sie sich vor seinen Tattoos ekelte. Hatte nicht Gerome auch ein Tattoo auf seiner Schulter? Sogar eines, das er, Tattoo, ihm eigenhändig in seinem »Studio« eintätowiert hatte. Und Gerome, *dieser Drecksack,* wie oft hatte er dem schon geholfen? Wieso konnte der nur immer bei ihr landen, *dieser Schlampe.* Hatte Gerome ihm nicht erst heute Abend wieder beteuert, er würde da was für ihn arrangieren? *Und was ist? Da dreh ich dem Mistkerl nur für'n paar Minuten den Rücken, und schon haut der ab. Haut einfach so ab mit diesem Flittchen und lässt mich allein, so als wäre ich ein Niemand, ein Nichts! So ein Arsch. Was bildet der sich überhaupt ein? Und ich dachte wir wären Freunde.* Tattoo steigerte sich in seine Wut hinein, kippte noch ein paar Gläser eines billigen Fusels in sich hinein und beschloss, seinem »Freund« einen Besuch abzustatten. Er wusste ja, wo Isabel wohnte, jeder hier in der Szene wusste das.

»Das geht auf Gerome!«, rief er und verließ die Kneipe.

Der Barmann blickte ihm hinterher, ohne etwas zu antworten. Isabel hatte genug dagelassen, er konnte zufrieden sein.

Draußen regnete es und mit knapp über Null Grad Celsius war es empfindlich kalt. Peter Schmalenbusch spürte diese

Kälte nicht, die Droge in ihm tat ihre Wirkung. Manchmal erzeugte sie ein geradezu wahnsinniges, berauschendes Gefühl von unendlicher Freiheit, manchmal versetzte sie ihn aber auch in dunkelste Depressionen. Das waren die Horrortrips die er so fürchtete, denn danach ging es ihm jedes Mal hundsmiserabel. Das war ja auch Teil dieses Teufelskreises, man brauchte es in immer kürzeren Abständen. Früher, als er noch nicht Tattoo hieß, hatte er das bürgerliche Leben satt gehabt. Das spießbürgerliche Leben wie er selbst sagte. Heute gab es manchmal Momente, da sehnte er sich in dieses Leben zurück, aber er hatte längst keine Kraft mehr, sich gegen die verzehrende Sucht aufzulehnen und umzukehren. Wenn die teuflischen Drogen ihre Krallen erst einmal tief in das menschliche Fleisch eingegraben haben, lassen sie ihre Beute kaum mehr los. Früher hatte er als Graphiker sein Geld verdient, heute fertigte er Tattoos an. Davon konnte er sogar recht gut leben – denn einerseits war er wirklich gut und andererseits gab es immer mehr Verrückte, die ihm ihre Haut zu Markte trugen. Irgendjemand erzählte ihm einmal, *es sei nicht Gottes Wille, dass der Mensch sich*, wie sagte der doch gleich … *Zeichen in seine Haut* ritze.

Mhmm, ich pfeif drauf. Solange es dafür Kohle gibt. Tattoo dachte an seine eigenen unzähligen Tätowierungen und an diverse gepiercte Körperstellen und lachte lauthals in die dunkle Nacht.

Die Türklingel gab einen warmen, melodisch klingenden Ton von sich, aber das machte das Aufwecken nicht angenehmer. Isabel war eben erst eingedämmert und blickte verschlafen gegen die Zimmerdecke, an der sich die matt leuchtenden Zeiger einer Uhr spiegelten. Sie hatte schon immer etwas übrig für solche elektronischen Spielereien. Weil sie ein Faible dafür besaß, hatte sie rasch gelernt, den kleinen Monitor von ihrem Bett aus zu bedienen. So konnte sie, ohne aufstehen zu müssen, nicht nur die Besucher vor ihrer Haustüre sehen, sondern –

und das war ihr viel wichtiger – sie konnte entscheiden, wen sie hereinließ oder nicht.

Den jetzigen Besucher kannte sie zur Genüge. Er zählte zu der Sorte, die sie auf keinen Fall hereinlassen würde, besonders nicht um diese Zeit. Isabel wandte sich von dem kleinen Schwarzweißmonitor ab und warf einen wohlwollenden Blick auf Gerome, der immer noch, friedlich neben ihr schnarchte, ganz so wie sie ihn aufs Bett gelegt hatte. Dann kicherte sie und fand es irgendwie amüsant, mit diesem Trottel Tattoo eine wenig zu spielen.

»Hei Tattoo«, flötete sie, »was willst du denn noch so spät?«

»Gerome ist bei dir, stimmt doch oder?«

Tattoos Stimme drang ihr direkt ins Ohr und klang so barsch, dass ihr der Sinn für neckische Spielchen sogleich verging.

»Nein«, antwortete sie brüsk, »Hau ab!«

»Lüg mich nicht an du Schlampe! Ich weiß genau, dass er bei dir ist. Und jetzt schau mal, was ich hier habe!«

Triumphierend hielt Tattoo eine hellbraune Brieftasche in die Höhe, genau vor das magische Auge.

»Die gehört nämlich Gerome, und dieses kleine Päckchen hier ebenso. Wenn ich deinem Liebling morgen stecke, dass du mich nicht rein gelassen hast ... muss ich es weiter erzählen? Also, sei klug Isabel und drück auf!«

»Scheiße!«, fluchte Isabel und drückte kapitulierend auf den Knopf.

Unten betätigte der Stromimpuls den Öffnungsmechanismus, es summte und Tattoo grinste hämisch. Er befand sich im Treppenhaus.

Blöde Tussi, dachte er und steckte zufrieden über seinen gelungenen Trick die eigene Brieftasche wieder ein, ebenso die Päckchen mit Stoff, dann betrat er den Aufzug.

Isabel empfing ihn in einem ziemlich aufreizenden Nichts, das sie Bademantel nannte, an der Wohnungstüre. Dass Tattoo scharf auf Geld war, wusste sie und sie hatte gehofft, ihn mit fünfzig Euro schnell abwimmeln zu können.

Aber erstens wollte Tattoo sich nicht abwimmeln lassen und zweitens war er nicht nur scharf aufs Geld. Isabels aufreizendes Outfit verschlug ihm fast die Sprache. Ihr Anblick wirkte stärker als eine Dosis des »Drogenkillers« Narcanti und falls Tattoo überhaupt noch irgendwelche Reste von Hemmungen besessen hatte, so verlor er sie in diesem Moment schlagartig. Er schubste Isabel in die Wohnung und schlug die Türe hinter sich zu.

Später berichteten andere Hausbewohner, sie wären durch laute Schreie und einen Heidenlärm wach geworden. Aber niemand von ihnen hatte die Polizei gerufen.

Ungefähr zwanzig Minuten, nachdem Tattoo Isabels Dachgeschosswohnung betreten hatte, hetzte er, den Aufzug missachtend, die Treppen hinunter. An seinen Händen und an seiner Kleidung klebte Blut. Hinter ihm kreischte Isabel, als hätte er **sie** abgestochen, dabei hatte er ihr gar nichts getan. Wie das Messer in seine Hände gekommen war, wusste er selbst nicht mehr. Aber auf einmal lag da Gerome in seinem Blut, er lag auf Isabels Bett und sah einfach schrecklich aus. Er, Tattoo, musste es tun, es überkam ihn wie ein innerer Zwang. Dieses Blut, dieses viele Blut – er wollte es verbrennen. Also entzündete Tattoo ein Feuer. In Windeseile erfassten die Flammen die Vorhänge, griffen rasch auf das gesamte Mobiliar über. Innerhalb weniger Sekunden hatte sich das Feuer im Schlafzimmer ausgebreitet. Isabel blickte starr vor Entsetzen – dann begann sie zu schreien. Tattoo packte sie grob am Handgelenk und zerrte sie hinter sich her. Isabel wehrte sich, kratzte biss und schrie immer wieder: »Gerome! Gerome!«

Aber das interessierte Tattoo nicht und Gerome konnte ihr nicht mehr helfen. Erst als sie draußen im Treppenhaus standen, ließ Tattoo sie los. Während Isabel immer noch hysterisch kreischte, aber vor Angst wie gelähmt dort oben stehen blieb, rannte Tattoo voller Panik auf die Straße.

Erst jetzt öffneten sich auf den unteren Etagen mehrere Wohnungstüren. Die heisere Stimme eines verärgerten Mannes schallte durchs Treppenhaus: »Ruhe! Verdammt noch mal, wie soll man denn bei diesem Krach schlafen!«

Von unten strich ein kühler Nachtwind durch die hohen Flure. Hinter Isabel schlug die Wohnungstüre laut krachend zu. Erschreckt zuckte sie zusammen und drehte sich um. Ungläubig blickten ihre weit aufgerissenen Augen auf die geschlossene Türe, dann warf sie sich verzweifelt dagegen. Vergeblich – sie hatte sich ausgesperrt. Wahrscheinlich rettete ihr genau dieser Umstand das Leben, denn in ihrer Panik wäre sie sicher wieder zu Gerome in die brennende Wohnung gerannt. Voller Verzweiflung hämmerte sie mit ihren Fäusten gegen die Türe, was natürlich völlig sinnlos war. Isabel war am Ende ihrer Kräfte, wimmernd rutschte sie an der Türe zu Boden.

Endlich, nachdem schon einige Minuten vergangen waren, bequemte sich einer der Mitbewohner bis zu Isabels Dachgeschosswohnung hinauf, wo er sie fand. Sie kauerte wie ein verängstigtes Tier in einer Ecke der Tür und zitterte am ganzen Körper.

»7-46-1 für Florian Düsseldorf kommen!«

Das war für mich. Ich zog den Funkhörer aus der Halterung und antwortete sofort:

»7-46-1 hört, kommen.«

»Es sind inzwischen mehrere Anrufe eingegangen. Die Feuermeldung scheint sich zu bestätigen, wir haben zweiten Alarm ausgelöst. Feuerwache 1 ist ebenfalls zu ihnen unterwegs. Geben Sie umgehend Rückmeldung.«

»Verstanden, zweiter Alarm. Wir sind gleich da.«

Ich drehte mich nach hinten um, wo die Mannschaft mittlerweile fertig ausgerüstet saß und rief über die Schulter:

»Es wird ernst Leute, mehrere Anrufer! Zweiter Alarm!«

Sollte einer meiner Männer noch mit dem Gedanken an einen Fehlalarm gespielt haben, was in aller Regel gleichbedeutend ist mit der schnellen Rückkehr ins warme Bett, so hatte ich diese Hoffnung jetzt endgültig platzen lassen.

Über das Handsprechfunkgerät nahm ich Kontakt zu meinen beiden Gruppenführern auf: »Roberto, Frank! Nachricht mitgehört?«

»Ja mitgehört«, meldete sich Robertos Stimme und sofort kam auch die Bestätigung von Frank:

»Drehleiter ebenfalls mitgehört.«

An zwei weiteren Feuerwachen ertönte gleichfalls der Alarmgong. An Feuerwache 1, der Hauptwache auf der Hüttenstraße, herrschte um die nächtliche Stunde noch geschäftiges Treiben in der Fahrzeughalle, als dieser erneute Alarm einlief. Die Männer waren erst vor wenigen Minuten von einem Einsatz zurückgekehrt und räumten die neuen Schläuche in die Fächer ihres LF. Ein Pkw hatte gebrannt. Sie brauchten daher nur ihre Einsatzjacken überziehen und waren sofort fertig.

Volkmar Zoll rief seinen Männern ein aufmunterndes »Also, auf ein Neues!« zu und warf wie viele andere Kollegen einen wehmütigen Blick in Richtung Kaffeebude.

Was soll's. Der frisch aufgesetzte Kaffee musste warten.

Tief im Süden der Stadt leuchteten ebenfalls die Alarmlichter auf.

»Einsatz für 6-87-1 zur Kölner Landstraße XXX, vermutlich Dachstuhlbrand, zweiter Alarm!«

Einige Feuerwehrmänner, die bereits auf der Bettkante saßen und deren Füße noch nicht in den Stiefeln steckten, ließen sich zufrieden zurückfallen und zogen sich die Bettdecke wieder über beide Ohren.

Die Alarmierung auf ihrer Wache betraf nur den Großunfallrettungswagen. Folglich mussten nur zwei Mann von ihnen raus, der Rest durfte liegen bleiben.

Rüdiger Hopp und Jochen Flesch entschieden sich dafür, die neun Meter lange Rutschstange zu benutzen, um in die Fahrzeughalle zu gelangen. Sie hätten auch die Treppe hinunterlaufen können, aber so ging es bedeutend schneller. Unten angekommen, griffen sie rasch nach ihrer Ausrüstung, die an dem fahrbaren Kleiderständer hing, der zwischen dem LF und der Drehleiter stand und liefen dann eilig an der Waschhalle vorbei zu ihrem Einsatzfahrzeug. Sekunden später lenkte Rüdiger den großen roten Feuerwehrbus mit der Funkrufnummer 6-87-1 auf die Frankfurter Straße in Richtung Innenstadt. Die Blaulichter waren eingeschaltet und zuckten durch das Dunkel der Nacht. Die beiden erfahrenen Feuerwehrmänner tauschten ihre Gedanken aus.

»Ich schätze, die brauchen unseren Bus nur als warmen Aufenthaltsraum.«

»Denke ich auch.«

Jochen blickte gegen den nächtlichen Schneeregen.

»Was für ein Elendswetter. Da können einem die Leute schon leid tun. Erst brennt denen die Wohnung ab und dann müssen die auch noch draußen in der Kälte stehen und frieren. Los Rüdiger, gib Gas.«

Die erste Rückmeldung erhielt die Feuerwehr-Leitstelle vom eintreffenden C-Dienst: »Florian Düsseldorf für 7-11-2 kommen.«

»Kommen Sie 7-11-2!«

»Einsatzstelle an. Zweiter Alarm bestätigt. Flammen aus dem Dachstuhl, vermutlich Menschenleben in Gefahr. Der Löschzug 7 ist unmittelbar hinter mir. Ich lasse zwei C-Rohre und sechs PA vornehmen.«

»Verstanden C-Dienst 7. Haben Sie schon weitere Erkenntnisse?«

»Nein, noch nicht, ich erkunde und melde mich wieder.«

Ich hatte die Rückmeldung meines Chefs mithören können, alle hatten wir sie mitgehört. Nur wenige Sekunden darauf konnte ich uns selbst einmelden:

»Löschzug 7, Einsatzstelle an Besatzung eins/zehn.« Was bedeutete: Ein DGL und 10 weitere Feuerwehrmänner.

Verdammt, das war eine heiße Kiste. Noch wusste ich nicht, ob »nur« der Dachstuhl brannte oder möglicherweise auch die darunter liegende Wohnung. Ich wusste weder, wie viele Menschen da oben lebten, noch, ob sie sich in unmittelbarer Gefahr befanden. Ich wusste auch nichts über die Brandursache und ich hatte noch keine Ahnung, ob es hier im Haus eine Gasheizung gab. Ein höchst gefährlicher Umstand, der uns unsere ohnehin gefährliche Arbeit nicht unbedingt leichter machen würde. Bisher wusste ich lediglich, dass dieses Haus sechs Stockwerke besaß, dass sich unten Geschäfte befanden und darüber Wohnungen. Und es schlugen bereits meterhohe Flammen aus dem durchgebrannten Dachstuhl. Ich ordnete meine Gedanken.

Immer und immer wieder trainiert man dieses logische Denken, lässt in gespielten Szenarien die unterschiedlichsten Gefahrensituationen entstehen. Kaum glaubst du eine Gefahrensimulation im Griff zu haben, baut dir der Ausbilder eine neue Gemeinheit ein. Manchmal hasse ich diese Planspiele mit ihren übertriebenen Komplikationen und ihrem künstlich erzeugten Stress. Aber wenn dich draußen im Einsatz die Realität mit voller Härte trifft, sehnst du dich geradezu zurück in den Planspielraum, wo deine Fehler, die du begehst, nur fiktive Menschenopfer fordern können. Aber das hier, das war knallharte Realität. Das ist etwas ganz Anderes, hier können falsche Entscheidungen tödlich sein!

Mir schossen verschiedene Gedanken durch den Kopf: Also, entweder wohnte da oben überhaupt keiner und es brannte nur ein alter Speicher, was natürlich am besten wäre. Allerdings erschien mir das eher unwahrscheinlich, denn hier zur Straßenseite hin befanden sich zwei große Dachgauben mit je drei

Fenstern. So etwas lässt auf ausgebaute Dachwohnungen schließen. Aber wenn das da oben eine Wohnung sein sollte, hatten die entweder hundsmiserabel isoliert, sonst würde das Ding nämlich nicht so lichterloh brennen. Oder man hatte brennbares Isolationsmaterial verwendet, was auf Pfusch am Bau oder unwissende Hobbybastler schließen ließ. Egal wie auch immer, in beiden Fällen sah es sehr übel aus für die Menschen, falls sie dort unter dem Dach wohnten. Außerdem hatten wir Nacht und da schlafen die meisten. Wenn die keinen Rauchmelder besaßen, der sie mit seinem Höllenlärm von 94 Dezibel geweckt hatte …

Klaus Wloka hatte in der kurzen, ihm verbliebenen Zeit noch keine genaue Erkundigung vornehmen können, war sich aber schnell über die Taktik seiner Vorgehensweise im Klaren. Auf jeden Fall würde er drei Trupps unter Atemschutz gleichzeitig einsetzen. Der erste Trupp sollte zur Menschenrettung und Brandbekämpfung mit einem C-Rohr bis zum Dachstuhl durch das Treppenhaus vordringen. Ein weiterer Trupp würde ihm als Verstärkung folgen und ein dritter Trupp sollte von außen über die Drehleiter angreifen.

Ich besprach mich kurz mit meinem Chef. Es stand fest: Auch ich musste hier mit rein. Aber zuerst erteilte ich die Befehle an meine Männer:

»Angriffstrupp mit erstem C-Rohr zur Brandbekämpfung durch das Treppenhaus vor! Uwe! Du unterstützt die Leiterbesatzung! Mit PA!«

Danach lief ich auf einige Hausbewohner zu. Ich vermutete, dass dies Hausbewohner waren, denn wer stellt sich schon freiwillig bei diesem beschissenen Wetter in Pantoffeln und Schlafanzug auf die Straße? Auf jeden Fall mussten wir diese Menschen in Sicherheit bringen. In dem eiskalten Schneeregen konnten sie sich ja den Tod holen.

Ich hatte mein Funkgerät in der Hand:

»Leiterführer für DGL kommen!«

»Hört kommen.«

»Frank, zwei Mann im Leiterkorb zur Brandbekämpfung mit C-Rohr hoch. Ich schick dir den Uwe als Verstärkung!«

»Okay, verstanden, mit C-Rohr nach oben.«

Ein völlig aufgelöster Mann tauchte plötzlich aus dem Dunkel auf. Sein Schlafanzug war total durchnässt. »Hilfe! Hilfe!«, rief er mir entgegen. Seine Stimme verriet höchste Erregung. »Da oben ist noch jemand drin! Schnell! Sie müssen da rein!«

Der Mann, Mitte dreißig, lief barfuß und zitterte am ganzen Körper wie Espenlaub. Er besaß aber noch Kraft genug, sich in meine dicke Feuerwehrjacke zu verkrallen. Seine Stimme überschlug sich fast und er deutete mit dem ausgestreckten Arm in die Höhe, wo die glutroten Flammen weiterhin meterhoch aus dem Dachstuhl schlugen:

»Da ist noch ein Mann drin! Schnell, worauf warten Sie denn noch!?«

Natürlich hatte es keinen Sinn, in einer solchen Situation lange Erklärungen abzugeben, stattdessen winkte ich einen meiner Männer heran.

»Manuel, ich will all diese Menschen von der Straße haben, meinetwegen ins LF, Hauptsache ins Warme!«

Manuel nickte und begab sich zu der kleinen Gruppe, die nur wenige Meter von uns entfernt ungeschützt im Schneeregen ausharrte.

»Kommen Sie«, ich löste mich aus dem Griff des aufgeregten Mannes und führte ihn zu unserem LF. »Sind noch weitere Personen im Haus?«

Er schüttelte den Kopf.

»Ich glaube nicht! Da oben wohnt nur die Frau Friesinger. Das ist die Frau, die da vorne steht.«

Er drehte sich noch einmal um und zeigte auf eine bestimmte Frau.

»Gut. Und Sie steigen bitte jetzt hier ein«, ich hielt ihm die Türe zum Mannschaftsraum unseres LF offen, »mein Kollege von eben wird sich gleich um Sie kümmern.«

»Ja, aber was ist mit dem ...«

»Keine Sorge, meine Leute sind bereits auf den Weg nach oben, wir tun was menschenmöglich ist. So, und jetzt sagen Sie mir noch, was für eine Heizung Sie haben?«

»Wieso Heizung?«

Verwirrt sah er mich an. Sicherlich wunderte er sich über meine Fragestellung, aber ich drängte:

»Sagen Sie es mir, bitte, das ist sehr wichtig für uns.«

»Öl, wir benutzen Heizöl, aber wieso wollen Sie ...?«

Ich blieb ihm die Antwort schuldig. Es wurde höchste Zeit, dass ich selbst nach oben auf die Brandetage kam. Manuel brachte die übrigen Hausbewohner herbei, zumindest diejenigen, welche wir unmöglich draußen stehen lassen konnten. Es waren fünf Personen, lauter Erwachsene, und alle nur notdürftig bekleidet. Damit war der Platz in unserem LF ausgeschöpft.

»Sind da noch weitere?«

Manuel schüttelte den Kopf: »Ja, schon ... aber die hier haben ja fast nichts an und ich kann doch nicht alle ...«

»Schon gut, ich lasse den Bus kommen. Du kümmerst dich weiter um diese Leute bis der Rettungswagen da ist.«

Eigentlich hatte ich gerade jetzt, in der ersten kritischen Phase unseres Angriffs, jeden Mann nötig, aber hier gab es Menschen, die ich nicht alleine lassen durfte. Einige hatten unter Umständen Rauchvergiftungen erlitten, möglicherweise gab es auch schon Unterkühlungen. Manuel würde alle Hände voll zu tun haben.

Roberto rief mich über Florentine:

»DGL für Gruppenführer kommen!«

»Was gibt's Roberto?«

Seine Stimme klang etwas hastig, wahrscheinlich war er schnell gerannt. Es musste so sein, denn ich hatte seine Rückmeldung noch nicht erwartet. Mit Erleichterung vernahm ich seine Worte:

»Ich hab den Hinterhof erkundet. Da sind Balkons, aber es ist niemand drauf. Also, hier hinten ist alles okay. Ich schick dir den zweiten Angriffstrupp jetzt nach vorne. Ich hab gesagt, die sollen sich direkt 'ne eigene B-Leitung mit nach vorne verlegen. Der Hydrant wird gerade aufgestellt.«

»Sehr gut Roberto. Pass auf, ich hab da noch was. In meinem LF sitzen einige frierende Hausbewohner. Der C-Dienst hat bereits den GKTW und weitere Rettungswagen angefordert. Wir greifen über Drehleiter und Treppenhaus an. Ich muss mir jetzt 'nen PA anziehen und die Lage unterm Dach erkunden. Übernimm du hier unten und kümmere dich auch um die weitere Wasserversorgung.«

»Geht klar, alles Gute!«

Wir beendeten das kurze Funkgespräch. Seit unserem Eintreffen waren höchstens drei Minuten vergangen, nicht viel, aber in einer solch gefährlichen Situation doch eine verdammt lange Zeit. Sollte sich da oben unter dem Dach tatsächlich noch jemand in der Wohnung befinden ...

Ich verdrängte den unangenehmen Gedanken und zog die Gummibänder meiner Atemschutzmaske stramm. Der Maschinist half mir beim Anlegen des Pressluftatmers.

Es war noch gar nicht so lange her, da hatte ich solch ein Gerät alle Nase lang auf dem Rücken. Heute als DGL ist das eher die Ausnahme.

Verflixt ist das Ding schwer, ich denke, die verwenden seit einiger Zeit die leichteren Pressluftflaschen aus Kevlar/Karbon? Aber ich hatte scheinbar noch eines von den älteren Geräten erwischt.

Hier unten lief inzwischen alles wie am Schnürchen. Die Professionalität einer gut eingespielten Mannschaft zeigt sich auch darin, dass sie nur wenige Anordnungen benötigt. Jeder Feuerwehrmann kennt seine Aufgabe genau. Es sind immer wiederkehrende Standards, die wir tagtäglich anwenden. Während der Angriffstrupp unter PA schwer bepackt mit Feuerwehraxt, Seil und Fluchthauben sich seine eigene Schlauchleitung auf dem Weg in die Dachgeschosswohnung verlegen musste, ging es bei mir wesentlich schneller.

Einen kurzen Moment hatte ich gezögert. Wäre es nicht besser gewesen, den Angriffstrupp nur so hochzuschicken, ohne das mühsame und zeitaufwändige Verlegen der C-Leitung? Aber dann sagte ich mir: Angesichts der da oben herrschenden Flammenhölle gibt es für die Männer ohne Löschwasser keine reelle Chance, nicht einmal zur Menschenrettung. Allerdings hatte ich den beiden über Funk mitgeteilt, dass sich noch jemand in der Wohnung befinden sollte. Vorsorglich hatte ich danach eine Warnung ausgesprochen:

»Ihr geht aber nur mit Wasser am Rohr in die Wohnung, ist das klar?«

»Ja Chefchen, geht klar«, quäkte es mir aus der Florentine entgegen.

Das war eindeutig Ingo, ich lächelte. *Chefchen* war eines seiner Lieblingsworte. Oh Mann, so etwas hätte ich mir früher nicht erlauben dürfen. *Früher ... verrückt*, das war jetzt schon über zwanzig Jahre her.

Ich erreichte den Angriffstrupp genau zu dem Zeitpunkt, als er gewaltsam in die Dachgeschosswohnung eindringen wollte. Ingo hatte nicht die große Feuerwehraxt mitgenommen, sondern dieses neue amerikanische Aufbruchwerkzeug, ein Halligan-Tool, ein im Gesenk geschmiedetes, multifunktionales Aufbruchwerkzeug. Größenmäßig entsprach es unserer bewährten alten Axt. Viel Erfahrung hatten wir noch nicht damit gemacht und es war dem Angriffstrupp freigestellt, welches dieser beiden Werkzeuge er einsetzen wollte. Hauptsache, er hatte überhaupt eins mit!

Hans hatte den Feuerwehrschlauch in einer riesigen Bucht ausgelegt, die weit die Treppe hinunter reichte. Normalerweise lassen wir den Schlauch die nächste Treppe hinauf und dann wieder herunter laufen, aber hier oben war Endstation, daher war das nicht möglich.

In geduckter Stellung lag Hans jetzt auf den letzten Stufen, das Strahlrohr im Anschlag. Auf dem Schlauch lastete ein Druck von mindestens zehn Bar. Sollte Ingo bei seinem gewaltsamen Aufbrechen der Wohnungstüre von herausschlagenden Flammen überrascht werden, würde Hans seinen Kollegen sofort in einen breiten, schützenden Sprühstrahl einhüllen. Allerdings rechnete keiner der beiden ernsthaft mit solch einem gefürchteten Flash Over. Das Feuer hatte ja bereits große Teile des Daches zum Einsturz gebracht, an Sauerstoff konnte es also nicht mangeln. *Trotzdem, nur nicht leichtsinnig werden.* Auch in dieser Situation galt es, die Sicherheitsregeln einzuhalten. Ich hatte in meinen langen Feuerwehrjahren selbst schon mehrere Flash Over erlebt und deshalb einen höllischen Respekt davor.

Ingo schlug den Halligan mit kraftvollem Schwung in die Türfalz. Er hatte ein gutes Auge, schon der erste Versuch saß. Knirschend ratschte die meißelähnliche Schneide am Türblatt entlang. Sie steckte jetzt tief hinter dem metallenen Türrahmen, unmittelbar in Höhe des Schlosses, genau da, wo er sie auch hinhaben wollte. Unter der großen Hebelwirkung gab die Türe nach. Mit lautem Krachen zersplitterte das Holz und brach um das Türschloss herum vollständig aus. Ingo hob den Fuß. Er benötigte nur noch einen einzigen kräftigen Tritt – die zerstörte Wohnungstüre schlug nach innen und gab den Blick frei auf ein schwarzes, rechteckiges Loch, aus dem sofort dunkler, ekliger Brandrauch in das Treppenhaus drang. Flammen waren nicht zu erkennen.

Ohne Atemschutzgeräte wäre Flucht nach unten in dieser Lage unsere einzige Rettung gewesen. Der dunkle Qualm war so dicht, dass man kaum etwas erkennen konnte. In dieser hochtoxischen Atmosphäre konnten zwei, drei Atemzüge den Tod eines Menschen verursachen. Für uns war es von Vorteil, dass der größte Teil des Brandrauchs durch das zerstörte Dach entweichen konnte.

Hans hatte sich wieder erhoben und Ingo stellte den Halligan an die Seite. Dann drangen sie in die brennende Wohnung ein. Den roten, prall gefüllten Feuerwehrschlauch zogen sie hinter sich her.

Unter leisem Summen schoben sich vier wuchtige, metallene Stützen seitlich, in Höhe der Achsen, unter der Drehleiter hervor. Nachdem sie ihre Endstellung erreicht hatten, pressten sie die flachen Auflageteller fest gegen den Asphalt der Kölner Landstraße. Zeitgleich mit dem Aufleuchten einer optischen Anzeige löste Michael Krug seine Hände von den beiden schwarzen Hebeln, mit denen er diese Hydraulik in Gang gesetzt hatte. Ein rascher, prüfender Blick noch, dann kletterte er auf seinen Maschinistenposten. Er befindet sich an der linken hinteren Seite dieser DLK 23/12, dem wichtigsten Rettungsgerät fast aller Feuerwehren nicht nur in Deutschland. Kurz zuvor hatte er schon einen dreißig Meter langen Spezialschlauch in die Festleitung des Leiterpark eingekuppelt, einen Kugelhahnverteiler angeschlossen, das Wenderohr in die Halterung des Rettungskorbes eingesteckt und die seitlichen Zusatzscheinwerfer angeschlossen. Er musste sich mächtig beeilen. Aus den Augenwinkeln beobachtete er, wie sich Frank und Uwe bereits ihre Atemschutzmasken über den Kopf streiften. Sie mussten jetzt nur noch ihre Feuerwehrhelme aufsetzten und waren fertig für ihren Einsatz in der Höhe.

»Ich werfe nur noch das Stromaggregat an!«, rief er ihnen zu, »dann fahr ich euch den Korb herunter!«

Frank winkte ab und bedeutete Uwe mitzukommen. Die beiden Feuerwehrmänner wussten aus eigener Erfahrung, dass ihr Maschinist im Moment eigentlich sechs Hände benötigte. In einer weniger kritischen Situation hätten sie wahrscheinlich das Absenken des Rettungskorbes auf Straßenniveau abgewartet, aber hier ...

»Komm Uwe, wir klettern schon mal rein, das spart Zeit. Der Micha hat genug zu tun.«

Uwe nickte und folgte seinem Kollegen auf die Plattform der Drehleiter.

Noch lag der dreißig Meter lange Leiterpark zusammen geschoben in der Halterung und ragte nach vorne fast zwei

Meter über das Fahrzeugdach hinaus. Frank und Uwe balancierten über die übereinander liegenden Metallsprossen zu dem Rettungskorb, der vorne an der Leiterspitze fest eingehangen war. Für zwei erwachsene Männer, die zudem noch Pressluftatmer auf dem Rücken trugen, wurde es schon reichlich eng dort drinnen. Außerdem benötigte das montierte Wenderohr mit der sperrigen schwarzen Schlauchverbindung ebenfalls viel Platz. Trotzdem, es ging schon. Außerdem befanden sie sich ja auch nicht auf einer Vergnügungsfahrt in einem Kirmeskarussell, obwohl die Wirkung einer schnellen Drehleiter der eines Karussells manchmal sehr ähnlich ist.

Uwe überprüfte die Kupplungen zwischen dem montierten Wenderohr und der zuführenden Schlauchleitung. Einen Fehler durften sie sich nicht erlauben, erst recht nicht, wenn sie gleich auf etwa zwanzig Meter Höhe fahren würden.

»Und, fertig?«

Micha hatte den Lautsprecher zum Rettungskorb eingeschaltet. Ohne den ist zwischen oben und unten keine Verständigung möglich.

»Ja, fahr uns hoch!«, kam es zurück.

Die feinfühlige Hydraulik der Drehleiter reagiert auf die leisesten Bewegungen der beiden Joysticks. Sofort richtete der Leiterpark sich auf. Gleichzeitig schoben sich die bisher noch ineinander steckenden Leiterteile auseinander, es ging steil nach oben.

Michael hatte diese beiden Fahrbewegungen parallel ablaufen lassen, es aber bewusst vermieden, den Leiterkorb gleichzeitig über das brennende Hausdach zu schwenken. Immer wieder beobachtete er den Monitor, der vor seinen Augen angebracht war. Er zeigte jetzt einen exakten Neigungswinkel von 62 Grad an. In einer Höhe von zweiundzwanzig Metern über dem Erdboden stoppte Michael die Fahrt und beugte sich dem Mikrofon etwas näher zu.

»Ab jetzt steuert ihr besser selbst. Ich kann von hier unten nämlich nicht erkennen, wann euch der Arsch abbrennt!«

»Sehr freundlich, danke. Dann halt mal die Füße still, ich übernehme jetzt die Korbsteuerung!«

Oben im Korb befinden sich die gleichen Steuerungsmöglichkeiten wie unten auf dem Maschinistenplatz. Allerdings kann der Maschinist jederzeit die Korbsteuerung unterbrechen und so bei einem kritischen Geschehen eingreifen.

Auf Franks Wunsch hin gab er den benötigten Öldruck frei. Mit einem Auge verfolgte er konzentriert die weiteren Leiterbewegungen in der Höhe. Mit dem anderen Auge beobachtete er das Anzeigefeld auf seinem Monitor.

Zügig schwenkte der Leiterpark mit den beiden Feuerwehrmännern auf den dichten Rauchpilz zu. Die Hydraulikmotoren gaben einen hellen Pfeifton von sich. Jetzt hatten die Feuerwehrmänner im Korb den kritischen Punkt erreicht. Die Leiter stoppte nur wenige Meter von den hoch aus dem Dach herausschlagenden Flammen.

»Wasser Marsch, Micha!«, schallte es über den Lautsprecher. Das kam von Uwe.

»Okay! Kleinen Moment, ich muss den Verteiler öffnen!«

Micha sprang mit einem Satz von seinem Maschinistenplatz herunter. Der Verteiler lag unmittelbar hinter der Drehleiter auf der Straße. Auf seiner zuführenden B-Leitung lastete bereits ein Wasserdruck von etwa zehn Bar. Micha öffnete das Ventil sehr vorsichtig, ließ das Wasser langsam in den Schlauch einströmen, dann erst öffnete er das mittlere Ventil des Kugelhahnverteilers vollständig. Ein schlagartiges Öffnen des Ventils konnte für die Leiter und ihre Besatzung schlimme Folgen haben. Anschließend beeilte er sich und kletterte wieder auf seinen Sitzplatz zurück.

»So, Wasser müsste jetzt da sein!«

»Ist da!«, kam es knapp zurück.

Die Korbbesatzung war angespannt, für sie begann jetzt eine heikle Arbeit. Es macht keinen Sinn einfach so, quasi blind, Mengen von Löschwasser zu vergeuden. Um gezielt zu arbeiten, mussten sie noch näher heranfahren. Früher, in unserer alten Uniform wäre das absolut unmöglich gewesen, dementsprechend waren die Wasserschäden oft auch wesentlich höher ausgefallen. Heute, mit unserer hochwertigen Schutzbekleidung konnten und mussten wir sogar näher heranfahren. Das erfordert Mut, viel mehr aber noch Können und Übersicht. Außerdem muss man richtig einschätzen, wie weit man gehen oder genauer fahren darf, damit das eigene Risiko nicht unkalkulierbar wird.

Zeitweilig waren die Feuerwehrmänner in ihrem Rettungskorb von unten nicht mehr zu erkennen. Michael gefiel das gar nicht. Von unten sah er nur, wie sie immer wieder von dichtem Brandrauch eingehüllt wurden. Ständig hielt er Sprechkontakt über den Lautsprecher. Oben öffnete Uwe stoßweise das Ventil des Wenderohrs. Gezielt ließ er einen Sprühstrahl nach dem anderen durch die schwarzen, verkohlten Dachbalken in die einsehbare brennende Wohnung schießen. Immer wenn sein Löschwasserstrahl traf, brachen die Flammen sofort in sich zusammen. In den glühheißen Brandtemperaturen verdampfte das Wasser zischend zu hellem Wasserdampf. Der wiederum vermischte sich mit den dunklen Rauchschwaden und stieg in die Höhe. Das waren die Momente, in denen die Männer, im Brandrauch eingehüllt, von unten nicht mehr zu erkennen waren.

Die Arbeit von hier oben war ungemein wichtig. Sie erleichterte dem eindringenden Angriffstrupp seine gefahrvolle Arbeit erheblich. Es wäre für die Leiterbesatzung kein Problem gewesen dieses Feuer ganz alleine zu löschen. Allerdings müssten sie soviel Löschwasser einsetzen, dass man die darunter liegenden Wohnungen anschließend wohl nur noch mit dem Schlauchboot befahren könnte.

Frank packte Uwe an der Jacke und deutete mit dem anderen, ausgestreckten Arm auf eine Stelle in der Tiefe. Links war ein noch halbwegs intakter Teil der Zimmerdecke vorhanden. Der Einblick in diesen Wohnungsteil wurde ihnen dadurch versperrt. Eigentlich konnten sie sowieso nichts genau erkennen, aber die beiden Feuerwehrmänner, die da unten in gebückter Stellung vordrangen, erkannten sie trotzdem. Es waren Ingo und Hans, der Angriffstrupp.

Mühsam kämpften sie sich durch die heißen, glühenden Überreste der völlig ausgebrannten Wohnung vor. Überall in der Wohnung türmte sich Brandschutt auf. Immer wieder stieg dichter Qualm auf und behinderte ihre Sicht. Und immer wieder züngelten an allen Ecken und Enden erneut Flammen auf. Hans hielt das Strahlrohr in beiden Händen. Mit der Rechten umklammerte er den schwarzen, kunststoffummantelten Düsengriff und mit der Linken betätigte er den oben liegenden breiten Bügel. Jedes Mal, wenn er ihn kurz und knapp zurückzog, stieß er einen Wasserstrahl aus.

Dass der Angriffstrupp sich zielstrebig einem Bett näherte, konnten Frank und Uwe aus ihrem Leiterkorb heraus nicht erkennen. Von ihrer Position sah alles mehr oder weniger gleich schwarz aus. Genau wie sie selbst. Der schmutzigschmierige Brandrauch haftete nämlich an jeder Stelle ihrer Schutzbekleidung.

Die Reflexstreifen, die vor wenigen Minuten noch gelb leuchteten, ließen sich jetzt nur noch erahnen. Immer wieder wischten sie mit ihren ebenfalls rußbedeckten Handschuhen über das Glas ihrer Atemschutzmasken, um wenigstens notdürftig sehen zu können. Im Moment verharrten sie und überwachten, sozusagen als Sicherheitstrupp, die Arbeit ihrer beiden Kollegen. Zwei, jeweils rechts und links am Leiterkorb montierte 1000-Watt-Strahler warfen ihr Licht auf eine gespenstische Szenerie. Frank und Uwe kamen sich vor, wie die Beleuchter auf der Arbeitsgalerie des Düsseldorfer Schauspielhauses. Aber das hier war kein Schauspiel. Das hier war bitterer Ernst und der Tote, den Ingo und Hans jetzt zwischen dem Brandschutt auf dem Bett entdeckten, war leider grausame Realität. Von einem Bett konnte man eigentlich nicht mehr sprechen. Das Feuer hatte nur noch die verkohlten Reste einiger massiver Holzteile übrig gelassen. Alles andere war zu Asche zerfallen. Weder Ingo noch Hans hatten bis zu diesem Moment einen verbrannten Menschen gesehen, wenn sie die Echtaufnahmen, die man ihnen während ihrer Ausbildung gezeigt hatte, einmal außer Acht ließen. Aber bei diesem Fund erkannten sie sogleich, um was es sich handelte. Beide hatten erst eine kurze Dienstzeit bei der Feuerwehr hinter sich, sie würden diesen schlimmen Anblick viele Jahre mit sich herumtragen müssen.

Inzwischen war unten auf der Straße die Verstärkung eingetroffen. Die Kollegen der Feuerwache 1 gingen sofort in Stellung. Starke Scheinwerfer beleuchteten jetzt das gesamte Brandobjekt von unten. Eine zweite Drehleiter schob sich in die Höhe. Auch hier hing an ihrer Spitze ein Rettungskorb, in dem zwei Feuerwehrmänner standen. Weitere Einsatzkräfte, ausgerüstet mit Atemschutzgeräten, verstärkten unseren ersten Löschangriff. Koordiniert wurde dieser jetzt vorgetragene massive Einsatz von Klaus Wloka, unserem C-Dienst. Nachdem er sich, so schnell es die gefährliche Situation zuließ, seine Strategie zurechtgelegt hatte, erteilte er seine Weisungen an alle Gruppenführer. Jetzt rief mich seine sonore Stimme über die Florentine.

»DGL 7 für C-Dienst kommen!«

»Hier DGL 7, was gibt es Klaus?«

»Gib mir mal 'ne Lagebeschreibung von da oben!«

»Also, der Angriffstrupp ist gerade mit einem C-Rohr in der Wohnung. Die Türe mussten wir aufbrechen. Angeblich soll sich noch jemand in der Wohnung befinden ...«

»Ja, das weiß ich alles«, unterbrach er mich, »mich interessieren mehr die Wohnungen rechts und links und was ist mit der Wohnung darunter? Ist da alles in Ordnung?«

»Die untere Wohnung hab' ich eben selbst überprüft, die ist nicht betroffen. Und hier oben, das ist anscheinend eine einzige riesige Dachgeschosswohnung. Jedenfalls gibt es nur eine Eingangstüre und die haben wir aufgebrochen.«

»Na gut. Die Nachbarhäuser lasse ich gerade überprüfen. Nicht, dass uns das Feuer da noch durchbricht.« Dann fuhr er weiter fort: »Außerdem hab' ich dir einen weiteren Trupp hochgeschickt, die müssten eigentlich gleich bei dir sein.

»Sehr gut Klaus, den zweiten Trupp kann ich gut gebrauchen. Ich schätze, wir werden hier nämlich noch länger zu tun haben. Hast du sonst noch was?«

»Ja, da ist noch was. Wir müssen leider davon ausgehen, dass in der ausgebrannten Dachwohnung keiner überlebt hat. Falls ihr also wirklich jemanden finden solltet, gib mir umgehend Bescheid. Und seht zu, dass ihr nicht mehr verwüstet als unbedingt nötig. Wir gehen hier von Brandstiftung aus. Also ein Fall für die Kripo, du verstehst?«

»Ja, natürlich.«

Die Brandermittler würden es ohnehin schwer haben, in diesen Brand- und Schuttbergen verwertbare Hinweise zu finden. Zwangsläufig werden oft wichtige Spuren zerstört. Na ja, ich zuckte die Schulter. Wir müssen halt auch unseren Job machen. Aber wenn man von seinem Chef so eine direkte Information erhält, ist man doch etwas sensibler bei seinen Arbeiten. Insbesondere im Umgang mit dem Löschwasser. Es wurde deshalb höchste Zeit, dass ich meinem Angriffstrupp folgte, um sie zu unterrichten.

»Klaus, ich mach Schluss. Ich gehe jetzt ebenfalls rein und melde mich wieder, Ende.«

»Wir sollten in die Paul-Thomas-Straße abbiegen und von da über die Bonner Straße anfahren.«

»Genau das habe ich auch vor«, entgegnete Rüdiger und betätigte den Blinker. In knapp einhundert Metern würde er den Feuerwehrbus von der Schnellstraße herunterlenken. Die Bonner Straße wechselt hier in ihre Verlängerung, die Kölner Landstraße. Die beiden Feuerwehrmänner der Wache 6 waren jetzt nicht mehr weit von ihrem Einsatzort entfernt, da meldete sich die Leitstelle:

»6-86-1 für Florian Düsseldorf kommen!«

Jochen, der die ganze Zeit gespannt den Funkhörer am Ohr hielt, um ja keinen Funkspruch zu verpassen, meldete sich sofort:

»6-86-1 hört, kommen.«

»6-86-1, Sie werden dringend erwartet. Mehrere Personen müssen evakuiert werden. Wie lange benötigen Sie noch?«

Er warf einen Blick auf Rüdiger, der alles mithören konnte und ihm durch zwei Finger seiner erhobenen rechten Hand signalisierte: *zwei Minuten.*

»Noch zwei Minuten.«

»Verstanden. Wenn Sie eingetroffen sind, drücken Sie nur Status und melden sich beim C-Dienst, Ende.«

»So Jochen, damit ist die Nacht wohl gelaufen. Wie spät haben wir es jetzt?«

Jochen sah auf seine Uhr. »Kurz nach halb vier.«

»Geht die genau?«

»Moment«, er nahm das Fernschreiben vom Armaturenbrett und schaltete die Leselampe an. Das punktförmige Halogenlicht beleuchtete das weiße Papier in seinen Händen. »Also wir sind exakt um 3.18 Uhr alarmiert worden, das kommt hin. Warum willst du das wissen?«

Rüdiger winkte ab: »Ist eigentlich unwichtig, mich hat nur interessiert, wie viel länger unsere Fahrzeit bei diesem Mistwetter dauert als gewöhnlich.«

Jochen sah ein zweites Mal auf seine Uhr: »Mmm, so sehr viel länger sind wir gar nicht unterwegs. Das sind jetzt genau . . .«

»Vergiss es, da vorne stehen schon die ersten Fahrzeuge.«

Er hatte Recht. Die breite Kölner Landstraße mit ihren Straßenbahngleisen in der Mitte verläuft hier ziemlich gerade. Etwa dreihundert Metern voraus sahen sie die Blaulichter vieler Einsatzfahrzeuge aufblitzen. Jochen drückte den Status. Auf der Leitstelle würde jetzt eine entsprechende Diode auf der riesigen Anzeigetafel aufleuchten und die zuständigen Disponenten darüber informieren, dass der Großunfallrettungswagen der Feuerwache 6 an der Einsatzstelle eingetroffen war.

Jochen nahm Kontakt mit dem C-Dienst über seine Florentine auf:

»7-11-2 für 6-86-1 kommen!«

7-11-2 ist der Funkrufname des C-Dienstwagens, einer technisch und elektronisch hochgerüsteten mobilen Einsatzleitstelle, untergebracht in einem VW-Bus. Hier liefen die Fäden der Einsatzleitung vor Ort zusammen. Dieter Link, der Fahrer dieses Wagens, hatte alle Hände voll zu tun, um sämtliche einlaufenden Meldungen und Anfragen zu bearbeiten. Mehrere Funkgeräte mit unterschiedlichen Funkkanälen musste er parallel bedienen, dazu liefen Faxnachrichten ein und sein eigener Chef, Klaus Wloka, hielt ständig Kontakt zu ihm. Sämtliche Informationen leitete Dieter umgehend an die Rettungsleitstelle weiter. Alles wurde minutiös dokumentiert und festgehalten. So entstand später ein lückenloser Bericht über den gesamten Einsatzablauf.

Den Funkspruch des 6-86-1 hatte Dieter Link ebenfalls aufgefangen, bestätigt und an seinen Chef weitergeleitet. Er sprach jetzt mit Jochen über eine Frequenz, auf der es nicht ganz so förmlich zuging.

»Hallo Jochen. Ihr stellt euch am besten auf die linke Fahrbahnseite, ziemlich weit vorne neben das LF von Feuerwache 7. In deren Mannschaftsraum sitzen etliche Leute. Der Kollege, der sie betreut, ist dein Ansprechpartner. Das wär's.«

»Okay Dieter, danke.«

Da die Funksprüche über Florentinen nicht über den Lautsprecher des Busses laufen, konnte Rüdiger das Gespräch nur zur Hälfte mithören. Jochen gab ihm die nötigen Informationen: »Fahr noch ein Stück weiter. Ungefähr bis zu dem LF da vorne.«

Langsam ließ Rüdiger den Bus an einer ganzen Reihe von Feuerwehrfahrzeugen vorbeirollen. Die Polizei hatte die gesamte Straße für den Individualverkehr gesperrt. Die Häuserfront zu ihrer Rechten wurde von mehreren leistungsstarken Scheinwerferbrücken angestrahlt. Wenngleich Rüdiger gerne einen kurzen Blick nach oben geworfen hätte, verkniff er sich seinen Wunsch. Im Moment durfte er nichts riskieren. Seine ganze Aufmerksamkeit galt einer äußerst engen Fahrspur, die ihm zur Verfügung stand. Rüdiger manövrierte den großen Feuerwehrbus geschickt zwischen den rechts stehenden Einsatzfahrzeugen und den links am Straßenrand parkenden Pkw hindurch.

»Da vorne ... ja genau da!« Jochen deutete geradeaus. »Setzt dich da in die Lücke.«

Unzählige neugierige Menschen bevölkerten den linken Gehweg. Immer wieder rannten einige von ihnen blindlings über die Straße. Auch in der bewussten Parklücke standen nächtliche Zuschauer.

Jochen schaltete den Außenlautsprecher ein.

»Bitte räumen Sie den Parkplatz für die Feuerwehr! Machen Sie die Straße frei und bleiben Sie auf dem Gehweg!«

Bereitwillig wichen die Menschen zurück. Der große Feuerwehrbus scherte in die ausreichend große Lücke ein. Rüdiger betätigte die Feststellbremse und schaltete die Deckenbeleuchtung an. Im Gegensatz zu draußen herrschte hier eine wohlige Wärme. Das war die Folge der guten Standheizung, deren leises Gebläse er direkt nach dem Verlassen der Feuerwache 6 eingeschaltet hatte. Jetzt klopfte ein Feuerwehrmann an die Scheibe der Beifahrertüre und winkte.

Rüdiger betätigte einen Schalter am Armaturenbrett. Unter leichtem Zischen schwenkte dir Beifahrertüre pneumatisch zur Seite. Von einem unangenehm kalten Wind getrieben, stieben sofort Schneeflocken in den Bus hinein.

»Brrr, ist das kalt draußen. Jochen, sieh zu, dass du die Leute schnell zu uns rüber holst. Ich kümmere mich schon mal um Decken und so.«

Jochen nickte stumm. Er zog sich seine warme Einsatzjacke über und folgte dem Feuerwehrmann, der eben an seine

Scheibe geklopft hatte, in das nächtliche, ungemütliche Winterwetter.

Dieser Feuerwehrmann, hinter dem er herging, war groß, sehr groß. Er überragte ihn sicher um mehr als einen Kopf.

Du meine Güte, dachte Jochen, *wenn dieser Kerl durch eine Türe will, muss er bestimmt seinen Kopf einziehen.*

Damit traf er den Nagel auf den Kopf.

Manuel Schmitz, genannt »Bütterchen«, weil er abends so viele Butterbrote aß wie eine halbe Wachmannschaft zusammen, musste in der Tat jedes Mal seinen Kopf einziehen, wenn er durch eine Türe schritt. Er war der jüngste und größte Feuerwehrmann in meiner Mannschaft. Anfänglich hatte ich ihn mehrmals verstohlen beobachtet, wenn er einen Raum betrat oder verließ und mich jedes Mal gewundert, weil er sich nie den Kopf stieß. Aber sein intuitiv schnelles, seitliches Absenken des Kopfes schien ihm so in Fleisch und Blut übergegangen zu sein, dass nie etwas passierte. Natürlich hatte auch ich ihn mit der blöden Frage konfrontiert: »Na Manuel, wie oft hast du dir denn schon den Kopf gestoßen?« Und natürlich hatte er darauf nur freundlich gelächelt. Manch anderem hatte er dazu eine passende Antwort gegeben, aber er war zu höflich, mir, seinem neuen Chef, etwas Ähnliches zu präsentieren.

»Bütterchen« war noch nicht lange Feuerwehrmann und hatte erst vor kurzem seine Prüfung zum Rettungsassistenten bestanden. Ich mochte ihn gut leiden. Sein höflich-bescheidenes Auftreten zeugte von einer guten Kinderstube, etwas, das wir manchen Feuerwehrmännern während ihrer Ausbildung leider nicht mehr beibringen können. Wie gesagt, auf »Bütterchen« traf das nicht zu. Natürlich hatte er noch andere wichtige Qualitäten. Allerdings gab es da auch ein Manko, sein einziges. Er passte aufgrund seiner Herkules-Gestalt kaum in einen Chemikalienschutzanzug. Dafür ersetzte er mit seiner Kraft und Größe einen mittleren Kranwagen. Und hinter diesem freundlichen »Bütterchen« stapfte mein alter Weggefährte Jochen Flesch jetzt her.

Quasi in seinem Windschatten näherte er sich dem besagten Löschfahrzeug. Hier drinnen harrten immer noch einige der leicht bekleideten Hausbewohner aus. Isabel Friesinger befand sich nicht unter ihnen. Sie musste in einem Rettungswagen behandelt werden.

Dr. Soffke, der hinzugezogene Notarzt von Feuerwache 1, hatte einen venösen Zugang gelegt und ihr anschließend ein Beruhigungsmittel gespritzt. Das Medikament wirkte. Langsam entspannte sich der gehetzte Ausdruck auf ihrem blassen Gesicht, wenngleich immer noch ein ängstlicher Schatten in ihren Zügen zu erkennen war. Nach der ambulanten Behandlung hatte der Notarzt sie wieder den beiden Rettungsassistenten übergeben. Jetzt lag sie hier auf der Trage des RTW der Feuerwache 7 und befand sich auf dem Weg in die Universitätsklinik.

»Ist Ihnen immer noch kalt?«

Isabel schüttelte den Kopf, zwang sich sogar ein kleines Lächeln ab.

»Na bitte, so gefallen Sie mir schon viel besser.«

Freundlich blickte Ralf Kähler sie an. Der Rettungsassistent saß direkt neben ihr und hielt die ganze Zeit über ihre Hand. Für Isabel war das ein wohltuendes Gefühl, so ganz anders, als wenn sonst ein Mann ihre Hand hielt. Sie spürte Geborgenheit, hier war sie sicher, dieser Mann würde sie beschützen. Sie hatte ein solches Gefühl schon lange nicht mehr empfunden, und es tat gut. Erschrocken presste sie daher die beschützende Hand fest, als diese sich ihrem Griff entziehen wollte.

»Nicht ... nicht weggehen, ich ...«

»Natürlich bleibe ich bei Ihnen«, Ralfs Stimme klang ruhig und einfühlsam und er erklärte, dass er jetzt noch einmal ihren Blutdruck messen müsse. Isabel nickte ergeben und schloss die Augen.

Ihre extremen Werte hatten sich wieder stabilisiert, eine Folge nicht nur der Medikamente, wie der erfahrene Rettungsassistent wusste. Darum ließ er es auch gerne geschehen, dass die kleine Frauenhand wieder die seinige ergriff und festhielt. Isabel hatte die Augen weiterhin geschlossen, eine Gelegenheit für Ralf, die Schwellungen in ihrem zarten Gesicht unauffällig etwas genauer zu betrachten.

Diese Frau ist übel zugerichtet, dachte er, *sie ist ganz offensichtlich brutal geschlagen worden*. Er wusste nicht viel von ihr, eigentlich gar nichts. Lediglich aus ihrer eigenen verworrenen Schilderung hatte er einige Schlüsse ziehen können. *Aber selbst wenn diese Frau Schuld ist an ihrem eigenen Schicksal*, dachte Ralf, für ihn gäbe es keinen, wirklich absolut keinen Grund, eine Frau so misshandeln.

»DGL für Angriffstrupp kommen!«

Eigentlich war es überflüssig, dass ich mich auf diesen Funkspruch meldete. Ich musste ja nur wenige Meter dem roten Feuerwehrschlauch folgen und würde meinen Angriffstrupp, der mich gerade rief, persönlich sprechen können. Trotzdem drückte ich die Sprechtaste und meldete mich. Jeder Feuerwehrmann an dieser Einsatzstelle, der seine Florentine eingeschaltet hatte, konnte solche Funksprüche mithören. Meistens ist das gut, denn dann werden Meldungen, die weitergeleitet werden müssen, nicht ständig wiederholt. Aber oft ist das auch nervend. Besonders, wenn viele Funkmeldungen zugleich über den Äther laufen. Jedenfalls meldete ich mich jetzt:

»DGL hört, was gibt es?«

»Wir haben hier einen Toten.«

Einen Moment herrschte Funkstille. Die Nachricht eines solch grausigen Fundes schlägt jedes Mal ein wie eine Bombe.

»Nichts anrühren, ich bin gleich bei euch«, war meine einzige Antwort darauf.

Die Sichtverhältnisse in dieser außergewöhnlich großen Dachgeschosswohnung waren inzwischen wieder einigermaßen gut. Der meiste Rauch hatte sich verzogen. Zusätzlich fielen durch das zerstörte Dach die hellen Lichtkegel der Drehleiterscheinwerfern herein – und eine Menge Schnee. Außen an meiner Jacke hing an einem stabilen Karabinerhaken die gelbummantelte Adalitlampe. Ihr Schein zuckte bei jedem meiner Schritte unruhig über den dampfenden schwarzen Brandschutt. Durch eine vollkommen hinweggebrannte Türe betrat ich einen großen Raum. Das war einmal das Schlafzimmer gewesen. Ungefähr in der Mitte standen meine beiden Kollegen. Sie hatten das Strahlrohr auf den Boden gelegt, das Feuer war erloschen. Ich trat zu ihnen und sie deuteten stumm auf etwas, das einmal ein Mensch gewesen war. Auch für mich ist ein solcher Anblick keinesfalls Routine. Ich musste erst einmal schlucken, dann bestätigte ich dem C-Dienst den grausigen Fund.

»Okay. Die sollen das C-Rohr liegen lassen und runterkommen. Die Ablösung von Wache 1 ist unterwegs. Du bleibst noch oben.«

»Verstanden Klaus.«

»Also Männer«, wandte ich mich den beiden zu, »ihr habt gute Arbeit geleistet. Für euch ist hier Schluss, ihr geht nach unten.«

Sie nickten und wollten sich schon auf den Weg machen, da hielt ich Hans am Ärmel fest: »Warte mal, ich möchte vorher noch euren Luftvorrat kontrollieren.«

Nachdem ich einen Blick auf die Druckmanometer ihrer Atemschutzgeräte geworfen hatte war ich zufrieden. Ihr Luftvorrat war mehr als ausreichend, um einen sicheren Rückzug zu gewährleisten. Selbst wenn das Treppenhaus immer noch verqualmt gewesen wäre. Aber so musste es sein, das gebot die eigene Sicherheit.

»Okay, Abmarsch,« sagte ich, »wenn ihr unten seid, Gerät ablegen und Pause … und lasst euch was zu trinken geben.

Dann entließ ich sie. Keiner der beiden sprach etwas. Wortlos drehten sie sich um und ich wusste: Das hier, das mussten sie erst einmal verdauen.

Die eintreffende Ablösung begegnete meinem Angriffstrupp, bevor dieser die ausgebrannte Wohnung verlassen hatte. Ich sah, wie die Kollegen die Hände hoben und mit ihren dicken Handschuhen gegeneinander klatschten. Das erinnerte irgendwie an ein Fußballspiel. Da begrüßen sich die Spieler auch so, wenn sie während des Spiels eingewechselt werden.

Begleitet von den zischenden Geräuschen ihrer angeschlossenen Lungenautomaten kamen die Kollegen der Feuerwache 1 auf mich zu. Anstatt der obligatorischen langen Feuerwehraxt trug der eine die dreizinkige, gekröpfte Dungharke in der Hand. Der andere hatte einen stabilen Einreißhaken mit hochgebracht. Eine recht sinnvolle Ausrüstung für diesen zweiten Trupp, der keine akute Brandbekämpfung mehr vornehmen musste, von Nachlöscharbeiten abgesehen.

»Also, was sollen wir machen?« fragten sie mich.

Ich erteilte meine Anordnungen. Dabei deutete ich auf bestimmte kritische Stellen, an denen der kokelnde Brandschutt auseinander gezogen werden musste, um die verbliebenen Glutnester abzulöschen. Und davon gab es mehr als genug. Außerdem mussten wir auch die letzten noch vorhandenen Deckenreste einreißen. Bei dieser mühevollen Arbeit durften wir nicht die kleinste kritische Stelle übersehen. Ansonsten konnte es uns passieren, dass das Feuer irgendwo unter einem Haufen verkohlten Unrats wieder neu aufflammte. Und das durften wir natürlich nicht riskieren.

Da die ganze Wohnung so gut wie ausgebrannt war, gab es reichlich Arbeit. Der komplette Putz hatte sich unter der mörderischen Hitze von Wänden und Decken gelöst. Große abgeplatzte Placken bedeckten überall den Fußboden. Vom ursprünglichen Bodenbelag war nichts mehr zu erkennen. Drüber türmten sich haufenweise Dachpfannen, die meist als zerbrochene Stücke ebenfalls den Boden übersäten. Von der Einbauküche im angrenzenden Wohnraum erkannte ich nur noch mühsam einige verschmolzene Geräte sowie die metallenen Besteckteile und Kochtöpfe. Alles andere war weg, einfach weg, verbrannt zu unförmigen Klumpen aus schwarzer, stinkender Asche. Alles musste von uns sorgsam durchforstet werden. Wie wir allerdings bei unseren unumgänglichen Nachlöscharbeiten die Spuren für die Brandermittler erhalten sollten, war mir selbst völlig unklar. Trotzdem erklärte ich meinen Kollegen, sie sollten halt vorsichtig vorgehen. Der Blick, den sie mir durch das Glas ihrer Atemschutzmaske zuwarfen, sprach Bände.

Wegen der zeitintensiven Arbeit forderte ich noch zwei weitere Trupps an.

»Verstärkung ist bereits auf dem Weg«, bekam ich zur Antwort. Dann fragte mich der C-Dienst: »Was ist, genügt es, wenn die Männer nur Atemfilter tragen?«

»Ja, das geht. Es gibt zwar noch ein paar kritischere Stellen, aber dafür reicht mir der eine Trupp unter PA. In wenigen Minuten können die auch ablegen.«

»Gut, dann komme ich gleich mal mit der Kripo hoch. Die möchten sich selbst ein Bild von der Lage machen. Und denk dran, nichts an der Leiche verändern.«

Nachdem wir die größten Arbeiten erledigt hatten, füllte sich die Dachgeschosswohnung nach und nach mit Menschen. Einige trugen nicht einmal Atemfilter. Es waren »Zivilisten«, denen wir jetzt das Feld räumten. Unsere Arbeit war getan. Den Brandschutt würden später andere herunterschaffen. Jetzt machten sich erst einmal einige dieser »Zivilisten« darüber her.

Ob ihre Spurensuche Erfolg haben würde?

Ich hatte da so meine Zweifel. In Fernsehkrimis sieht das doch alles etwas anders aus, aber ... wer weiß?

Im Morgengrauen erreichten wir unsere Wache. Dem ersten Zeitungsleser an diesem Tag fiel ein großes, farbiges Bild von unserer nächtlichen Einsatzstelle ins Auge.

»He! Guckt mal in den Lokalteil! Da sind wir ganz groß drin!«

Sofort begann an sämtlichen Tischen ein eifriges Blättern. Kurz darauf hatten einige die betreffende Seite in der Tagespresse aufgeschlagen und wir drängelten uns um die wenigen Zeitungen. Unter der fett gedruckten Überschrift:

– ***Streit nach Zechgelage endete tödlich*** – lasen wir einen längeren Artikel. Zuerst folgte, etwas größer als gewöhnlich geschrieben, folgender Text:

Ein nächtliches Zechgelage endete für einen der Beteiligten tödlich. Seine Identität konnte die Polizei noch nicht klären.

Dann folgte der eigentliche Bericht:

Es sah alles nach einem Routine-Einsatz für die Feuerwehr Dienstagnacht aus: Brand im Dachgeschoss des Hauses Kölner Landstraße XXX. Doch dann wurde eine Leiche im Appartement gefunden. Die morgendliche Obduktion ergab, dass der Mann Opfer einer erheblichen Gewalteinwirkung auf den Oberkörper geworden war. Ein Fall für die Polizei, die sofort eine Mordkommission einrichtete.

Unklar ist noch, ob der Tote der Mieter des Appartements ist. Willi Hofer, Leiter der Mordkommission: »Höchstwahrscheinlich ist der 46jährige Opfer eines Gewaltverbrechens. Die Leiche wies schwere Verletzungen auf, die durch Tritte oder Schläge verursacht sein könnten.« Mehrere Rippenbrüche und innere Verletzungen haben nach Angabe von Staatsanwalt Mocken zum Tode geführt. Mocken: »Wir ermitteln wegen Totschlags und Brandstiftung.« Um die Spuren der Tat zu verwischen, sei der Brand gelegt worden.

Hauptverdächtiger ist X. Der Mann wurde erst am Donnerstag aus der Untersuchungshaft entlassen, er saß wegen Verstoßes gegen das Betäubungsmittelgesetz. Der Drogensüchtige war mit der Auflage freigelassen worden, eine Therapie zu beginnen. Weil er dort betrunken auftauchte, wies man ihn ab.

X, der nicht im Haus an der Kölner Landstraße wohnt, soll mit dem späteren Opfer ein Zechgelage veranstaltet haben, in dessen Verlauf es wohl zu Auseinandersetzungen gekommen ist. X war gestern Morgen noch so betrunken, dass er nach einer ersten Vernehmung in die Ausnüchterungszelle musste. In wessen Wohnung das Trinkgelage stattgefunden hat, wussten die Ermittler noch nicht hundertprozentig. X hatte angegeben, dass man in der Wohnung des Opfers gezecht habe, aber das könne eine Schutzbehauptung sein, so Hofer. Fest steht dagegen, dass das Opfer nicht am Rauch erstickt ist. Hofer: »Der Tote hatte einen Kohlenmonoxid-Gehalt von 3,5 Prozent im Blut.« Zum Vergleich: Bei Opfern der Flughafen-Brandkatastrophe von 1996 lag dieser Wert zwischen 60 und 70 Prozent. Staatsanwalt Mocken sagte: »Die massiven Verletzungen sind auf vorsätzliche Handlungen zurückzuführen.« Herab fallender Brandschutt könne die Schwere der Verletzung nicht erklären.

Natürlich erregte dieser Zeitungsbericht unsere Gemüter und es kam zu einer erhitzten Diskussion über unser Rechtssystem. Die Hardliner unter uns forderten drakonische Strafen. Andere verfochten vehement einen humaneren Strafvollzug. Einige plädierten sogar für die Freigabe, genauer die kontrollierte Ausgabe von Drogen durch staatliche Institutionen, damit der Teufelskreis der Beschaffungskriminalität endlich durchbrochen werde.

»Stellt euch doch mal vor, wenn Drogen **legal** gekauft werden könnten, dann gäbe es bald keine Mafia mehr und …«

»Du Fantast! Wovon träumst du denn nachts? Du glaubst doch nicht ernsthaft, wenn man den Junkies ihren Dreck quasi im Geschenkpapier überreicht, irgendetwas würde besser! Wenn die erst mal spitz haben, dass das Zeug nichts mehr kostet und auch nicht mehr illegal ist, dann sind wir bald nur noch von solchen Wahnsinnigen umzingelt.«

Wahrscheinlich wäre diese äußerst emotionale Diskussion noch eine Zeit so weiter geführt worden, hätte nicht Theo Mallmann, der DGL des heutigen Tages, ein lautes Machtwort gesprochen.

»Schluss! Das reicht für heute Männer. Ich denke, wir haben auch noch anderes zu tun.«

Ein Blick zur Uhr belehrte selbst die hitzigsten Gemüter, dass es wirklich Zeit wurde. Der Löschzug musste noch durchgecheckt werden und bis zur Frühstückspause warteten weitere wichtige Arbeiten auf ihre Erledigung.

Schreckliche Büroarbeiten

»Komm mit!« forderte mich Theo auf. Wir haben auch noch einiges zu tun.

Ich erhob mich und folgte ihm in unser Büro. Hier erwarteten uns die »schrecklichen« Büroarbeiten. Der allmorgendliche »Papierkrieg«.

Die Bürotüre stand weit offen, gab den Blick in einen kleinen, sehr hohen Raum frei, der sich durch schlichte Schmucklosigkeit auszeichnete. Trotz der beiden modernen Schreibtische mit den darauf positionierten Computerbildschirmen hatte der Eintretende spontan den Eindruck, sich in einem Büro der siebziger Jahre zu befinden. Allerdings für die täglich anfallenden Büroarbeiten auf unserer Feuerwache genügte er allemal. Dennoch: Einige Renovierungsarbeiten hätten unserem Büro nicht schaden können. Ich nahm mir vor, in den nächsten Tagen mit Theo darüber zu sprechen. Für heute stand mir nicht der Sinn danach, obwohl die alte Raufasertapete einen wirklich schlimmen Eindruck machte, besonders seitdem wir während der vorletzten Dienstschicht dieses kleine Wandschränkchen abgehangen hatten. Und nach meiner spontanen Aktion – weg mit den alten verstaubten Aktenordnern – zeigten sich an all den Stellen, an denen zuvor etwas gestanden oder gehangen hatte, jene verräterischen, dunklen Ränder. In jedem halbwegs anständigen Haushalt wird bei solchen Anzeichen schnellstmöglich eine Renovierung in Angriff genommen!

Mein Kollege Theo, von Hause aus Maler und Lackierer, saß mir direkt gegenüber. Er versank hinter einem »Berg« von

Einsatzberichten, deren Bearbeitung er seit mehreren Dienstschichten immer wieder vor sich her schob. Die Zeit, in der er seine Brötchen im einstigen Lehrberuf verdient hatte, war schon lange Vergangenheit, aber das einmal Erlernte beherrschte er immer noch. Somit war er in meinen Augen prädestiniert für unsere dringend erforderlichen Renovierungsarbeiten.

Theo war seit vielen Jahren Hauptbrandmeister und Dienstgruppenleiter hier an Wache 7.

Er befand sich in meinem Alter. Seine kräftige Figur, der klare feste Blick aus einem markanten Gesicht und seine straffe Haltung ließen auf Entschlossenheit und Tatkraft schließen. Wer ihn so einschätzte, lag genau richtig.

Im Laufe vieler Jahre war er mit dieser Feuerwache wie verwachsen. Theo Mallmann kannte jeden Winkel dieses Gebäudes in- und auswendig. Etliche Umbaumaßnahmen waren unter seiner Leitung fertig gestellt worden. Wenngleich er es aufgrund seiner Position nicht nötig hatte, legte er dennoch immer persönlich mit Hand an.

Seine letzte große Aktion bestand in dem Ausbau des riesigen Speichers. Dieser Speicher befand sich auf der ersten Etage. Aus einem ursprünglich ungenutzten Abstellbereich, von dem man direkt gegen die nackten Dachpfannen blickte, war nach vielen Wochen unermüdlichen Fleißes ein großzügiger, heller Umkleideraum entstanden.

Über achtzig Feuerwehrmänner erhielten, in dem nicht wieder zu erkennenden Dachspeicher den längst überfälligen Umkleidebereich. Jetzt besaß hier jeder seinen eigenen Kleiderspind. Der Fußboden aus blauem Linoleum, die weiß verputzten Wand- und Deckenverkleidungen sowie die nachträglich eingebauten Drehkippfenster im Satteldach veränderten das frühere triste Bild des zuvor ungenutzten Speichers von Grund auf.

Mit ihrer Eigenleistung hatten die hier arbeitenden Feuerwehrmänner der Stadt eine Menge Geld eingespart. Es war aber auch eine gewaltige Anstrengung gewesen. Natürlich durfte der Alarmdienst unter dieser zusätzlichen Arbeit nicht leiden. Die erste Priorität lag unzweifelhaft auch weiterhin in der Erfüllung der Feuerwehraufgaben. Sicher, man hatte dies und das zurückgestellt und einige der täglich anfallenden, weniger wichtigen Arbeiten auch etwas schleifen lassen, aber die Alarmdienste hatten nie darunter gelitten.

Später dann, als der Umkleidebereich endlich fertig gestellt war, durften sich die Männer trotzdem nicht auf ihren Lorbeeren ausruhen. Denn jetzt galt es, die Dinge aufzuarbeiten, die in den vergangenen anstrengenden Wochen vernachlässigt worden waren.

So gesehen hatte ich Glück gehabt. Als ich im Oktober 2001 von der Feuerwache 6 an die Feuerwache 7 versetzt wurde, hatte die Wachmannschaft diese Arbeiten erst vor wenigen Tagen abgeschlossen.

Ich bezog in dem neuen Umkleideraum den Spind Nr.1 direkt neben der Eingangstüre.

Als ich mich so in unserem Büro umsah, gingen mir so manche Gedanken an die vielen Arbeitsstunden in diesem Speicher durch den Kopf. Und ich fand, es müsste für uns ein Leichtes sein, auch diesen Raum geschmackvoll umzugestalten.

Aber … eins nach dem anderen, sagte ich mir.

Denn zurzeit gab es wirklich Wichtigeres. Mein Chef, der Wachvorsteher Klaus Wloka, war ein zupackender Mann. Ihm gingen seit längerer Zeit schon einige gute Ideen im Kopf herum. Darunter verschiedene bauliche Veränderungen, die nicht länger aufgeschoben werden durften. Mit den anfallenden Arbeiten würden allerdings Fachfirmen beauftragt werden, die wir Feuerwehrleute aber mit einigen Vorarbeiten unterstützen würden.

Zu den wichtigen Dingen zählte der Einbau eines neuen Einfahrttores, der Umbau der Schreinerei und die Umgestaltung der nicht mehr genutzten Schneiderei sowie des Schlauchlagers. Das Einfahrttor war besonders wichtig, es besaß sogar oberste Priorität. Die Renovierung unseres Dienstgruppenleiterbüros nahm dagegen eine untergeordnete Stellung ein.

Von einem Seufzer in meinen Gedanken unterbrochen, blickte ich zu Theo hinüber. Er fuhr sich gerade mit beiden Händen durch sein schwarzes, leicht ergrautes Haar und verzog das Gesicht zu einer Leidensmine.

»Bahh! Ich bekomme hier noch die Krise, schon wieder Telefon.«

Ja, manchmal ist das Telefon wirklich nervig. In den letzten Dienstschichten hatte es fast ununterbrochen geklingelt. Die meisten der Anrufe waren für Theo gewesen, so dass er immer wieder aus seiner Arbeit heraus gerissen wurde. Außerdem waren ihm auch sonst ständig irgendwelche Dinge dazwischengekommen und hatten ihn an der Bearbeitung seiner Einsatzberichte gehindert. Aber es half ja nichts. Schreiben musste er sie trotzdem. Wer sollte ihm diese Arbeit auch abnehmen?

Er war der Einsatzleiter gewesen und er wusste als einziger, was in seinen Brand- oder Hilfeleistungsberichten zu Papier gebracht werden musste. Das war schon immer so gewesen, auch in früheren Zeiten. Dagegen war auch gar nichts einzuwenden. Aber leider blieb es nicht dabei. Heute ersticken wir fast in der ganzen Büroarbeit, die man uns aufbürdet!

Das war vor etlichen Jahren noch anders gewesen. Zu der Zeit gab es innerhalb der Berufsfeuerwehr eine Verwaltungsabteilung, die den größten Teil der zeitaufwändigen Schreibarbeiten für alle Feuerwachen zu erledigen hatte.

Leider ist das heute nicht mehr so. Heute landet sämtlicher Papierkram in unserem Büro. Wir sind damit so überlastet, dass es ist nicht verwundert, wenn wir in der Woche kaum die Zeit finden, unsere Einsatzberichte zu schreiben. Aus diesem Grund nutzen wir für diese Arbeit meist den Sonntag, denn er ist der einzige Tag, an dem wir nicht unter dem Bürostress der gewöhnlichen Wochentage leiden.

Aber heute war kein Sonntag, sondern ein Donnerstag.

Und die Telefone auf unseren Schreibtischen schienen es wieder einmal auf uns abgesehen zu haben. Seit dem frühen Morgen wurden wir wie üblich mit unzähligen Anrufen traktiert. An ein ruhiges Arbeiten war da einfach nicht zu denken.

Nachdem Theo sein letztes Telefonat beendet hatte, entrüstete er sich:

»Mann, ich werd hier noch verrückt. Da wollte doch tatsächlich jemand die Telefonnummer von der Städtischen Abfallentsorgung am Höher Weg wissen. Ich bin doch nicht das Fräulein vom Amt!«

Immer noch hielt er den Hörer in der Hand. Jetzt legte er ihn nieder und sah genervt über seinen Aktenberg zu mir herüber, so als erwartete er eine Antwort.

Ich zuckte jedoch lediglich mit den Schultern und vermied eine neue Diskussion über dieses leidige Thema. Zu oft hatten wir uns in der letzten Zeit darüber aufgeregt. Natürlich hatten wir Recht. Aber was nutzte es uns? Die Büroarbeit wurde nicht weniger, nur weil es die frühere Verwaltung nicht mehr gibt.

Das heißt: Es gibt sie schon noch, nur führte sie gewisse Arbeiten nicht mehr aus, die hatte man einfach an die Feuerwachen delegiert.

Aber wir sind Feuerwehrmänner! Die meisten von uns hatten, genau wie Theo, irgendwann einmal einen handwerklichen Beruf erlernt, keinen kaufmännischen. Dadurch sind bestimmte Schwierigkeiten vorprogrammiert und auf allen Feuerwachen müssen wir Dienstgruppenleiter uns seitdem mehr schlecht als recht mit diesen »schrecklichen« Büroarbeiten herumplagen.

Dabei hatte jeder im Laufe der Zeit irgendwie sein eigenes System entwickelt. Ich stand gerade erst am Anfang dieser neuen »Lehrzeit«, die ich momentan eher als »Leerzeit« empfand. Meine eigene Unzulänglichkeit erkennend, kam mir der nicht gerade schmeichelnde Gedanke, dass eine gelernte

Bürokraft mein Arbeitspensum sicher in der halben Zeit schaffen könnte ... *oder gar noch flotter?*

Diese Gedanken führten jedoch zu nichts. Nachdem ich das erkannt hatte, riss ich mich am Riemen und widmete mich wieder meiner Arbeit. Theo hackte immer noch auf der Tastatur seines Computers herum.

Erneut klingelte das Telefon, wieder auf seiner Seite.

Nach dem dritten Klingelton blickte ich auf:

»Soll ich ...?«

»Nee lass, ich geh schon ’ran.«

Mürrisch meldete er sich mit: »Mallmann.«

Doch seine gereizte Stimmung besserte sich spontan, nachdem er seinen Gesprächspartner erkannt hatte.

»Hallo Wolfgang.«

Sichtlich entspannt lehnte sich Theo im Drehstuhl zurück und verfiel in einen lockeren Plauderton.

»Das wurde aber Zeit, dass du mal anrufst. Ich hab’ die Tage schon gedacht – der meldet sich überhaupt nicht mehr. Also, wenn du heute nicht angerufen hättest, hätte ich dich ... na ja, ist ja jetzt egal ... erzähl.«

Das, was Wolfgang ihm erzählte, konnte ich nicht verstehen. Auf jeden Fall war Theo wie ausgewechselt. Es schien ein längeres Gespräch zu werden.

Ich versuchte mich erneut auf die vor mir liegenden Papiere zu konzentrieren. Dabei handelte es sich um eine wichtige Arbeit, mit der ich unmittelbar nach der Wachablösung begonnen hatte.

Die Leitung unserer 24-Stunden-Schicht teilten sich immer drei so genannte Dienstgruppenleiter. Es gibt Tage, da ist man als DGL alleine auf der Wache, und wiederum andere Tage, da ist man zu zweit. Manchmal sind wir sogar alle drei im Dienst, aber das ist eher die Ausnahme. Aber egal, ob wir zu zweit oder zu dritt anwesend sind, es ist immer nur einer von uns der Dienstgruppenleiter. Die Büroarbeit teilen wir uns. Eine der besonders aufwändigen Arbeiten ist das Erstellen eines Monatsplanes. Wir drei hatten uns darauf geeinigt, dass jeder von uns im Wechsel einen Monatsplan erstellt.

Bisher hatten mich meine beiden dienstälteren Kollegen mit dieser Arbeit verschont, wofür ich ihnen sehr dankbar war. Aber irgendwann würde das vorbei sein, das war mir klar und jetzt war meine Schonzeit abgelaufen. Im Grunde konnte ich mich ja auch nicht ewig vor dieser unbeliebten Arbeit drücken. Inzwischen war ich schon fast ein halbes Jahr auf dieser Wache. Mir schien, als sei die Zeit wie im Flug vergangen. Ich erinnerte mich, wie mein erster Arbeitstag begonnen hatte.

Es war der 1. Oktober 2001, ein regnerischer, dunkler Herbstmorgen. Ich befand mich in der S-Bahn auf der Fahrt von Ratingen Ost zum Düsseldorfer Hauptbahnhof und dachte darüber nach, was mich heute wohl erwarten würde.

Die letzten zwanzig Jahre hatte ich an Feuerwache 6 verbracht. Der Gedanke, einmal von dieser Wache versetzt zu werden, erschien mir so abwegig, dass ich mich nie ernsthaft damit auseinander gesetzt hatte. Dabei sprach die Wahrscheinlichkeit durchaus für eine Versetzung. Denn schließlich hatte ich mich an der Stellenausschreibung um einen der wenigen Dienstgruppenleiterposten beworben.

Die Chance, eine dieser begehrten Stellen zu erhalten, ist angesichts der hohen Zahl von Bewerbern allerdings nur gering. Trotzdem – im Vergleich zu anderen Berufsfeuerwehren in Nordrhein-Westfalen schneidet Düsseldorf mit seinem Stellenplan recht gut ab. Schon einige Male zuvor hatte ich meine schriftliche Bewebung eingereicht. Ich hatte mir sogar recht gute Chancen ausgerechnet. Immerhin vermochte ich einiges aufzuweisen, was mir, so vermutete ich, einen Bonus einbringen würde. Unter anderem hatte ich mir in den langen Jahren als Gastdozent an der Feuerwehrschule einen guten Namen gemacht. Eine Zeit lang war ich sogar stellvertretender Schulleiter an der Feuerwehreigenen Rettungsassistentenschule gewesen. Die hierbei erworbenen Kenntnisse und besonders der Umgang mit Menschen hatten sich letztendlich für mich ausgezahlt. Nach einer Zeit ungewissen Wartens erhielt ich die erlösende, freudige Nachricht von meinem damaligen Wachvorsteher Jürgen Leineweber.

Ich kam gerade von einem außergewöhnlichen Einsatz zurück – mit meinem Freund und Kollegen Achim Schorn musste ich einen Dachs in einer Tiefgarage fangen. Man stelle sich einmal vor: Ein Dachs, mitten in der Großstadt, das ist wirklich außergewöhnlich. Zumindest so außergewöhnlich, dass ich annahm, mein Wachvorsteher, der an diesem Tag auch Pressedienst hatte, wolle sicher Details zu diesem Einsatz erfahren. Wieso sonst sollte er mich in sein Büro rufen?

Aber dann kam alles ganz anders. Ich saß ihm gegenüber und er lächelte mich freundlich an:

»Na, kannst du dir denken, warum ich dich so spät noch sprechen möchte?«

»Ja … ich schätze wegen des Dachses.«

Er schüttelte den Kopf, winkte ab und meinte lächelnd:

»Ach was, Dachs. Herzlichen Glückwunsch Martin. Du gehst demnächst als Dienstgruppenleiter auf die erste Tour der Feuerwache 7.«

Nach dieser freudigen Nachricht schüttelte er mir die Hand.

Ich war überglücklich und wusste zuerst gar nichts Rechtes zu sagen. Ich hatte es also geschafft. Endlich war mein lang ersehnter Wunsch in Erfüllung gegangen, ich erhielt meine eigene Wache. Und dann sogar die Feuerwache 7! Eine der drei großen Düsseldorfer Zugwachen – eine echte Herausforderung.

Draußen auf dem Flur hätte ich mein Glück am liebsten laut herausgeschrieen. Ich ballte eine Faust, *Ja, ja!* Mein Herz schien zu zerspringen. Dann wurde mir schlagartig bewusst, dass diese Veränderung gleichzeitig die unwiederbringliche Trennung von all meinen lieb gewonnenen Kameraden bedeutete. Trotzdem, der Zwiespalt der Gefühle konnte die freudige Erregung nicht ernsthaft trüben.

In dieser Nacht ging es mir wie zu meiner Anwärterzeit – ich fand keinen rechten Schlaf.

Und heute, Punkt 7.00 Uhr begann meine erste 24-Stunden-Schicht auf der neuen Wache. Mein erster Tag als Dienstgruppenleiter.

Einige wenige Gesichter waren mir vertraut. Die meisten waren für mich jedoch neu und somit unbekannt. Bei insgesamt mehr als achthundert Feuerwehrmännern kann das nicht verwundern, insbesondere, da ich von meiner bisherigen zweiten zur ersten Tour gewechselt war.

Trotz des ungewohnten Umfeldes und der neuen Kollegen rechnete ich nicht mit außergewöhnlichen Veränderungen, immerhin war ich bereits seit mehr als 25 Jahren bei der Düsseldorfer Berufsfeuerwehr. Während einer so langen Zeit lernt man immer wieder neue Kollegen kennen. Und so schwer einem die Umstellung anfänglich auch fallen mag, irgendwie ähnelt sich doch überall der Dienst, und man lebt sich wieder ein.

Während meiner langen Jahre hatte ich schon viele Wachführer kommen und gehen sehen. Einige hatten sich meinen Respekt erworben, andere waren mehr oder weniger farblos aber erträglich. Und leider gab es da auch ein paar wenige, na ja, die hätte ich lieber auf den Mond geschossen.

Ähnliche Empfindungen wie ich sie hatte, durchleben andere Feuerwehrmänner auf anderen Wachen natürlich genauso. Die Männer müssen mit den guten oder schlechten Eigenschaften ihrer Wachführer leben, ob es ihnen nun passt oder nicht. Ein System, nach dem man sich seine Chefs aussuchen kann, gibt es eben nicht. Früher nannten sich diese Chefs Wachabteilungsführer, heute heißen sie Dienstgruppenleiter. Als solcher würde ich heute zum ersten Mal vor »meine« Mannschaft treten.

Was wird wohl die Mannschaft von mir erwarten? Für sie war es ja mindestens genauso interessant zu erfahren, wie sich der neue DGL geben würde?

Und darum kreisten in ihren Köpfen und Gesprächen der letzten Tage immer häufiger die gleichen Fragen: *Wie ist der Neue*? Würde er nach dem Motto verfahren »neue Besen kehren gut« und damit, wie schon vorgekommen, eine unruhige Stimmung unter den Kollegen auslösen? *Bloß nicht so einen!*

Oder wäre er gar einer von der ungeliebten Sorte, die hektisch an Einsatzstellen herumbrüllen und die Mannschaft dadurch in ihrem Handeln verunsichern?

Um Gottes Willen, nur das nicht, das wäre ja noch schlimmer. So einen hatten wir doch schon mal gehabt. Das hat gereicht!

Andererseits sagte ich mir selbst: Ich bin den meisten kein Unbekannter. Selbst wenn man mich nicht persönlich kannte – ein gewisser Ruf eilt einem immer voraus.

In meinen langen Jahren als Gastlehrer an der Feuerwehrschule und in all den Jahren als Teamführer auf dem Notarztwagen der Feuerwache 6 hatte ich mir Sympathien geschaffen. Man kannte mich eigentlich als kompetenten, freundlichen Menschen – das ließ hoffen.

Aber ich kannte die Erwartungshaltung der Männer, deren Chef ich jetzt werden sollte, aus eigener Erfahrung. Natürlich kursierten diverse Gerüchte über meine Person. Aber würde ich diese liebenswürdigen Eigenschaften, die man mir zusprach, auch als DGL beibehalten? Oder würde ich mich als ein ganz und gar anderer entpuppen?

Kurz gesagt, mir waren diese Befürchtungen nicht unbekannt und ich hatte daher beschlossen, sie unmittelbar in den ersten Stunden meiner Anwesenheit zu entkräften. Bei der Feuerwehr wird niemand als Chef geboren, und es ist keiner zu gering, um nicht in der Gesamtheit einer Mannschaft Bedeutung zu erlangen.

Nur gemeinsam sind wir wirklich stark, und diese Gemeinsamkeit bedarf dauernder, sorgfältiger Pflege. Darin sah ich eine meiner wichtigsten Aufgaben. Die Mannschaft musste harmonisieren. Nur wenn wir uns im Wachalltag verstanden, konnten wir in stressigen, gefährlichen Einsätzen solide Teamarbeit leisten. Eine gute Gemeinschaft kann aber nur in gegenseitigem Respekt vor dem Anderen funktionieren. In erster Linie ein Respekt vor dem Anderen als Mensch, nicht als Vorgesetzter. Der Dienstgrad, den wir tragen, ist zwar wichtig, in diesem Zusammenhang aber zweitrangig.

Auch wenn das einige noch nicht so sehen und begreifen, ich stehe dazu: Der Dienstgrad allein verschafft Amtsbefugnisse: Ohne fachliche Qualifikation und menschliche Größe ist das aber ein zu schwaches Gerüst, um seine Mannschaft auf Dauer erfolgreich und sicher durch gefährliche und schwierige Situationen zu führen!

In diesem Geiste hatte ich mich meinen neuen Kollegen vorgestellt und ich hatte den Eindruck, eine gute, ordentliche Mannschaft zu erhalten. Dem wollte ich nicht nachstehen. Sie sollten mit mir ebenfalls einen guten DGL bekommen.

Für mich selbst standen die Zeichen günstig. Ich wurde herzlich und offen empfangen.

Theo Mallmann und Reinhard Sternberg, gleichfalls Dienstgruppenleiter auf der ersten Tour, erwiesen sich als gute Kameraden. Was auch immer mir in meinem neuen Aufgabengebiet Probleme bereitete, sie hatten stets ein offenes Ohr für mich und standen mir buchstäblich mit Rat und Tat zur Seite. Und was meinen direkten Vorgesetzten Klaus Wloka anging – zwischen uns stimmte ganz offensichtlich die Chemie.

Eines Tages vertraute mir Theo in einem Gespräch unter vier Augen an:

»Also unser Chef, der Klaus, hat ziemlich viel Geduld. So manches, was ihm nicht passt, sieht er sich eine Zeit lang an, bevor er was sagt. Wenn er aber erst mal was gesagt hat und es läuft danach immer noch nicht ... ich sag dir, dann kann sich derjenige aber warm anziehen. Dann ist es zappenduster, der hat dann erst mal verschissen!«

Also »verschissen« habe ich bis heute noch nicht, denn ich habe meinen Wachvorsteher als einen sehr fairen und gerechten Mann kennen gelernt. Einen Wachvorsteher der, wie Theo sagte, tatsächlich viel Geduld aufwies. Der jedoch, wenn er merkt, dass ihn jemand verschaukeln will oder seine Anweisungen missachtet, sehr konsequent zu handeln versteht. Und das ist auch richtig so, denn ein Chef, dem jedermann auf der Nase herumtanzen kann, wird nie die notwendige Autorität ausüben, die er braucht, um solch eine Mannschaft zu führen.

Das lag jetzt schon wieder eine Zeit lang zurück. Im Gegensatz zu meinen früheren Arbeiten, hatte sich mein persönlicher Aufgabenbereich gewaltig verändert.

Auch bei den Feuerwehren unseres Landes vollzog sich in den letzten Jahren ein enormer Wandel. Die Anforderungen, welche die moderne, hoch technisierte Welt an uns stellt, werden immer komplexer. Dementsprechend umfangreicher ist die Aus- und Weiterbildung eines jeden Feuerwehrmannes geworden. Aus dem einstigen Handwerker hat sich ein höchst qualifizierter Fachmann im Bereich des Feuerschutzes und des Rettungsdienstes entwickelt.

Aber bei allem technischen Fortschritt, den die neuen Feuerwehrfahrzeuge und Geräte bieten, bei all den vielen Seminaren und Fortbildungsveranstaltungen, die wir besuchen – wir spüren, dass wir die Grenze unserer Belastbarkeit erreicht haben.

Die Welt der industriellen Technologie lebt vom Spezialistentum. Ein Berufsfeuerwehrmann hingegen soll und muss heute alles beherrschen. Das wird einfach vorausgesetzt und erwartet – eine schier unmögliche Anforderung!

Noch vor wenigen Jahren war es eine Selbstverständlichkeit, dass der Wachabteilungsführer mit seiner Mannschaft die praktischen Übungen durchführte. Von einem solchen Mann erwartete man natürlich schon immer weitergehende Kenntnisse. Solch ein Mann besaß in der Regel nicht nur ein umfangreiches, erworbenes Wissen. Er konnte auch auf einen hilfreichen Erfahrungsschatz zurückgreifen, den er sich in den langen Jahren seines praktischen Alarmdienstes erworben hatte.

Nun, über diese praktische Erfahrung verfügte ich ebenfalls. Ich möchte hier auch nicht mein Wissen schmälern, aber es gibt inzwischen einen sehr gravierenden Unterschied zwischen damals und heute.

Wenn ein Maschinist damals bei der Bedienung der Pumpe seines Löschfahrzeuges ein Problem hatte, konnte er immer noch seinen Wachabteilungsführer um Hilfe rufen. Gemeinsam bekamen die beiden das Problem meist in den Griff. Da wurde hier ein Handrad gedreht, dort an einem Hebel gezogen und die Pumpe arbeitete wieder.

Wenn heutzutage mein Maschinist ein Problem mit seiner elektronisch gesteuerten, sensiblen Feuerlöschkreiselpumpe hat, sehe ich mich außerstande, ihm dabei zu helfen. Und damit bin ich kein Einzelfall. Meist fehlt mir sogar die Zeit, mit meinen Männern die wichtigen Übungen durchzuführen. Natürlich wird trotzdem geübt. Aber ich bin viel zu selten persönlich dabei, und das bedauere ich sehr! Dadurch können mit der Zeit ernste Defizite entstehen. Ich kann das Leistungsniveau meiner eigenen Mannschaft in diesem Punkt nicht exakt einschätzen und das ist überhaupt nicht gut!

Gerade die Vielfalt der vorhandenen technischen Geräte sowie die große Zahl unterschiedlicher Feuerwehrfahrzeuge zwingt uns eigentlich zu täglichem Training, denn wenn wir nachts aus dem Schlaf gerissen werden und innerhalb von neunzig Sekunden nach der Alarmierung mit eingeschaltetem Blaulicht und Martinshorn die Wache verlassen, muss jeder Handgriff sitzen! Wer das vorher nicht ausreichend trainiert hat, wird über kurz oder lang die Quittung dafür erhalten. Das eigene Leben und das anderer Menschen hängt von unserer Schnelligkeit, von unserem Können ab. Zumindest bei sämtlichen Standards müssen die Handgriffe in Fleisch und Blut übergegangen sein.

So etwas schafft man aber nur durch tägliches, praktisches Üben – immer und immer wieder.

Und da gibt es bedauerlicherweise mittlerweile große Defizite.

Aber wie soll ich mit meinen Männern trainieren können, wenn ich diese ganze leidige Büroarbeit am Hals habe? Selbst wenn wir, was oft der Fall ist, mit zwei Dienstgruppenleitern im Büro sind, schaffen wir manches Mal nicht das täglich anfallende Pensum. Früher, als ich mit diesen Problemen kaum konfrontiert war, habe ich oft gedacht: *Die übertreiben es, die Dienstgruppenleiter, mit ihrem Stöhnen.* Heute aber denke ich, wir sollten vielleicht lieber einen Schritt zurückgehen. Natürlich nicht zurück im negativen, sondern im positiven Sinn.

Weg mit den wachfremden Büroarbeiten! Zurück damit in die Verwaltung, wo sie hingehören! Dann könnten wir auch wieder verstärkt zu unseren ureigensten Aufgaben zurückkehren. Und vielleicht lernt dann sogar ein DGL wie ich wieder, wie die Pumpe seines Feuerwehrfahrzeuges zu bedienen ist! Denn gerade die Pumpe ist so wichtig, weil von ihrer Zuverlässigkeit Menschenleben abhängen!

Ich ließ mir gerade den dritten Entwurf meines Monatsplanes ausdrucken und ahnte, bereits bevor der Drucker das Papier ausspuckte, dass auch dieser Entwurf nicht mein letzter sein würde.

Beim ersten Mal hatte ich nicht beachtet, dass jeder Mitarbeiter wenigstens **ein** freies Wochenende bekommen sollte. Also, alles noch einmal überarbeiten. Beim zweiten Mal hatte ich drei Männern Serien von mehr als fünf Schichten in Folge gegeben. So etwas sollte ebenfalls vermieden werden. Jetzt hatte ich Theo gebeten, einen Blick auf diesen dritten Ausdruck zu werfen.

Sein erfahrener Blick überflog das Papier und erkannte schnell die Schwachstellen. Theo nahm einen Textmarker zur Hand. Satt zog sich das leuchtende Gelb über einige Symbolzeichen und machte mich gnadenlos auf neue Fehler aufmerksam.

»Sieh mal hier. Das musst du noch ändern.«

»Oh Mann«, stöhnte ich, »ist mir gar nicht aufgefallen. Na gut, schreib ich halt alles noch einmal.«

Theo fand tröstende Worte:

»Mach dir nichts daraus. Das ist uns zu Anfang allen so ergangen. Schau mal ... wenn du dir hier ... und hier mit dem Bleistift ...«

Er gab mir einige gute Tipps, die ich sogleich anwendete. Nach einer knappen weiteren Stunde lag der vierte Entwurf vor mir.

Bevor ich Theo auch diesen verbesserten Monatsplan vorlegte, zählte ich selbst noch einmal die Serien von Dienstschichten, die ich jedem Mann gegeben hatte. Zufrieden stellte ich fest: Niemand hatte mehr als fünf Schichten in Folge und jeder hatte ein freies Wochenende. Der Rest schien auch in Ordnung. Ich lehnte mich zurück, verschränkte die Arme hinter dem Kopf. Dann rieb ich mir die müden Augen.

Geschafft. »Oh Mann. Diese stundenlange Arbeit am Computer ist schlimmer als richtige Arbeit.«

Theo hielt seine Hand über die Sprechmuschel und erklärte korrigierend:

»Was heißt hier – schlimmer als richtige Arbeit? Das **ist** richtige Arbeit. Erzähle so etwas bloß nicht einem Bürohengst!«

»Das brauche ich keinem erzählen, ich bin ja selbst fast schon einer.«

Einen Mitleid erheischenden Blick über den Schreibtisch werfend, wartete ich auf eine Antwort. Aber Theo war längst wieder in sein Telefongespräch vertieft. Es ging um das alljährlich stattfindende Treffen der Feuerwehrpensionäre.

Ich hatte von seinem Gespräch nur soviel mitbekommen: Das Treffen sollte auch in diesem Jahr wieder hier auf der Feuerwache 7 stattfinden.

Die Pensionäre, allesamt lang gediente Düsseldorfer Feuerwehrmänner, kamen gerne zu diesem Treffen. Vor zwei Jahren war ich einmal dabei gewesen. Das Fest findet einmal im Jahr im Sommer statt. Jeder hofft auf gutes Wetter. Damals, vor zwei Jahren war es gut.

Die Sonne brannte von einem wolkenlosen, azurblauen Himmel herab und der halbe Hof war bedeckt von unzähligen, großen bunten Sonnenschirmen. Überall waren Bierzeltgarnituren aufgebaut und daneben das passende Getränk, frisch vom Fass versteht sich, es gab alles, was Leib und Magen verwöhnte. Es herrschte eine ausgelassene Stimmung. Ich nutzte die gute Gelegenheit, den pensionierten Kameraden mein erstes Buch – *Der Feuerwehrmann* – anzubieten. So manch einer hatte es sich, natürlich zum Vorzugspreis, gekauft. Einige der alten Haudegen lachten mich aber auch freundlich an und winkten ab:

»Nee, lass man Junge. Ich hab selbst so viel erlebt, das muss ich nicht auch noch nachlesen.«

Einer tippte mir gar mit seinem Zeigefinger vor die Brust und feixte:

»He! Ihr jungen Burschen habt heute scheinbar nichts Rechtes mehr zu tun, wie?«

Dann blickte er in die Runde seiner Tischkameraden und fragte:

»Oder kann sich einer von euch vorstellen, dass wir früher Zeit hatten, Bücher zu schreiben!?«

Alles um ihn herum lachte und ich versuchte eilfertig, mich zu verteidigen:

»Ich schreib doch nicht im Dienst, ich …«

»Mann lass gut sein! Ich versteh sowieso nicht wie einer dreihundert Seiten schreiben kann. Ich war früher immer heilfroh, wenn ich meine Brandberichte fertig hatte. Ging's euch nicht auch so?«

Beifälliges Nicken und Gemurmel.

In einem Anflug von Größenwahn erklärte ich, dass mein nächstes Buch sogar über vierhundert Seiten haben würde, was die Heiterkeit der Veteranen noch steigerte.

»Bevor du weiter schreibst, hol uns doch lieber mal'n Bier. Das soll ja auch die Fantasie anregen.«

Der gut gelaunte Sprecher hob sein Glas: »Prost Kameraden, trinkt aus! Unser »Freund Simmel« holt Nachschub.«

Es war ein wunderbarer Tag und mein Kompliment gilt den vielen Feuerwehrmännern, die sogar aus der Freizeit hierher gekommen waren, um ihren alten Kameraden dieses schöne Fest zu ermöglichen.

Dieses Mal würde ich aktiv dabei sein, darauf freute ich mich jetzt schon. Allerdings befanden wir uns erst im April, also bestand noch reichlich Zeit bis zum Sommer. Aber die Zeit vergeht bekanntlich schnell, und wir konnten uns nicht früh genug um die ersten Vorbereitungen kümmern. Und genau um diese Vorbereitungen drehte es sich in dem langen Telefongespräch, das Theo mit unserem künftigen Personalratsvorsitzenden Wolfgang Daak führte.

Mein vierter Monatsdienstplan fand Gefallen und wurde vor den gnädigen Augen Theos abgesegnet. *Dem Himmel sei Dank,* ich atmete auf. Noch einen weiteren Versuch hätte ich heute nicht verkraftet. Ich war die Computerarbeit sowieso nicht gewohnt und unsere beiden Bildschirme schienen auch ihre besten Tage bereits hinter sich zu haben – sie flimmerten.

»In der Verwaltung werden jetzt nur noch diese neuen TFT-Bildschirme angeschafft«, berichtete Theo.

»Hui!«, ich pfiff durch die Zähne, »etwa solche modernen, flachen? Die sind aber teuer.«

»Richtig, dafür sollen die aber auch viel strahlungsärmer sein.«

»Und warum bekommen wir die nicht?«, wollte ich wissen.

»Weil dir Möchte-gern-Bürohengst kein vollwertiger Bildschirmarbeitsplatz zusteht, deshalb.«

He he ...«, protestierte ich, »und wie nennst du das bitteschön, was ich den ganzen Vormittag hier treibe?«

Theo sah mich kämpferisch und herausfordernd an:

»Du willst doch nicht etwa allen Ernstes behaupten, dass deine stümperhaften Versuche, den läppischen Juniplan zu erstellen, als Arbeit bezeichnet werden kann.«

»Vorsicht! Ich sage nur Vorsicht. Überleg' dir lieber genau, was deine nächsten Worte sind, sonst ...«

»Was sonst ...?«

»Sonst ... äh ... sonst schreib ich mal einiges über dich in meinem nächsten Buch.«

Ha, das war schlau, ich triumphierte. So hatte schon mein Lieblingsschriftsteller Karl May einige seiner Gegner umstimmen können. Aber einen Theo Mallmann konnte ich damit nicht schocken.

»Pass mal auf Bürschlein, wenn du meinst, über mich Lügen verbreiten zu können ...«

»Keine Lügen! Keine Lügen! Nichts als die Wahrheit!«

»Quatsch kein dummes Zeug, du heißt doch nicht Dieter Bohlen!«

Bamm! Das saß und Theo nutzte mein fassungsloses Schweigen zu einem weiteren bissigen Kommentar:

»Also, wenn du schon loslegen willst in deinem neuen Buch, versäume aber bitte auch nicht zu schreiben, wie oft du den Monatsplan neu machen musstest. Von wegen blöder Fehler und so.«

»Moment! Also, dazu kann ich ja wohl ...«

»Nichts kannst du, gar nichts. **Ich** habe dir geholfen, **ich** dein erfahrener Kollege Theo Mallmann! Das musst du schreiben und nix anderes, klar?«

Lachend gab ich mich geschlagen:

»Okay Theo, versprochen, ich werde das alles so schreiben und drucken lassen, damit die restliche Welt erfährt, wie gut du am Computer bist.«

Der ironische Tonfall war vielleicht doch nicht so ratsam gewesen, denn ich bekam sogleich erneut mein Fett weg.

»Ich glaub, du hast noch immer nicht aufgegeben, du kleines Lästermaul. Darf ich dich vielleicht daran erinnern, dass man dich bisher **drei** Mal zu Computerkursen geschickt hat – auf Staatskosten! … damit du den Quatsch hier beherrschst.«

Oh verflixt, jetzt hatte er mich aber wirklich erwischt. Ich erwägte kurz, ob es Sinn machen würde, wenn ich ihm erzählte, dass im ersten Kurs nur **ein** einziger Feuerwehrmann gesessen hatte – nämlich ich, und dass sämtliche anderen Teilnehmer, vornehmlich Teilnehmerinnen, bereits solide Vorkenntnisse besaßen, da sie allesamt in Büros der städtischen Verwaltung arbeiteten. Wahrscheinlich hätte es keinen Sinn gemacht. Und ebenso wenig sinnvoll erschien es mir, ihm zu erzählen, dass der Grundkurs den ich im Studieninstitut gemacht hatte, dummerweise erst nach dem Aufbaukurs erfolgte. Wieso es dazu hatte kommen können, wusste ich selbst nicht. Auf jeden Fall hatte die falsche Reihenfolge der Kurse die Sache nicht gerade vereinfacht. Man lernt ja auch nicht erst das große Einmaleins und bekommt erst danach die arabischen Zahlen beigebracht. Aber immerhin, Theos Aussage stimmte. Bei aller berechtigten Kritik musste ich anerkennen, dass die Stadt schon einiges für ihre Mitarbeiter tat, damit diese ihre Aufgaben besser bewältigen konnten. Die drei Computerkurse hätten mich auf dem freien Markt bestimmt eine gute Stange Geld gekostet. Hier erhielt ich sie unentgeltlich. Und die Dozenten beherrschten ihr Metier aus dem Effeff. Aber was noch viel wichtiger war, sie konnten ihr Wissen auch gut vermitteln. Leider bin ich ein sehr unbegabter Schüler, zumindest auf diesem Gebiet. Auch Theo hatte da so seine ähnlichen Probleme. Aus diesem Grund schielen wir beide etwas neidisch auf Sterni, den Dritten in unserem Bunde.

Reinhard Sternberg, den Lesern meiner beiden anderen Feuerwehrbücher bestens vertraut, ist ein wahres Computergenie, zumindest in unseren Augen. Na ja, und wenn tatsächlich keiner von uns mehr weiter weiß, können wir immer noch die feuerwehrinterne Hotline anrufen. Dann meldet sich entweder

Robert Hupperts, der Fachmann für die Software oder Ewald Jung, der Fachmann für die Hardware. Und sollte darüber hinaus wirklich absolut nichts mehr gehen – Kugelschreiber und Papier sind ja nach wie vor vorhanden und den Umgang mit diesen Materialien beherrschen wir Gott sei Dank immer noch.

Möglicherweise hätten wir beide uns noch länger gekabbelt, aber unser Küchenchef machte uns da einen Strich durch die Rechnung. Das Telefon auf meinem Schreibtisch klingelte. Ich hob ab:

»Feuerwache 7, Meyer-Pyritz.«

»Guck mal auf die Uhr Chef!«

Der vorwurfsvolle Ton, den ich seiner Stimmlage entnehmen konnte, war unüberhörbar. Es folgte in strengem Ton: »Kommt ihr bitte essen?«

Sein »bitte« klang in diesem Fall eher wie ein Befehl, als eine Bitte.

Oh verflixt, schon fast zwanzig vor eins. Und um halb eins beginnt die offizielle Mittagspause. Da hat es der Küchenchef auf keiner Feuerwache gerne, wenn seine »Hungerleider« zu spät kommen. Es reichte ihm sowieso, wenn er wegen der Alarmierungen das Essen ständig warm halten musste.

Als wir beide kurz darauf durch den Tagesraum schritten, um von da in die Küche zu gelangen, saß die gesamte Mannschaft schon beim Essen.

»Ah, die Herren DGL! Wohl ein kleines Büroschläfchen gehalten, wie?«

Roberto, der uns so »freundlich« begrüßte, sprach mit vollem Mund.

»Dass dir das Essen im Halse stecken bleibt, du Lästermaul«, konterte Theo. Ich enthielt mich eines Kommentars.

Tofu stand, eine fast weiße Schürze um seine Hüfte gebunden, neben dem Gasherd und verzog leicht missgestimmt das Gesicht. Dazu fuchtelte er mit der großen Schöpfkelle in der Luft.

»Wo bleibt ihr denn? Die Suppe ist schon fast kalt!«

Das war natürlich maßlos übertrieben. Die Suppe, eigentlich mehr eine Bouillon aus dem Fleisch, das er vormittags hatte kochen lassen, würde auch noch in der nächste halben Stunde heiß sein. Es roch verführerisch, als er den großen Deckel abnahm und die Kelle eintunkte. Er rührte noch einmal um und füllte uns auf.

»Mhmmm, riecht das gut.«

Tofu strahlte wieder. Welcher Koch wäre nicht für schmeichelnde Komplimente zugänglich? Das trifft nicht nur für jede gute Hausfrau zu, sondern auf für einen Drei-Sterne-Koch bei der Feuerwehr.

»Hinterher gibt es noch etwas ganz Besonderes ... eine Hunsrücker Spezialität.«

Theo zog fragend die Augenbrauen hoch, aber Tofu lächelte nur unergründlich wie eine Sphinx und fasste ihn bei der Schulter. Mit den Worten: »Lass dir erst mal die Suppe schmecken«, schob er ihn in Richtung Türe, »Der Nächste!«

»He, das hört sich ja an wie beim Arzt im Wartezimmer.«

»Red' nicht – Teller her!«

Auch ich wurde mit dem gleichen freundlichen: »Lass es dir schmecken« verabschiedet.

Hoffentlich alarmierte es jetzt nicht! Das Essen war wirklich ein Gedicht, ein Genuss, dem wir uns nur nicht ausgiebig genug widmen konnten.

Feuerwehrmänner essen meistens viel zu schnell. Vermutlich aus einer unterschwelligen Angst heraus, der nächste Alarm könnte sie während des Essens ereilen, was auch nicht selten der Fall ist. Dadurch bleibt natürlich ein Stück Genuss auf der Strecke. Trotzdem, das Essen war köstlich und ich streckte anschließend die Füße lang unter dem Tisch aus und stöhnte: »Uff, das war zuviel. Wenn es jetzt klingelt – fahrt bitte ohne mich.«

»Ist klar. Erst zu spät kommen, dann schlingen wie'n Weltmeister und jetzt auch noch nicht mitfahren wollen, das sind mir die Richtigen.«

Dass dieser Kommentar wieder von Roberto kam, wunderte niemanden. Roberto ist ja ein prima Typ, aber manchmal ging er uns mit seinem Lästermaul tierisch auf den Sack.

Draußen setzte Regen ein. Ein krasser Gegensatz zum frühen Morgen, als sich sogar zeitweise die Sonne gezeigt hatte. Wir hatten das typische Aprilwetter und waren froh, dass es jetzt nicht alarmierte und wir auf der Wache bleiben konnten.

Es schien sich regelrecht einzuregnen.

Großbrand auf dem Recycling-Hof

Der Himmel war grau in grau. Wir hatten das Empfinden, als wäre es bereits früh am Abend. Unser vermeintliches Alarmglück hielt bis zum späten Nachmittag an.

Es regnete immer noch. In der inzwischen wieder aufgeräumten Küche blubberte die Kaffeemaschine. Die schwarze Brühe hatte beide Glaskannen fast gefüllt, da alarmierte es:

»Einsatz für Feuerwache 6, Feuerwache 7, Feuerwache U, die Löschgruppe Garath, die Löschgruppe Himmelgeist/Itter, den C-Dienst Feuerwache 7 und den B-Dienst Feuerwache 1 zur Karl Hohmann Straße. Vermutlich Brand auf dem Recycling-Hof.«

Das Regenwetter war jetzt mit einem Schlag vergessen. Wer von uns schon erwartungsvoll seine Tasse in der Hand hielt, sah sich getäuscht. Lediglich die Rettungswagenbesatzung, die ausnahmsweise einmal nicht unterwegs war, durfte den frischen Kaffee jetzt genießen.

»He Theo! Gibt es vom Recycling-Hof 'ne Alarmkartei?«

Ich rannte hinter Theo her. Wir befanden uns auf dem Gang, der zu unserem Büro führte.

»Ja, es gibt eine! Die nehmen wir auch mit!«, rief er zurück und riss die erste Türe auf. Jetzt durchquerten wir die kleine Fahrzeughalle. Diesmal standen beide Rettungswagen auf ihren Plätzen. Regen tropfte immer noch von den Karosserien herunter und bildete kleine Pfützen auf den rotbraunen Fliesen. Der 7-83-1 war erst vor wenigen Minuten wieder von einem Einsatz zurückgekommen, die Reserve stand bereits etwas länger hier.

Wir erreichten den Bürovorraum. Theo zog sofort die oberste Schublade des Blechschranks auf. Er schob einige Alarmpläne in der Hängeregisterkartei nach hinten und suchte.

»Und – findest du sie?« Ich warf einen Blick über seine Schulter und stieg dabei in die schweren Feuerwehrstiefel.

»Na klar«, rief er. Dann zog er zielsicher eine stabile Klarsichtfolie aus dem Schubfach. Sie enthielt die eingeschweißte Objektkartei des Recycling-Hofes.

»Nicht schlecht«, staunte ich, da die Leitstelle keine Objektnummer durchgegeben hatte. Da ich mich noch nicht so gut auskannte wie Theo, gab ich zu: »So schnell hätte ich die nicht gefunden.«

Theo hatte durch das Suchen der Objektkartei einige wertvolle Sekunden verloren und stand noch immer ohne Jacke da. Ich war bereits vollständig angezogen. Draußen fuhr das erste LF vor.

»Oh verflixt!« Theo sah das Feuerwehrfahrzeug durch die große Fensterscheibe. »Jetzt wird es aber Zeit!«

Ich hielt seine Jacke parat und half ihm hinein.

»Danke.«

Mit den Alarmschreiben in der Hand stürzten wir nach draußen.

Bis zur ersten Ampel, an der wir nach rechts einbiegen mussten, hatten wir höchstens 200 Meter zu fahren. Die Blaulichter waren eingeschaltet und die Martinshörner verursachten einen Heidenlärm. Ich war heute Gruppenführer auf dem zweiten Fahrzeug, ein LF 16 von Mercedes mit einem Ziegler-Aufbau, unser neuestes Löschgruppenfahrzeug. Wie immer fuhren wir in Formation. Vorweg das erste Fahrzeug, ein LF 24 von Magirus. Es ist das Fahrzeug, in dem der DGL sitzt, am heutigen Tag war dies Theo. Dann folgte die Drehleiter und den Schluss bildeten wir. Mein Maschinist für die heutige 24-Stunden-Schicht war Ugü. Sein Spitzname leitet sich von Uwe Gülicher ab. Ugü hielt sich dicht hinter der Leiter, nicht zu dicht, aber auch nicht zu weit entfernt. Das ist keine einfache Fahrweise. Es ist sogar etwas riskant. Aber wesentlich gefährlicher ist es für uns, zu große Abstände zwischen den einzelnen Feuerwehrfahrzeugen zu lassen. Besonders an Kreuzungen haben wir dabei schon manche kritische Situationen erlebt. Eine dieser Kreuzungen lag gerade vor uns. Die Ampel zeigte Grün, trotzdem leuchteten vor uns die Bremslichter der Drehleiter auf. Ugü muss ebenfalls bremsen. Der Abstand zur Leiter vergrößerte sich ein wenig, schon rutschte ein frecher Fahrer, mit seinem BMW rechts aus einer Parkbucht kommend, in die entstandene Lücke. Unser Sicherheitsabstand war dahin! Ugü musste hart abbremsen. Wir wurden kräftig nach vorne geschleudert. Gott sei Dank waren alle angegurtet.

Mann war ich sauer.

»So ein Idiot!«

Verärgert blicke ich auf den Typ vor uns, den das alles scheinbar überhaupt nicht berührte. Die Ampel sprang auf Gelb, der BMW bremste unvermutet ab. Entweder hatte er die Ampel zu spät beachtet oder er hatte uns erst jetzt im Rückspiegel bemerkt. Wie auch immer, seine Reaktion war völlig unangemessen.

Bei Ugü schoss der Adrenalinspiegel in die Höhe. Noch stärker bremsen ging nicht. Er riss das Steuer nach links, gab die Fußbremse wieder frei, lenkte gegen. Das tonnenschwere Feuerwehrauto schwankte bedenklich, aber er bekam sein Gefährt auf der Gegenfahrbahn wieder in die Spur. Gott sei Dank kamen uns noch keine anderen Fahrzeuge entgegen.

Ich hatte gedankenschnell den Kippschalter für das Starktonhorn eingeschaltet. Die Pressluftsirene dröhnte Mark erschütternd über die Kreuzung. Das war knapp, verdammt knapp. Aber für eine andere Verkehrsteilnehmerin sollte dieser Zwischenfall nicht so glatt ausgehen.

Hannelore Krause summte im Takt der Musik, die aus ihrem Autoradio dudelte. WDR 4 brachte Schlager aus den 70er Jahren. Ihre Zeit. Sie drehte *Griechischer Wein* etwas lauter auf. Vor ihr fuhr kein weiteres Fahrzeug. Sie näherte sich mit ihrem kleinen Polo der großen Kreuzung. Die Ampel zeigte Rot und Hannelore bremste. Immer noch sang Udo Jürgens von der Sehnsucht griechischer Gastarbeiter nach ihrer Heimat, da zuckte Hannelore Krause zusammen. Mit lauten Sirenen raste ein riesiges rotes Feuerwehrauto über die Kreuzung, dem unmittelbar ein weiteres folgte. Das waren unser erstes LF und die Drehleiter.

Meine Güte. Ich hab die überhaupt nicht gehört!

Hannelore Krause hatte sich mächtig erschrocken. Obwohl sie mit ihrem Auto vor der roten Ampel hielt und überhaupt nicht gefährdet war, saß der Schreck bei ihr so tief, dass sie spontan das Radio ausschaltete. Hinter ihr hupte jemand wie verrückt. Erneut zuckte sie zusammen und blickte in den Rückspiegel. Der entnervte Autofahrer hinter ihr gestikuliert wild mit beiden Armen.

Oh, grün! Hannelore Krause wurde noch nervöser. Sie gab unkontrolliert Gas und ließ die Kupplung springen. Ihr Polo machte einen heftigen Satz in die Kreuzung, dann hatte sie ihn abgewürgt. Das war ihr Glück, denn in diesem Moment donnerten wir mit unserem LF 16 haarscharf an ihrer Motorhaube vorbei.

»Halt mal an!«, rief Michael laut von hinten, »da hat es gerade geknallt!«

»Scheiße!«

Ich fluchte. Das hatte uns noch gefehlt und das auf einer Alarmfahrt. Auch wenn wir nicht unmittelbar betroffen waren, wir durften nicht einfach so weiterfahren. Wir mussten anhalten. Dafür gibt es mehrere gewichtige Gründe: Erstens konnten Menschen verletzt oder auf andere Weise gefährdet sein und zweitens sind alle Menschen per Gesetz zur Hilfeleistung verpflichtet. Außerdem sind wir ausgebildete Profis. Auf uns trifft das Gesetz in besonderem Maße zu. Ugü lenkte das LF an den Straßenrand, schaltete die Sirene aus und stattdessen die Warnblinkanlage ein.

»Wartet hier!«, rief ich meinen Männern zu, »ich sehe mir den Unfall erst mal alleine an. Das ist bestimmt nur Blechschaden. Informiere schon mal die Leitstelle.«

Die letzte Aufforderung richtete ich an meinen Maschinisten, dann stieg ich aus dem LF und lief die wenigen Meter zurück zur Kreuzung. Von dem schwarzen BMW, der die Schuld an der ganzen Misere trug, war weit und breit nichts mehr zu sehen. *Typisch*, dachte ich.

Hannelore Krause blieb vor Schreck fast das Herz stehen. Entsetzt schlug sie die Arme vor ihr Gesicht, dann war der riesige rotweiße Feuerwehrwagen auch schon an ihrem kleinen Auto vorbeigeschossen. Dass es sich dabei um ein Feuerwehrauto handelte, hatte sie vor Schreck gar nicht mitbekommen. Und Zeit, sich von diesem Schock zu erholen, blieb ihr auch nicht. Mit einem lauten Krachen knallte der hinter ihr fahrende Pkw ungebremst gegen das Heck ihres Wagens.

Hannelores Kopf schlug zunächst nach hinten, prallte gegen die viel zu tief eingestellte Kopfstütze. Dann, im Bruchteil einer Sekunde, wurde er in die entgegen gesetzte Richtung nach vorne geschleudert. Sie spürte nicht, wie ihr Kinn dabei bis auf die Brust schlug, aber sie empfand diesen scharfen, stechenden Schmerz, der vom fünften Halswirbel ausgehend blitzartig in ihr Gehirn ausstrahlte. Kreidebleich, unfähig auch nur ein Körperteil zu rühren, hing sie apathisch hinter dem Steuer ihres Wagens. Sie hatte dem Tod ins Auge gesehen und war ihm noch einmal knapp entkommen, aber sie war schwer verletzt.

»Ugü, schick mir den Schlauchtrupp mit dem Notfallrucksack her und bestell einen RTW. Ich hab hier eine verletzte Frau. Wahrscheinlich Schleudertrauma.«

»Was ist mit Unfallstellenabsicherung?«

»Ja, müssen wir auch machen, obwohl, hier ist schon alles dicht.«

»Okay«

Ich überlegte: Entweder blieben wir alle bis zum Eintreffen des RTW hier oder ich ließ nur meinen Schlauchtrupp zurück. Im ersten Fall kämen wir noch später zur Einsatzstelle. Im anderen Fall würden mir an der Einsatzstelle natürlich zwei wichtige Männer fehlen. Was also tun?

Ich entschied mich für die zweite Variante.

Der angeforderte Schlauchtrupp rannte herbei. Nachdem ich die beiden kurz über meine Entscheidung in Kenntnis gesetzt hatte, lief ich wieder zu unserem LF zurück. Gunther und Christian waren verantwortungsvolle Feuerwehrmänner und ausgebildete Rettungsassistenten. Ich hatte keinen Zweifel daran, dass sie mit der Situation alleine fertig werden würden.

Kurz darauf setzten wir unsere Alarmfahrt weiter fort. Dieser Zwischenfall hatte mich eine Zeitverzögerung von über drei Minuten und zwei gute Männer aus meiner Mannschaft gekostet. Ein hoher Preis, den wir für diesen rücksichtslosen Autofahrer zahlen mussten.

Noch höher war allerdings der Preis, den Hannelore Krause zahlte. Unverschuldet war sie zum Unfallopfer geworden. Wie sich später herausstellte, war ihr Polo ebenfalls stark beschädigt worden und zwar wesentlich umfangreicher, als man es anfänglich vermutet hatte.

»Und, hast du schon eine Rückmeldung von unserer Einsatzstelle bekommen?«

Ugü sah kurz zu mir herüber und nickte:

»Und ob. Da geht richtig die Post ab. Die haben jetzt schon mehrere B-Rohre vorgenommen.«

»Hui, dann brennt's da also richtig.«

»Das kannst du wohl sagen. Übrigens, die Leitstelle meint, wenn wir uns eingemeldet haben, sollen wir den Funkkanal wechseln und uns sofort beim C-Dienst melden.«

Ugü teilte mir die neue Frequenz mit. Wir würden also gleich nicht mehr auf unserem gewohnten Kanal funken, sondern auf einen für Großeinsatzstellen vorgesehenen Spezialkanal umschalten. Das hieß: Am Einsatzort musste eine mobile Einsatzleitstelle eingerichtet werden. In aller Regel wird mit dieser Aufgabe der erste anwesende B-Dienst beauftragt.

»Weiß der Theo, dass wir hier festgehalten wurden?«

»Ja, den habe ich noch über die Florentine erreichen können.« Ugü grinste. »Theo lässt dir ausrichten, du sollst so schnell wie möglich nachkommen und dich nicht so lange vor der Arbeit drücken.«

Ich sah meinen Maschinisten lachend an: »Ist klar …«

»Hat er so gesagt.«

Ugü zog entschuldigend die Schultern hoch, dabei wusste er genau wie ich, wie ernst wir diese Aussage bewerten durften – nämlich gar nicht.

Wir befanden uns jetzt auf der Briedestraße und hatten also nicht mehr weit zu fahren. Die nächste Straße rechts war schon die Karl-Hohmann-Straße mit dem Recycling-Hof, wo sich unsere Einsatzstelle befand. Inzwischen war es stockdunkel geworden. In die tief hängenden dichten Regenwolken mischte sich ein überdimensionaler, schwarzgrauer Rauchpilz. Ein typisches Indiz für ein Großfeuer. Bedrohlich breitete sich der dunkle Rauch über den gesamten Stadtteil aus.

Rechts gab es eine Häuserlücke. Im Vorbeifahren konnte ich einen kurzen Blick hineinwerfen. Was ich dabei erblickte, ließ mir das Blut in den Adern gefrieren.

»**Stopp!** Halt an! Fahr noch mal ein Stück zurück. Ich muss unbedingt noch mal rechts in die kleine Straße!«

Ugü, der nicht wusste, was ich gesehen hatte, trat hart auf die Bremse.

»Hast du das nicht gesehen?«, fragte ich fast vorwurfsvoll.

»Was denn?«

»Na das Feuer! Mann, da hinten ist die Hölle los, da können wir gar nicht weiterfahren.«

Ich rief nach hinten:

»Los, ein Mann als Sicherungsposten raus! Wir setzen zurück!«

Fix und fertig ausgerüstet, das Atemschutzgerät auf dem Rücken, stieg der Angriffstruppmann aus und begab sich seitlich hinter das LF. Ugü konnte ihn im Rückspiegel sehen und schaltete das automatische Getriebe auf »R«. Langsam ließ er das große Löschfahrzeug die wenigen Meter so weit zurückrollen, bis wir wieder in die kleine Stichstraße hineinsehen konnten.

Ugü pfiff durch die Zähne:

»Hui, das ist aber mal ein Feuerchen!«

»Die Bezeichnung *Feuerchen* ist ja wohl reichlich untertrieben. Ich finde, das sieht schon eher wie der Brand von Rom aus.«

Die namenlose Stichstraße führte maximal zwanzig, fünfundzwanzig Meter in die Häuserlücke hinein und endete unmittelbar vor einer, mehr als zwei Meter hohen Backsteinmauer. Von unserer erhöhten Position aus sahen wir direkt in ein waberndes Flammenmeer. Ich hatte das Empfinden, als hätte sich das Feuer gierig bis unmittelbar an die Steinmauer heran gefressen, wo die Flammen ständig meterhoch über deren verwitterte Oberkante schlugen.

»Gib mal 'ne Rückmeldung, ich sehe mir das aus der Nähe an.«

Stefan stand ja bereits draußen. Er blickte wie gebannt auf dieses Szenario und rief mir zu:

»Was ist, sollen wir einen Schlauch ausrollen?«

»Nein, noch nicht. Vielleicht fahren wir weiter. Ich muss mir das erst aus der Nähe ansehen.«

Ich rannte die kurze Entfernung bis zur Mauer. Erstaunlicherweise waren überhaupt keine Zuschauer anwesend. Aus der unmittelbaren Nähe erkannte ich, dass die Flammen noch gar nicht bis an die Mauer vorgedrungen waren. Ich war einfach einer optischen Täuschung erlegen. Einige Meter weiter links standen direkt an der Mauer mehrere große Container. Ich kletterte hinauf und bekam so einen freien Blick auf das Szenario.

Hinter der Mauer begann das Gelände des Recycling-Hofes. Es war ein riesiges Areal. Vor meinen Augen, aber in immer noch so großer Entfernung, dass ich die Strahlungshitze kaum spürte, brannte Holz auf einer Fläche von geradezu gigantischen Ausmaßen. Einen kurzen Moment betrachtete ich fasziniert das gewaltige Flammenmeer, aber ich hatte keine Zeit mich noch länger diesem Anblick hinzugeben. Für die Häuser hinter mir bestand keine Gefahr. *Also los, zurück.* Ich sprang von meinem Aussichtpunkt herunter und rannte wieder zum LF. Stefan sah mich kommen. Ich deutete ihm schon von weitem einzusteigen. Ugü hatte mit laufendem Motor und eingeschalteten Blaulichtern gewartet und während meiner kurzen Abwesenheit mit der Leitstelle gesprochen. Jetzt gab er Gas und unterrichtete mich über die neuesten Informationen:

Wir sollten den Haupteingang ansteuern. Von da an würden wir durch den C-Dienst 7 eingewiesen. Um mit diesem Kontakt aufzunehmen, mussten wir, wie bereits angeordnet, den Funkkanal wechseln.

»Hast du schon was von Gunther und Chris gehört?«

»Nö, wie denn auch? Die sind doch bestimmt noch mit dem Unfall beschäftigt. Ich bin mal gespannt, wie die beiden von da zu uns kommen wollen?«

Das war ich auch. Doch darüber konnte ich mir jetzt nicht den Kopf zerbrechen, das war deren eigenes Problem. Deshalb antwortete ich:

»Ich schätze, die beiden sind clever genug, das irgendwie selbst zu regeln.«

Wir fuhren jetzt die Karl-Hohmann-Straße hinunter. Rechts auf dem Gehweg lag der erste rote B-Schlauch. Auf der gleichen Seite, ein Stück weiter vorne, befand sich die Einfahrt.

»So Männer, es geht los!«

Ich zog den Funkhörer aus der Halterung und drückte die Sprechtaste:

»Florian Düsseldorf für 7-44-1 kommen.«

Sofort wurde ich empfangen:

»7-44-1 kommen Sie.«

»7-44-1 Einsatzstelle an.«

»7-44-1 wechseln Sie den Funkkanal und sprechen Sie C-Dienst 7 an, Ende«

Nachdem ich den Kanal gewechselt hatte, funkte ich erneut:

»C-Dienst 7 für 7-44-1 kommen!«

»Hier ist Dieter, ich habe deine Meldung mitgehört. Pass auf, Martin, ihr fahrt beim Pförtner vorbei und dann direkt die erste Straße rechts runter. Ungefähr 200 Meter auf der linken Seite stehen einige große Spänebunker. In Höhe der Rampe ist eure Position. Ihr meldet euch da bei Theo. Der steht mit seinem LF auch in diesem Bereich. Sprich den am besten direkt über Florentine an.«

»In Ordnung Dieter, Danke und Ende.«

Wir fuhren jetzt auf einer asphaltierten Straße auf dem Gelände des Recyclinghofes. Inzwischen lag hier nicht mehr nur wie auf dem Gehweg ein Schlauch, sondern viele Schläuche schlangen sich dort entlang. Sicher lenkte Ugü unser schweres LF über die Schlauchbrücken. Den Pförtner hatten wir längst passiert. Rechts und links erhoben sich Berge aus geschrädderten Materialien. Feuer sahen wir noch nicht, aber seitlich vor uns zeichnete sich eine bedrohliche, glutrote Atmosphäre ab und der ganze Himmel über uns hatte sich verdunkelt. Dazu stieg weißgrauer Rauch empor, ein klassisches Zeichen dafür, dass die Löscharbeiten bereits in vollem Gang waren.

Ich hatte die Florentine in die Hand genommen und versuchte Theo zu erreichen. Gerade lenkte Ugü, so wie es Dieter gesagt hatte, nach rechts in eine andere Straße, da hatten wir freie Sicht auf das riesige Feuer. Wir waren wie vom Donner gerührt. So etwas hatte noch niemand von uns gesehen. Ein Haufen Abfallholz, von der Größe eines halben Fußballfeldes und mehrere Meter hoch, stand lichterloh in Flammen. Von verschiedenen Seiten griffen Feuerwehrmänner gleichzeitig an. Noch war die Straße, auf der wir uns befanden, zu befahren. Weiter hinten erkannte ich die Spänebunker. Ihre Silhouetten zeichneten sich als riesige, schwarze Schatten gespenstisch gegen den hellen, flackernden Feuerschein ab. Ein schräges Förderband zog sich von der Erde bis zu ihrem oberen Rand in die Höhe.

Links stand unser erstes LF. Unter mehreren Feuerwehrmännern erblickte ich Theo. Er rannte hin und her und erteilte ganz offensichtlich seinen Leuten Weisungen, was unschwer an seinen gestikulierenden Bewegungen zu erkennen war. Sofort funkte ich ihn an:

»DGL 7 für 7-44-1 kommen!«

Er schien mich nicht zu hören und ich versuchte es ein zweites Mal:

»DGL 7 für 7-44-1 kommen!«

Jetzt blickte er auf, vor seiner Brust baumelte eine Atemschutzmaske. Er sah sich suchend um und kam, nachdem er unser LF gesehen hatte, auf uns zugelaufen. Ich stieg aus. Es wäre ja auch blöd gewesen, wenn wir uns über Funk unterhalten hätten, jetzt, da wir nur wenige Meter von einander entfernt standen. Schon wollte ich ihm eine Erklärung geben, warum wir erst so spät eingetroffen waren, da winkte er beschwichtigend ab:

»Unwichtig, darüber können wir später reden. Pass auf: Ihr postiert euch direkt in der Nähe der Rampe. Schick deinen Angriffstrupp da hoch. Ihr müsst unbedingt die Spänebunker schützen. Die sind akut gefährdet. Wenn die auch noch Feuer fangen …«

Theo brauchte nichts weiter zu sagen. Unser Auftrag war klar. *Verdammt*, jetzt fehlten mir meine beiden Männer. Das musste ich ihm aber doch mitteilen.

»Das ist wirklich bitter, gerade jetzt, wo wir jeden Mann dringend brauchen.«

Er überlegte einen Moment, dann hatte er einen Entschluss gefasst:

»Okay, bereitet ihr euren Angriff vor, ich lasse euch von meinen Leuten eine Leitung legen. Das entlastet dich ein wenig. Also los!«

Fünf Minuten später bekamen wir unsere Leitung und griffen das Feuer von der Rampe aus an. Ich befand mich zusammen mit meinem Angriffstrupp hier oben. Aber immer wieder trieben dichte, beißende Rauchschwaden zu mir herüber und zwangen mich fluchtartig, meine momentane Position zu verlassen. Gerade rutschte ich zum wiederholten Male die glatte, schräge Betonrampe hinunter, um mich in Sicherheit zu bringen.

Den Angriffstrupp, der hier oben an vorderster Front gegen die Flammen kämpfte, beeindruckte das allerdings wenig. Denn erstens bemerkten sie meinen hastigen Rückzug nicht und zweitens konnten sie sich sowieso nicht um mich kümmern, denn sie hatten selbst alle Hände voll zu tun.

Die beiden Feuerwehrmänner konnten ihre gefährliche Position nur halten, weil ihre Pressluftatmer sie mit sauberer Luft versorgten. Die Stahlflaschen lasteten schwer auf ihrem Rücken, die körperliche Anstrengung war enorm groß. Ihre schweißnass erhitzten Gesichter verschwanden unkenntlich hinter der schwarzen Atemschutzmaske, die ihr gesamtes Gesicht bedeckte. Die hoch geschlagenen Kragen ihrer bis auf die Oberschenkel hinab reichenden, feuerfesten Jacken schützten sie zuverlässig gegen eine dort oben herrschende, mörderische Hitze. Trotzdem konnte selbst diese sehr gute Schutzkleidung nicht verhindern, dass den Männern permanent das Wasser den Hals hinunter rann. Das lag weniger am Dauerregen, wenngleich auch der das Seinige dazu tat, als vielmehr an dem dichten Wasserschleier, der von einem Wenderohr in ihrem Rücken erzeugt wurde. Ich hatte es selbst mit ihnen zusammen aufgebaut. Einmal angeschlossen, braucht es von niemandem weiter bedient zu werden, es sei denn, man wollte seine Position verändern. Unentwegt schleuderte dieses Rohr einen breit gefächerten Wasserstrahl gegen die gefährdete Holzwand auf ihrer linken Seite. Dabei wurden die beiden Männer zwangsläufig das Opfer ihrer eigenen Konstruktion. Sie nahmen es geduldig hin, was blieb ihnen auch anderes übrig?

Feuer und Wasser – zwei Elemente, die sich gegenseitig bekämpfen, irgendwie stehen wir Feuerwehrmänner immer dazwischen.

Jetzt regnete es schon seit dem frühen Nachmittag ohne Unterlass. Trotzdem hatte der Dauerregen das Feuer weder löschen noch merklich eindämmen können, dazu war er zu schwach. Er trug lediglich dazu bei, unsere Situation noch unangenehmer zu gestalten. Zu allem Übel verschärften aufkommende Winde die ohnehin höchst kritische Lage. Diese Winde waren auch dafür verantwortlich, dass wir hier, an unserer vorgeschobenen Position, immer wieder von dichtem Brandrauch eingehüllt wurden.

Die beiden Männer vom Angriffstrupp waren Stefan Wagner und Udo Peschel. Sie standen nur wenige Zentimeter von einer niedrigen Betonmauer entfernt. Unmittelbar dahinter erstreckte sich die riesige, brennende Fläche aus meterhoch sich auftürmendem Abfallholz. Einen richtigen, soliden Schutz konnte diese Mauer den beiden allerdings nicht bieten, da sie nur knapp bis in Höhe ihrer Oberschenkel reichte.

Die Stelle hier war auch nicht ganz ungefährlich. Das lodernde Flammenmeer mit seinen gelbroten Feuerzungen spiegelte sich im Sicherheitsglas ihrer Atemschutzmasken. Manchmal schlugen einige hohe Flammen gefährlich nahe über die Betonmauer, hinter der sie standen. Dann erhellten sie für einen kurzen Augenblick gespenstisch den dunklen Qualm. Dieser Qualm lastete wie eine Glocke über dem riesigen Areal. Er hatte sich längst zu einem Rauchpilz von überdimensionalen Ausmaßen entwickelt.

Es bedurfte schon starker Nerven, um diese vorgeschobene Position zu halten. Stefan Wagner und Udo Peschel waren erfahrene Feuerwehrmänner, die sich in den langen Jahren ihres gefährlichen Berufslebens immer wieder bewährt hatten. Sie wichen keinen Zentimeter zurück und richteten ihr Strahlrohr gezielt auf die Flammen in ihrer unmittelbaren Nähe.

Indes war es unvermeidlich, dass ein Teil des Löschwassers sein Ziel verfehlte. Unentwegt rann dieses Wasser ungenutzt die etwa zehn Meter breite Rampe hinunter. Längst hatte sich in einer Senke auf der asphaltierten Straße eine große, tiefe Pfütze gebildet. Man konnte das schon fast einen kleinen See nennen. Jedes Mal, wenn ich auf die Rampe hinauf oder von ihr herunter wollte, musste ich durch ihn hindurch waten. Noch reichte das schmutzig-braune Wasser nicht bis über die Schäfte meiner dick eingefetteten, schwarzen Feuerwehrstiefel. Ich warf einen besorgten Blick auf die sich ständig größer werdende Wasserfläche und fragte mich, wie lange das noch gut gehen würde.

Jetzt kämpften wir bereits eine halbe Stunde gegen dieses Großfeuer und immer noch ohne erkennbaren Erfolg. Ich hatte sogar den Eindruck, dass die Lage sich weiter verschlechterte und dieser Eindruck war keineswegs subjektiv. Ich glaubte sicher, mich nicht zu täuschen. Aber glauben reicht in unserem Beruf nicht. Und als Gruppenführer zählen für mich nur reine Fakten. Deshalb wollte ich mir Gewissheit verschaffen.

Unmittelbar neben der Rampe erhoben sich rechter Hand die riesigen Spänebunker. Keine zehn Meter davor, dem Flammenmeer also etwas weiter entrückt, stand auf einem wuchtigen Betonfundament ein Schredder von geradezu gigantischen Ausmaßen. Von seiner unteren Austrittsöffnung gelangten die groben Holzspäne über ein breites Förderband direkt in die Spänebunker. Parallel zu dem schwarzen Förderband, das jetzt natürlich nicht in Betrieb war, zog sich eine Eisentreppe steil und schräg in die Höhe. Ich beschloss, diese Treppe zu nutzen, um einen Überblick über die Gesamtsituation zu gewinnen.

Eine solide Gitterabsperrung sollte Unbefugte von dem Besteigen abhalten. Kurzerhand ignorierte ich die Warntafel mit dem Hinweis »Vorsicht Absturzgefahr« und zog mich an dem Absperrgitter empor, schwang das rechte Bein in die Höhe und hatte das Hindernis rasch überwunden.

Die Treppe, auf der ich mich jetzt befand, war keine Treppe im üblichen Sinne. Sie besaß nur auf der rechten Seite ein dünnes Flacheisen, das als Handlauf diente. Großes Vertrauen hatte ich nicht in diese Konstruktion. Linkerhand lief das Förderband in die Höhe. Die Stufen der Treppe bestanden aus Gitterrosten. Ich stieg zügig nach oben und erreichte schnell eine Höhe von etwa fünfzehn, achtzehn Metern. Das reichte mir.

Die Treppe empfahl sich keinesfalls für Schwindelanfällige, aber für mich hatte sich ihr Besteigen gelohnt. Von hier oben konnte ich den gesamten Lagerplatz überblicken. Was ich zu sehen bekam, bestätigte meine Vermutung:

Die brennende Fläche hatte sich tatsächlich vergrößert. Und noch etwas erkannte ich aus der Höhe: Eine Gefahr, die man in dieser Deutlichkeit aus der Position an der Erde gar nicht richtig hatte einschätzen können.

Die durchaus drohende Gefahr, dass das Feuer auf die angrenzenden Spänebunker übergreifen würde, wurde von Minute zu Minute wahrscheinlicher. Mit nur einem einzigen Angriffstrupp stand ich hier auf verlorenem Posten. Der Gedanke an die mögliche, verheerende Eskalation des Brandes bereitete mir ernsthafte Sorgen. Wenn diese über achtzehn Meter hohen, fast randvoll gefüllten Spänebunker Feuer fingen, dann würden wir nicht nur die Kontrolle über dieses ohnehin gigantische Feuer verlieren. Wahrscheinlich benötigten wir dann nicht nur diese eine Nacht zum Löschen. Die Frage war nur: Hatten wir das Feuer überhaupt im Griff?

Seit der ersten Alarmierung der Feuerwachen 6 und 7 waren noch zwei weitere Feuerwachen der Berufsfeuerwehr sowie die Freiwilligen Feuerwehren Garath und Himmelgeist/Itter nachalarmiert worden. Außerdem befanden sich mittlerweile etliche Sonderfahrzeuge im Einsatz. Trotzdem: Bei einer ernsthaften, nüchternen Analyse der Lage konnte ich durchgreifende Erfolge nicht erkennen. Zumindest musste ich mir das für diesen, mir zugewiesenen Brandschutzabschnitt eingestehen.

Eilig kletterte ich die glatten Eisenstufen wieder hinunter. Es musste dringend etwas geschehen und zwar innerhalb der nächsten Minuten, sonst wäre sowieso alles zu spät! Ich benötigte unbedingt massive Unterstützung. Mindestens ein zweites C-Rohr und, was mir noch wichtiger erschien, ein zusätzliches B-Rohr, um die hölzerne Trennwand des Spänebunkers zu halten.

Ich stand jetzt wieder bei meinem Angriffstrupp, da schob sich erneut eine dichte, dunkle Qualmwolke über die Mauer. So schnell, wie der Rauch mich einnebelte, konnte ich gar nicht fliehen. Sekunden später war ich der Gefahr wieder entkommen. Aber mir hatte es gereicht. Notgedrungen hatte ich einige wenige Atemzüge nehmen müssen. Die Quittung für mein leichtsinniges Verhalten erhielt ich denn auch prompt. Ein heftiger Hustenreiz überkam mich. Trotzdem legte ich die Entfernung bis zum Löschgruppenfahrzeug mit weit ausholenden Schritten zurück.

»He Ugü, ich brauch eine Maske mit Filter. Bah, ist das ein Dreck.«

Ich hustete: »Da oben kann man es ohne Atemschutz nicht mehr aushalten.«

Er sagte nichts dazu, nickte nur stumm und öffnete ein bisher geschlossenes Rollo. Dann entnahm er einem länglich flachen Holzkasten einen Schraubfilter und warf ihn mir zu:

»Hier, fang!«

In diesem Moment erreichte mich eine Meldung über das Funkgerät in meiner Brusttasche:

»Gruppenführer 7-44-1 für Angriffstrupp kommen!«

Ich betätigte die Sprechtaste:

»Gruppenführer 7-44-1 hört, was gibt es?«

»**Wir haben kein Wasser! Das gibt's!**«

Erschrocken riss ich den Kopf herum und sah zur Rampe, dorthin wo sich mein Angriffstrupp befand. Gerade schlugen erneut Flammen über die Mauer. Diesmal waren sie wesentlich höher als alle vorherigen, sicher drei, vier Meter hoch. Jetzt wurde es kritisch.

»Zieht euch zurück! Ich sehe zu, dass ihr wieder Wasser bekommt!«

»Dann mach aber schnell, sonst kannst du deinen Spänebunker vergessen!«

»**Ugü!** Was ist mit der Wasserlieferung? Die Jungs sitzen auf dem Trockenen!«

»Scheiße!«, entfuhr es diesem. Dann rannte er zum Heck seines Fahrzeuges und erkannte sogleich das Dilemma.

Die zuführende Leitung lag drucklos auf der Straße, das Manometer war gegen Null abgefallen. Mit flinken Händen drehte er ein Handrad zu und stellte die Pumpe von Saug- auf Tankbetrieb. Damit gewann er wenigstens für einen kurzen Moment etwas Luft.

»**Nur noch Wasser auf das C-Rohr! Wenderohr dichtmachen!**«, ordnete ich über Funk meinem Angriffstrupp an.

»Bin schon unterwegs!«

Oben auf der Rampe löste sich ein Schatten und eilte tief gebückt zu dem Verteiler. Ich sah nicht mehr, wie er den mittleren Anschluss für die B-Leitung zudrehte. Von dichtem Qualm umhüllt, entzog sich die schemenhafte Gestalt endgültig meinen Blicken. Aber ich hätte sie ohnehin nicht länger beobachten können, ich hatte Wichtigeres zu tun.

Ugü hatte gut reagiert. Aber er wusste, seine Maßnahme würde uns nicht allzu lange weiterhelfen. *Verdammt, wie konnte das nur geschehen?* Blitzschnell durchlief er in Gedanken alle möglichen Fehlerquellen. Am wahrscheinlichsten erschien ihm ein geplatzter Schlauch. Irgendwo auf der langen Strecke vom Hydrant bis zu seiner Pumpe? Auf jeden Fall musste er den

Schaden, wo auch immer er war, schnellstmöglich beheben. Er warf einen Blick auf den Wasserstandanzeiger.

»Verdammt.!«

Über den Wassertank seines Löschfahrzeugs würde er nur noch wenige Minuten Wasser geben können. Angesichts dieses Großfeuers nur ein Tropfen auf den heißen Stein.

»Und, wie sieht es aus?«

Mit besorgtem Blick registrierte ich, dass mein Maschinist mit dem rechten Fuß prüfend auf den schlaffen Schlauch trat. Angesichts dieses traurigen Anblicks eine überflüssige Kontrolle.

»Ohne Wenderohr, vielleicht sechs, sieben Minuten!« rief er, dann wurde seine Miene noch sorgenvoller: »Mit Wenderohr keine zwei!«

»Das Wenderohr hab ich schon absperren lassen«, erklärte ich, »Zurzeit bekommen die da oben nur Wasser für ihr C-Rohr.«

»Gut. Soll ich die Schlauchstrecke abgehen?«

»Nein, du bleibst hier am Fahrzeug. Ich regele das anders.«

»Dann mach aber hin, viel Zeit bleibt uns nicht.«

Hoffentlich ist es wirklich nur ein defekter Schlauch, sonst wird es verdammt eng für uns werden. Meine Gedanken überschlugen sich.

Außerhalb des Firmengeländes, unseren Blicken entzogen, war vor etwa zehn Minuten ein Tieflader vorgefahren. Sein Fahrer, ein dicker, verschwitzter Endvierziger, lehnte sich weit aus dem Fenster des hohen Führerhauses. Er hatte schlechte Laune.

Willi Bauer hatte tierische Zahnschmerzen. Nachdem er eine Schmerztablette geschluckt hatte, beschloss er, früh zu Bett zu gehen. Irgendwann an diesem Abend wurde er von seinem Chef aus dem Bett getrommelt und hatte sich in dieses Mistwetter begeben müssen.

»Was is'n los? Ich denk du has heute keine Nachtschicht?«

Seine Frau war vor dem Fernseher eingeschlafen und von den Geräuschen, die ihr Mann verursachte, ebenfalls wach geworden. Jetzt erschien sie im offenen Morgenmantel mit verlegenen Haaren in der Küche und rieb sich den Schlaf aus den Augen.

Willi, ihr Mann hatte sich eine Bierflasche aus dem Kühlschrank geholt und kramte vergeblich in der Schublade des Küchentischs nach einem Flaschenöffner.

»Ich muss jetzt schon fahren«, erklärte er seiner Frau missmutig. »Der Chef hat doch gerade angerufen, hasse dat nich mitbekommen?«

»Nee.« Ihr Blick fiel auf die Küchenuhr. »Jetzt, um die Zeit?« fragte sie ungläubig.

Aber statt einer Antwort erhielt sie nur ein: »Das gib's doch nich! Wo is'n schon wieder der Öffner!« zu hören.

»Soll ich Dir'n Kaffee machen?«

»Nee, lass ma, keine Zeit ... Mann, wo is'n der blos?«

Noch immer wühlte er in der Schublade, bis er entnervt aufgab.

»Dann eben so.«

Er wollte den Kronenkorken der Bierflasche mit seinen Zähnen öffnen, das hatte er schon oft gemacht. Das letzte Mal allerdings mit dem fragwürdigen Erfolg, dass er ein Stück eines Backenzahnes eingebüsst hatte.

Kaum hatte er die Bierflasche an die Zähne gesetzt, da sprang seine Frau, schneller als man vermutet hätte, hinzu und nahm ihm die Flasche aus der Hand.

»Du spinnst wohl?« schimpfte sie dabei laut. »Dat letzte Mal hat dir anscheinend noch nich gereicht? Un jetz ... um die Uhrzeit Bier ... un dann auf'n LKW ... ne ne mein Lieber. Zieh dich ers ma an und dann krisse deine Thermoskanne mit.«

Nach dieser Strafpredigt schob sie ihren Dicken kurzerhand aus der Küche.

Sein aufbegehrendes Brummeln quittierte sie mit einem resoluten:

»Mecker nich, dat geht doch janz schnell!«

Willi hatte nicht länger widersprochen. Es hätte sowieso keinen Zweck gehabt, besonders nach der unangenehmen Geschichte mit dem Zahn. Das war noch zu frisch und der Zahnarztbesuch, um den er sich so liebend gerne gedrückt hätte, stand auch noch an. Wegen der Schmerzen ließ es sich leider nicht mehr länger hinausschieben.

Jetzt saß Willi Bauer hinter dem Steuer seines Truck. Der Caterpillar war aufgeladen und er lenkte den Tieflader in die Paul-Thomas-Straße. Willi war müde, ihm war kalt und sein Hemd war im Regen nass geworden, weil er beim Aufladen seine dicke Jacke nicht angezogen hatte. Außerdem schmerzte ihn der verdammte Zahnstumpf. Seitdem er mit dem heißen Kaffee in Berührung gekommen war, spielte der verrückt. Kurzum, Willi haderte mit sich und der Welt. Zu allem Überfluss drang jetzt noch ein ekliger Brandrauch über die Lüftung in sein Führerhaus und er kurvte hier in dieser Gegend herum, ohne genau zu wissen, wem er dieses verdammte Ding übergeben sollte.

Endlich erreichte er den Haupteingang. Hier konnte er seinem angestauten Ärger Luft machen, indem er genervt einen völlig unbeteiligten Feuerwehrmann anfuhr, der neben einem aufgestellten Hydranten stand:

»He, wo soll ich dat Ding denn jetzt abladen!«

Der Feuerwehrmann hatte selbst keinen besonders guten Tag erwischt und betrachtete neugierig *das Ding:* eine riesige Planierraupe mit überdimensionaler Frontschaufel. Schließlich zuckte er gelangweilt die Schultern, blickte etwas hilflos umher und erklärte:

»Keine Ahnung. Wer hat das denn bestellt?«

Willi Bauer platzte der Kragen und er schimpfte wie ein Rohrspatz:

»Ich glaub, ich spinne. Kein Arsch weiß, wo ich mit dem Ding hin soll. Los, hol mal euren Chef! Mir hat man jesacht, dat is brandeilich, und ich kurve schon die ganze Zeit hier sinnlos durche Gegend. Also, was is'n jetz?«

So ein Arsch, wie soll ich das denn wissen, ärgerte sich der Feuerwehrmann, *mir hat keiner was gesagt.* Aber da er ein Funkgerät mitführte, funkte er seinen Gruppenführer an.

»Gruppenführer 6 für Wassertruppmann kommen.«

Keine Antwort. Er versuchte es ein zweites Mal:

»Gruppenführer 6 für Wassertruppmann kommen.«

»Un! Wat sacht dein Chef?«, rief der Dicke ungeduldig aus seinem Führerhaus.

»Nix, der meldet sich nicht!«

»Ja und nu? Ich steh mir hier doch nich die Reifen eckich! Tu wat!«

»Mann, du nervst! Was meinst du, was hier los ist? Ich steh doch hier nicht zum Spaß!«

»Und ich fahr hier nich zum Spaß so'n Caterpillar durch die Jegend. Du wirs doch wohl noch jemand auftreiben können, der hier wat zu sagen hat?«

»Is klar! Weist du überhaupt, was hier am Funk los ist?«

Nein, woher sollte der Tiefladerfahrer auch wissen, dass fast jeder, der ein Funkgerät besaß, es auch bediente. So hielten die Gruppenführer ständig Funkkontakt zu ihren eingesetzten Trupps. Die C-Dienste ließen sich die Lage von ihren Gruppenführern erklären und die B-Dienste wollten wiederum von den C-Diensten wissen, wie es in deren Brandschutzabschnitten aussah. Die Führungskräfte versuchten so, sich einen Gesamteindruck zu verschaffen, zogen daraus ihre Schlüsse und gaben neue Anordnungen über die gleichen Funkgeräte zurück. Zusätzlich fragten die Maschinisten in gewissen Zeitabständen den Luftvorrat der unter Atemschutz arbeitenden Feuerwehrmänner ab und und und ... Es entwickelte sich ein permanentes Hin und Her von Fragen und Rückfragen, und immer wieder hörte man den gleichen Satz: »Wiederholen Sie, ich konnte Sie nicht aufnehmen!«, weil oft ein Gerät das andere störte. Die Gegensprechfrequenz war zeitweise völlig überlastet und manchmal ertönte nur ein grässliches Pfeifen aus den Geräten. Das konnte einen schon nerven.

Deshalb erwartete der Feuerwehrmann vom Fahrer des Tiefladers natürlich auch keine Antwort auf seine Frage und erklärte ziemlich gestresst:

»Ich versuch mal, ob ich ’nen anderen erreiche. Der hat auch mehr zu sagen.«

»Na hoffentlich!«

»C-Dienst 7 für Wassertruppmann 6 kommen, C-Dienst 7 für Wassertruppmann 6 kommen!«

»Hier C-Dienst 7. Wer ruft?«

»Wassertruppmann 6 ruft. Ich hab hier’n Tieflader mit ’nem Caterpillar. Der Mann weiß nicht, wo er hin soll.«

»Wo steht der genau?«

»Haupteinfahrt.«

»Okay, soll warten, ich komme selbst.«

»Verstanden, soll warten. Ende.«

Willi Bauer, der lediglich erkennen konnte, dass der Feuerwehrmann mit irgendwem gesprochen hatte, rief ungeduldig:

»Was is’n jetz?«

»Warten!« rief der Feuerwehrmann lapidar zurück. Und insgeheim dachte er sich: *Sollst ruhig noch was schmoren, alter Brüllheini.*

Das war allerdings nicht nur unhöflich, sondern auch taktisch unklug. Denn anstatt mit beruhigenden Worten auf den Fahrer einzuwirken, heizte er dessen gereizte Stimmung noch an. Die Folgen hatte der Feuerwehrmann sicher nicht erwartet. Aber so ist das im Leben. Erst gibt ein unbedachtes Wort das andere, dann erhitzen sich die Gemüter und schließlich eskaliert die Situation. Wie leicht wäre das Folgende zu vermeiden gewesen. So aber nahmen die Dinge ihren unheilvollen Lauf...

Klaus Wloka bückte sich und schob seine hoch gewachsene Gestalt in den C-Dienst Wagen. Ächzend ließ er sich auf die hintere Sitzbank des VW-Bus fallen.

»Booh, das ist vielleicht ein Mist da draußen.«

Dieter Link, sein Fahrer, saß über einige Karten gebeugt, die vor ihm auf dem Arbeitstisch lagen und sah seinen Chef fragend an. Der zog gerade seinen tropfnassen Helm vom Kopf und wischte sich den schmutzigen Schweiß aus der Stirne.

»Nee, so ein elendes Wetter«, klagte er, »wenn der Regen wenigstens richtig prasseln würde ... aber so ...«

Dieter, der mit seiner wesentlich kleineren, hageren Gestalt das figürliche Gegenteil zu seinem Chef bildete, wollte schon eine Antwort darauf geben, schwieg jedoch, da gerade ein Fax eintraf. Der monotone Klingelton des Gerätes unterbrach ihr Schweigen. Dieter nahm das Papier zur Hand und warf einen flüchtigen Blick darauf.

»Ist auf die Anfrage von vorhin«, erklärte er.

»Gib mal her.«

Er reichte seinem Chef das Schreiben.

»Ah, sehr gut. Die schicken uns noch einen weiteren Abrollbehälter mit Schaummittel. Na bitte, es geht doch. Wenn wir jetzt noch die Planierraupe bekommen ...«

Der Brandabschnittsleiter zog den nassen Ärmel seiner dicken Einsatzjacke hoch, warf einen Blick auf die Armbanduhr.

»Mann, die sollte längst da sein. Schon Viertel vor zwei, ich versteh das nicht. Wo bleibt die nur?«

Dieter machte ein unwissendes Gesicht und zuckte die Schultern.

»Soll ich mal beim B-Dienst anfragen?«

»Ja, mach das. Und ... der soll denen mal Dampf machen, wir brauchen das Ding hier dringend. So, ich muss wieder los.«

Vorsichtig streckte er den Kopf aus dem Auto.

»Regnet immer noch«, sinnierte er halblaut.

Dieter konnte sich ein Grinsen nicht verkneifen.

Seinem Chef war das nicht entgangen und er verzog misslaunig sein Gesicht:

»Du könntest wenigstens etwas Mitleid heucheln.«

»Na ja ...«

»Was? Na ja, ist das alles? Ich frier mir da draußen den Arsch ab und mein Fahrer sitzt hier drinnen schön mollig im Warmen. Da frag ich mich doch, ob ich nicht irgendetwas falsch gemacht habe.«

Bevor Dieter eine möglicherweise unpassende Antwort geben konnte, meldete sich eine Stimme aus dem Funkgerät:

»C-Dienst 7 für Wassertruppführer 6 kommen.«

»Hier C-Dienst 7. Wer ruft?«

Das hinlänglich bekannte Gespräch endete mit dem Satz:

»Okay, soll warten, ich komme selbst.«

Sofort nach Erhalt dieser wichtigen Nachricht setzte sich Klaus Wloka über Funk mit einem weiteren Einsatzleiter in Verbindung. Kurz und präzise wechselte man die nötigen Informationen, dann beendete er das Gespräch, nahm seinen Feuerwehrhelm und stapfte mit weit ausholenden Schritten durch den Regen. Sein Ziel war der Haupteingang des Recycling-Hofes.

»Was ist denn da oben los? Die beiden sollen sich nicht ausruhen. Mach denen mal Beine!«

Wer zum Teufel ... fuhr ich verärgert herum. Schon wollte ich eine passende Antwort geben, da erkannte ich den B-Dienst, der mir gegenüber stand. Ich schluckte die Worte, die mir gerade noch auf der Zunge lagen, schnell wieder hinunter. Es ist nicht unbedingt von Vorteil, die Autorität seines Vorgesetzten in Frage zu stellen. Selbst dann nicht, wenn dieser Horst Kronenberg heißt und mit einem gemeinsam die Schulbank gedrückt hat. In dieser Schulbank hatten wir gemeinsam geschwitzt und gepaukt und am Schluss gemeinsam den fünfzigsten Grundausbildungslehrgang der Berufsfeuerwehr Düsseldorf erfolgreich bestanden. Genau dieser feine Bursche lachte mich jetzt entwaffnend an, denn seine kritische Bemerkung war natürlich nur scherzhaft gemeint. Nachdem ich ihm unsere heikle Situation erklärt hatte, versprach er mir unverzüglich Abhilfe:

»Ich schick dir sofort ein TLF. Sieh du nur zu, dass das Tor da hinten geöffnet wird, damit die von da anfahren können. Um die Wasserleitung kümmere ich mich.«

»Sehr gut. Hör zu Horst, ich brauche aber auch unbedingt noch zwei weitere Trupps, sonst kann ich für die Spänebunker nicht mehr garantieren.«

»Hmm, ich versuche dir ein paar Männer zu schicken. Das klär ich aber mit deinem C-Dienst ab. Fürs Erste musst du mit der TLF-Besatzung auskommen.«

Horst hob hilflos die Arme: »Mehr ist im Moment nicht drin.«

»Danke Horst. Damit kann ich zumindest die nächste viertel Stunde die Stellung halten.«

Horst Kronenberg sprach in eines seiner beiden Funkgeräte. Er gab verschiedene Anordnungen. Ich hörte nur noch, wie er sagte:

»Nein, das hat erste Priorität! Ja, jetzt sofort!« Dann wechselte er auf das andere Gerät und sprach dort ebenfalls hinein.

In diesem »Chaos« mit zwei Funkgeräten auf zwei verschiedenen Frequenzen zu funken, und jetzt klingelte zu allem Überfluss auch noch sein Diensthandy – nein, um diese Aufgabe beneidete ich ihn weiß Gott nicht.

Was er jetzt redete, konnte ich schon nicht mehr verstehen, dafür hatte ich mich schon zu weit von ihm entfernt. Ich hatte ja selbst auch Wichtigeres zu erledigen.

Ein kurzer Blick zur Rampe beschleunigte meine Pulsfrequenz. Dort oben bemerkte ich nämlich einen weiteren Gefahrenherd, an den bislang noch niemand gedacht hatte. Seit dem Rückzug des Angriffstrupps konnte sich das Feuer ungehindert weiterentwickeln, daher schlugen die Flammen nunmehr ununterbrochen meterhoch über die Betonmauer.

So ein Mist, der Bagger! Schoss es mir durch den Kopf.

Die Rampe, eine massive Betonkonstruktion endete in einer waagerechten Plattform von etwa zehn mal zehn Metern. Und oben auf der Plattform stand ein Bagger.

Bisher hatte ich ihn nicht besonders gefährdet gesehen, aber jetzt, da die Flammen unaufhörlich über die Mauer schlugen steigerte sich die Strahlungswärme erheblich. Und es war nicht auszuschließen, dass sie irgendwann auch den Bagger in Brand setzten.

Ich griff sofort zum Funkgerät:

»Angriffstrupp für Gruppenführer sieben kommen.«

»Angriffstrupp hört, kommen«, erklang es sogleich.

»Ihr bekommt in wenigen Minuten Verstärkung durch ein TLF. Versucht bis dahin nur den Bagger zu kühlen. Ich will nicht, dass der uns da oben abfackelt! Sonst können wir hier nämlich einpacken.«

»Geht klar, wir kühlen den Bagger.«

Dann rief ich meinen Maschinisten:

»Wie lange haben wir noch Wasser?«

»Höchstens zwei Minuten! Eher weniger!«

»Scheiße!« entfuhr es mir und ich sah, wie er warnend den Zeigefinger hob:

»Na na, du wirst mir doch nicht die Beherrschung verlieren? Denk dran, ist alles nur Holz … nur Holz, keine Menschenleben.«

Typisch Ugü, aber mit seiner philosophischen Sichtweise hatte er bei aller berechtigten Sorge nicht ganz Unrecht. Trotzdem ging es hier um enorme Sachwerte.

Die Zeit zerrann mir unter den Händen. Hoffentlich würde das TLF rechtzeitig kommen. Dessen 5000 Liter Wasser brauchten wir dringend. Besser wäre es natürlich gewesen, die Schlauchleitung hätte wieder Wasser geliefert, aber im Moment sah es nicht so aus. Nach wie vor lag der rote B-Schlauch leer am Boden.

»He Ugü, ich komm jetzt zu dir. Leg mir schon mal den Bolzenschneider raus, ich muss da hinten am Tor das Schloss knacken. Und bereite ’ne weitere Leitung vor, wir bekommen Verstärkung. Der B-Dienst schickt uns ein TLF.«

»Mach ich. Hoffentlich kommen die noch rechtzeitig!«

Willi Bauer hatte die Nase voll. In den Hof wollte er mit seinem Tieflader lieber nicht fahren. Denn dass es dahinten mächtig brannte, konnte man inzwischen selbst hier draußen auf der Straße deutlich erkennen. Der riesige schwarze Rauchpilz, der mittlerweile über einem großen Teil dieses Stadtbezirkes hing, wirkte auf den LKW-Fahrer mindestens so bedrohlich wie die hellen, meterhohen Flammen, die weithin sichtbar in den regenverhangenen, nachtschwarzen Himmel schlugen. Willi konnte zwar nicht das ganze Ausmaß des Brandes erkennen, aber das, was er sah, reichte ihm. Da würde er auf keinen Fall näher heranfahren. Außerdem, so sagte er sich, gab es dahinten keinen ausreichend großen Platz, um seinen Truck zu wenden. Überall sah er nur zuckende Blaulichter. Da wäre es ja geradezu Schwachsinn, die Zufahrt auch noch mit seinem Tieflader zu versperren, zumal er den wendigen, geländegängigen Caterpillar hier draußen wesentlich sicherer abladen konnte.

Genau, dachte er sich, *wozu überhaupt und auf wen soll ich hier noch länger warten. Die brauchten das Ding doch, so oder so ... ich bin da – also runter mit der Kiste.*

So ging es ihm durch den Kopf und da er ein Mann der Tat war, kletterte er kurzerhand aus seinem Führerhaus und machte seinen Job.

Diesmal zog er sich aber die dicke Jacke über.

»Scheiß Wetter«, knurrte er und schlug die Fahrertüre hinter sich zu. Seine verschlissenen Lederhandschuhe baumelten an einem Karabinerhaken, der wiederum an seinem Hosengürtel hing. Jetzt streifte er sie über, rückte sich seine geliebte, alte speckige Schirmmütze zurecht und begann die BKS-Züge, mit denen der Caterpillar auf dem Tieflader verzurrt war, zu lösen.

Interessiert verfolgte der Feuerwehrmann die Arbeit des Dicken. Ein unangenehmer Wind blies ihm den Regen ins Gesicht. Obwohl er seine warme, schützende Kleidung trug, war ihm kalt geworden. *So'n Mist*, dachte er und warf einen prüfenden Blick gegen den Himmel. *Ich steh mir hier die Beine in den Bauch und so langsam wird das scheißkalt. Trotzdem*, so dachte er mit einem verstohlenen Blick nach hinten. *Besser hier'n bisschen frieren als da hinten malochen.* Beide Hände tief in die Jackentaschen vergraben, trat er abwechselnd von einem Bein auf das andere. Dabei näherte er sich unbewusst dem arbeitenden Tiefladerfahrer. Schließlich stand er nur noch drei Meter von ihm entfernt.

Willi schielte aus seiner gebückten Haltung unter dem Arm hervor.

»Wat is? Musse nich auch ma löschen ... oder?«

»Nee, ich bin hier nur für den Hydranten zuständig.«

Damit befand er sich allerdings in einem Irrtum, denn eigentlich hätte er sich längst wieder bei seinem Gruppenführer melden müssen.

»Mhm«, brummte Willi. Er schien nachzudenken. Und prompt folgte auch seine daraus gezogene Schlussfolgerung.

»Dann hasse ja jetz nix zu tun oder?«

»Wie man's nimmt«, kam etwas zögerlich die unverfängliche Antwort.

Aber Willi blieb hartnäckig:

»Wat heißt hier – wie man'et nimmt? Hasse nu wat zu tun oder nich?«

»Jaaa ... so richtig im Moment nicht.«

»Dat wollt ich doch nur wissen, Mann.«

Willi richtete sich auf, blickte seinen Gegenüber treuherzig an: »Da könntese mir doch ma eben wat helfen?«

»Ich weiß nicht, ob das erlaubt ist« kam die etwas zurückhaltende Antwort.

Du dämlicher fauler Beamtenarsch hätte Willi am liebsten losgepoltert, aber so undiplomatisch war er nicht. Immerhin wollte er ja etwas von diesem Feuerwehrmann und wenn er ihn nur beschimpfen würde ... na ja, er konnte es sich an fünf Fingern abzählen, wie das ausgehen würde. Darum zog er stattdessen ein betrübtes Gesicht und jammerte:

»Hör ma, ich bin doch auch nur 'ne arme Socke, genau wie du. Mich hamse auch aus'm Bett jerissen un jetz frier ich mir hier'n Arsch ab. Un dazu hab ich noch 'ne dicke Backe.«

Er deutete wehleidig auf seine rechte Wange: »Zahn ausjebrochen, verstehse. Dat puckert wie Teufel, wenn ich mich bücke.«

Der Feuerwehrmann spürte den Anflug eines schlechten Gewissens. Er zählte zwar zu der Sorte, die sich nicht unbedingt zur Arbeit drängte, aber so direkt mit dem Leid des anderen konfrontiert, wollte er dann doch nicht kneifen. Außerdem, die dicke Backe konnte er nun wirklich nicht übersehen.

Dass Willi, das alte Schlitzohr, mit seiner Zunge etwas nachgeholfen hatte, ahnte der arbeitsscheue Feuerwehrmann natürlich nicht.

»Was soll ich denn machen?« fragte er vorsichtig.

»Du brauchs dich nur bücken und tus mir immer den Schäkel festhalten, mehr nich. Den Rest mach ich allein.«

»Na gut.«

Zunächst hörte ich nur das Martinshorn eines anrückenden Feuerwehrautos, das sich meinem Standort näherte.

Hoffentlich das Tanklöschfahrzeug, schoss es mir durch den Kopf.

Den langen Bolzenschneider mit der rechten Hand fest umschlossen, rannte ich auf das etwa sechzig Meter entfernte, hohe Eisentor zu. Es befand sich ziemlich am Ende dieser schmalen Straße, auf der wir selbst mit unserem Löschfahrzeug standen und sperrte sie über ihre gesamte Breite ab.

Jetzt konnte ich das Fahrzeug sehen. Ja, sie waren es, die Feuerwehrmänner der Freiwilligen Feuerwehr. Soeben bogen sie von einem Seitenweg in unsere Straße ein. Die starken

Scheinwerfer strahlten mir entgegen. Unmittelbar vor dem Tor hielten sie an. Der Fahrzeugführer sprang heraus und prüfte, ob sich das Tor öffnen ließ. Sein Versuch war vergeblich. Das Tor war mit einer alten, arg angerosteten Eisenkette und einem ebenso angerosteten, aber immer noch stabilen Bügelschloss solide zugesperrt. Ich hörte, wie die Kette, die er prüfend in der Hand gehalten hatte, laut gegen die massiven Gitterstäbe schlug. Dann drehte er sich zu seinem Maschinisten um. Er rief ihm irgendetwas zu, was ich aber nicht verstand.

Noch ein paar Meter und ich befand mich selbst auf Rufweite.

»**Wartet, ich mach euch auf!**«

Sekunden später stand ich bei ihm.

»Mensch gut, dass ihr kommt, es ist höchste Eisenbahn.«

Mit knappen Worten schilderte ich die brenzlige Situation und vergaß darüber fast, das Bügelschloss durchzukneifen. Schließlich tippte er mit dem Zeigefinger auf das Schloss und meinte:

»Was hältst du denn vom Öffnen?«

»Ach so, ja.«

Dann machte ich kurzen Prozess und knackte den Bügel vom Schloss mit dem Bolzenschneider durch. Anschließend schwenkten wir mit vereinten Kräften die schweren Torflügel zu beiden Seiten hin auf.

»Was ist mit dem Poller da vorne, kann man den rausziehen?«

Poller? Poller? Ich blickte zurück.

Tatsächlich! Das stand mitten auf der Straße einer von diesen metallenen Pollern aus Vierkantrohr. Vom grellen Licht der Scheinwerfer geblendet, hatte ich den eben völlig übersehen. Eigentlich nicht verwunderlich, denn seine ehemals rotweiße Signalfarbe war längst abgeblättert oder verblichen. Sie war einem tristen schmutzigen Grau gewichen. Wie leicht hätte er mir zu einem gefährlichen Hindernis werden können. Glück gehabt! Aber jetzt wurde der graue Sperrpfosten in meiner

Blickrichtung angeleuchtet und uns beiden war klar, dass wir daran mit dem breiten TLF nicht vorbei kämen. Dieser Sperrpfosten musste weg!

Ich rannte die wenigen Meter zurück, begleitet von dem Fahrzeugführer des TLF.

»Was ist das denn für eine Scheiße! Der ist ja einbetoniert!«

In der Tat. Der Metallpfosten steckte nicht wie gewöhnlich in einer Bodenhülse, aus der man ihn entweder herausziehen oder an einem Gelenk umknicken konnte. Er war richtig einbetoniert worden – bombenfest! Wir sahen uns betreten an.

»**Günter! Trennschleifer!**«**,** rief der Fahrzeugführer.

»Warte, ich glaube das geht auch so.«

»Soll ich den etwa umfahren!?«

Obwohl ich mich noch gar nicht ausgesprochen hatte, schien meinem Gegenüber nur diese Lösung sinnvoll. Ich hatte aber einen viel simpleren Vorschlag und erklärte ihm:

»Den trete ich einfach um.«

»Bist du toll? Willst du dir die Knochen brechen?«

Verwundert und etwas ungläubig sah er mich an. Ich winkte lässig ab.

»Steig ruhig schon ein, ich bin meiner Sache sicher.«

»Bestimmt?«

»Ja« entgegnete ich und landete einen ersten festen Tritt gegen den Pfosten. Sofort hatte ich Erfolg, er geriet in eine leichte Schieflage. Jetzt steigerte sich sein ungläubiger Blick, der auf mir ruhte, noch mehr. Ich lachte nur und wiederholte meine Aufforderung:

»Los steig ein, es geht gleich weiter«.

Der nächste Tritt krachte gegen den Pfosten. Diesmal hatte ich den Abstand genauer eingeschätzt und all meine Kraft hineingelegt. Der Pfosten riss dicht über der Betondecke ein. Mit dem dritten Tritt war es endgültig um ihn geschehen und ich konnte ihn mit den Händen vollends gegen die Erde drücken.

Später hatte ich meinem staunenden Kameraden von der FF das unglaubliche Geheimnis meiner »überirdischen« Körperkräfte erklärt. Was ihm nicht aufgefallen war, war mir beim genaueren Betrachten des Pfostens nicht entgangen. Es handelte sich nämlich nicht um einen Stahlpfosten, sondern um einen aus Aluminium und das Ding war schon so altersschwach, dass ich die Sache mit den Fußtritten bedenkenlos riskieren konnte. Im anderen Fall würde ich mit meinen fünfundsiebzig Kilogramm Körpergewicht wohl heute noch vergeblich dagegen treten.

Die Vorbereitungen waren abgeschlossen. Willi Bauer war jetzt soweit, dass er den Caterpillar von seinem Tieflader herunterfahren konnte. Er hatte sich mächtig beeilt, und hatte keine Lust, auch nur eine Minute länger als nötig in dieser kalten, ungemütlichen Regennacht zu arbeiten.

Der Feuerwehrmann hatte ihn zwar unterstützt, aber so eine richtige Hilfe war er doch nicht gewesen. Willi hatte den Eindruck, dass der es wohl nicht so mit dem Arbeiten hatte. Jetzt stand der Feuerwehrmann wieder etwas abseits neben dem Hydranten. Interessiert verfolgte er, wie der riesige Caterpillar sich langsam über die gelochten, metallenen Auffahrbleche schräg zur Straße hin bewegte. Obwohl das Baustellenfahrzeug einen Schall gedämpften Motor besaß, verursachte es mächtig viel Lärm.

Für Willi war das Abladen gewohnte Routine. Souverän setzte er den gelb lackierten Riesen rückwärts auf die Straße, wo er ihn sogleich wendete. Dieser Caterpillar war ein Raupenfahrzeug, er besaß also keine Räder, sondern Ketten wie ein Panzer und zum Entsetzen des Feuerwehrmannes überrollten diese Ketten jetzt den Feuerwehrschlauch, der an seinem Hydranten angeschlossen war.

»**Halt! Halt!**« rief er noch und gestikulierte wild rudernd mit beiden Armen. Zu spät. Willi achtete nicht auf ihn und hörte auch nicht sein eindringliches Rufen. Das Unglück war nicht mehr aufzuhalten. Unter dem tonnenschweren Druck des über ihn rollenden Raupenfahrzeugs zerplatzte der prall gefüllte Feuerwehrschlauch wie eine überreife Tomate. Sofort spritzte eine riesige Wasserfontäne auf. Aus dem kürzeren Schlauchende, das weiterhin an dem geöffneten Hydranten angekuppelt war, schoss ein armdicker Wasserstrahl. Dabei schleuderte das zerfetzte Ende des B-Schlauches wild um sich. Mal schoss es hoch in die Luft, mal zur Seite. Dann schlug es laut klatschend auf die Gehwegplatten, so dass das Wasser nur so in sämtliche Richtungen spritzte. Es war äußerst gefährlich, in seine Nähe zu kommen. Die Wucht der peitschenartigen Schläge war nicht zu unterschätzen. Da saß enorme Kraft hinter, die einem erwachsenen Mann mit Leichtigkeit die Knochen brechen konnte!

Erschrocken machte der Feuerwehrmann ein paar Sprünge zur Seite und wollte sich dadurch in Sicherheit bringen, aber es war bereits zu spät. Eiskalt wurde er von dem vollen Strahl erwischte und stürzte auf den Gehweg. Fluchend rappelte er sich wieder hoch. Das Wasser schoss unvermindert weiter aus dem Hydranten, in jeder Minute fast tausend Liter. In Windeseile hatte sich um den Hydranten ein riesiger Wassersee gebildet.

Willi Bauer hatte das Missgeschick noch nicht bemerkt. Erst als der Wasserstrahl seine Führerkabine traf, dämmerte ihm, dass er wohl Mist gebaut hatte. Verlegen suchte sein Blick den Feuerwehrmann. Überall spritzte Wasser aus dem beschädigten Schlauch, so dass er den Mann gar nicht sehen konnte. Aber dann entdeckte er ihn. Platt wie eine Flunder lag er auf dem Gehweg. Jetzt rappelte er sich auf, und blickte sich vorsichtig um. Willi hielt es für besser, erst einmal in seiner Kabine zu bleiben, bis der Spuk vorüber war.

Hier drin bin ich sicher, dachte er, und damit lag er völlig richtig.

Inzwischen näherte sich der Feuerwehrmann tief gebückt von der weniger gefährlichen Seite dem Hydranten. Er fluchte über das Missgeschick, das ihn getroffen hatte und er fluchte über den blöden Kerl, der ihm dieses Missgeschick eingebrockt hatte. *Verdammt! Ich hatte hier einen so guten, ruhigen Job, bis dieser Dicke mit seiner dämlichen Planierraupe kam. Und jetzt bin ich auch noch klatschnass geworden, so ein Mist!*

Dabei sollte es für ihn noch schlimmer kommen. Denn ob er wollte oder nicht – **er** musste jetzt den Hydranten abstellen, **er** ganz alleine. Es gab ja niemanden sonst, der ihm diese unangenehme Arbeit hätte abnehmen können. Aber selbst wenn irgendjemand von seinen Kollegen bei ihm gewesen wäre, es hätte sich wohl keiner bereit erklärt, diesen Job zu übernehmen. Besonders weil er als »faule Socke« bekannt war und sich gerne vor der Arbeit drückte. Und bei dieser Aufgabe wurde er noch ein zweites Mal so richtig schön nass!

Die Rettungsassistenten Gunther Brings und Christian Weber hatten Hannelore Krause, die verletzte Pkw Fahrerin, vorbildlich behandelt, so wie sie es gelernt hatten. Sie saß immer noch auf ihrem Fahrersitz, aber jetzt »schmückte« eine stabilisierende Halskrause ihren verletzten Hals. Das notwendige Material für eine solche medizinische Versorgung führen alle Löschfahrzeuge in einem Rettungsrucksack standardmäßig mit sich.

Gunther hatte sich auf den freien Beifahrersitz gesetzt und sich erfolgreich in psychologischer Betreuung versucht. Der Unfall hatte Hannelore Krause doch stärker mitgenommen, als sie es sich eingestehen wollte. Sie war heilfroh, dass dieser freundlich blickende Feuerwehrmann jetzt neben ihr saß.

Gunther und Christian brauchten nicht lange zu warten bis der angeforderte Rettungswagen eintraf und ihre Patientin übernahm. Hannelore Krause wurde in das nahe gelegene Benrather Krankenhaus gefahren. Für ihr fahruntüchtiges Auto hatte die Polizei einen Abschleppwagen bestellt. Jetzt gab es an der Unfallstelle für die beiden Feuerwehrmänner nichts mehr zu tun und sie standen etwas verloren auf der Straße. Ihr eigenes Löschgruppenfahrzeug war ja ohne sie weitergefahren und hatte sie zurückgelassen. Sie konnten natürlich zu Fuß bis zu ihrer eigentlichen Einsatzstelle laufen, das wäre allerdings doch etwas weit gewesen. Aber es gab ja noch andere Möglichkeiten, von hier weg zu kommen. Darüber tauschten sich die beiden cleveren Feuerwehrmänner gerade aus:

»Was meinst du Chris, sollen wir die RTW-Besatzung bitten, der Leitstelle Bescheid zu geben, dass sie uns einen Wagen schickt?«

»Find ich nicht so gut. Die haben auf der Leitstelle jetzt doch alle Hände voll zu tun. Da sind die froh, wenn die keinen zusätzlichen Wagen losschicken müssen. Lass uns lieber im RTW mitfahren. Wenn die ihre Patientin im Krankenhaus abgeliefert haben, kann die Besatzung uns doch zur Einsatzstelle fahren.«

Gunther zog auf diesen Vorschlag hin ein zweifelndes Gesicht. Christian hakte nach:

»Was überlegst du? Ist doch gut die Idee oder?«

»Jaa schon ...«, Gunther dehnte seine Worte und äußerte weitere Bedenken, »falls die aber 'nen neuen Alarm bekommen ..., ich weiß nicht ... und außerdem, wir verlieren dabei einfach zuviel Zeit.«

»Ja gut, 'ne gewisse Zeit würde das schon dauern ... und was jetzt?«

»Ich hab 'ne ganz andere Idee. Was hältst du davon?«

Kurze Zeit später saßen sie im Polizeiwagen und wurden mit eingeschalteten Sondersignalen zu ihrer ursprünglichen Einsatzstelle – dem Recycling-Hof auf der Karl-Hohmann-Straße gefahren.

Die an der Unfallstelle tätig gewesenen Polizisten hatten nicht lange gezögert. Eine Anfrage über Funk hatte gereicht und schon erhielten die Beamten grünes Licht für diese außergewöhnliche Fahrt. So kamen Gunther und Christian zu ihrer ersten Alarmfahrt in einem Polizeifahrzeug. Sie saßen hinten auf dem Rücksitz der grünweißen Limousine und strahlten wie Honigkuchenpferde.

»Ist aber auch nicht viel anders als bei uns im LF.«

»Find ich schon«, bekräftigte Christian, »auf jeden Fall wesentlich bequemer!«

»Das stimmt, und wir sitzen hier schön im Trockenen.«

Mit diesen nicht zu widerlegenden Aussagen trafen sie voll ins Schwarze. Zu Fuß wären sie bei dem draußen herrschenden Sauwetter ganz schön nass geworden und sie hätten sehr viel Zeit benötigt. So legten sie die Strecke in wenigen Minuten zurück.

»Und ihr wollt da wirklich rein?«, fragte die Polizistin neckisch, denn sie hatten soeben den Recyclinghof erreicht.

Die Polizistin, die sie bis hierher gefahren hatte, bremste und lenkte den Wagen geschickt um einen Tieflader herum. Ein riesiger Caterpillar versperrte die halbe Einfahrt. Der Platz reichte aber noch, zumindest für einen Pkw. Bei der Einfahrt in das Firmengelände mussten sie eine außergewöhnlich große und tiefe Wasserpfütze durchqueren.

»Na, hier kann ich euch ja schlecht rauslassen, da bekommt ihr ja sofort nasse Füße. Ich fahr noch ein Stück weiter. Außerdem möchte ich mir euer Feuer doch wenigstens mal ansehen.«

Sie ließ das Martinshorn ein letztes Mal aufheulen, dann schaltete sie es aus. Lediglich die Blaulichter ließ sie weiter eingeschaltet. Dann erreichten sie genau die Stelle, von wo aus auch wir den ersten Sichtkontakt auf das Feuer bekommen hatten. Unter dem überwältigenden Anblick dieses gewaltigen Feuers trat die Polizistin spontan auf die Bremse. Solch einen Brand hatte sie noch nie gesehen. Nach der ersten Sekunde des Staunens drehte sie sich um und wiederholte ihre Frage:

»He Jungs, wollt ihr **da** wirklich rein?«

»Na klar!«

Gunther und Christian stiegen bereits aus und lachten:

»Das ist unser Job und ... Danke fürs Bringen.«

Ganz so cool, wie sie taten, waren sie jedoch nicht. Aber sie waren heiß, sie wollten zeigen, was sie drauf hatten. Das, was sie sahen, war zwar ein mordsmäßig großes Feuer, sicher, wahnsinnig beeindruckend, aber bestimmt nicht annähernd so gefährlich, wie ein heimtückischer Kellerbrand. Darin waren sie sich einig.

»Was ist? Gehen wir geradeaus oder nach links?«

»Ich bin für links!«

»Meinetwegen, dann los!«

Sie fielen in einen leichten Trab. Etwa einhundert Meter weiter geradeaus standen mehrere Löschfahrzeuge, aber auch links herunter sahen sie Blaulichter blitzen. Im Grunde war es einerlei, welche Richtung sie einschlugen, spätestens beim ersten Fahrzeug glaubten sie zu erfahren, wo sich ihre Löschgruppe aufhielt.

Sie hatten erst wenige Meter zurückgelegt, da begegnete ihnen ihr Chef, der Wachführer und C-Dienst Klaus Wloka. Mit leicht erstaunter Miene sprach er sie an:

»Nanu, wo kommt ihr denn jetzt her?«

Chris erklärte mit wenigen Sätzen den Sachverhalt und Wloka brummte zufrieden:

»Schön, ihr kommt mir genau im richtigen Moment. Ich habe gerade einen Funkspruch vom B-Dienst erhalten. Der 7-44-1 hat kein Wasser mehr. Euer LF steht da ganz hinten. Seht ihr? Da hinten!«

Gunter und Christian blickten in die angegebene Richtung. Ganz weit stand ein Feuerwehrauto. Es war zu weit, um es genau zu erkennen, aber sie nickten.

»So, und irgendwo zwischen dem LF und dem Hydrant draußen auf der Straße vermute ich einen defekten Schlauch. Unsere Jungs sitzen deshalb seit ein paar Minuten auf dem Trockenen. Da soll zwar ein TLF hin unterwegs sein, aber das rettet die auch nicht mehr lange. Was wir also brauchen ist eine intakte Leitung, besser gleich zwei. Ich will, dass ihr die jetzt sofort verlegt, kapiert!«

»Klar! Und woher bekommen wir die Schläuche?«

»Ich habe schon zwei Mann abgezogen, die sind unmittelbar hinter mir und haben alles mit. Ihr schickt die zurück und übernehmt das Material. Sagt denen, diese Anordnung kommt von mir und … beeilt euch, da hinten brennt unseren Jungs langsam der Arsch ab.«

Nach dieser Anordnung hatte Klaus Wloka seinen Weg weiter fortgesetzt, da drehte er sich noch einmal zu ihnen um und rief:

»He! Habt ihr da draußen 'ne Planierraupe gesehen?«

»Ja, ein riesiges Ding, steht direkt in der Einfahrt!«

Sehr gut, dachte der C-Dienst bei sich, *scheint, als bekommen wir die Sache endlich in den Griff.*

Theo Mallmann hatte nur ungern zwei von seinen Männern für diese Sonderaufgabe abgegeben, weil er eigentlich selbst jeden Mann benötigte.

»**Was!** Das 7-44-1 bekommt kein Wasser mehr? Sag das doch gleich. Das ist ja'n echter Notfall. Natürlich helfe ich da sofort.«

Also hatte er auf die Bitte des C-Dienstes entsprechend reagiert und Frank und Carsten losgeschickt. Aber der Verlust seiner beiden Mitarbeiter hatte eine große Lücke gerissen. Da ihm niemand sonst mehr zur Verfügung stand, hatte er das C-Rohr, an dem die beiden gerade noch eingesetzt waren, kurzerhand selbst übergenommen. Zu seiner Verwunderung sah er die beiden nach kurzer Zeit wieder zurückkommen.

»He Theo, wir sind wieder da!« riefen sie ihm schon aus einiger Entfernung zu.

»Das sehe ich! Wie kommt's? War die Schlauchleitung doch nicht defekt?«

»Keine Ahnung, soweit sind wir gar nicht gekommen. Aber unterwegs haben wir den Christian und den Gunther getroffen. Die sollen unsere Aufgabe jetzt übernehmen … hat jedenfalls der C-Dienst gesagt.«

»Na ausgezeichnet, dann ist die Mannschaft vom 7.44 ja auch wieder vollständig. Hier!« Er drückte ihnen das Strahlrohr wieder in die Hand. »Ihr könnt weitermachen. Hat der Klaus sonst noch was zu euch gesagt?«

»Nee, nur dass wir wieder zurückgehen sollten. Ach ja, und dass er selbst zum Haupteingang geht, weil wahrscheinlich die große Planierraupe angekommen ist.«

»Na hoffentlich. Mit dem kleinen Ding, das der Roberto fährt, sind wir ja in zwei Tagen noch dran. Also los Männer, ran an die Arbeit. Ich höre, der Roberto kommt wieder angefahren.«

Das *kleine Ding*, von dem Theo gesprochen hatte, war ein ziemlich alter, kleiner Radlader. Unermüdlich fuhr das Baustellenfahrzeug mit seiner stählernen Frontschaufel gegen den brennenden Berg aus Abfallholz, riss einen Teil heraus und zerrte seine brennende Fracht rückwärts setzend auf einen freien Platz, um sie dort abzuladen. Hier stand ein Feuerwehrmann bereit, der nur die eine Aufgabe hatte, diese brennenden Holzteile zu löschen.

Robertos Arbeit war äußerst anstrengend und gefährlich. Aus diesem Grund saß hinter dem Steuer auch keiner der Arbeiter, die dieses Gerät normalerweise bedienten, sondern ein Feuerwehrmann mit einer entsprechenden Spezialausbildung, eben Roberto. Seine Sitzposition war äußerst unbequem. Weil auch er einen PA auf seinem Rücken tragen musste, hockte er eingezwängt in diesem kleinen Gitterkäfig, der ihn vor herabfallenden Gegenständen schützen sollte. Ohne das Atemschutzgerät hätte er seine Aufgabe nicht erfüllen können, denn immer wieder wurde er mit seinem Radlader vollkommen von Brandrauch eingehüllt.

Gerade hatte er seine Schaufel erneut mit voller Wucht in den riesigen brennenden Holzhaufen gerammt. Tausende von hellen, glühenden Funken wirbelten in die Höhe. Die in der Asche grau verfärbten, grobstolligen Reifen drehten auf dem heißen Asphalt durch – Gummi qualmte. Der Geruch der verschmorten Gummireifen mischte sich mit dem übrigen Gestank des Brandrauches und hüllte Roberto ein. Aber unter seiner Atemschutzmaske bemerkte er davon nichts. Dafür bereitete ihm die schlechte Sicht ernsthafte Probleme. Die beiden Feuerwehrmänner, die ihn bei seiner gefährlichen Arbeit beschützen sollten, konnte er in diesem Moment nicht mehr sehen. Das war verdammt kritisch. Wegen der schlechten Sichtverhältnisse bestand die Gefahr, die beiden Männer zu überfahren. Die beiden Kollegen mussten vor seinem Gerät also immer auf der Hut sein und selbst auf sich Acht geben.

Roberto hatte in dem dichten Qualm Mühe, die Orientierung zu behalten. Die glühenden Reifen schlidderten auf dem weichen Asphalt, es wurde für ihn immer schwerer, das Fahrzeug richtig zu steuern.

Frank hatte sich jetzt wieder ziemlich weit vorne positioniert, da, wo Roberto die brennende Fracht auflud. Sein Strahlrohr, das er mit beiden Händen festhielt, konnte gut 15 Meter weit spritzen. Frank hielt einen Abstand von etwa acht Metern zu dem Radlader. Nah genug, um mit seinem Wasserstrahl Wirkung zu erzielen und dabei gerade noch in ausreichend sicherer Entfernung, um nicht von dem schnellen und wendigen Radlader überrollt zu werden. Frank richtete den Wasserstrahl immer öfter auf die besonders gefährdeten Reifen.

Einen Moment lang war Roberto wieder Mal im Qualm verschwunden. Endlich wurde er wieder sichtbar. Er setzte jetzt rückwärts, gab Gas und fuhr mit brennenden Reifen und einer hochbeladenen Schaufel Brandgut zum Abladeplatz. Auf seinem Weg verlor er immer wieder brennende Teile. Dafür war jetzt Carsten zuständig. Er stand seitlich versetzt etwas weiter zurück und erwartete ihn auf halber Strecke zum Abladeplatz. Aber nicht nur das Ablöschen der herunterfallenden Fracht war wichtig, Carsten musste vielmehr darauf achten, dass der Radlader nicht selbst Feuer fing. Immer wieder »pinselte« er das Gerät mit seinem Wasserstrahl ab. Es lag an seiner Geschicklichkeit, ob der Fahrer dabei nass wurde oder nicht.

Manchmal ließ sich das einfach nicht vermeiden, so wie jetzt.

Ein brennendes Holzstück hatte sich ziemlich nah von Robertos Rücken an einer Metallstrebe festgesetzt. Sofort schaltete Carsten von Sprühstrahl auf Vollstrahl um und beförderte das gefährliche Teil mit einem gut gezielten Angriff vom Radlader herunter. Der Wasserstrahl hatte gesessen und traf zwangsläufig auch die Metallstrebe. Es spritzte nach allen Seiten. Natürlich bekam Roberto auch einen Teil des Wassers ab, aber das ließ sich beim besten Willen nicht vermeiden.

In Prinzip war dem schon klar, dass die beiden Kollegen ihn nicht mit Absicht nass machten. Aber so langsam wurde es ungemütlich. Das Wasser war inzwischen bis auf seine Haut durchgedrungen. Roberto fand das überhaupt nicht mehr lustig, außerdem schmerzte ihn sein Rücken. Er funkte Theo an:

»Eh Theo! Wie sieht's aus? Es wird Zeit, dass ich endlich aus diesem engen Käfig rauskomme!«

Theo sah auf die Uhr. Roberto fuhr schon über zwanzig Minuten. Das reichte, viel länger war sowieso nicht zulässig. Der Luftvorrat seines Pressluftatmers reichte eh nur für maximal dreißig Minuten. Aber das schaffte niemand bei der Belastung.

Robertos Ablöser hielt sich schon bereit. Er stand neben Theo.

»Pass auf Volker, wenn der Roberto die nächste Fuhre bringt löst du ab. Ich sag dem jetzt über Funk Bescheid.«

»Okay Theo. Soll ich das Funkgerät von ihm übernehmen?«

»Ja, mach das. Wenn du erst mal auf dem Bock sitzt kann ich dich anders nicht erreichen.«

Theo funkte:

»Radlader für DGL 7 kommen!«

Keine Reaktion. Er wiederholte seinen Funkspruch:

»Roberto für Theo kommen!«

»Radlader hört, kommen!«, klang es jetzt zurück.

»Mach Pause! Dein Ablöser steht hier schon ganz unruhig und scharrt mit den Hufen.«

»Sehr gut, ich komme.«

Kurz darauf kletterte Roberto aus der engen Kabine. Er hatte den Motor laufen lassen und schraubte seinen Lungenautomat von der Atemschutzmaske ab, um endlich wieder etwas »frische« Luft zu atmen. Dann riss er sich die Maske vom Kopf und ging steifbeinig auf Theo und Volker zu.

»Bohh, Roberto! Wie siehst du denn aus?«, rief Theo ihm entgegen.

»Ja ja, kann's mir schon denken!«

»Wie ein Schwein!«

»Danke für die nette Begrüßung, Theo. Du kannst ja gerne mal selbst den Bock fahren.«

»Also das mit dem Schwein ... weißt du, wenn ich dich so betrachte ...«

Theo warf einen langen prüfenden Blick auf sein Gegenüber. Roberto sah wirklich übel aus, wie ein Kaminfeger, der statt seines Stoßbesens selbst durch den Kamin gerutscht ist.

»Nee, lass man«; Theo lehnte dankend ab, »mir reicht dein Anblick und in dem Affenkäfig will ich auch nicht fahren. Dafür hab ich ja den Volker mitgebracht.«

Er gab Volker einen kräftigen Schlag auf die Schulter:

»Na dann, viel Erfolg. Los, dreh dich mal her zu mir, damit ich dir den Lungenautomat einschrauben kann.«

Nachdem Theo auch das Druckmanometer überprüft und Volker sich das Funkgerät von Roberto eingesteckt hatte, bestieg er den »Affenkäfig«. Für die nächsten zwanzig Minuten setzte er die anstrengende Arbeit weiter fort.

Der abgelöste Roberto hingegen begab sich zum GWA, wo er sein verbrauchtes Atemschutzgerät gegen ein neues eintauschen konnte. Er wollte die Zeit nutzen, etwas trinken und sich ein wenig erholen, denn spätestens in zwanzig Minuten wäre er wieder dran. Es sei denn, Theo würde einen weiteren Radladerfahrer aus dem Hut zaubern. Daran glaubte er aber nicht.

Es ging das Gerücht um, dass die Einsatzleitung einen riesigen Raupenschlepper organisiert hätte. Wenn das wirklich stimmte, würde er, Roberto, mit Sicherheit keinen weiteren Ablöser bekommen. Denn die einzigen, die bei der Feuerwehr solche Geräte fahren konnten, waren die »Bären«. Aber von diesen speziell geschulten Feuerwehrmännern der Umweltschutzwache waren nur wenige im Radladerfahren geübt. Roberto sah daher eine lange und anstrengende Nacht auf sich zukommen.

Etwas abseits, im sicheren Bereich, stand der GWA. An diesem Platz wurde man nicht von dem widerlichen Brandrauch belästigt. Das Spezialfahrzeug der Atemschutzwerkstatt war hell erleuchtet. Die hintere Türe stand weit offen und eine breite Metalltreppe reichte bis auf den Erdboden. Unten hatten die Atemschutzgerätewarte ihren breiten Arbeitstisch aufgebaut. Es herrschte reger Betrieb, laufend kamen Feuerwehrmänner herbei. Einige Feuerwehrmänner mussten lediglich ihre Pressluftflaschen auswechseln, andere erhielten komplett neue Atemschutzgeräte. Manche besorgten sich aber auch nur Schraubfilter. Die wurden inzwischen an dieser Großeinsatzstelle von fast allen getragen, die keinen Pressluftatmer benutzen mussten.

In der unmittelbaren Nachbarschaft des GWA hatte sich die FF-Logistik aufgebaut.

Der Einsatzleitung war schnell klar geworden, dass sie es hier mit einer umfangreichen, langwierigen Einsatzstelle zu tun hatten, einer Einsatzstelle, die mit Sicherheit nicht in wenigen Stunden abgearbeitet wäre. Aus diesem Grund richtete man sich vorsorglich darauf ein, die Einsatzkräfte verpflegen zu können. Dafür war die FF-Logistik aktiviert worden.

Diese Jungs waren gut und schnell und bei uns verständlicherweise überaus beliebt. Immerhin sorgten sie dafür, dass wir, die aktiven Einsatzkräfte vor Ort, zu essen und zu trinken bekamen.

Nach einer relativ kurzen Vorlaufzeit hatten sie ihre Zelte aufgebaut. Zwei Scheinwerferbrücken erhellten den Platz. Absolute Spitze war der neue Verpflegungsanhänger. Das Ding sah original aus wie eine fahrbare Imbissbude. Hier gab es einfach alles! Hinter der Theke wurde eine heiße Suppe aus ausgeschenkt. Wer mochte, erhielt eine Brühwurst mit Brötchen. Es gab heißen Kaffee in allen Varianten: mit Milch, ohne Milch, mit Zucker, ohne Zucker. Einige tranken auch Tee oder andere, kalte Getränke. Sogar diverse Schokoriegel konnten wir hier erhalten, die gingen weg wie warme Semmeln.

Überhaupt herrschte ein ständiges Kommen und Gehen. Aber niemand hielt sich länger auf als nötig. Man schlürfte seinen heißen Kaffee, aß seine Suppe oder seine Wurst, quatschte etwas mit den Kollegen und ging dann wieder an die Arbeit. Weil es nach wie vor regnete, herrschte ein mächtiges Gedrängel in den beiden Aufenthaltszelten. Roberto saß zwischen den Kollegen, die einen der begehrten Sitzplätze an einem der Bierzeltgarnituren bekommen hatten. Sein Gesicht strahlte zufrieden, vor ihm stand ein dampfender Teller heißer Suppe. Hier interessierte es niemanden, dass seine Uniform total verdreckt war und er aussah wie ein Schwein. Hier sahen alle so aus und alle stanken genau wie er bestialisch nach Feuer.

Bis jetzt hatten weder meine Männer noch ich selbst Gelegenheit gehabt, diesen begehrten Ort aufzusuchen. Ja, wir wussten bis dato nicht einmal, dass so ein Verpflegungsplatz eingerichtet worden war. Aber in diesem Moment hatte ich auch andere Sorgen, als mir Gedanken darüber zu machen, wann wir wo etwas zu essen bekommen könnten.

Das TLF hatte uns etwas Luft verschafft, zumindest für die nächsten Minuten. Hoffentlich würde es gelingen, die Wasserversorgung möglichst schnell wieder aufzubauen. Ansonsten sah ich wirklich schwarz für die weiterhin hochgradig gefährdeten Spänebunker.

Mein Funkgerät meldete sich:

»Gruppenführer 7-44-1 für C-Dienst kommen.«

»7-44-1 hört, kommen.«

»Martin, pass auf, hier vorne am Hydrant ist die Leitung geplatzt. Die wird gleich repariert, dann habt ihr wieder Wasser. Aber ich will, dass die Jungs noch eine zweite Leitung parallel legen. Ihr könnt uns dabei unterstützen, indem ihr uns mit euren B-Schläuchen soweit es geht entgegen kommt. Die Strecke ist nämlich verdammt lang und wir haben nur den Hydrant draußen auf der Straße. Schafft ihr das?«

»Na klar, wir fangen sofort an. Übrigens, ich habe jetzt das TLF der Freiwilligen Feuerwehr Himmelgeist/Itter hier, damit kommen wir fürs Erste über die Runde.«

»Sehr gut und sonst? Alles klar?«

»Wenn die Leitung wieder steht, ja. Allerdings könnte ich hier noch einen weiteren Trupp gebrauchen.«

»Kriegst du, kriegst du alles mein Freund. Ich schick dir den Gunther und den Christian, Ende.«

Zu gerne hätte ich meinen Chef gefragt, wie die beiden Feuerwehrmänner aus meiner Gruppe hierher gekommen waren. In dem Zusammenhang lagen mir überhaupt so einige Fragen auf den Lippen. Aber zurzeit gab es Wichtigeres, als über solche Nebensächlichkeiten ein ausgedehntes Schwätzchen zu halten. Wahrscheinlich hatte mein Chef auch deshalb das Gespräch mit einem eindeutigen *Ende* abgeschlossen. Jetzt galt es also, noch einmal richtig anzupacken.

Die Männer auf der Rampe konnte ich für diese Arbeit nicht einsetzen, sie standen jetzt schon so lange da oben, dass ich sie unbedingt abziehen musste.

»Ugü! Wie viel Luft hat unser Angriffstrupp noch?«

»Ist gleich alle!«

»Dann sag denen, die sollen Schluss machen!«

»In Ordnung!«

»He Ugü, die vom TLF sollen solange das andere Rohr mit übcrnehmen!«

»Geht klar!«

Auf die beiden Männer der eben eingetroffenen TLF-Besatzung konnte ich für die Wasserversorgung nicht zurückgreifen. Sie hatten sich mit PA ausgerüstet und sofort ihr eigenes C-Rohr auf die Rampe verlegt, um den akut gefährdeten Bagger zu schützen, während Stefan und Udo mit ihrem unzureichenden einzigen C-Rohr mehr schlecht als recht die hölzernen Wände der Spänebunker nass hielten. Mehr war im Moment einfach nicht drin. Für das Wenderohr hatten wir leider immer noch nicht genügend Wasser, und ich hütete mich, unseren kostbaren Wasservorrat in wenigen Minuten zu verschwenden. Die beiden C-Rohre mussten für die nächsten Minuten reichen. Doch es gab jetzt wieder berechtigten Grund zur Hoffnung. Wenn die Wasserversorgung erst einmal stand, würden wir wieder mit voller Kraft angreifen können.

Während mein Maschinist die Kollegen über Funk informierte, nahm ich mir kurzerhand selbst eine unserer beiden Schlauchhaspeln und zog in Richtung Straße los. Ugü stand mit einem Fuß auf dem Ende der aufgerollten und aneinander gekuppelten B-Schläuche, deren Durchmesser sich mit jeder weiteren Umdrehung zusehends verminderte. Nachdem ich alle fünf Schläuche abgerollt hatte, war eine Strecke von einhundert Metern zurückgelegt. Den ganzen Weg lang wütete rechts von mir das Feuer. *Verdammt ist das riesig. Da haben wir bestimmt noch viele Stunden dran zu kämpfen!*

Eine Sache hatte ich allerdings nicht bedacht, als ich mich mit der Schlauchhaspel auf den Weg machte: Anscheinend besaßen weder Gunther noch Christian ein Funkgerät, zumindest reagierten sie nicht auf meinen Funkruf. Ich wollte aber wieder zurück zu meiner Einsatzstelle. *Hmm, wenn ich das Schlauchende einfach so liegen lasse, sagt denen keiner, dass sie ihren Schlauch mit dem meinigen zusammenkuppeln sollen? Mist, hat der C-Dienst ihnen dazu nun einen Hinweis gegeben oder wissen die vielleicht gar nicht, dass ich ihnen mit meiner Leitung entgegen gekommen bin?* Einen Moment verharrte ich in Unschlüssigkeit über mein weiteres Vorgehen. Da erledigte sich die Entscheidung von selbst. Ich sah die beiden Kollegen herankommen. Auch sie zogen eine große Schlauchhaspel hinter sich her.

»Hallo Chef! Schlauchtrupp zur Stelle!«, riefen sie mir entgegen und ich gestehe aufrichtig, dass ich mich freute, die beiden zu sehen.

»Ah, die verlorenen Söhne!« rief ich.

Als sie mich erreichten, wollten sie sofort berichten, wie es ihnen seit unserer Trennung ergangen war, aber ich winkte ab:

»Später Leute, später. Zuerst mal das Wichtige. Ihr kuppelt die Schlauchleitung zusammen und ich funke Wasser Marsch.«

Auf dem gemeinsamen Rückweg hörte ich mir ihre Geschichte an. Kurze Zeit später war ich bereits über alles informiert. Die abgerollten Schlauchhaspeln ließen wir hier stehen. Jetzt, ohne das hinderliche Schlauchmaterial legten wir die Strecke bis zu unserem LF im leichten Trab zurück. Irgendwann später, wenn das große Aufräumen begann, würden wir sie uns wieder abholen. Im Moment waren sie vollkommen nebensächlich.

Christian hielt mir einen Schokoriegel hin:

»Magst du?«

»Danke, gerne. Wie komme ich zu der Ehre?«

»Och, davon habe ich noch mehr. Die bekommt man vorne am Imbisswagen.«

»Imbisswagen?«

»Na klar. Da bekommt man auch Suppe und heiße Würstchen«, warf Gunther ein, »die FF-Logistik hat sogar zwei Zelte aufgebaut.«

»Mit Sitzplätzen.«

Ich staunte – welch interessante Neuigkeit!

»Und?«, fragte ich mit möglichst harmlos klingender Stimme, »wie hat die Suppe geschmeckt?«

»Nee nee …«, Gunther witterte die Falle, die in meiner Frage steckte sofort und legte Protest ein, »wir nicht, da kannst du sicher sein. Wir sind auf dem schnellsten Weg hierher.«

»Und dabei habt ihr euch schnell noch die Schokoriegel eingesteckt.«

Aber Christian war auch nicht auf den Mund gefallen und prompt erhielt ich zur Antwort:

»Klar, den einen für dich und die anderen für den Rest der Mannschaft, was denn sonst!«

Die beiden lachten und ich ließ mir von ihnen erklären, wo der Platz eingerichtet war, an dem man etwas zu Essen bekommen konnte.

Die ausgelegte Schlauchleitung hatte sich schneller mit Wasser gefüllt als wir unser LF erreichen konnten. Ugü stand hinten am Heck auf seinem Maschinistenposten und strahlte – endlich wieder ausreichend Wasser! Ein Blick zur Rampe zeigte mir, dass die Kollegen das Wenderohr wieder in Betrieb genommen hatten – ich hoffte, dass sich das Blatt jetzt wieder zu unseren Gunsten wenden würde.

Ich wandte mich Gunther und Christian zu:

»Ihr rüstet euch mit PA aus und übernehmt den Posten von Stefan und Udo.« Die Genannten saßen auf der Trittstufe des LF und tranken jeder eine Dose Mineralwasser. Ihre Pressluftatmer hatten sie abgelegt.

»He ihr beiden! Habt ihr Appetit auf 'ne leckere Suppe!«

Meine Atemschutzmaske mit dem angeschraubten Filter hing immer noch an der gleichen Stelle, an der ich sie zurückgelassen hatte. Beim Verlegen der Schlauchleitung wäre sie mir nur hinderlich gewesen. Jetzt streifte ich sie mir wieder über den Kopf, denn ich wollte Gunther und Christian auf die Rampe hinaufbegleiten.

Der kürzeste Weg führte durch den Wassersee. Da ich annehmen musste, dass uns das Wasser inzwischen über die Stiefelschäfte reichen würde, wählte ich lieber einen kleinen Umweg. Später sollte sich das als vernünftig erweisen.

Ich ging voran, Gunther und Christian folgten im Gänsemarsch. So erreichten wir trockenen Fußes die Rampe.

Der Anblick hier oben war immer noch überwältigend. Die beiden C-Rohre, die ich zurzeit im Einsatz hatte, reichten vorne und hinten nicht aus. Aber die Kameraden der FF hatten sich trotzdem wacker gehalten. Es war ohnehin schwer, mit dem Löschwasser die tiefer liegenden, brennenden Schichten zu erreichen. Das Ganze war vergleichbar mit einem Bodenfeuer im Moor. Man löscht zwar die oberen Flammen ab, aber tief unten brennt es weiter. Mit unserer konventionellen Löschmethode würden wir wahrscheinlich noch endlos lange Stunden hier stehen. Die Einsatzleitung hatte deshalb die Strategie geändert.

An verschiedenen Stellen mischte man dem Löschwasser jetzt Schaummittel zu, davon versprach man sich einen besseren Löscheffekt. Die Rechnung schien aufzugehen. Außerdem wurde die Arbeit der beiden kleinen Radlader durch eine zusätzlich eingesetzte, große Planierraupe verstärkt. Das zeigte langsam Wirkung.

Nach und nach verkleinerte sich die brennende Fläche, langsam zwar, aber doch erkennbar. Trotzdem schlugen weiterhin überall lodernde Flammen aus diesem gigantischen Holzhaufen, und hier an unserer kritischen Stelle war immer noch ein Gefahrenschwerpunkt.

Wichtige Anweisungen brauchte ich dem ausgewechselten Angriffstrupp nicht zu geben. Das was besprochen werden musste, hatte ich den beiden bereits unten am LF mitgeteilt. Ich schärfte ihnen lediglich nochmals ein, äußerst vorsichtig zu sein. Anschließend verließ ich die Rampe wieder, diesmal in Begleitung der beiden Kameraden von der Freiwilligen Feuerwehr. Die waren mittlerweile auch schon wieder so lange hier oben, dass ihr Luftvorrat zur Neige ging.

Ich wählte abermals den kleinen Umweg, um mir nasse Füße zu ersparen, und wähnte meine beiden Kollegen hinter mir. Aber das war ein Irrtum, lediglich einer war mir gefolgt.

Der Andere wunderte sich, warum wir seitlich über die kleine Mauer kletterten.

Was soll denn der Quatsch. Mann sind die zimperlich. Nur wegen solch einer harmlosen Pfütze. Kurzerhand hatte er den kürzeren Weg durch diese vermeintlich harmlose Pfütze gewählt und erhielt prompt die Quittung dafür. Er hatte fast die Wasserfläche durchquert, da trat er in eine Vertiefung, die in der braunen Brühe unmöglich zu erkennen war. Es gab kein Zurück mehr. Er versuchte zwar einen verzweifelten hastigen Rückzug, vergeblich, es war bereits zu spät. Das Wasser schwappte über den Rand seiner Stiefelschäfte, die sich ruck zuck mit der brackigen Brühe füllten.

»So eine Scheiße!«, fluchte er. Ohne die Atemschutzmaske hätte man ihn sicher noch in weiter Entfernung fluchen hören können.

Ich hatte den Vorfall nicht bemerkt. Erst als mir mein Hintermann auf die Schulter tippte und mit der anderen Hand viel sagend in die Richtung zeigte, sah ich das Dilemma. Wir beide konnten uns ein lautes Lachen nicht verkneifen.

Am LF trafen wir dann wieder zusammen. Noch bevor der beinahe »Ertrunkene« seinen Pressluftatmer ablegte, stützte er sich mit einer Hand gegen das LF ab und zog sich mit der anderen Hand seine gut gefüllten »Knobelbecher« aus. Ein Schwall Wasser ergoss sich aus jedem seiner Stiefel.

»Das kommt davon, wenn man nicht dem Gruppenführer folgt«, spottete ich.

Obwohl er das gar nicht so lustig fand, machte er gute Miene zum bösen Spiel und musste doch selbst lachen. Leider besaß er keine trockenen Ersatzstiefel. Außerdem stand er jetzt hier nur auf Strümpfen und die waren natürlich ebenfalls patschenass.

»Das mit den Strümpfen ist nicht so schlimm, die wringe ich ordentlich aus, aber meine Stiefel …«

Er warf einen bedauernden Blick auf sein arg gebeuteltes Schuhwerk, aber da konnte ich ihm aushelfen.

»Ich habe immer ein zweites Paar im Fahrzeug stehen, die stelle ich dir gerne zur Verfügung. Was hast du denn für eine Schuhgröße?«

»46.«

»Du meine Güte! Na, dann wird das nix, ich hab 42. Dann wirst du wohl ein Paar Gummistiefel anziehen müssen. Das geht aber nur solange wie du Pause hast«, erklärte ich,

»nachher musst du wohl oder übel wieder in die nassen Stiefel steigen. Die Gummistiefel haben zwar auch Stahlkappen und durchtrittsichere Sohlen, aber du weißt ja, die eignen sich nicht zur Brandbekämpfung.«

Etwas später blickte ich mit meinem Maschinisten den beiden ein wenig neidisch hinterher. Sie gingen zum Verpflegungsplatz. Wie gerne hätten auch wir jetzt einen Teller heiße Suppe gegessen, aber leider war das für uns nicht möglich. Ich hatte niemanden, der meinen Maschinisten ablösen konnte und ich selbst musste ebenfalls bleiben. Aber eine Verbesserung gab es immerhin, der Dauerregen hatte aufgehört.

»He Ugü, ist das denn nichts, und 'nen Schokoriegel hab ich auch noch. Komm, wir teilen.«

Nach einigen weiteren Minuten rief mich der C-Dienst über das Funkgerät.

»Was ist mit euch? Wart ihr schon essen?«

»Geht leider nicht, Klaus! Ich habe lediglich meinen Angriffstrupp losgeschickt, mehr ist nicht drin, Mein Maschinist und ich müssen bleiben.«

»Na pass mal auf: Die Wache 4 kommt gleich, die löst euch ab. Dafür habe ich gesorgt. Dann könnt ihr auch mal Pause machen. Oder willst du nicht?«

Und ob ich wollte! Wenn man mehrere Stunden in einer kalten, ungemütlichen Nacht im Regen steht und ein Feuer bekämpft, von dem man annehmen muss, dass es einen noch viele weitere Stunden beschäftigen wird, ist man froh, zwischendurch eine Ruhepause einlegen zu können. Eine heiße Tasse Kaffe und eine warme Suppe kommen einem dann wie erlesene Köstlichkeiten in einem Vier-Sterne-Restaurant vor.

Übrigens, die Suppe war wirklich richtig lecker, und eine von den großen Bockwürsten hatte ich ebenfalls verdrückt.

Gegen 3.00 Uhr in der Früh hatten wir den Brand so weit unter Kontrolle, dass die ersten Wachen wieder abrücken konnten. Um 3.45 Uhr war das Feuer endgültig gelöscht. Unter dem massiven Einsatz mehrerer Rohre und der unermüdlichen Hilfe der Radladerfahrer war es uns gelungen, diesen Großbrand in den Griff zu bekommen, schneller zumindest als ich es erwartet hatte.

Die Spänebunker waren unversehrt geblieben. Sogar den gefährdeten Bagger, der hier oben auf der Rampe stand, hatten wir erfolgreich schützen können. Erschöpft aber zufrieden über die eigene Leistung und das Erreichte, begaben wir uns jetzt an die ungeliebte Arbeit des Aufräumens. Trotzdem sah ich überall nur strahlende Gesichter, zwar müde und abgekämpft, aber zufrieden. Die Männer hatten wirklich gute Arbeit geleistet. Wir hatten wieder einmal unseren Job gemacht und wahrscheinlich würden sich die meisten, wenn sie nach dieser anstrengenden Nacht nach Hause kamen, erst einmal ins Bett legen.

Ich hatte es jedenfalls getan. Und in dem Bewusstsein, dass mich hier kein Alarm aus dem Schlaf reißen würde, schlief ich ruhig und fest, bis es weit nach Mittag war.

ICONOS und der brennende Rheinbahnbus

Tief im Norden Düsseldorfs liegt der Stadtteil Angermund. Diese ehemals selbständige Dorfgemeinde zählt jetzt schon viele Jahre zur Landeshauptstadt, hat sich aber dennoch ihren eigenständigen Charme und Charakter erhalten. Davon zeugen die wunderschönen, handgeschnitzten Straßenschilder.

Angermund ist auch die Heimat von Herbert Fettweis. Herbert ist, so lange er denken kann, aktives Mitglied der hiesigen Freiwilligen Feuerwehr und gleichzeitig deren stellvertretender Wehrleiter. Das hat in seiner Familie Tradition. Schon sein Vater und dessen Vater hatten sich der Feuerwehr verschrieben. Aber Herbert ist nicht nur ein guter Feuerwehrmann. Er ist der reinste Daniel Düsentrieb, ein echter Tüftler durch und durch.

Gerade saß er in seiner kleinen Werkstatt und hielt einen neuartigen, metallenen Gegenstand in seinen Händen. Voller Stolz betrachtete er das etwa zwei Fäuste große Teil aus Aluminium.

Wie viele Stunden hatte er über der Umsetzung seiner Idee gegrübelt, wie viele Skizzen verworfen, um sie immer wieder zu verbessern, solange bis er glaubte, endlich das Richtige gefunden zu haben. Dann die beschwerliche Herstellung des ersten Prototyps – welch eine lange aufwendige Entwicklung. Herbert erinnerte sich noch genau daran, wie es überhaupt zu dieser bahnbrechenden Erfindung gekommen war. Es war im Mai 1999.

Elmar Weilers, der Wehrleiter der Freiwilligen Feuerwehr Angermund, hatte für den heutigen Abend eine praktische Übung angesetzt. Alle aktiven Einsatzkräfte waren gekommen. Der Brand einer Lagerhalle sollte simuliert werden. Eine ganz normale Übung, wie sie andere Freiwillige Feuerwehren ebenfalls durchführen. Aber heute sollte in Angermund etwas Besonderes geschehen.

Nachdem sich der Angriffstrupp gewaltsam Zugang in die Lagerhalle verschafft hatte, ging es darum, eine etwaige Brandausbreitung zu verhindern. Angenommen wurde ein Feuer in einem der hinteren Büroräume, ausgelöst durch einen technischen Defekt nach Feierabend. Die Feuerwehrmänner sollten sich von zwei Seiten nahe an den Brandherd heranarbeiten. Damit das Ganze möglichst realitätsnah war, hatte der Wehrleiter mit Genehmigung des Eigentümers die gesamte Halle verqualmen lassen. Somit herrschten, zumindest was die Sicht betraf, ziemlich realistische Verhältnisse. Selbstverständlich trug der Angriffstrupp Atemschutzgeräte. Die Übung wurde zudem nass durchgeführt. Das bedeutete für den Trupp, der durch die Halle vorgehen musste, erschwerte Bedingungen. So einen widerspenstigen, mit Wasser gefüllten Schlauch hinter sich herzuziehen, ist nämlich eine ausgesprochene Plackerei. Ein weiterer Trupp sollte den Brand zeitgleich von außen über ein geöffnetes Bürofenster angreifen.

Herbert Fettweis beteiligte sich nicht selbst an dieser Übung, zumindest nicht aktiv. Als stellvertretender Wehrleiter war er der unabhängige Beobachter für die anschließend stattfindende Manöverkritik.

Bis auf wenige, unbedeutende Kleinigkeiten, die er sich aber trotzdem notiert hatte, lief eigentlich alles recht ordentlich und Herbert war mit der Vorgehensweise seiner Männer zufrieden. Aber dann passierte etwas Gravierendes – etwas, das Herbert Fettweis später keine Ruhe mehr lassen sollte.

Der normale C-Schlauch der Feuerwehr hat eine Länge von fünfzehn Metern. An beiden Enden befindet sich immer das gleiche Kupplungsteil. Dadurch kann eine Schlauchleitung beliebig oft durch weitere Schläuche der gleichen Größe verlängert werden. Allerdings bildet genau diese Kupplungsstelle den problematischsten Punkt in der gesamten Schlauchleitung. So auch bei dieser Übung.

Der Angriffstrupp musste relativ früh unter einem halb geöffneten Sektionaltor hindurch kriechen, im Schlepptau den bereits mit Wasser gefüllten C-Schlauch. Nachdem sie unter dem Tor hindurch waren, bewegten sich die Männer tief gebückt und langsam vortastend in die Halle hinein. Obwohl sie wegen der Verqualmung kaum die Hand vor Augen sehen konnten, kamen sie anfänglich recht gut voran. Jetzt mussten sie sich nach links wenden. Der rote Feuerwehrschlauch scheuerte an der Führungsschiene des Tores vorbei. Plötzlich spürten die Männer einen Widerstand. Der Angriff geriet ins Stocken. Offensichtlich hatte sich die Schlauchleitung verklemmt. Auf jeden Fall ging es keinen Zentimeter mehr weiter. Nachdem sie mehrmals vergeblich mit Macht an dem Schlauch gezerrt hatten, gab es irgendwann einen Ruck und der Schlauch ließ sich wieder weiterziehen. Was die Männer nicht sehen konnten: Schon die erste Kupplung hatte sich an der Führungsschiene des Tores verhakt. Es war einfach nur Glück, dass sich die Kupplung durch die heftigen Bemühungen der Feuerwehrmänner von selbst gelöst hatte.

Herbert Fettweis notierte diese Verzögerung auf seinem Schreibblock. Zu diesem Zeitpunkt dachte er lediglich: *So ein Mist, immer wieder das gleiche Problem mit der Kupplung.*

Hier an dieser Stelle blieb er draußen stehen. Herbert besaß keine moderne Wärmebildkamera, wie sie die Berufsfeuerwehr mittlerweile angeschafft hatte. Mit einer solchen Kamera, die Ähnlichkeiten mit einem Nachtsichtgerät aufwies, hätte er seine Männer in der verqualmten Halle weiterhin beobachten können. Aber so war es für ihn sinnlos, dem Angriffstrupp zu folgen. Herbert blickte nachdenklich auf den roten Feuerwehrschlauch, der Meter um Meter tiefer in die Halle gezogen wurde. Nach weiteren fünfzehn Metern erreichte die nächste Kupplung die kritische Blechkante des Hallentores. Herbert war gespannt – würde die Kupplung das Hindernis überwinden, oder nicht?

Es kam, wie es kommen musste. Auch diese Kupplung verhakte sich wieder an der gleichen Stelle. Herbert konnte am Rucken und Zucken des Schlauches genau erkennen, dass seine Kameraden an ihm zerrten und sich bemühten, den Schlauch frei zu bekommen. Aber diesmal hatten sie keinen Erfolg. Der Schlauch hatte sich mit der Kupplung verklemmt, hing absolut fest. In diesem Moment wurde Herbert schlagartig bewusst, dass von dieser einen einzigen Kupplung, dieser »vorprogrammierten« Zufälligkeit der gesamte weitere Einsatz in Frage gestellt wurde. Im Ernstfall konnten davon Menschenleben abhängen! In ihrem Fall bedeutete es lediglich eine lästige Verzögerung des weiteren Übungsablaufes. Der Angriffstrupp musste notgedrungen umkehren, möglichst schnell die Ursache der Verzögerung entdecken und beseitigen, damit es weitergehen konnte.

Für Herbert Fettweis wurde dieser Einsatz zum klassischen Schlüsselerlebnis. In den langen Jahren seiner Feuerwehrzeit war er selbst auch schon mit ähnlichen Schwierigkeiten konfrontiert worden. Eigentlich hat irgendwann jeder Feuerwehrmann mit diesen Problemen zu kämpfen. Wir verwenden ja auch alle die gleichen Schläuche.

Das Problem ist also schon ziemlich bekannt und kommt immer wieder vor. Aber niemand hatte sich bisher ernsthaft Gedanken gemacht, wie man diese Schwierigkeit in den Griff bekommen könnte. Mit dem heutigen Tag sollte das anders werden.

Noch existierte nur eine vage Idee in Herberts Kopf, aber er würde nicht lockerlassen. Die kleinen grauen Zellen seines Erfindergehirns arbeiteten bereits auf Hochtouren.

Im Jahr 2000 hatte Herbert es endlich geschafft. Er hatte einen vollkommen neuartigen Kupplungstypus entwickelt, hergestellt und zum Patent angemeldet. Der konisch gearbeitete Korpus aus einer Aluminiumlegierung war einfach genial. Diese neue Kupplungsverbindung verhakte sich nirgendwo mehr. Sogar das zeitintensive Einbinden der Schläuche mit den vielen aufwendigen Drahtwicklungen entfiel.

Herbert nannte sein revolutionierendes System ICONOS. Es wird komplett mit der perfekt funktionierenden neuartigen Schlaucheinbindung angeboten.

Seither war wieder ein weiteres Jahr vergangen, es war Dienstag der 16. Oktober 2001.

Dieser Monat sollte für mich einer der arbeitsreichsten meiner bisherigen Dienstzeit werden.

Inzwischen interessieren sich Feuerwehren aus ganz Deutschland für ICONOS und Herbert war viel in eigener Sache unterwegs. Natürlich zeigte auch die Landeshauptstadt Düsseldorf Interesse. Herbert hatte sein neu entwickeltes Kupplungssystem der Feuerwehrschule zur Verfügung gestellt. Einen intensiveren Praxistest als hier in diesem Trainingszentrum für angehende Feuerwehrmänner hätte es nirgendwo erhalten können. Bei unzähligen praktischen Übungen wurden Herberts Kupplungen einem gnadenlosen Härtetest unterzogen. Die angehenden Feuerwehrmänner waren zufrieden und Horst Theis, der Schulleiter, war schlichtweg begeistert.

Heute hatte er Herbert deshalb zu einem Gespräch in sein Büro eingeladen.

Herbert war mit dem Verlauf des Gesprächs höchst zufrieden und befand sich wieder auf der Heimfahrt nach Angermund. Zuvor hatte er noch einen kurzen Abstecher auf die andere Rheinseite gemacht. Nachdem er dort seine Erledigungen getätigt hatte, überquerte er den breiten Fluss. Er befuhr die Fleher Brücke. Die dreispurig ausgebaute A 46 führt, wenn man von hier kommt, direkt in den circa 900 Meter langen

Universitätstunnel. Nördlich des Tunnels liegt die Uniklinik, südlich davon die Heinrich-Heine-Universität. Ein Hinweisschild am Straßenrand fordert die Autofahrer auf, ihr Licht einzuschalten. Herbert hatte den ersten Tunnel durchfahren. Er ließ seine Scheinwerfer an, denn er wusste, dass nach nur wenigen hundert Metern der nächste Tunnel folgte.

Obwohl es auf Mittag zuging, herrschte stadteinwärts immer noch ziemlich viel Verkehr. Jeden Tag strömen an die 400.000 Pendler nach Düsseldorf. Bis etwa 11.00 Uhr würde sich an der Verkehrslage nichts ändern, man musste hier immer mit Staus rechnen. Aber Herbert befuhr die A 46 ja stadtauswärts. Da ging es um diese Zeit schon etwas ruhiger zu. Er wollte bis zum Autobahnkreuz Hilden fahren, um dort auf die A 3 abzubiegen. Aber dazu sollte es vorerst nicht kommen. Vor ihm fuhr ein großer Rheinbahnbus.

Rolf Buchwald summte unentwegt diese kleine Melodie, die ihm seit den frühen Morgenstunden nicht mehr aus dem Kopf ging. Er hatte sie nach dem Aufstehen im Radio gehört. Es sollte heute mächtig warm werden, dies hatte der Wetterbericht gemeldet. Die Wetterfrösche hatte Recht behalten. Es war genauso eingetroffen, wie sie es vorhergesagt hatten. Und in spätestens einer Stunde würde die Mittagshitze an diesem Oktobertag ihren Höchststand erreichen. Für einen Mann von über einhundert Kilo Gewicht bei nur knapp 1,68 Metern Größe nicht gerade das ideale Wetter. Besonders nicht, wenn man wie er einen Bus lenken muss und unmittelbar hinter der großen Frontscheibe sitzt, wo die Sonne gnadenlos auf einen niederbrennt.

Rolf Buchwald trug eine graue Tuchhose, tadellos geputzte schwarze Lederhalbschuhe und ein weißes, makellos gebügeltes Oberhemd. Es war ein kurzärmeliges Oberhemd, seine einzige Konzession an das warme Sommerwetter. Seine in dezenten Farben gehaltene Krawatte hätte er selbst dann nicht abgenommen, wenn das Quecksilber des Thermometers noch um einige weitere Grade angestiegen wäre. Rolf Buchwald achtete penibel auf sein Äußeres. Nicht einmal den akkurat gebundenen Windsorknoten hatte er sich gelockert.

Seit längerer Zeit fuhr er nun schon die Linie 780. Er liebte seinen Job und er liebte seinen Bus. Eigentlich hatte er jeden Bus geliebt, den er in seinem langen Busfahrerleben bei der Rheinbahn bisher gesteuert hatte, aber diesen überlangen Gelenkbus mochte er ganz besonders.

Rolf Buchwald pflegte immer zu sagen: *Mein Bus ist wie ein Schiff. Ich bin der Kapitän und fühle mich für jeden meiner Fahrgäste verantwortlich.*

Sein besonderes Augenmerk galt seinen kleinen Gästen.

Um diese Zeit befand er sich wie gewöhnlich auf der A 46. Sein Ziel war Erkrath und vor ihm lag der Werstener Tunnel. Die meisten Sitzplätze waren belegt, lediglich in der Mitte, dort, wo sich das Gelenk befindet, waren noch einige Plätze frei. Auf der breiten hinteren Sitzbank drängelten sich wie immer die Schulkinder, die eine besondere Vorliebe für diesen Platz hatten.

Rolf Buchwald liebte Kinder, selbst solche, die manchen seiner Kollegen ein Dorn im Auge waren, weil sie immer nur dummes Zeug im Kopf hatten und nur allzu oft hässliche Schmierereien im Bus zurückließen.

Die Fahrer diskutierten viel darüber. Zurzeit war es wieder einmal Dauerthema. Rolf Buchwald vertrat eine Meinung dazu. Eine Meinung, die beileibe nicht von allen seiner Kollegen toleriert wurde.

Kinder müssen sich austoben, pflegte er immer zu sagen, *dafür sind es doch Kinder. Aber wo können sie das denn noch in einer Großstadt. Die Politiker sollten lieber mehr Freiräume, Spielplätze und Jugendeinrichtungen schaffen, als die wenigen, die es nur noch gibt, auch noch wegzurationalisieren. Die Kinder sind doch unsere Zukunft!*

Er bedauerte die Kinder, die heute ihre Abenteuer auf den Rolltreppen der Kaufhäuser suchen und nicht wie er früher mit

Freunden zum Fußballspielen auf irgend eine Wiese oder in den nahen Wald gehen können, um sich in der gesunden Natur auszutoben. Rolf Buchwald war ein vehementer Verfechter seiner eigenen Vorstellungen. Aber jedes Mal, wenn er dabei auf seine Kindheit und besonders auf das Fußballspielen zu sprechen kam, schmunzelten die Kollegen.

»Rolli, erklär uns doch noch mal«, neckten sie ihn, »wie du mit deinen hundert Kilo hinter dem Fußball hergejagt bist.«

Doch mit solchen und ähnlichen Äußerungen konnten sie ihn nicht aus der Ruhe bringen. Er stand zu seiner Figur, denn Rolf Buchwald war einer dieser gemütlichen Dicken, die stets gut gelaunt durchs Leben gehen, während, so konterte er, manche »Hungerharken« oft morgens schon missgelaunt ihrem Bett entsteigen.

Kurz bevor er mit dem Gelenkbus in den Werstener Tunnel einfuhr, klappte Rolf Buchwald die angesteckte Sonnenbrille, die über seiner normalen Brille saß, nach oben. Hier im Tunnel herrschten vollkommen andere Lichtverhältnisse als draußen im grellen Sonnenlicht. Die Deckenbeleuchtung brannte Tag und Nacht. Auf seine Sonnenbrille konnte er da getrost verzichten.

Bei Eintritt in den Tunnel schaltete sich im Bus automatisch die Innenbeleuchtung ein. Für ihn, den verantwortungsbewussten Berufskraftfahrer, verstand es sich von selbst, das Fahrlicht einzuschalten. Es war ihm jedes Mal unverständlich, dass es immer wieder Autofahrer gab, die sich über diese Vorschrift hinwegsetzten und nur als schemenhafte, kaum erkennbare Geschosse durch den Tunnel »flogen«.

Rolf Buchwald befand sich auf der rechten Fahrspur, neben ihm überholte ein Pkw. Unmittelbar in Höhe seines Fahrersitzes hupte der Fahrer wie verrückt. Dazu gestikulierte der Mann mit seinen Armen und deutete ständig nach hinten.

Du meine Güte, was ist das denn für ein Wahnsinniger? Wie kann man nur hier im Tunnel solch einen Krach veranstalten?

Dann hörte Rolf Buchwald die Kinder schreien und blickte in den Rückspiegel. Was er sah, ließ ihn das Blut in den Adern gefrieren. Eine mächtige schwarze Rauchwolke verdunkelte die Sicht hinter seinem Heck.

Du lieber Himmel, das sieht ganz nach einem Motorbrand aus! schoss es ihm durch den Kopf. *Das wollte mir der Autofahrer also signalisieren. Oh Mann, jetzt unbedingt die Ruhe bewahren, nur nicht die Nerven verlieren.*

Aber das war leichter gedacht als getan. Denn nachdem die übrigen Fahrgäste ebenfalls mitbekommen hatten, dass irgendetwas nicht stimmte, kam Panik auf. Die Kinder, die sich im hinteren Bereich aufgehalten hatten, drängten verängstigt nach vorne und schrieen lauthals: »**Es brennt! Es brennt dahinten! Der ganze Bus steht in Flammen!**«

So schlimm war es in Wirklichkeit zwar noch nicht, aber der schwarze, dichte Qualm der aus dem Heck des Busses heraus quoll, war schon geeignet, Angst und Panik aufkommen zu lassen. Außerdem befanden sich die Menschen in einem Tunnel, zwar ein sehr breiter, aber immerhin ein Tunnel. Seitdem man in den Nachrichten die schrecklichen Bilder von den verheerenden Tunnelbränden in den Alpen gesehen hatte, traten bei einigen Fahrgästen sofort die schlimmsten Befürchtungen auf.

Rolf Buchwald ging es da nicht viel anders, aber er zwang sich, klar und logisch zu denken.

Ich muss unbedingt anhalten und die Menschen rauslassen. Die Sicherheit meiner Fahrgäste ist oberstes Gebot. Aber ... oh Mann, wenn ich hier im Tunnel anhalte ... verdammt, das geht nicht, das kann ich nicht riskieren, nicht im Tunnel.

Verzweifelt blickte er immer wieder in den Rückspiegel. Jetzt sah er erste Flammen an der Heckscheibe hochschlagen. *Oh nein, bitte nicht! Herr im Himmel, lass das Feuer nicht in den Fahrgastraum eindringen!*

Der Herr schien sein Stoßgebet zu erhören. Vielleicht lag es aber auch einfach nur daran, dass dieser Rheinbahn Bus ein Mercedes war!

Obwohl es hinten im Motorraum heftig brannte, waren die Flammen nicht in den Fahrgastraum eingedrungen – noch nicht, aber wie lange würde die solide gebaute Konstruktion dem Feuer standhalten können? Eine Minute? Fünf Minuten? Zehn?

Noch etwa vierhundert Meter bis sie das Ende des Tunnels erreichen würden. Erste Rauchfahnen kräuselten sich hinter der Rücksitzbank.

»**Ruhe! Ruhe bitte! Hören Sie mir jetzt genau zu! Das ist wichtig!**«

Rolf Buchwalds Stimme zitterte etwas, als er die folgende Durchsage machte:

»Wir haben einen Motorbrand, aber es besteht kein Grund zur Panik. Kommen Sie bitte alle nach vorne! Wenn wir den Tunnel verlassen haben, werde ich stoppen. Verlassen Sie dann sofort den Bus auf der rechten Seite! Haben Sie verstanden!? Auf der rechten Seite und klettern Sie über die Leitplanke. Laufen Sie auf keinen Fall auf die Fahrbahn! Haben Sie das verstanden? Laufen Sie auf keinen Fall auf die Fahrbahn!«

Das ängstliche Rufen und Fragen verstummte. Alle Fahrgäste standen still, lauschten gebannt auf die Durchsage des Fahrers. Jeder, der sich jetzt noch weiter hinten aufhielt, kam nach vorne. Irgendwie spürten die Menschen, dass der Busfahrer die gefährliche Situation beherrschte und das schaffte Vertrauen. Ein jüngerer Mann ließ sich sogar zu einer scherzhaften Äußerung verleiten:

»Was meint der mit *steigen Sie auf der rechten Seite aus*, im Bus steige ich immer rechts aus.«

Er sah sich herausfordernd um, als erwartete er, dass alle lachen würden, aber die Situation war nicht danach. Strafende Blicke verwiesen ihn in seine Schranken, verlegen senkte er seinen Kopf.

Rolf Buchwald trat auf das Gaspedal. Gott sei Dank, die Technik funktioniert noch. Der Bus beschleunigte, voraus leuchtete bereits das helle Licht des Tunnelausgangs. Rolf Buchwald wischte sich einige dicke Tropfen von seiner Stirne. Dieser Schweiß war nicht auf die sommerlichen Temperaturen zurückzuführen. Dann geschah die zweite Besonderheit in seinem Busfahrerleben – er lockerte zum ersten Mal auf einer Fahrt seine Krawatte.

Mehrere Autofahrer überholten Herbert Fettweis in seinem Pkw und zogen ebenfalls an dem Bus vorbei, hinter dem er seit einiger Zeit herfuhr. Hier im Tunnel galt Tempo achtzig und Herbert hielt sich daran. Ein Feuerwehrmann ist nicht zwangsläufig ein besserer Autofahrer als andere, aber er kommt oft zu den Unfällen und sieht die Opfer. Solches Erleben führt schon zu einer defensiveren Fahrweise.

Sechshundert Meter sind ja nicht die Welt, dachte er sich. *Was soll's, wenn ich den überhole, gewinne ich höchstens ein paar Sekunden.*

Herbert winkte den Kindern zurück, die ihm von der Rücksitzbank des Busses zugewunken hatten. Plötzlich erschrak er. Aus dem Heck des vor ihm fahrenden Busses drang eine schwarze Rauchwolke. Als Feuerwehrmann war ihm sogleich klar: Das waren keine einfachen Auspuffgase, zumal er kurz zuvor einen dumpfen Knall vernommen hatte.

Was er in dem dichten Qualm nicht gesehen hatte – unmittelbar nach dem Knall schlug die große Motorklappe nach oben. Schlagartig verdunkelte sich die Sicht hinter dem Bus auf Null.

Herbert trat spontan auf die Bremse und warf einen kurzen schnellen Blick in den Seitenspiegel. Die mittlere Fahrspur war frei. Er gab Gas, scherte aus und setzte zum Überholen an.

Ich muss den Busfahrer warnen, schoss es ihm durch den Kopf, *und ich muss unbedingt die Feuerwehr alarmieren.*

Als er sich in gleicher Höhe mit dem Busfahrer befand, betätigte er heftig die Hupe.

Meine Güte, nun guck doch mal her zu mir!

Er hupte weiter.

Na endlich sieht der Kerl hier rüber!

Herbert deutete aufgeregt mit dem rechten Arm nach hinten.

Das muss der doch sehen!

Er hupte immer noch weiter. *Na also, jetzt hat er's endlich kapiert! Hoffentlich behält der Fahrer die Nerven und fährt den Bus aus dem Tunnel raus, bevor er anhält.*

Jetzt, nachdem Herbert den Fahrer gewarnt hatte, gab er selbst erneut Gas, zog an dem Bus vorbei, scherte wieder ein und setzte sich etwas weiter vorne an die Spitze. Dann zog er sein Handy aus der Tasche. Mit der Linken lenkte er, mit der Rechten tippte er die 112 ein. Während er im Handy das typische Tuten vernahm, musste Herbert trotz der kritischen Situation schmunzeln:

Wenn dich jetzt die Autobahnpolizei erwischt, bist du dran. Zwanzig Euro oder so für Telefonieren während des Fahrens.

»Guten Tag, Feuerwehr Düsseldorf«, meldete sich Mario Boes aus der Leitstelle von der Hüttenstraße, »was kann ich für Sie tun?«

»Herbert Fettweis, Feuerwehr Angermund. Ich befinde mich auf der A 46, Richtung Wuppertal im Werstener Tunnel. Hinter mir fährt ein brennender Linienbus. Schickt mal einen Löschzug und vorsichtshalber auch gleich zwei oder drei RTW.«

Solch eine präzise Feuermeldung hatte der Mann auf der Leitstelle schon lange nicht mehr gehört, da stimmte wirklich alles. Er bestätigte die Angaben und drückte dabei schon die notwendigen Tasten. Ein Fingerzeig und sofort schaltete sich ein weiterer Kollege in den neu aufgemachten Einsatz ein. Die Handyleitung stand noch, so dass er noch einige weitere wichtige Fragen stellen konnte.

»Können Sie genaue Angaben machen, wo der Bus brennt? Im Fahrgastraum oder eher außerhalb?«

»Also, wie ich das sehe, hat der einen Motorbrand. Ich glaube nicht, dass er schon innen brennt, aber genau kann ich das nicht sagen. Ich habe den Bus gerade überholt, im hinteren Bereich ist bereits alles verqualmt.«

»Danke, und bleiben sie bitte vor Ort bis die Einsatzkräfte eintreffen.«

»Worauf du dich verlassen kannst, Kollege.«

Innerhalb weniger Millisekunden schoss der Stromimpuls durch das städtische Kabelnetz und löste an drei verschiedenen Feuerwachen den Alarm aus. Überall erklang der Vierfachgong. So auch an Feuerwache 7. Die Alarmierung klang in allen Räumen, dröhnte über sämtliche Flure und schallte auf den weitläufigen Gängen:

»Einsatz A 46. Brennender Rheinbahnbus. Stadtauswärts im Werstener Tunnel!

Es rücken aus: Von Feuerwache 1 der B-Dienst! Von Feuerwache 6 der C-Dienst, der GKTW, der RTW und der Notarzt! Von Feuerwache 7, 7-46-1, 7-44-1 das TLF und der RTW! Brennender Rheinbahnbus im Tunnel Wersten, Fahrtrichtung Wuppertal!«

Die Mannschaft von Löschzug 7 befand sich gerade mitten in einer Übung. Die Fächer unseres ersten LF, des 7-46-1, waren hochgeschoben, diverse Gerätschaften waren entnommen. Auf dem Feuerwehrhof lagen mehrere aneinander gekuppelte Schläuche, der Lüfter lief und die Drehleiter war in Stellung gebracht worden. Irgendwo unter dem Dach befand sich der Angriffstrupp, ausgerüstet mit Pressluftatmern. Sie mussten ein fiktives Feuer löschen. Mit einem Wort, wir waren gerade »voll im Geschäft« und würden, selbst wenn jeder mit fliegenden Händen arbeitete, wenigstens einige Minuten benötigen, bis wir unser erstes Fahrzeug, das LF 24, wieder komplett einsatzbereit hätten.

Natürlich muss man als Feuerwehr immer mit dem Ernstfall rechnen, das gilt ganz besonders für die Berufsfeuerwehren in einer Großstadt mit Tausenden Einsätzen im Jahr. Aus diesem Grund entnehmen wir sämtliches Material, das wir bei solchen Übungen einsetzen, nur von einem LF. So bleibt zumindest das andere LF weiterhin einsatzbereit und kann mit der gewohnten Schnelligkeit ausrücken. Das erste LF folgt, sobald es wieder fertig ausgerüstet ist, mit einer Verzögerung nach.

Reinhard Sternberg, kurz Sterni genannt, war auf der heutigen 24-Stunden-Schicht der Dienstgruppenleiter. Wie gewöhnlich gab es soviel Büroarbeit, dass er sich an dieser Übung nicht selbst beteiligen konnte.

»Mach du das mal, ich komme hier wieder nicht weg«, hatte er mir schon beim Frühstück mitgeteilt, daher leitete ich diese praktische Übung. Jetzt war ich auf Grund der Alarmierung mit der Mannschaft meines 7-44-1 überraschend erstes Einsatzfahrzeug geworden.

Sämtliche Feuerwehrmänner rannten hin und her. Ein Außenstehender hätte uns für einen Haufen aufgescheuchter Hühner halten können, aber das »Durcheinander« hatte System. Wir sind vorbereitet auf solche Unterbrechungen. Wenn uns in einer solchen Situation ein Alarm erwischt, weiß jeder genau, was er zu tun hat. Trotzdem rief ich einige laute Befehle über den Hof:

»**Das Baby LF und das TLF rücken sofort aus! Alle anderen rüsten das LF 24 auf und kommen nach!**«

Baby LF ist der Spitznahme unseres zweiten LF, dem LF 16. Obwohl es kaum kleiner ist als unser LF 24 trägt es diesen Spitznamen.

Ich rannte quer über den Hof nach vorne, wo sich unser Büro befindet. Ich musste mir ja das Alarmschreiben aus dem Einsatzdrucker holen. Diesmal ging alles noch schneller als sonst. Wegen der Übung waren wir ja bereits fix und fertig ausgerüstet.

Hinter mir hörte ich den Tagesdienst rufen:

»**Die Leiterbesatzung besetzt das TLF!**«

Hoffentlich würden wir die 5000 Liter Löschwasser aus dessen Tank nicht benötigen!

Sterni lief mir vom Büro aus entgegen.

»Hier!«

Er drückte mir das Alarmschreiben in die Hand und fragte: »Wer fährt?«

»Ich!«

»Okay, ich komme so schnell wie möglich nach. Viel Glück!«

Unmittelbar nachdem er den Tunnel verlassen hatte, bremste Rolf Buchwald seinen Bus ziemlich hart ab. Nach höchstens fünfundzwanzig, dreißig Metern kam er auf dem Standstreifen zum Stehen. Sofort drückte er einige Tasten auf dem Armaturenbrett.

Gott sei Dank, alles funktioniert noch einwandfrei.

Mit den üblichen zischenden Geräuschen öffneten sich die Türen, indem sie sich hydraulisch zur Seite schoben. Die Fahrgäste drängten nach draußen. Dabei bekam der eine oder andere zwar ein paar derbe Stöße ab, aber niemand kam zu Fall.

Dass diese Aktion im Großen und Ganzen noch recht gesittet ablief, war nicht zuletzt den Bemühungen von Rolf Buchwald zu verdanken. Er hatte sich an der mittleren Türe postiert und immer wieder zur Ruhe und Rücksichtnahme aufgefordert. Während er den Fahrgästen beim Aussteigen half, beobachtete er aus den Augenwinkeln immer wieder die Verqualmung im hinteren Drittel seines Busses. Dort wurde der Qualm zunehmend undurchsichtiger. Rolf Buchwald beschlich ein mulmiges Gefühl. Das Bewusstsein, dass sie wohl noch im letzten Moment aus dem Tunnel gekommen waren, wurde ihm jetzt zur Gewissheit.

Auf einmal drang ein ihm unbekannter Mann zur Vordertüre in den Bus ein und rief:

»**Wo ist der Feuerlöscher!?**«

Es war Herbert Fettweis.

Nachdem er mit seinen eigenen Pkw etliche Meter vor dem

Bus angehalten hatte, stieg er aus. Er sah, wie eine große Anzahl von Fahrgästen den Bus verließen. Die meisten von ihnen kletterten über die Leitplanke. Einige irrten aber auch ziellos umher, wollten offensichtlich schon auf die Fahrbahn laufen. Eine höchst gefährliche Situation, denn auf den drei anderen Fahrspuren rauschte weiterhin der Verkehr.

Herbert rief den ersten, denen er entgegenlief, laut zu:

»Hallo! Hallo! Kommen Sie wieder zurück! Gehen Sie hinter die Leitplanke! Ich bin von der Feuerwehr!«

Obwohl er keine Uniform trug, verschaffte er sich Gehör. Seine lauten, klaren Anweisungen verfehlten ihre Wirkung nicht. Es war richtig, dass er sich als Feuerwehr zu erkennen gegeben hatte, das schaffte Vertrauen und die Menschen folgten seinen Worten. Er hatte sie jetzt erreicht und erklärte:

»Bitte bleiben sie zusammen, laufen sie nicht auf die Fahrbahn und gehen sie auch nicht mehr in den Bus zurück, um irgendwelche Sachen zu holen! Am besten Sie steigen über die Leitplanke und warten da.«

Die Menschen folgten seinen Anweisungen und Herbert rannte zurück zur der Vordertüre des Busses. Der Bereich hier schien noch nicht verqualmt.

Ich muss da rein, sagte er sich, *vielleicht ist noch jemand im Bus zurückgeblieben? Möglicherweise ein verängstigter alter Mensch, der dieser Situation nicht gewachsen war oder ein Kind? Vielleicht ist auch jemand gestürzt und schafft es nicht mehr aus eigener Kraft, den Bus zu verlassen?*

Herbert war jetzt ganz Feuerwehrmann und er drang durch die vordere Tür in den Bus ein. Ein rascher Blick überzeugte ihn, dass zumindest hier vorne alles in Ordnung war. Er sah den dicken Busfahrer, der gerade die letzten Fahrgäste hinausschob, und rief ihn an:

»Wo ist der Feuerlöscher?«

Mit heulenden Sirenen verließen das LF, das TLF und der RTW den Feuerwehrhof. Für den ersten Angriff standen mir sieben

Mann zur Verfügung. Hier in meinem eigenen LF saßen Tofu, die Kurzform von Thorsten Fuchs und Thomas Kleffmann, von allen immer nur Kleffi genannt. Die beiden zogen sich die Pressluftatmer an. Sie bildeten den Angriffstrupp. Ihnen gegenüber saßen Markus Meyers und Markus Hucklenbroich, den jeder nur Hucki rief. Sie waren der Schlauchtrupp. Hinter dem Steuer saß Ulrich Hein, einfach kurz Uli. Hinter uns im Tanklöschfahrzeug folgten Stefan Wagner mit Dieter Mass, unserem Koch, den alle Jochen nannten. Im nachfolgenden RTW saß der leitende Hauptbrandmeister für den Rettungsdienst unserer Wache Mario Schneider und Thorsten Heuer, der noch seine Pflichtstunden zum Rettungsassistenten ableisten musste. Ein guter Mann, wie Mario mir später einmal bestätigte.

Jeder meiner Männer arbeitete schon länger als ich an Wache 7 und jeder kannte den Werstener Tunnel in- und auswendig. Der Tunnel gehört zu unserem unmittelbaren Wachgebiet. In wenigen Minuten müssten wir ihn erreichen, vorausgesetzt der Verkehr machte uns keinen Strich durch die Rechnung.

An der ersten Ampel ging es rechts in die Kölner Landstraße. Ich rief über Funk die Leitstelle:

»Florian Düsseldorf für 7-44-1 kommen!«

»Kommen Sie 7-44-1!«

Jeder bei uns im Fahrzeug erkannte Mario Boes an seiner Stimme. Er war es, der vorhin den Einsatz aufgenommen und anschließend die Alarmierungsdurchsage gemacht hatte. Demnächst sollte er von der Leitstelle zu unserer Wache wechseln. Aber zunächst einmal »scheuchte« er uns in diesen Einsatz.

Ich machte meine Meldung:

»7-44-1, 7-24-1 und 7-83-1 aus zum Werstener Tunnel. Stärke eins-sieben. Zu ihrer Information, unser erstes LF rückt wegen einer Übung verzögert aus.«

»Verstanden 7-44-1, geben Sie umgehend Rückmeldung. Weitere Einsatzkräfte sind auf dem Weg zu ihnen.«

Die Kölner Landstraße ist seit mehreren Jahren eine einzige riesige Baustelle. Der Fahrstreifen für die Straßenbahn verläuft genau in ihrer Mitte und der Abschnitt, den wir jetzt befahren mussten, war erst vor wenigen Tagen fertig gestellt worden. Nach etwa vierhundert Metern staute sich der Verkehr. Da weit und breit keine Straßenbahn in Sicht war, lenkte Uli unser LF auf genau diesen neuen Fahrstreifen, der eigentlich nur der Straßenbahn vorbehalten ist. Hinter uns wirbelten wir den staubigen Sand des frisch verlegten Verbundsteinpflasters in die Höhe. Die mächtige Staubfahne, die unsere Alarmfahrzeuge verursachten, schaffte uns nicht gerade Freunde. Den Menschen an der Haltestelle brannte der aufgewirbelte Staub in den Augen, drang in ihre Atemwege und reizte sie zum Husten. Aber da der Verkehr inzwischen total zum Erliegen gekommen war, blieb uns leider keine andere Wahl. Nach weiteren sechshundert Metern »Straßenbahn« zwängten wir uns rechts in die Zufahrt zur A 46. Es ging hier direkt in den Tunnel. Uli schaltete zusätzlich das Starktonhorn ein. Die Autofahrer vor uns quetschten sich an die Seitenränder. Unten im Tunnel lief nichts mehr, alle drei Fahrspuren waren dicht, der Verkehr stand still.

»Ach du Schande! Hoffentlich kommen wir da durch!«, rief Uli laut.

Ein Zurück gab es nicht mehr! Wer erst einmal hier drin steckte, musste bis zum bitteren Ende ausharren.

»Immerhin haben wir gegenüber den anderen einen Vorteil.«

Uli blickte mich fragend an.

»Na ja, die müssen zwar alle für uns Platz machen, kommen aber selbst doch nicht weiter und ... je nachdem, was da vorne los ist, wer weiß, wie lange die hier noch stehen.«

»Ja schon aber ... oh Mann! Nun fahr doch ... so ein Idiot!«

Uli musste sich schwer beherrschen. Einige Autofahrer vor uns schossen wieder die verrücktesten Kapriolen. Wir befanden uns exakt zwischen der linken und der mittleren Fahrspur. Hier sollten die anderen Verkehrsteilnehmer für uns eine Gasse bilden. Die meisten schafften das ja auch, aber einige ... oh je. Ich beneidete meinen Maschinisten wirklich nicht um seine Aufgabe, das schwere Gefährt hier durch zu manövrieren. Da konnte man schon Verzweifeln. Uli hatte das Starktonhorn längst wieder ausgeschaltet. Der Lärm hier unten im Tunnel war einfach zu unerträglich. Außerdem brachte es nichts. Es machte die anderen Verkehrsteilnehmer nur noch nervöser.

Ich griff erneut zum Funkhörer:

»Florian Düsseldorf für 7-44-1 kommen!«

»7-44-1 kommen!«

Wir stecken voll im Stau, der gesamte Tunnel ist dicht. Wir brauchen wahrscheinlich noch fünf Minuten.«

»Verstanden Florian 7-44-1, die Polizei ist bereits vor Ort und hat eine Vollsperrung der Autobahn vorgenommen.«

Nach dieser Information drehte ich mich um und rief:

»Habt ihr gehört, die Autobahn ist total gesperrt, kein Wunder, dass hier alles dicht ist!«

»Ist doch gut für uns, dann fährt uns an der Unfallstelle wenigstens keiner den Arsch ab!«

Tja, so konnte man das natürlich auch sehen, dagegen war nichts zu sagen. Schlimm war nur, dass wir jetzt erhebliche Mühe hatten, uns einen Weg durch diesen Monsterstau zu bahnen. Die Zeit brannte uns unter den Nägeln.

Was, wenn Menschen in dem Bus in Gefahr waren? Ich mochte gar nicht darüber nachdenken. Aber genau dazu war ich gezwungen – ich musste mir jetzt, schon auf der Anfahrt, Gedanken dazu machen. Selbst wenn man die Lage vor Ort noch nicht genau kennt, entwirft man doch bereits eine gewisse Strategie. Das gehörte jetzt zu meinen neuen Aufgaben.

Wenn es möglich war, wollte ich mit unserem LF an dem brennenden Bus vorbeifahren. Sollte es zu einem Innenangriff kommen, wäre die Position von vorne für den Angriffstrupp am günstigsten. Hielten wir seitlich neben dem Bus, so müssten wir sämtliches Schlauchmaterial einmal ganz um den Bus herumziehen. So aber bestand die Möglichkeit, mit dem Schnellangriff direkt in den Bus einzudringen, und zwar von der weniger gefährlichen Seite. Laut Leitstelle sollte es sich um einen Motorbrand handeln. Der Motor befindet sich zwar hinten, aber trotzdem war mein Gefahrenschwerpunkt der Fahrgastraum. Darauf musste ich mich konzentrieren. Menschenrettung ist das oberste Gebot! Parallel zu der möglichen Menschenrettung sollte die Bekämpfung des Motorbrandes die TLF Besatzung übernehmen.

Nachdem ich meine Gedanken zu dieser vorläufigen Strategie geordnet hatte, gab ich den Männern erste Befehle:

Markus! Hucki! Ihr beide legt ebenfalls PA an und unterstützt den Angriffstrupp. Nehmt die Pulverlöscher mit!«

»Verstanden, PA und Pulverlöscher. Wir rüsten uns aus!«

»Tofu! Kleffi! Ihr geht mit dem Schnellangriff über die vordere Türe in den Bus und holt alle raus, die noch drin sind!«

»Verstanden!«

»Uli, zieh am Bus vorbei und setze dich mit dem LF davor.«

Uli nickte: »Mach ich, Hauptsache wir sind hier bald durch.«

Es lief jetzt nicht schlecht. Anscheinend hatten die Autofahrer weiter vorne mitbekommen, dass sie eine Gasse bilden sollten. Einigermaßen zügig fuhren wir zwischen ihnen hindurch. Ich nahm meine Florentine:

»TLF für LF kommen!«

»TLF hört, kommen!«

Es war Stefan, der sich da meldete.

»Stefan, wir fahren mit dem LF ganz durch und gehen mit dem Schnellangriff in den Bus. Bleibt ihr hinten stehen und übernehmt den Motorbrand!«

»Machen wir! Ich weiß nur noch nicht, ob wir wirklich dahinter bleiben, kommt drauf an, wie der Wind den Rauch treibt. Vielleicht setzen wir uns auch seitlich neben den Bus, die Autobahn soll ja gesperrt sein.«

»Okay, entscheidet das selbst. Viel Erfolg!«

Der Rauch war in den Tunnel gezogen und wurde jetzt immer dichter. Gleichzeitig wurde die Sicht hier unten immer schlechter. Wenn das so weiterging, mussten wir uns auch um die Menschen hier unten kümmern. Plötzlich tauchte überraschend der Tunnelausgang vor unseren Augen auf.

Gott sei Dank, dann hat der Bus den Tunnel wenigstens noch verlassen können.

Ich atmete erleichtert auf. Das entschärfte die Lage erheblich.

Der RTW-Besatzung brauchte ich keine Anweisungen geben. Mario musste selbst entscheiden, wo er den Rettungswagen platzieren wollte. Er besaß die Kompetenz und die nötige Erfahrung dazu. Möglicherweise erwartete ihn und seinen angehenden Rettungsassistenten eine besonders schwierige Aufgabe.

Endlich verließen wir den Tunnel. Der Bus hielt keine dreißig Meter weiter vor uns auf dem Standstreifen. Eine große schwarze Rauchwolke entwich aus seinem Heck. Ein großer Teil dieser stinkenden Wolke zog immer noch direkt in den Tunnel hinein. Der andere Teil lag wie eine Barriere über den Fahrspuren der Autobahn. Das war auch der Grund, warum die Polizisten mit ihren Fahrzeugen alle drei Fahrspuren gesperrt hatten. Sie kümmerten sich bereits um die vordersten Autofahrer, die reichlich unter dem schwarzen, flockigen Brandrauch zu leiden hatten und hielten sich dabei in notwendiger Entfernung zu dem brennenden Bus auf.

»Okay Uli, fahr dran vorbei wie besprochen.«

Uli gab Gas und beschleunigte. Vor uns war alles frei, der Bus stand rechts auf dem Standstreifen. Weiter vorne, seitlich hinter der Leitplanke, stand eine größere Gruppe Menschen. Mit großer Wahrscheinlichkeit waren das die Fahrgäste aus dem Bus. Zumindest durfte ich das vermuten, denn die üblichen Zuschauer konnte es hier auf der Autobahn nicht geben. Wir fuhren jetzt durch die Rauchwolke an dem Bus vorbei.

»Könnt ihr was erkennen?«, rief ich meinen Männern zu, aber die sahen genauso wenig wie ich. Der Fahrgastraum des Busses war komplett verqualmt.

Hoffentlich ist da keiner mehr drin!

Noch standen wir nicht, da gab ich bereits die erste Rückmeldung:

Florian Düsseldorf für 7-44-1 kommen!«

»7-44-1 kommen Sie!«

»Es brennt ein Linienbus der Rheinbahn, Fahrgäste vermutlich draußen. Zwei Cäsar, vier PA, ein Lüfter.«

»Verstanden, zwei Cäsar, vier PA. Brauchen Sie weitere Hilfe?«

Da brauchte ich nicht lange zu überlegen. Der Motorbrand selbst bereitete mir keine Sorgen, aber bevor ich nicht definitiv wusste, dass sämtliche Fahrgäste in Sicherheit waren, erschien mir das Risiko zu hoch, auf weitere Einsatzkräfte zu verzichten. Außerdem konnte es durch den Rauch im Tunnel ernste Komplikationen geben. Zurückschicken konnte man die anderen immer noch. Es wäre daher unverantwortlich gewesen, auf Hilfe zu verzichten.

»Alle Kräfte durchfahren lassen«, antwortete ich, »wir erkunden.«

»Verstanden 7-44-1, geben Sie umgehend weitere Rückmeldung.«

Stefan vom TLF meldete sich, scheinbar hatte er die gleichen Gedanken wie ich. Sollen wir unseren Lüfter aufbauen? Der ist stärker als eurer!«

»Ja, macht das. Ich will, dass so schnell wie möglich kein weiterer Rauch mehr in den Tunnel zieht.«

Herbert Fettweis sah den dichten Rauch, der das gesamte hintere Drittel des Busses verdunkelte und sich unaufhaltsam weiter ausbreitete.

»Raus! Raus!« rief er dem Busfahrer zu und schob den Dicken kurzerhand die Stufen hinunter. Vor zwei Sekunden hatte er noch die Hoffnung gehabt, er könnte den ganzen Bus absuchen und sehen, ob wirklich alle Menschen draußen waren. Er musste erkennen, dass es dafür bereits zu spät war. Gerade noch rechtzeitig brachte er sich selbst in Sicherheit, indem er vor der schwarzen Wolke fliehend ins Freie sprang.

Draußen drehte sich Herbert um. Er blickte nur noch gegen eine undurchsichtige Front aus dunklem, rußigem Brandrauch, der jetzt aus der geöffneten Türe quoll.

Verflixt, das mit dem Feuerlöscher hatte leider nicht mehr geklappt. Eigentlich wollte er den Busfahrer auch noch etwas fragen, aber, *nanu,* der war schon nicht mehr da. Herbert wunderte sich, *wo ist der denn so schnell hin?*

Erstaunt sah er sich um. Schließlich entdeckte er ihn an der vorderen Türe, durch die er eben selbst in den Bus gestiegen war. Ganz offensichtlich wollte der Fahrer noch einmal einsteigen.

Ja spinnt denn der?

»He, Sie! Gehen Sie da nicht mehr rein! Das ist zu gefährlich!«

Aber Rolf Buchwald war bereits zur vorderen Türe wieder in seinen Bus eingestiegen. Ein rascher Blick ließ ihn glauben, dass er hier noch nicht gefährdet war.

Geht doch noch, der meiste Qualm zieht ja durch die geöffnete, mittlere Türe ab.

Rolf Buchwald griff zum Funkgerät und rief seine Zentrale.

Herbert rannte außen am Bus vorbei nach vorne. Er bekam gerade noch mit, wie der Busfahrer aufgeregt rief: »... ja, schicken Sie einen Ersatzbus. So, ich muss Schluss machen, hier wird's jetzt zu gefährlich!«

»Mann, Sie haben Nerven. Los raus hier!«

»Ich komm schon, ich komm schon!«

Mit diesen Worten wand er sich vom Fahrersitz und verließ seinen Bus, diesmal aber endgültig. Jetzt standen die beiden Männer draußen nebeneinander und sahen sich an. Eine Weile sprach keiner der beiden ein Wort. Schließlich wendete Rolf Buchwald sich wehmütig ab und richtete seinen Blick fassungslos auf das geliebte Gefährt:

»Mein schöner Bus«, kam es fast tonlos über seine Lippen.

»Mann, Sie haben getan, was möglich war ... Sind eigentlich alle Fahrgäste raus?«

»Ja ... ich denke doch. Oh mein Gott ... Sie glauben doch nicht etwa, dass ...?«

Entsetzt sah der Busfahrer den Feuerwehrmann an. Seine Gesichtsfarbe wurde schlagartig um eine Nuance weißer.

»Ich muss da rein!«, rief er und wollte schon los, da hielt ihn der Feuerwehrmann am Arm fest:

»Sie können da nicht mehr rein! Da kann jetzt niemand mehr rein!«

»Ja aber ...«

»Kein aber. Wir warten jetzt auf meine Kollegen. Die Feuerwehr wird gleich kommen, dann werden wir sehen.«

Der Gedanke, dass es einer seiner Fahrgäste nicht geschafft haben könnte, setzte Rolf Buchwald mächtig zu. Nachdem er noch einen letzten entsetzten Blick auf seinen Bus geworfen hatte, wendete er sich abrupt ab. Dann begab er sich schweigend zu der Gruppe von Fahrgästen, die sich in gebührender Entfernung im Gras der Autobahnböschung versammelt hatte.

Es wurde ein schwerer Gang für Rolf Buchwald. Da unten brannte sein Bus, da vorne standen **seine** Fahrgäste, deren

Augen jetzt alle auf ihn gerichtet waren. Aber waren es auch wirklich **alle** Fahrgäste? Er trug die Verantwortung für jeden Einzelnen.

Rolf Buchwald quälte sich mit zweifelnden Fragen.

Habe ich versagt? Habe ich schwere Schuld auf mich geladen?

Jeder Schritt brachte ihn den Menschen näher, jeder Schritt viel ihm schwerer. Es trennten sie jetzt nur noch wenige Meter. Die Kinder standen ganz vorne, die Erwachsenen etwas weiter dahinter.

Wie die mich ansehen, oh mein Gott.

Am liebsten wäre er ganz schnell umgekehrt und einfach davon gelaufen, aber das ging nicht mehr und außerdem war es dafür zu spät. Ein jüngerer Mann löste sich aus der Gruppe und kam auf ihn zu.

»Mann Sie!« rief er, »Sie sind doch der Busfahrer!«

Rolf Buchwald stockte.

»Sie waren großartig! Kommen Sie! Ja kommen Sie her zu uns! Wie möchten uns bei Ihnen bedanken ... wenn Sie nicht gewesen wären ...!«

Im Nu wurde Rolf Buchwald von dankbaren Menschen umringt. Viele schüttelten ihm die Hände, klopften ihm anerkennend auf die Schultern. Da konnte er nicht mehr an sich halten und Tränen der Rührung liefen über seine vor Scham und Freude geröteten Wangen.

»Angriffstrupp zur Menschenrettung in den Bus vor! Schlauchtrupp mit Schnellangriff hinterher und sichern!«

Ich hatte mich zu dieser kurzfristigen Änderung entschlossen, da es im Bus selbst anscheinend noch nicht brannte, was sich allerdings jederzeit ändern konnte.

Wieder einmal musste alles blitzschnell gehen. Wenn doch noch ein Mensch in diesem Bus war, zählte jede Sekunde!

Die Türen des LF flogen auf. Da kein Verkehr fuhr, waren wir vor den anderen Autofahrern sicher und sprangen direkt zu beiden Seiten auf die Autobahn. Ich rannte mit meinem Maschinisten zum Heck unseres LF. Gemeinsam hängten wir die beiden Schlauchhaspeln ab. Damit war der Platz an der Pumpe für ihn frei. Uli drückte unverzüglich das Rollo nach oben und betätigte schnell einige Knöpfe – die Feuerlöschkreiselpumpe sprang sofort an. Er öffnete den Abgang zum Schnellangriff und fuhr den Ausgangsdruck bis auf zehn bar hoch.

Während der Angriffstrupp schon über die vordere Türe in den mittlerweile vollständig verqualmten Bus vordrang, zog der Schlauchtrupp einen flexiblen schwarzen Hochdruckschlauch von seiner fest eingebauten Trommel ab und eilte dem Angriffstrupp hinterher.

Ich selbst begab mich eilig zu der hinter der Leitplanke stehenden Gruppe von Menschen, in denen ich bereits vorhin die Fahrgäste vermutet hatte. Ein einzelner schlanker Mann erwartete mich in der Nähe der Leitplanke. Er rief mir zu:

»Wahrscheinlich sind alle rausgekommen! Der Busfahrer hat gute Nerven bewiesen. Er steht da vorne!«

»Danke!«

Eine gute Nachricht. Trotzdem musste ich mit dem Busfahrer persönlich sprechen. Und mein Angriffstrupp musste sich genauso persönlich von dieser Aussage überzeugen. Das ging nur, indem er jede Sitzbank in diesem brennenden Bus absuchte.

Kleffi und Tofu liefen, so schnell es mit einem auf dem Rücken geschnallten Atemschutzgerät möglich war, neben der Leitplanke auf den Bus zu. Dessen vordere Türe stand offen. Im Gegensatz zur mittleren Türe, wo sie eine Menge dunklen Rauch austreten sahen, war hier die Sicht halbwegs in Ordnung. Den Fahrersitz und die ersten beiden Sitzreihen konnten sie noch recht gut erkennen. Danach wurde die Sicht schlechter, alles was dahinter lag, verschwand mehr und mehr in einem dichten, dunklen Nebel aus Brandrauch.

Ihre Aufgabe hingegen war klar: Absuchen des gesamten Busses nach zurückgebliebenen Menschen! Gegenüber einem Wohnhausbrand hatten sie allerdings einen enormen Vorteil – die Örtlichkeit hier war ihnen vertraut. Es gab keine unbekannten Räume, keine weiteren Türen oder Treppen, die sie in die Irre leiten konnten. Es ging hier immer nur geradeaus. Da sie sich auf das Heck hinbewegten, waren links die Ausgänge, und die standen alle offen. Außerdem konnten sie in diesem Bus aufrecht gehen, was sonst nicht oft der Fall ist. Sie kamen daher relativ schnell voran. Bankreihe für Bankreihe tasteten sie sich weiter. Kleffi hatte die linke Seite übernommen, Tofu die rechte. Als sie bis zur Mitte des Busses gekommen waren, hatte sich der Schlauchtrupp an der mittleren Türe positioniert.

Inzwischen war draußen auch das zweite LF mit Reinhard Sternberg und seiner Gruppe eingetroffen. Die TLF-Besatzung hatte als erstes den Lüfter aufgebaut. Der starke Luftstrom hielt den weiteren Brandrauch vom Tunneleingang fern. Die Luft dort verbesserte sich zusehends. Jetzt rüsteten sich die Männer mit Pressluftatmern aus. Ohne die Atemschutzgeräte gab es immer noch keine Möglichkeit, dem Motorbrand am Heck des Busses zu Leibe zu rücken. Sterni griff mit seinen Männern unverzüglich ein.

»Angriffstrupp mit Schnellangriff zur Brandbekämpfung an die Heckklappe vor! Wassertrupp! Vorbereiten einer Schaumleitung von TLF!«

Nachdem er mit diesen Befehlen die TLF-Besatzung erst einmal entlastet hatte, wurde der Angriff gegen das Feuer massiv vorgetragen. Sterni nahm mit mir Kontakt auf.

»Gruppenführer für DGL kommen!«

Ich stand noch bei den Fahrgästen und sprach mit dem Busfahrer. Mein Funkgerät steckte tief in der linken Brusttasche, so dass lediglich die Antenne und die daran befestigte Sprechgarnitur herausragte. Ich antwortete sofort:

»Ja Sterni, ich höre.«

»Wie sieht es aus? Sind noch Menschen im Bus?«

»Der Angriffstrupp überprüft das gerade, aber wahrscheinlich nicht! Der Wassertrupp ist dabei und sichert mit einem C-Rohr. Ich bin hier bei den Fahrgästen.«

In diesem Moment meldete sich mein Angriffstrupp:

»Gruppenführer für Angriffstrupp kommen!«

»Hört, kommen!«

»Bus abgesucht. Keine Menschen mehr drin! Ich wiederhole, keine Menschen mehr drin!«

»Sehr gut Männer, ihr kommt wieder raus. Schlauchtrupp bleibt weiter in Bereitschaft!«

»Angriffstrupp verstanden!«

»Schlauchtrupp verstanden!«

Gott sei Dank, das war eine erleichternde Nachricht für mich. Ab jetzt konnten wir den Druck rausnehmen. Ab jetzt hatten wir es »nur« noch mit einem brennenden Bus zu tun und es bestand nicht der geringste Zweifel, wer hier als Sieger die Autobahn verlassen würde.

»Sterni mitgehört?«

»Ja, alles mitgehört. Sehr schön. Ich bestelle die anderen Einsatzkräfte ab.«

»Ja mach das. Übrigens, der Busfahrer hatte noch mit der Rheinbahn gefunkt und einen Ersatzbus für seine Fahrgäste bestellt. Vielleicht kann die Polizei den ja durch den Stau lotsen?«

»Ist gut, ich red' mal mit denen.«

»Danke, ich komme gleich zu dir.«

Nach diesem Funkgespräch wendete ich mich den hier versammelten Fahrgästen zu:

»**Hallo!** Hören Sie mir bitte noch einmal zu? Ich möchte Ihnen mitteilen, dass niemand mehr im Bus zurückgeblieben ist.«

Die Nachricht wurde mit großer Erleichterung aufgenommen. Ein Aufatmen ging durch die gesamte Gruppe. Diese Menschen hatten sich überhaupt recht ruhig und diszipliniert verhalten. Ich fand, sie hatten ein Recht darauf, diese gute

Information von mir zu erhalten. Am glücklichsten schien mir der Busfahrer zu sein. Dem war sicher ein Stein vom Herzen gefallen.

»So, ich muss Sie wieder verlassen und zu meinen Leuten zurückgehen.«

Sternis Angriffstrupp näherte sich der Heckklappe. Da der Bus jetzt nicht mehr fuhr, war sie wieder heruntergefallen. In dem dichten, schwarzen Qualm, der aus allen Seiten hervorquoll, konnte man die beiden Feuerwehrmänner kaum noch erkennen. Das wurde noch schlimmer, als Bernd Busch die große Motorraumklappe wieder öffnete. Er hatte sich vorgetastet und suchte nach der Arretierung. Endlich hatte er sie gefunden. Während seiner Suche züngelten immer wieder rote Flammen über seinen Handschuh und über seinen Jackenärmel. Mit der freien Hand hatte er die ganze Zeit die schwere Heckklappe aufgehalten, so dass sein Kollege den ersten gezielten Löschwasserstrahl in den brennenden Motorraum abgeben konnte. Eine mächtige Wolke aus hellem Wasserdampf hüllte die beiden ein. Endlich gelang es ihm, die Klappe festzusetzen.

Die Feuerwehrbekleidung hielt der direkten Flammeneinwirkung stand. Sehr viel länger hätte Bernd das allerdings nicht aushalten können, die Klappe war »sauschwer«.

Früher, als wir noch die alte Feuerwehruniform trugen, wäre ein solches Vorgehen überhaupt nicht möglich gewesen. Zu der Zeit hätte sich der Angriffstrupp unbedingt einen dieser silbrig glänzenden Spezial-Flammschützanzüge überziehen müssen, um die Motorklappe zu öffnen. Diese hochwertigen Spezialanzüge führen wir natürlich auch heute noch auf unseren Feuerwehrfahrzeugen mit.

Der Angriffstrupp hatte den Motorbrand recht schnell gelöscht. Es dampfte und qualmte zwar eine Zeitlang noch gewaltig weiter, aber das war unter diesen Umständen normal. Immerhin waren bei diesem Brand so hohe Temperaturen entstanden, dass einige Aluminiumteile im Motorraum regelrecht weggeschmolzen waren. Trotzdem war das Feuer nicht in den Fahrgastraum eingedrungen. Lediglich der Brandrauch hatte seinen Weg bis hier hinein gefunden und seine schmutzig-rußigen Spuren hinterlassen.

Das vorbereitete Schaumrohr brauchten wir nicht mehr einzusetzen und bis auf zwei Mann konnten die anderen ihre Atemschutzgeräte wieder ablegen.

Aus dem Tunnel ertönte das Martinshorn eines anrückenden Alarmfahrzeuges. Es war Jürgen Leineweber, der mit seinem C-Dienstwagen als einziger weiter durchgefahren war. Nachdem Sterni seine Rückmeldung gemacht hatte, erhielten alle anderen Einsatzkräfte über ihre eingeschalteten Funkgeräte von der Leitstelle folgende Durchsage:

»An alle Einsatzkräfte im Bereich Werstener Tunnel: Sie können ihre Fahrt abbrechen! Ich wiederhole: Alle Einsatzkräfte, die zum Westener Tunnel unterwegs sind, können ihre Fahrt abbrechen. Sie werden nicht mehr benötigt. Nur C-Dienst 6 durchfahren!«

»C-Dienst 6 verstanden«, quittierte Jürgen Leineweber die Aufforderung der Leitstelle, »wir fahren durch.«

»Richtig C-Dienst 6, wo ist ihr jetziger Standort?«

»Wir sind auf der Kölner Landstraße circa 200 Meter vor der Tunneleinfahrt.«

»Gut, wenn Sie sich im Tunnel befinden, sorgen Sie dafür, dass eine Gasse für den Ersatzbus der Rheinbahn gebildet wird. Der Bus befindet sich bereits auf der Bonner Straße. Er wird von einem Einsatzfahrzeug der Polizei gelotst.«

»Verstanden, wir werden eine Fahrspur freihalten.«

Jürgen Leineweber wählte eine CD und betätigte einen Schalter. Sogleich verstummte das Martinshorn und stattdessen dröhnte eine automatische Dauerdurchsage durch den nach wie vor mit Fahrzeugen vollgestopften Tunnel:

»Achtung Achtung, hier spricht die Feuerwehr! Bilden Sie eine Gasse und halten Sie diese für weitere Einsatzfahrzeuge offen!«

Es folgte eine ganz kurze Pause, dann wiederholte sich die Durchsage:

»Achtung Achtung, hier spricht die Feuerwehr! Bilden Sie ...«

Diesem günstigen Umstand und dem voranfahrenden Polizeiauto verdankte es der Rheinbahnbus, dass er relativ zügig den Tunnel passieren konnte und nur wenige Minuten nach dem C-Dienst an der Einsatzstelle eintraf.

Keiner der Fahrgäste war bei diesem dramatischen Ereignis verletzt worden. Bis auf eine zeitliche Verzögerung war ihnen also kein ernsthafter Schaden entstanden. Die Menschen stiegen sichtlich bewegt und erleichtert in den für sie bereitgestellten Ersatzbus.

Rolf Buchwald befand sich inzwischen wieder unten bei seinem Bus und sprach mit der Polizei. Er musste mindestens noch so lange an der Unfallstelle bleiben, bis sein Fahrdienstleiter und der Servicedienst der Rheinbahn mit dem großen Reparatur- und Abschleppwagen hier eintrafen.

Nachdem ich in dem Mann, der die Alarmierung ausgelöst hatte, meinen Feuerwehrkameraden Herbert Fettweis erkannt hatte, standen wir in einer kleinen Gruppe beisammen und fachsimpelten. Es waren Jürgen Leineweber, Reinhard Sternberg, Herbert Fettweis und ich. Schließlich trat ein weiterer Polizist zu uns und fragte neckisch:

»Wie sieht es aus meine Herren, dürfen wir wieder eine Fahrspur für den Verkehr öffnen oder möchten die Herren ihre illustre Gesprächsrunde hier auf der A 46 weiter fortsetzen?«

Jürgen Leineweber lachte und antwortete:

»So wie ich das sehe, kann jetzt ohne weiteres wieder eine Fahrspur geöffnet werden oder?«, er sah Sterni und mich fragend an, »habt ihr irgendwelche Einwände?«

Wir schüttelten die Köpfe. Es gab auch aus unserer Sicht keinen Grund, den stehenden Verkehr weiter zu blockieren. Die Hauptursache für die Vollsperrung, der Brandrauch, der die Sicht der anderen Verkehrsteilnehmer gefährlich behindert hatte, war beseitigt und der Bus selbst befand sich auf dem Standstreifen.

Wer jetzt aber noch mehr zu leiden hatte als die schwitzenden Autofahrer in ihren heißen Blechkisten, das waren wir Feuerwehrmänner. Die Temperatur unter unserer dicken Einsatzkleidung war einfach mörderisch. Weil wir uns aber nur noch mit den Aufräumungsarbeiten beschäftigten, erteilte Sterni die Order, die schweren, dicken Einsatzhosen auszuziehen. Darunter trug ja jeder seine leichtere Arbeitshose. Nur zu gerne wechselten wir ebenfalls die dreiviertellangen Einsatzjacken gegen die dünneren Tuchjacken.

Jürgen Leineweber, unser C-Dienst verabschiedete sich:

»Okay Männer, das wär's also, ich fahr dann mal wieder.«

Er schüttelte Herbert zum Abschied die Hand:

»Tschüss Herbert. Danke ... und viel Erfolg weiterhin für dein ICONOS-Projekt.«

Uns rief er zu: »Und euch will ich heute Nacht nicht mehr sehen!«

»Wir dich auch nicht!« erwiderte Sterni.

Jürgen drehte sich noch einmal um und rief zurück:

»Soll mir nur recht sein! Tschüss Männer!«

Dann verließ er endgültig die Einsatzstelle.

Unser frommer Wunsch für die heutige Nacht sollte allerdings nicht in Erfüllung gehen.

Da es auch für uns keine Veranlassung gab, mit so vielen Fahrzeugen an der Einsatzstelle zu bleiben, bestimmte Sterni, dass ich mit meiner Gruppe alleine hier bleiben sollte. Alle anderen durften wieder zurück zur Wache.

Die Polizei hatte daraufhin wieder eine der drei Fahrspuren der A 46 geöffnet. Inzwischen hatte sich ein kilometerlanger

Stau gebildet, dessen Auswirkungen bis weit in die Innenstadt hineinreichte. Wir selbst sicherten die Unfallstelle noch so lange, bis die Rheinbahn ihren nicht mehr fahrtüchtigen Bus abgeschleppt hatte. Bis zu vollständigen Öffnung aller drei Fahrspuren sollten jedoch noch fast zwei Stunden vergehen.

Bevor Herbert Fettweis, mein Feuerwehrkamerad von der Freiwilligen Feuerwehr, uns verließ, hatte er mich zu einem ihrer Übungsabende nach Angermund eingeladen.

»Du kannst uns doch mal was aus deinem Feuerwehrroman *Brandgefährlich* vorlesen.« Natürlich sagte ich gerne zu. Außerdem war ich gespannt darauf, bei dieser Gelegenheit mehr über seine revolutionäre Erfindung, die neue Feuerwehrkupplung ICONOS, zu erfahren.

Der Hauch des Todes

Endlich galt es auch für uns:

»Aufsitzen! Wir fahren nach Hause!«

Ich schlug die Beifahrertüre hinter mir zu:

»Alle an Bord!?«

»Ja!«, klang es aus mehreren Kehlen, dann gab Uli Gas und unser LF setzte sich in Bewegung.

Nach Hause, welch ein bedeutungsvolles Wort, verbindet doch jeder Mensch damit etwas sehr Erstrebenswertes, höchst Persönliches. Nach Hause steht für Familie und Geborgenheit, für einen Ort, an dem man heimisch ist und an den man immer wieder gerne zurückkehrt, weil man einfach dorthin gehört. Für die meisten Menschen ist dieses Zuhause ganz selbstverständlich. Schmerzhafte Erfahrung macht erst der, der kein Zuhause mehr besitzt oder derjenige, der sich danach zurücksehnt, weil ihn das Heimweh plagt.

Wir Feuerwehrmänner sind immer wieder vierundzwanzig Stunden von Zuhause fort. In diesen vierundzwanzig Stunden wachsen wir zusammen zu einer anderen, einer neuen Familie. Unsere Feuerwache ist ebenfalls unser Zuhause und wie tief dieses Empfinden in mir verankert ist, wurde mir wieder einmal bewusst, als ich meinen Männern zurief:

»Aufsitzen! Wir fahren nach Hause!«

Es gibt nur wenige unter uns, die dabei nicht das ähnliche Empfinden hegen wie ich, die nicht genauso denken: *Ja, jetzt geht es nach Hause.* Dabei liegt es an jedem Einzelnen, dieses wertvolle Gefühl zu pflegen. Es erwächst eine Stärke daraus, eine Stärke, die uns in diesem gefahrvollen Beruf einen wichtigen Halt geben kann. Der Beruf eines Feuerwehrmannes ist eben doch weit mehr als irgendein anderer Beruf.

Auf der Wache gab es große Aktivitäten. Die Gruppe vom 7-46-1 und vom TLF hatte längst geduscht und ihre Fahrzeuge wieder auf Vordermann gebracht.

Die Männer hatten uns erwartet und kamen herbei und halfen, unser Fahrzeug wieder einsatzbereit zu machen. Bei so viel Unterstützung durfte mein total verschwitzter Angriffstrupp direkt unter die Dusche gehen. Jochen Dieter, unser Küchenchef, wirkte auch schon wieder in der Küche. Aber selbst mit noch soviel gutem Willen und fleißiger Unterstützung konnte er das geplante Mittagessen nicht mehr pünktlich fertig stellen. Kurzerhand beschlossen wir, stattdessen an diesem Abend zu grillen und gegen zwei Uhr lediglich den Salat zu essen, den Jochen sowieso schon eingeplant hatte. Bei der Hitze des heutigen Tages war das ein von allen gerne akzeptierter Vorschlag.

Jochen hatte auf die Schnelle noch ein paar hart gekochte Eier in den Salat geschnitten und bald saßen wir draußen im Schatten des großen Baumes und ließen es uns schmecken. Richtig ruhig ist es auf einer so großen Feuerwache wie der unsrigen eigentlich nur selten. So erklang auch bald wieder der am häufigsten ertönende Einzelgong:

»Einsatz für 7-83-1 und den Notarzt Feuerwache 6 zur Itterstraße. VU mit Motorradfahrer!«

Mario und Thorsten ließen ihre Salatteller stehen und rannten zum RTW. Es dauerte diesmal keine dreißig Sekunden, da fuhren sie mit heulenden Sirenen aus dem Hoftor.

Wir anderen setzten unser Essen und die unterbrochenen Gespräche fort. Kurze Zeit, nachdem die RTW-Besatzung die Wache verlassen hatte, erfolgte eine neue Durchsage der Leitstelle:

»DGL Feuerwache 7 rufen Sie Leitstelle an!«

Sterni hatte sich, so wie es jeder von uns dreien tat, wenn er DGL ist, das kleine, mobile Wachtelefon eingesteckt. Jetzt zog er es aus der Hosentasche und wählte die interne Nummer der Leitstelle. Wir anderen unterbrachen unsere Gespräche.

»Feuerwache 7, Sternberg hier. Was gibt es?«

Natürlich lauschten wir auf seine Worte, konnten aber nichts weiter mitbekommen als:

Ja, ja gut, verstanden und *machen wir.*

Viele neugierige Augenpaare blickten ihn an, nachdem er das Telefonat beendet hatte und Sterni spannte uns erst gar nicht lange auf die Folter.

»Hört zu, gleich landet hier auf dem Hof der Rettungshubschrauber. Wir müssen in fünf Minuten alles dafür vorbereitet haben. Also los!«

Nicht jeder von uns wusste, was so eine Hubschrauberlandung bedeutete. Deshalb stellten diejenigen, die wirklich nicht einmal ahnten, dass es jetzt um Sekunden ging, völlig überflüssige Fragen.

Ich hatte selbst viele Hubschrauberflüge hinter mir und wusste am besten, dass hier gleich die Hölle los sein würde und rief jetzt laut:

»He Männer! Das ist eine Bo, die hier gleich auf unserem Hof landen wird! Wer das nicht kennt ... die Maschine wird mit ihren riesigen Rotorblättern einen wahren Sturm entfachen. Also haut rein! Alles muss von den Tischen verschwinden ... auch die Tassen und Colaflaschen!«

»Und fahrt eure Autos weg! Am besten auf den hinteren Hof!«

»Mann! Mach mal halblang, so schlimm wird es ja wohl nicht werden.«

Ich ignorierte den Einwand. Die anderen Kollegen waren bereits fleißig bei der Arbeit, schafften sämtliche Salatteller und Getränke zurück in die Küche. Einige rannten los, holten ihren Autoschlüssel. Auch ich schnappte mir, noch während ich meine Warnung rief, meinen eigenen Teller und den meines Nachbarn, um diese in Sicherheit zu bringen.

Die fünf Minuten waren noch nicht vergangen, da vernahmen wir aus der Ferne das leise Flap-Flap-Flap eines sich nähernden Hubschraubers. Kein Wölkchen war am azurblauen Himmel zu sehen. Jeder von uns blickte gebannt in die Richtung, aus der wir den Hubschrauber erwarteten. Schließlich entdeckten wir ihn. Er kam wie erwartet aus Norden. Also handelte es sich höchstwahrscheinlich um den Rettungshubschrauber von Duisburg-Buchholz, der dort an dem Berufsgenossenschaftlichen Krankenhaus stationiert ist.

Das Flap-Flap-Flap wurde lauter. Wegen dieses charakteristischen Geräusches trägt die Bo auch den Spitznamen Teppichklopfer. Sekunden später drehte der Hubschrauber in circa 150 Metern Höhe eine große Schleife über unserem Hof. Der Lärm, den er verursachte, war erheblich, aber vom Wind, den er bei seiner Landung erzeugen würde, war noch nichts zu spüren. Das änderte sich schlagartig als der Hubschrauber leicht schräg nach vorne geneigt abkippte und in einer eleganten Kurve zu Boden stieß. Mit über achtzig Stundenkilometern peitschten die Rotorblätter die erhitzte Luft senkrecht auf unseren Hof. Eine gewaltige Staubwolke wirbelte auf. Kleine Steinchen schossen durch die Luft und die Blätter unseres alten, dickstämmigen Baumes rauschten, als fegte ein Orkan durch ihn hindurch. Einige der leichten Kunststoffstühle flogen um. Der Hubschrauber pendelte wieder in die Horizontale, dann berührten seine Kufen den schwarzen Asphalt. Feinfühlig wie eine riesige Libelle setzte er auf dem Feuerwehrhof auf. Noch drehte sich der Rotor mit so hoher Geschwindigkeit, dass seine Blätter wie eine einzige, rotierende Scheibe aussahen.

Das Dröhnen der Turbine war irre laut und hatte viele Menschen angelockt, überwiegend Kinder aus den umliegenden Wohnungen. Einige standen vor unserm großen Hoftor und starrten wie gebannt durch die Metallstreben. Die meisten jedoch waren auf die Mauer geklettert und verfolgten von dort aus das außergewöhnliche Ereignis. Wir selbst standen in respektvoller Entfernung und hielten uns die Ohren zu. Endlich schaltete der Pilot die Turbine ab. Der Rotor drehte noch eine ganze Weile mit hoher Geschwindigkeit. Dann erstarb das laute Dröhnen in einem pfeifenden Ton und verebbte schließlich mit leisem Summen. Gleichzeitig drehten sich die Rotorblätter immer langsamer, bis sie schließlich zum Stillstand kamen und leicht wippend zu Boden neigten. Allerdings berührten sie diesen nicht. Sie hingen immer noch so hoch in der Luft, dass ein erwachsener Mensch unter ihnen hergehen konnte. Erst jetzt öffneten sich die Türen des Hubschraubers und die Crew, bestehend aus Pilot, Arzt und einem Rettungsassistent, stieg aus.

Der Pilot trug den typischen grauen Fliegeroverall eines Bundeswehrpiloten, der Arzt die unverkennbare grüne OP-Kleidung und der Rettungsassistent sah aus wie einer von uns: Weiße Hose, weißer Pulli, orangefarbene Rettungsjacke.

Während der Hubschrauber landete, gab es eine weitere Aktivität vor unserem Hoftor. Es kam Bewegung in die Kinder, sie mussten den Weg freigeben für ein Alarmfahrzeug, das von Feuerwache 1 zu uns gekommen war. Im Lärm des landenden Hubschraubers war das eingeschaltete Martinshorn fast untergegangen, zumindest hatte niemand von uns darauf geachtet. Der Wagen, ein VW-Bus des C-Dienstes, fuhr zügig auf den Hof und wendete in der Nähe des Hubschraubers. Die Beifahrertüre und die seitliche Schiebetür öffneten sich gleichzeitig und zwei Personen stiegen aus. Es waren Jörg von der Heidt und Ruth Eisenmann. Immer noch waren die Blaulichter eingeschaltet und der Fahrer hinter dem Steuer, den ich nicht erkennen konnte, ließ den Motor laufen. Lediglich das Martinshorn hatte er abgestellt. Der Arzt und der Rettungsassistent vom Hubschrauber stiegen sofort in die geöffneten Türen des VW-Busses und schon fuhr dieser wieder vom Hof.

Donnerwetter, das war eine flotte Aktion! Kaum waren sie auf den Hof gefahren, da hatten sie ihn auch schon wieder verlassen. Von der Straße vernahmen wir nur noch die Sirene des sich rasch entfernenden Einsatzfahrzeugs.

Es war nur allzu verständlich, dass wir, die Zurückgebliebenen an unsere unerwarteten Gäste etliche Fragen stellen wollten.

Kurz darauf saßen wir wieder gemeinsam an den zusammengestellten Tischen unter dem Baum. Unser Küchenchef hatte auf die Schnelle drei weitere große Salatteller zubereitet und unseren Überraschungsgästen serviert, die mit strahlenden Minen freudig zulangten.

»Ach ja, Wache 7, da gefällt es mir doch immer noch am besten«, schmeichelte Jörg als er seinen schmackhaften Salatteller serviert bekam.

»Ich wette, das würdest du denen an Wache 6 genauso sagen, wenn du solch einen Salatteller erhieltest!«

Jörg schmunzelte viel sagend, enthielt sich aber einer diesbezüglichen Äußerung und berichtete stattdessen, wie es zu ihrem außergewöhnlichen Besuch gekommen war:

»Wir befanden uns gerade auf dem Weg von Feuerwache 1 zur Feuerwache 6. Ihr wisst ja, dass die Ruth maßgeblich am Bau der neuen Heißgasanlage beteiligt ist. Na ja, und ich hatte mit dem Schulleiter Horst Theis auch etwas Wichtiges zu besprechen, deshalb hatten wir uns gemeinsam auf den Weg gemacht. Unterwegs erfuhren wir von der Leitstelle, dass der RTH zu einem Einsatz hierher gestartet ist und bei euch landen würde. Eigentlich solltet ihr ja den Doc und den Sani zum Einsatzort fahren. Ich hatte mich dann aber eingeschaltet und der Leitstelle mitgeteilt, dass wir diesen Transport übernehmen.«

»Nicht schlecht!« rief ihm Tofu vom anderen Ende des Tisches zu, »so würde ich mir meine Einsätze auch gefallen lassen ... super Wetter, in der Sonne sitzen, lecker Salat essen ... tja, C-Dienst müsste man sein.«

Wir lachten. Ja, im Moment ging es uns wirklich gut. Es konnte sich niemand beklagen. Aber nur wenige Kilometer entfernt sah es ganz anders aus. Hier war es zu einem schlimmen Verkehrsunfall gekommen und während wir genüsslich unseren Salat aßen, kämpften unsere Kollegen vom RTW um das Leben zweier schwer verletzter Menschen.

Als Mario Schneider und Thorsten Heuer zu der gemeldeten Einsatzstelle Itterstraße ausrückten, wussten sie nur, dass es sich um einen Motorradunfall handelte, zu dem auch der Notarzt von Wache 6 unterwegs war. Über Funk erhielten sie eine wichtige Information, die vieles veränderte:

»7-83-1 für Florian Düsseldorf kommen.«

Das galt ihnen. Mario meldete sich sofort:

»7-83-1 hört, kommen.«

»Zu Ihrer Information, Notarzt 6 ist zurzeit nicht verfügbar. Wir haben den RTH aktiviert. Er landet auf der Feuerwache 7. Arzt und Sani werden zu Ihnen gebracht. Geben Sie umgehend Rückmeldung!«

»Verstanden Florian Düsseldorf.«

Mario drückte den Funkhörer zurück in seine Halterung und meinte:

»Na, mal sehen, ob wir den Hubschrauber überhaupt brauchen. Die Sache mit dem Bus hörte sich ja auch schlimmer an, als es dann tatsächlich war.«

»Das kann man wohl sagen. Die haben wirklich wahnsinniges Glück gehabt. Ich hab vorhin noch gedacht: Wenn der nicht mehr aus dem Tunnel gekommen wäre ... Stell dir mal vor, der Qualm und die vielen Menschen stürzen voller Panik in den Verkehr ... oh Mann, dann wäre das aber nicht so gut ausgegangen.«

Mario nickte.

»Sei froh, wenn du so etwas nie erlebst. Ich kann dir sagen, das ist viel schlimmer, als man es sich überhaupt vorstellen kann.«

Thorsten sah Mario zweifelnd von der Seite an:

»Du sagst das so ... hast du das etwa schon mal erlebt?«

Mario wendete sich ab, schaute aus dem Seitenfenster und blieb die Antwort schuldig.

»Konzentrieren wir uns lieber auf das Jetzt. Ich glaube da vorne ist es.«

Mario hatte richtig vermutet – in etwa zweihundert Meter Entfernung lag der Unfallort, an dem sie so dringend erwartet wurden.

Für Sabine ging heute ein ganz großer Traum in Erfüllung. Sie saß neben ihren Vater auf dem Beifahrersitz des stahlgrauen Porsche 911 und befand sich auf dem Weg in die Innenstadt. Ihr Ziel war der Motorradladen von Hein Gericke auf der Oststraße. Heute war ihr einundzwanzigster Geburtstag.

Schon als sie achtzehn wurde, wünschte sie sich nichts sehnlicher, als ein Motorrad zu besitzen, aber ihre Eltern waren strikt dagegen gewesen.

»Kind«, hatte ihr Vater gesagt, »du bist zwar seit heute volljährig und ich kann dir nicht mehr vorschreiben, was du tun und lassen darfst, aber mein Wort gilt. Wenn du auf das Motorrad verzichtest, erhältst du von mir ein Auto geschenkt.«

Sabine wusste, dass ihr Vater Wort halten würde und hatte sich daraufhin überreden lassen. Sie bekam einen nagelneues Golf Cabrio geschenkt. Ihre Eltern waren vermögend, sie konnten sich solch ein Geburtstagsgeschenk leisten und außerdem – Sabine war ihre einzige Tochter. Trotz dieses verlockenden Angebots, das ihr der Vater vor drei Jahren gemacht hatte, wollte Sabine aber nicht völlig auf ihren Traum verzichten. Aus diesem Grund hatte sie zusammen mit dem Pkw-Führerschein auch gleich den Motorrad-Führerschein gemacht. Sehr zum Leidwesen ihrer Eltern, die sich aber damit trösteten, dass ihre Tochter, wenn sie erst einmal ihr Auto besäße, sicher die Lust am Motorradfahren verlieren würde. Dem war allerdings nicht so. Das Motorrad spukte Sabine nach wie vor im Kopf herum. Allerdings zählte sie keineswegs zu diesen verzogenen, reichen Gören die alles bekamen, wenn sie nur lange genug quengelten. Nein, das konnte ihr nun wirklich niemand nachsagen. Aber Sabine verstand es, zumindest ihren Vater mit ihrer subtilen Art um den

Finger zu wickeln, ihn dazu zu bringen, ihre Wünsche zu erfüllen, Wünsche, auf deren Erfüllung ihr junges Herz glaubte, nicht verzichten zu können.

Eines Tages kam Sabine spätnachmittags von einem Ausflug nach Hause. Ihr Vater saß vertieft hinter einer Zeitung in seinem Arbeitszimmer und paffte eine seiner besonders teuren Lieblingszigarren.

Äußerst gute Bedingungen, erkannte Sabine, welche die Stimmungen ihres Vaters an dem Duft der Zigarre und der Häufigkeit der aufsteigenden Rauchwölkchen ziemlich genau einschätzen konnte.

»Mein allerliebstes Papilein«, flötete sie und setzte sich auf seinen Schoß. Kurzerhand entzog sie seinem erstaunt blickenden Gesicht die Zeitung und erklärte mit wichtiger Mine:

»Du musst dir unbedingt etwas ganz ganz Wichtiges ansehen.«

Und dann zauberte sie ohne große Umschweife den alten zerknitterten Prospekt einer Yamaha 500 hervor.

»Schau mal ich ...«

»Mhm, Binilein«, brummte ihr Vater missmutig, »was soll das denn nun wieder? Warum zeigst du mir diesen asbachuralten Prospekt. Ich denke, wir waren uns damals schon einig, dass dies keine Frauenmaschine ist. So ein Einzylinder Dampfhammer und dann dieser Kickstarter.«

Sabine trumpfte auf: »Du findest also auch, dass dies keine Maschine für mich ist?«

Ihr Vater horchte auf. Das Gespräch behagte ihm nicht sonderlich, aber er war längst in die Falle getappt und seine Tochter zog sämtliche Register, gegen die er so gut wie machtlos war.

Der Prospekt fiel zu Boden und Sabine kuschelte sich an seine Brust. Mehr beiläufig erwähnte sie, dass sie sich deshalb auch entschlossen hatte eine Honda XR irgendwas zu kaufen.

»Was denn, XR irgendwas?«

»Ach Papilein, die Bezeichnung spielt doch gar keine Rolle, eben eine kleine schnuckelige Honda.«

Dann setzte sie sich plötzlich aufrecht und sah ihren Vater mit ihren großen braunen Augen an.

»Ich kann sie ganz billig von dem Freund eines Bekannten kaufen.«

»Um Gottes Willen!«, entrüstete sich ihr Vater. Billig und gebraucht! Zwei Eigenschaften, die er gerade bei technischen Geräten überhaupt nicht leiden konnte. Aus diesem Grund entfuhr ihm prompt dieser folgenschwere Satz, den er später noch so oft bereute:

»Eher kaufe ich dir eine neue Maschine, als dass du dich auf irgend so einen alten Hobel setzt.«

»Ich liebe dich, mein lieber lieber Papi!«

Und zur Bestätigung dieses überschwänglichen Freudenausbruchs erhielt er prompt einen dicken Kuss auf beide Wangen. Dann erhob sich sein cleveres Töchterlein, bückte sich grazil nach dem entfallenen Prospekt und tänzelte leichtfüßig aus seinem Zimmer.

»He Fräulein«, rief er ihr hinterher, »darüber reden wir noch!«

Sabine drehte sich nur kurz im Türrahmen um und erwiderte mit überglücklicher Stimme:

»Du bist der allerliebste Papi der Welt!«

Danach verschwand sie einfach und er saß da in seinem Sessel, er, der allerliebste Papi der Welt und wusste nicht wie ihm geschehen war. Später ertappte er sich dabei, wie er darüber grübelte: *Wie bringe ich das nur meiner Frau bei,* und er erkannte zu spät, dass seine Tochter ihn wieder einmal bezirzt hatte.

Nur zu gerne hatte Sabine ihren Vater in das Motorradgeschäft mitgenommen. Er, der alte, gewiefte Maschinenbauingenieur konnte sich angesichts so viel geballter Technologie eines gewissen Kribbelns kaum erwehren. Da standen sie alle, diese traumhaft schönen, aber auch sündhaft teuren Maschinen. Dabei spielte das Geld bei ihrer gemeinsamen Kaufentscheidung nur eine sekundäre Rolle.

Manchmal ist es schon toll, einen reichen Vater zu haben, vorausgesetzt er ist kein knauseriger Geizhals, aber das war

Sabines Vater weiß Gott nicht. Zusätzlich zu dem auf 27 PS gedrosselten Chopper erhielt Sabine eine komplette Motorradkluft. Der Lederanzug saß perfekt. Sabines Vater strahlte. Was hatte er doch für eine schicke Tochter. Als sie den neuen Helm abzog und ihr schulterlanges rotbraunes Haar schüttelte, war er mächtig stolz. So wie sie jetzt dastand, hätte sie in jedem Werbespot im Fernsehen auftreten können. Ihr Lächeln war einfach umwerfend, und es gab nicht einen männlichen Kunden, der sich nicht nach ihr umdrehte.

»Wir möchten die Maschine erst nächsten Monat abholen. Ich mache Ihnen gerne eine Anzahlung. Die anderen Sachen nehmen wir aber jetzt schon mit.«

»Cash oder Karte?«

»Mit Karte.«

Auf der Heimfahrt schwebte Sabine im siebenten Himmel. Am liebsten hätte sie die Maschine heute schon mitgenommen, aber ... na ja, die Tage würden auch noch vergehen.

Heute war es endlich so weit. Sabine trug den eng anliegenden schwarz-roten Kombi und ihr Helm lag in dem, was man bei einem 911er Kofferraum nannte. Die Maschine würde fix und fertig voll getankt auf sie warten, nur auf sie. Ein Traum in pechschwarz mit hartverchromten Zylindern und echten Speichenrädern. Die Maschine strahlte etwas von dem Charme der guten alten englischen Motorraddynastie aus, allerdings gepaart mit der modernsten Technik und Spitzentechnologie heutiger Ingenieurskunst.

Ein wenig beneidete ihr Vater sie, die mit strahlenden Augen ihre Traummaschine betrachtete. Er nahm sie zärtlich in die Arme und flüsterte ihr ins Ohr:

»Ich wünsche dir immer einen guten Schutzengel, der dich begleitet. Und fahre immer vorsichtig mein Kind. Ich möchte nicht, dass dir etwas zustößt.«

»Natürlich Papa und vielen vielen Dank, du bist wirklich der Beste.«

»Mmm, vergiss dabei deine Mutter nicht. Na los, schieb ab meine Kleine. Wir sehen uns zu Hause.«

Paul Müller transportierte einen riesigen Bagger auf der Ladefläche seines Sattelschleppers. Eigentlich musste er zu einer Baustelle am Farnacker fahren, wo er erwartet wurde. Mit dem Bagger sollte eine Baugrube ausgehoben werden. Unglücklicherweise kannte sich Paul Müller in diesem Stadtgebiet überhaupt nicht aus und war deshalb falsch abgebogen. Irgendwann bemerkte er seinen Fehler und warf einen Blick in die Karte. Hier, auf dieser engen Straße, konnte er jedoch unmöglich wenden.

Irgendwann hatte er es doch geschafft und nun befand er sich wieder auf der Itterstraße. Den Spinner, der vorhin wie ein Wahnsinniger gehupt hatte und jetzt hinter seinem Sattelschlepper klebte, beachtete er gar nicht mehr.

»Die nächste rechts muss es sein«, murmelte er halblaut vor sich hin und setzte links den Blinker, weil er vor dem Abbiegen erst etwas in die Straßenmitte ziehen musste. Mit seinem langen Gefährt hätte er sonst die enge Kurve nicht nehmen können.

Zehn Meter weiter, auf der gegenüberliegenden Straßenseite, parkte ein Möbeltransporter. Zwei Möbelpacker wuchteten soeben eine hellbeige Ledercouch aus dem Wagen, als ein chromblitzendes, schwarzes Motorrad mit einer Frau darauf an ihnen vorbeifuhr.

»Mann war das ein Feger. Hast du die gesehen?«

Aber sein Kollege hatte nicht darauf achten können, wer auf dem Motorrad saß. Er musste sich auf die Treppenstufen des Möbelwagens konzentrieren, die er gerade hinunterging.

»Meine Güte, hoffentlich macht der Arsch bald die Kreuzung frei!«

Der fluchende junge Mann, den seine Freunde immer nur Lulle nannten, spielte nervös mit dem Gasfuß. Obwohl er unter keinerlei Zeitdruck stand, benahm er sich wie ein Verkehrsrüpel, hupte permanent und ließ seinen aufgemotzten Kadett immer wieder ruckartig vorfahren, um ihn dann wieder abzubremsen. Dabei sah er genau, dass der große Sattelschlepper, der vor ihm auf der Kreuzung wendete, es gleich geschafft haben würde. Andere Verkehrsteilnehmer warteten geduldig und schüttelten verständnislos den Kopf.

Na also, wurde aber auch Zeit. Lulle sog hastig an seiner Zigarette. Die Seitenscheiben heruntergedreht, den linken Arm lässig nach draußen hängend mimte er einen auf cool. Damit war es aber schnell wieder vorbei. Die Situation nervte ihn, weil er einfach nicht überholen konnte. Also tobte er sich weiter an seiner Hupe aus. Die Menschen auf der Straße schauten verärgert herüber, sahen seine wilden Gesten. Sie erkannten zwar, dass der wütende Bursche in seinem Auto schimpfte, aber seine unflätigen Ausdrücke gingen in dem lauten Gedröhne der Basslautsprecher unter, mit denen er den halben Stadtteil beschallte.

»Was soll denn die Scheiße! Wozu blinkt der Idiot denn nach links! Da ist doch gar keine Straße!«

Lulle platzte endgültig der Kragen. Er ließ den Motor aufheulen und schoss hinter dem Sattelschlepper hervor. In diesem Moment zog dieser nach links auf die Straßenmitte. Lulle trat das Gaspedal bis zum Anschlag durch und setzte den gefährlichen Überholvorgang mit verbissenem Gesicht weiter fort. Auf der linken Seite sah er einen Möbelwagen stehen.

Kein Problem, dachte Lulle, *der ist ja noch zwanzig Meter weg,* und er raste neben dem abbiegenden Sattelschlepper auf den Möbelwagen zu. In diesem Moment bemerkte er ein schwarzes Motorrad – zu spät.

»**Scheiße!**«

Der Sattelschlepper bog jetzt nach rechts. Sein langes Heck schwenkte weit über die Straßenmitte. Lulle riss das Steuer seines Kadett nach links. Das Motorrad befand sich unmittelbar vor seiner Motorhaube. Den Bruchteil einer Sekunde blickte er in zwei vor Schreck aufgerissene Augen. Sie sahen ihn entsetzt hinter dem Visier des Motorradhelmes an. Lulle trat voll auf die Bremse – zu spät …

Zuerst hörte er einen wahnsinnig lauten Knall, dann schoss ein großer dunkler Schatten über seinen Kadett hinweg. Die Windschutzscheibe zersplitterte, Reifen quietschten, sein Kadett geriet ins Schleudern und prallte frontal gegen den Möbelwagen.

»Verdammt, was war das!«

Der Möbelpacker auf der Treppe spürte einen gewaltigen Ruck. Der große Möbelwagen und die Treppe, auf der er stand, wurde erschüttert. Beinahe wäre er mit der schweren Couch die Treppe hinuntergefallen, so heftig war der Anprall. Erschrocken setzten die beiden Männer ihre Last auf den Gehweg und schauten nach der Ursache.

»Ach du dickes Ei! Na, da wird sich der Chef aber freuen.«

Als sie den Kadett sahen, der gegen ihren Möbeltransporter gefahren war, erkannten sie noch nicht das ganze Ausmaß des Unglücks. Durch die zerborstene Frontscheibe sahen sie weder den blutenden Mann hinter dem Steuer, noch bemerkten sie die weiter entfernt liegende, schwer verletzte Motorradfahrerin.

Sabine beschloss, auf möglichst direktem Weg nach Hause zu fahren. Sie wollte lieber zuerst noch etwas auf ruhigeren Straßen üben, als sich hier dem Getümmel der Innenstadt auszusetzen. Rasch erreichte sie den Südring und bog in die Münchener Straße ein. Die autobahnähnliche Schnellstraße verlockte sie zu höherem Tempo. Aber sie drehte die Maschine noch nicht voll auf, sondern hielt sich streng an die Einfahrvorschriften. Außerdem gab es hier eine Geschwindigkeitsbegrenzung. *So ein Protokoll am ersten Tag würde sich wohl nicht so gut machen*, ging es ihr durch den Kopf.

Einen Moment lang zögerte sie, in die Himmelgeister Landstraße abzubiegen, aber das Gefühl einfach so dahinzufahren berauschte sie.

Diese, aus einer flüchtigen Laune getroffene Entscheidung sollte ihr weiteres Leben von Grund auf verändern.

Ist ja nur ein unbedeutender Umweg, dachte Sabine und ließ die Ausfahrt »links« liegen. Der Stadtteil Wersten flog an ihr vorüber. Die nächste Abfahrt war schon die Itterstraße, die musste sie nehmen. Sabine befand sich jetzt wieder auf heimischem Terrain. Nur noch ein paar hundert Meter, dann wäre sie Zuhause.

Aha, die neuen Bewohner scheinen einzuziehen, folgerte Sabine als sie den Möbelwagen rechts am Straßenrand stehen sah. Etwas weiter vorne bog ein großer Sattelschlepper in die Huvestraße. Sabine beschleunigte auf etwa fünfzig und zog an dem Möbelwagen vorbei. Dabei entging ihr nicht, wie einer der beiden Männer, die gerade eine Couch aus dem Wagen trugen, interessiert zu ihr herblickte. Sabine lächelte unter ihrem Integralhelm, aber das konnte der Mann natürlich nicht erkennen. Unmittelbar darauf gefror ihr das Lächeln.

Wie aus dem Nichts tauchte plötzlich ein Auto vor ihr auf und raste mit hoher Geschwindigkeit direkt auf sie zu. In Sabines Gehirn wirbelten die Gedanken. Ihre vor Schreck aufgerissenen Augen starrten in die hässliche Fratze eines Fahrers und im Bruchteil einer Sekunde wurde ihr klar, dass sie mit dessen Wagen unweigerlich zusammen stoßen würde.

Ein versierter Motorradfahrer hätte sich mit einem riskanten Ausweichmanöver vielleicht retten können, aber dazu fehlte Sabine die Routine. In ihrer Panik trat sie nicht zuerst auf die Fußbremse, sondern zog stattdessen mit aller Kraft die Handbremse. Die Maschine reagierte sofort und knickte hart und tief in die Vordergabel ein, dann erfolgte der Zusammenstoß. Sabine wurde von der Wucht des Anpralls von ihrem Motorrad geschleudert und flog in einem weiten Bogen über den Wagen hinweg. Brutal schlug sie fast zehn Meter weiter mit dem Rücken auf die Straße auf. Ein heißer, stechender Schmerz durchzuckte ihr rechtes Schulterblatt. In dieser einen Sekunde spürte Sabine den Hauch des Todes. Sie rutschte noch einige

Meter über den Asphalt und knallte dann mit dem Kopf gegen die Bordsteinkante. Dabei verlor sie ihr Bewusstsein.

Paul Müller hatte wie immer noch einen prüfenden Blick in den Rückspiegel geworfen, dann zog er sein tonnenschweres Gefährt über die Straßenmitte. Von vorne näherte sich ein schwarzes Motorrad. Keine Gefahr. Den Verkehrsrüpel mit dem weißen Kadett erblickte er erst im Rückspiegel, als das Führerhaus seines Trucks bereits in die Huvestraße eingebogen war. In derselben Sekunde hörte er einen fürchterlich lauten Knall, dem unmittelbar darauf ein zweiter folgte. Paul Müller wusste sofort, was das bedeutete und er trat hart auf die Bremse. Es zischte, wie er den Federspeicher einlegte, dann stand der Truck still. Paul öffnete die Türe, sprang aus seinem Führerhaus und lief zurück auf die Itterstraße. Seine Augen registrierten das ganze Unfallereignis, aber auch er erkannte in diesem Moment noch nicht, wie schlimm die Dinge in Wirklichkeit standen. Aber eines merkte er sogleich: Alleine würde er nicht allzu viel ausrichten können. Hier benötigte er unbedingt einen Rettungswagen. Vorne rechts sah er den Kadett, er klebte an der Frontseite des Möbelwagens. Zwei Männer kamen gerade angelaufen. Links sah er das Motorrad liegen. Das Hinterrad drehte sich immer noch und etwas weiter lag sein Fahrer. Er rührte sich nicht mehr.

Paul Müller zögerte nicht lange und lief zu seinem Führerhaus zurück. Nachdem er die 112 in sein Handy getippt hatte, meldete sich die Leitstelle der Berufsfeuerwehr Düsseldorf.

Mario Schneider drückte den Kennungsgeber im Armaturenbrett seines RTW. In der Leitstelle würde man jetzt erkennen, dass der Rettungswagen mit der Bezeichnung 7-83-1 am Einsatzort eingetroffen war.

Eine Rückmeldung konnte Mario zu diesem Zeitpunkt noch nicht geben, dafür musste er erst einmal den Unfall und mögliche Verletzte sehen. Aber noch war ihm die Sicht durch einen parkenden Möbelwagen und durch einen halb in die Straße hineinragenden Sattelschlepper versperrt.

»Schalt die Sirene aus Thorsten, da vorne winkt jemand.«

Thorsten drückte den schwarzen Kippschalter herunter, der Lärm der Fahrzeugsirene verstummte. Seitlich hinter dem Möbelwagen bremste Thorsten den RTW ab. Mario hatte die Seitenscheibe heruntergekurbelt und lehnte sich weit aus dem Fenster.

»Haben Sie uns gerufen?«

»Ja, kommen Sie schnell weiter! Ein Auto ist direkt gegen unseren Möbelwagen gefahren!«

»Ich denke, hier soll ein Motorrad verunglückt sein?«

»Ja, das stimmt auch, die Fahrerin liegt ein Stück weiter die Straße rauf. Ich glaub, die ist auch schwer verletzt!«

»Wissen Sie genau, wie viele Verletzte es gibt?«

»Nur die zwei, hundertprozentig!«

Das kurze Gespräch hatte nur wenige Sekunden gedauert, aber Mario hatte genug erfahren, um von der Leitstelle einen weiteren Rettungswagen und den Notarzt nachzufordern. Thorsten zog ihren RTW weiter vor und hielt dann ziemlich genau zwischen den beiden Unfallfahrzeugen. Die Blaulichter ließ er laufen.

»Wir müssen uns aufteilen«, bestimmte Mario. »Kümmere du dich um den Autofahrer, ich übernehme die Motorradfahrerin.«

Thorsten rannte die wenigen Meter zurück zu dem verunglückten weißen Kadett. In die geöffnete Fahrertüre gebeugt stand ein Mann, es war Paul, der Fahrer des Sattelschleppers.

»Wie sieht's aus?«, fragte Thorsten, »soll ich weitermachen?«

»Nee, lass mal. Dem Arsch hier geht es noch viel zu gut. Der kriegt jetzt noch 'nen Druckverband auf seinen dämlichen Schädel und das war's dann aber auch. Sehen Sie lieber nach der Motorradfahrerin. Der kann ich nämlich nicht mehr helfen. Entweder ist die ohne Bewusstsein oder tot.«

Bei seiner knallharten Erklärung sah Paul den jungen Feuerwehrmann an, deutete auf den Kadettfahrer und erklärte:

»Die hat **der** dann auf'm Gewissen.«

Nachdem sich Thorsten davon überzeugt hatte, dass man hier tatsächlich ohne ihn klarkam, lief er eilig zu der verunglückten Motorradfahrerin. Hier wurde seine Hilfe viel dringender benötigt, Mario war froh, dass er gekommen war.

»Wir müssen ihr unbedingt den Helm abnehmen, sie atmet kaum noch.«

Sie mussten sehr schnell arbeiten. Mit jeder weiteren Sekunde ohne ausreichenden Sauerstoff sanken die Überlebenschancen der jungen Frau.

»Wahrscheinlich wird sie in den nächsten Sekunden einen totalen Atemstillstand haben.«

Trotz dieser Befürchtung durften sie es nicht an der nötigen Sorgfalt fehlen lassen. Mit fachkundigen Handgriffen entfernten die beiden vorsichtig den Helm.

»Oh, das sieht nicht gut aus! Guck mal hier!«

Mario hielt Thorsten den Helm hin. Genau an der Stelle, wo er den Hinterkopf bedeckte, wies der Helm eine kaputte Stelle auf.

»Die muss verdammt hart aufgeschlagen sein. Halte bloß ihren Hals gut auf Zug. Ich leg ihr jetzt den Stifneck an.«

Die defekte Stelle am Helm und die Bewusstlosigkeit der Patientin deuteten auf ein Schädelhirntrauma hin. Eine lebensgefährliche Wirbelsäulenverletzung war ebenfalls nicht auszuschließen. Die Situation der Motorradfahrerin war äußerst kritisch.

»Wir müssen ganz vorsichtig sein. Mach jetzt bloß keine falsche Bewegung an der Halswirbelsäule, sonst bekommt sie unter Umständen einen hohen Querschnitt.«

»Falls sie den nicht schon durch den Sturz bekommen hat.«

»Das will ich nicht hoffen ... so, fertig.«

Mario hatte die Manschette gerade um den Hals der bewusstlosen jungen Frau befestigt, da musste Thorsten erschreckt feststellen:

»Mario, die Atmung setzt aus!«

»Okay Thorsten. Wir intubieren sie. Jetzt kannst du zeigen, ob sich unser ständiges Üben gelohnt hat.«

Mario hatte Recht. Die Intubation war die einzige Möglichkeit, Sabines Leben zu retten. Eine andere Lösung gab es nicht. Eine Beatmung über Maske schied aus, ebenso eine direkte Atemspende. In beiden Fällen müssten sie den Kopf der Patientin überstrecken. Eine Maßnahme, die mit ihren vorausgegangenen Überlegungen nicht vereinbar war. Aber eine Intubation, ohne den Kopf zu überstrecken, war ebenfalls kaum durchführbar, zumindest eine orale. Mario entschloss sich daher nasal zu intubieren. Das war zwar äußerst schwierig, erschien ihm aber doch die vernünftigste und die Erfolg versprechendste Lösung zu sein. Noch nie hatte er das an einem lebenden Menschen durchgeführt, immer nur an Übungsphantomen. Er war nervös und seine Hände zitterten ein wenig, als Thorsten ihm einen 28iger Tubus und das Laryngoskop anreichte. Mario atmete noch einmal tief durch. Viele Gedanken schossen ihm durch den Kopf. Er spürte den Hauch des Todes. Das Leben dieses Mädchens hing jetzt nur noch von ihm, von seiner Geschicklichkeit ab!

Wirklich nur noch von ihm?

Oder gab es da nicht eine höhere Macht, die seine Hände ruhig werden ließ? Eine Macht, die seine Hände jetzt sicher und routiniert leitete, als wäre dies die einfachste Sache der Welt, als hätte er, Mario, das schon unzählige Male gemacht?

»Du kannst sie jetzt beatmen, Thorsten. Der Tubus sitzt richtig.«

Mario sprach ganz ruhig. Er wirkte völlig entspannt und Thorsten blickte ihn ungläubig an.

»Soll ich nicht vorher mit dem Stethoskop ...?«

Mario schüttelte den Kopf, aber er antwortete:

»Wenn du es für richtig hältst, tu es ruhig, so hast du es ja auch gelernt.«

Dann steckte er den Konnektor des Ambubeutels auf den Tubus und begann selbst mit der Beatmung.

In diesem Moment kehrte das Leben in Sabine zurück.

Sabines Vater war über die Kölner Landstraße zurückgefahren. Auf der Bonner Straße bog er nach rechts ab. Eigentlich brauchte er jetzt nur noch geradeaus fahren, er befand sich ja schon fast auf der Itterstraße.

In einiger Entfernung vor ihm staute sich der Verkehr. Aus irgendeinem Grund hatte die Polizei die Weiterfahrt gesperrt. Einige Autofahrer wendeten und fuhren zurück. Langsam rollte Sabines Vater mit seinem Porsche heran. Eine unheilvolle Ahnung beschlich ihn. Als er den Polizisten nach der Ursache dieser Sperrung fragte, lag ihm die Zunge wie Blei im Mund.

»Es hat da vorne einen schweren Unfall gegeben, bitte nehmen Sie einen anderen Weg. Das kann hier noch einige Zeit dauern.«

Sabines Vater wurde schwindelig, er fasste sich an den Kopf und brachte kaum die alles entscheidende Frage über seine Lippen:

»Ist ... ist eine Motorradfahrerin ...?«

Seine letzten Worte erstarben. Er sah nur noch den fragenden Blick des Polizisten.

»Woher wissen Sie ...?«

Etwas später durfte er in den Rettungswagen steigen. Der Anblick seiner verunglückten Tochter zerriss ihm fast das Herz. Aus ihrer Nase ragte ein Schlauch, er war an ein Beatmungsgerät angeschlossen. Er weinte. Dann fasste er all seinen Mut zusammen und leise fragte er den Mann, der neben ihm stand:

»Wird meine Tochter wieder gesund werden?«

Es war Mario, an den er seine Frage gerichtet hatte, und der sah ihn mit festem Blick an und antwortete mit ruhiger Stimme:

»Ja, ihre Tochter wird wieder gesund.«

Der Kopf des inzwischen anwesenden Notarztes schoss ruckartig in die Höhe.

Wie konnte dieser Rettungsassistent nur …

Schon wollte er etwas darauf erwidern, aber dann blickte er in Marios Gesicht und schwieg.

Es dauerte weit über eine Stunde, bis der Notarzt des Rettungshubschraubers und sein Assistent wieder auf die Wache zurückgebracht wurden. Die ganze Zeit über hatten die vielen Kinder geduldig auf der Mauer ausgeharrt. Sie warteten auf den Start des Hubschraubers, den sie auf keinen Fall verpassen wollten. So langsam wurden sie ungeduldig. Im Sprechchor forderten sie lauthals:

»Starten! Starten! Starten!«

Nun, da der VW-Bus mit der Besatzung wieder zurückkam wurden ihre Forderungen noch lauter:

»Starten! Starten! Starten!«, riefen ihre fast heiseren Kehlen.

Schließlich hatte mein Kollege Holger Kather ein Einsehen mit den kleinen Rackern, die so lange ausgeharrt hatten.

Die Hubschraubercrew hatte uns mitgeteilt, dass sie unverzüglich starten wolle und Holger ging bis an die Mauer und informierte die Kinder über das bevorstehende Ereignis. Die gute Nachricht bescherte ihm einen brausenden Applaus.

»**Ich brauch noch zwei Mann zum Aufpassen!**«, rief er in unsere Richtung.

Wir saßen immer noch hier draußen gemütlich an den Tischen. Als sich keiner von uns bequemte aufzustehen, kam er mit langen Schritten herbei, pflanzte sich mit in die Seiten gestemmten Armen vor uns auf und fragte vorwurfsvoll:

»Ja wollen die Herren sich vielleicht einmal erheben? Was meint ihr, was passiert, wenn der Hubschrauber gleich startet und es läuft uns ein Kind über den Hof!?«

Holger hatte vollkommen Recht. Zu meiner Schande muss ich gestehen, dass außer ihm niemand von uns daran gedacht hatte, ich auch nicht. Darum stand ich jetzt selbst auf. Kleffi ebenfalls. Also passten wir drei auf, dass keines der Kinder auf den Feuerwehrhof lief.

Der Hubschrauberpilot startete den Rotor. Eine ganze Zeit lang drehten sich die Blätter im unteren Drehzahlbereich. Der dabei entstehende Wind war noch harmlos. Aber dann ging es richtig los. Die Turbine heulte laut auf, der Hubschrauber erzitterte und der enorme Winddruck drückte mich fast von meinem Platz, obwohl ich ziemlich weit entfernt stand. Ich fürchtete schon um die Kinder auf der Mauer, so heftig fegte der Wind über den Hof. Der Lärm steigerte sich noch einmal, dann hob der Hubschrauber ab. In nur wenigen Metern Höhe drehte er sich auf der Stelle einmal um seine eigene Achse, kippte dann extrem nach vorne ab und düste schräg über das Dach unserer Feuerwache davon. Sehr rasch verklang sein monotones Flap-Flap-Flap wieder in der Ferne.

Mit seinem Verschwinden verließen uns auch die Kinder wieder. Das besondere Ereignis war ja vorüber und es gab nichts mehr zu sehen. Aber schon nach einer kurzen Weile horchten wir auf und sahen erneut zum Himmel. Tatsächlich, der Hubschrauber kam zurück. Allerdings landete er nicht mehr bei uns, sondern flog in größerer Höhe über unsere Wache hinweg. Anscheinend befand er sich in einem neuen Einsatz.

Nach mehreren Wochen erwachte Sabine aus ihrem Koma. Sie war fast ein halbes Jahr beatmet worden und musste danach noch ein weiteres Jahr im Krankenhaus liegen. Nach einem langen Aufenthalt in einem Rehabilitationszentrum konnte Sabine das erste Mal ihren Rollstuhl wieder verlassen. Heute lebt sie wieder als eine gesunde junge Frau bei ihren Eltern. Ein Motorrad will sie nicht mehr fahren.

Kein Löschwasser!

Nur ein Salat im Magen hält bei einem ausgewachsenen Feuerwehrmann nicht lange vor und darum freuten wir uns auf das Essen, das auf Grund des brennenden Rheinbahnbusses von unserem Küchenchef auf die Abendstunden verlegt worden war.

Durch die Gänge unserer Wache zog der verführerische Duft von Gebratenem. Die Zeiger der Uhren standen auf 19.52 Uhr und das Knurren unserer Mägen signalisierte: Dringlichkeitsstufe rot!

»Mann! Ich kann doch nicht hexen! Du wirst doch wohl noch fünf Minuten warten können!«

So hörte ich Jochens Stimme aus der Küche, dann wurde er heftiger:

»Finger weg! So, jetzt ist Schluss! **Raus hier!**«

Uwe Sauerbier kam aus der Küche herausgeschossen. Ich knallte fast mit ihm zusammen. Usau sah mich unschuldig an.

»Ich hab nichts gemacht«, beschwor er eilfertig und zeigte zurück in die Küche, »der dreht ja vollkommen durch, dieser wahnsinnige Koch!«

»Quatsch nicht so'n dummes Zeug Usau! Du wolltest schon wieder deine Finger in den Topf stecken!«, kam es aus der Küche. »Geh lieber nach vorne und mach 'ne Durchsage: Essen um 19.55 Uhr!«

Das ließ sich Uwe nicht zweimal sagen, und er ging unverzüglich nach vorne an die Rundspruchanlage, wo er auch gleich die Durchsage machte.

Ich schaute vorsichtig zur Küche herein.

»Was ist, kann man schon bleiben?«

Jochen sah zur Uhr.

»Okay, komm rein.«

Hinter mir erschien Sterni. Wir schnappten uns jeder einen Teller und Jochen füllte auf. Genau in dem Moment kamen die ersten von der Mannschaft in die Küche.

»Ja, ist doch klar. Beim Essen sind die DGL's wieder mal die ersten!«

Sterni reagierte gelassen.

»Halt einfach deinen Mund und stell dich hinten an Hucki. Das geht hier streng nach Leistung.«

Heiteres Gelächter in der Mannschaft.

Ich schob mit meinem gut gefüllten Teller ab, den leckeren Duft schon ganz dicht unter meiner Nase. Mann, hatte ich einen Kohldampf! Da alarmierte es.

So ein Pech, der Vierfachgong!

»Einsatz für Florian 7-44-1 zur Bahlenstraße X! Brennender Papiercontainer!«

»Das war ja klar, für so'n Mist schicken die wieder uns.«

Ich setzte meinen Teller auf dem Tisch ab, an dem sich Sterni gerade gesetzt hatte.

»Willst du mir nicht guten Appetit wünschen, bevor du raus fährst?«, lachte er.

Ich gab darauf lieber keine Antwort und rannte nach vorne.

»Mann, so ein scheiß Müllcontainer!«, ärgerten wir uns, aber es half ja doch nichts.

Auch für solche, meist mutwillig angezündeten Feuer mussten wir hinausfahren. Immerhin ging selbst von solchen brennenden Containern eine Gefahr aus. Der widerliche Brandrauch stellt nämlich mehr als nur eine unangenehme Belästigung der Anwohner dar und manchmal versengt die Strahlungswärme sogar den Lack von Autos, die sehr nah neben dem Container parken.

Die Bahlenstraße erreichten wir in knapp zwei Minuten. Den brennenden Container sahen wir fünfzig Meter voraus auf der linken Seite auf dem Gehweg. Eine dunkle Rauchwolke stieg in den Abendhimmel. Ich griff den Funkhörer:

»Florian Düsseldorf für 7-44-1 kommen.«

»7-44-1 kommen!«

»Einsatzstelle an Papiercontainer, ein Cäsar, ein PA!«

»Verstanden!«

So läuft das jedes Mal: Ankommen, Rückmeldung, Container umkippen, Schnellangriff und fertig. So auch hier. Knapp zehn Minuten später war der Spuk vorbei. Zurück blieb wieder einmal ein stinkender Haufen verkohlten durchnässten Papiers und ein umgestürzter Blechcontainer. Kein schöner Anblick, den wir da hinterließen, aber wir hatten keine andere Wahl – hatten wir wirklich keine?

Der Container war gut gefüllt gewesen. Nachdem wir ihn umgekippt hatten, waren wir gezwungen, mit Dungharken den ganzen Papierberg auseinander zu reißen. Ansonsten bildet das Altpapier eine ziemlich kompakte Masse, die sich kaum löschen lässt. Und wer von uns hatte schon Lust, in einer Stunde noch einmal hierher fahren zu müssen, nur weil wir beim ersten Mal nicht gründlich genug gearbeitet hatten. Das wäre auch etwas peinlich gewesen.

Schmutzig schwarzes Löschwasser spritzte gegen mehrere parkende Autos, ein Großteil des verbrannten Papiers spülte auf die Straße. Diesmal sah es wirklich besonders schlimm aus.

So sollten wir diese Einsatzstelle nicht verlassen.

Ich wechselte einige Worte mit meinen Männern. Kurz darauf schaufelten wir das Papier von der Straße und schoben den zerfledderten Haufen etwas zusammen. Ich packte selbst mit an.

»He Uli! Fahr mal den Pumpendruck runter, ich lass kurz den Gehweg abspülen!«

»Ja geht klar!«

Der Maschinist drosselte die Gaszufuhr, sogleich fiel der Zeiger des Ausgangsdruckmanometers ab. Uli hob den Daumen:

»Kannst loslegen! Drei bar!«

Ich ging zu Hucki, der sich das Strahlrohr genommen hatte und die schwarze Brühe vom Gehweg spülte:

Pinsel doch auch mal kurz über die Autos, Hucki.«

»Mit abledern?«

»Mensch Hucki, ich meine doch nur ...«

»Das war'n Scherz Mann. Na klar mach ich das. Sonst trifft die armen Kerle morgen früh noch der Schlag, und das wollen wir ja nicht.«

»Gut Männer! Das reicht!«

Ich war zufrieden. Jetzt sah das hier doch wenigstens einigermaßen aus. Im übrigen hatten einige Menschen bei unserer Arbeit zugesehen, und ich hoffte, mit der Zusatzaktion einen guten Eindruck hinterlassen zu haben. Niemand sollte sagen: Nachdem die Feuerwehr wieder weggefahren ist, sähe es schlimmer aus als zuvor.

Mein Maschinist sprach mich an:

»Ich überlege, ob wir nicht noch auftanken sollen, bevor wir fahren?«

»Wie viel Wasser haben wir denn verbraucht, Uli?«

»Fast vierhundert Liter.«

Vierhundert Liter, das war zuviel. Das entsprach ungefähr einem Viertel vom Tankinhalt. Mit so wenig Wasser wollte ich nicht zur Wache fahren.

»Du hast Recht. Wir tanken noch. Los Standrohr aufstellen und auffüllen!«

Einer meiner Männer, es war Tofu, warf Uli einen giftigen Blick zu, so als wollte er sagen:

»Oh Mann, was soll das denn, die paar Meter hätten wir doch auch zur Wache fahren können. Jetzt müssen wir hier erst einen Hydranten aufstellen, wieder einen Schlauch ausrollen, und und und. So ein bekloppter Umstand und das alles nur für schlappe vierhundert Liter Wasser.«

Aber er sagte es nicht, sondern zog stattdessen das Hydrantenstandrohr aus seiner Halterung. Tofu stand unmittelbar neben dem Maschinisten.

Uli überkam ein Gefühl, als müsse er sich rechtfertigen. Er zuckte bedauernd die Schultern und erklärte:

»Das sind eben vierhundert Liter, und wir haben doch nicht so einen großen Tank wie das 44er.«

»Mensch Uli, du brauchst dich doch nicht bei mir zu entschuldigen, hast ja Recht.«

»Ja aber ... du guckst so, als ob ..., ach vergiss es.«

Ich weiß ja nicht, wie ich gucke«, erwiderte Tofu, »aber auf jeden Fall habe ich dich damit nicht gemeint. Ich bin einfach nur sauer. Guck dir die Scheiße hier doch an. Für so'n dämlichen Container hab ich mein Essen sausen lassen und der Arsch, der den angezündet hat, steht vielleicht sogar hier irgendwo rum und freut sich.«

Bei seinen wütenden Worten sah er sich um, als würde er den Übeltäter erblicken, was natürlich nicht der Fall war. Aber im Grund hatte er Recht mit seinem Ärger. Während wir uns hier mit diesem wahrscheinlich mutwillig angezündeten Papiercontainer herumplagten, wurden wir an einer anderen, wirklich gefährlichen Einsatzstelle dringend benötigt!

Elisabeth Färber hatte für ihren Mann und sich die Nudeln gebraten, die vom heutigen Mittagessen übrig geblieben waren.

»Möchtest du ein Ei darüber haben?«, rief sie aus der Küche.

»Jaa!«

»Eins oder zwei?«

»Egal!«

Typisch Mann, dachte Frau Färber, – *egal ... kann der nicht einmal konkret sagen, was er will?*

»Also was ist nun!? Eins oder zwei!?«

»Meinetwegen zwei! Aber es kommt doch sowieso alles in eine Pfanne!«

»Nein!« rief Frau Färber mit betonter freundlicher Stimme zurück. »Ich brate mir meine Nudeln in einer anderen Pfanne! Ohne Eier!«

Buah, Herr Färber schüttelte sich. Er kannte die Vorliebe seiner Frau für Süßes. Wenn sie eine zweite Pfanne benutzte, dann deshalb, weil sie auf ihre Nudeln Zucker streuen wollte. *Widerlich, wie kann man nur?* Er schüttelte sich ein weiteres Mal. Dann nahm er die Fernbedienung und schaltete den Fernseher ein.

»Schatz, kommst du? Die Nachrichten fangen gleich an!«

»Jaha!« flötete sie aus der Küche, »glaheich!«

Als ob die Nachrichten so wichtig sind, dachte Frau Färber, *morgen gibt es eh wieder neue.*

Ihr Mann schien da anderer Ansicht zu sein. Die Tagesschau war ein wichtiger, fester Bestandteil seines Abends, auf den er keinesfalls verzichten wollte. Und er konnte es einfach nicht leiden, wenn seine Frau nicht ebenfalls pünktlich dabei saß.

»Elisabeth!« Herr Färber rief etwas nachdrücklicher, »die Nachrichten haben schon angefangen! Wo bleibst du denn!?«

»Komme schon.«

In jeder Hand einen Teller mit bereits aufgefüllten Nudeln betrat sie das Wohnzimmer.

»Schiebst du mal bitte die Gläser zur Seite, Herrmann?«

»Ja ja, und nun setz dich mal endlich hin.« Herr Färber wurde nervös.

»Ich geh nur noch den Zucker aus der Küche holen, dann …«

»Och Elisabeth! Nun mach doch nicht immer solche Unruhe.«

Frau Färber stöhnte auf:

»Herrmann. Ob die Schmitt da wieder was Neues zur Gesundheitsreform sagt oder nicht …

Ich bitte dich, das ist doch sowieso alles nur Schwachsinn.«

Sie sah ihren Mann demonstrativ an. Der verdrehte entnervt seine Augen.

»Nun setz dich doch **bitte** endlich hin.«

»Also gut, dann hole ich mir ausnahmsweise die Zuckerdose von unserem guten Kaffeegeschirr.«

Demonstrativ setzte sich Frau Färber erst gar nicht hin, sondern ging an den Wohnzimmerschrank.

Ist doch wahr, dachte sie, *da soll man sich jeden Abend diesen Müll ansehen, den die Politiker verzapfen und womöglich auch noch daran glauben. Die denken wohl, das ganze Volk besteht nur noch aus Idioten. Streichen täglich neue Leistungen, für die wir jahrelang bezahlt haben und sprechen ständig davon, dass* ***wir alle*** *in diesen schweren Zeiten sparen müssten. Ich möchte nur mal wissen,* ***wen*** *die dabei mit* ***wir*** *bezeichnen? Sich selbst bestimmt nicht! Die neueste bodenlose Frechheit ist ja wohl, sich die eigenen Diäten mal soeben um schlappe 1700 Euro zu erhöhen. Nur weil die Damen und Herren sich jetzt selbst krankenversichern müssen. Ha! Ich möchte mal wissen, was man meinem Herrmann sagen würde, wenn der zu seinem Chef ginge und sagt: Ich will jetzt 1700 Euro mehr haben, um meine Krankenkassenbeiträge zu bezahlen? Aber, das geht ja sowieso nicht, wir zahlen ja eh schon. Und die bedienen sich schamlos selbst, ohne irgendwen fragen zu müssen.*

Frau Färber hielt jetzt die gute Zuckerdose in der Hand und setzte sich. Im Fernseher sprach der Kanzler:

»... habe darum mit unseren Freunden von den Gewerkschaften ein Kompromisspapier ...«

»Schalt um Herrmann! Bitte schalt um – ich kann diese Heuchler nicht mehr sehen. Gerade der hat uns doch betrogen wie kein Zweiter.«

Ihr Mann schwieg betreten. Bei der letzten Wahl hatte er den Bundeskanzler und seine Partei noch gewählt. Heute ärgerte er sich tierisch darüber, besonders weil seine Frau damals schon gewettert hatte:

»Der ist doch eine Schande für unser Volk. Ein Kanzler, der eine Frau nach der anderen verschleißt. Ein eitler Fatzke, der um seine gefärbten oder meinetwegen auch nicht gefärbten Haare mehr Aufsehens macht, als sich für wirklich wichtige Dinge einzusetzen. Wie kannst du den nur wählen?«

Ihr Ärger kam nicht von ungefähr. Ihre Krankenversicherung hatte erst letzte Woche eine, wie sie sagte, unvermeidliche, moderate Erhöhung angekündigt. Heute früh kam mit der Post eine weitere schlechte Nachricht ins Haus. Ihre Hausratversicherung erhöhte ebenfalls den Beitrag. In zwanzig Jahren hatten sie diese Versicherung noch nie in Anspruch genommen und dann so was:

19,86 Euro mehr im Jahr! Das sind mal zwei (Frau Färber rechnete, wie so viele im Land, den Betrag immer noch in D-Mark um), fast vierzig Mark! Ein starkes Stück. Aber noch mehr ärgerte sie sich über die unverschämte Begründung:

... die Schadensbilanz in den vergangenen Jahren extrem angestiegen ... und halten dennoch bisher unsere Beiträge stabil ... blah, blah, blah.

Tja, und von meinem Geld haben die sich das höchste Haus von Düsseldorf bauen können, dachte Frau Färber und überlegte, ob es nicht Sinn machen würde, diese teure Versicherung zu wechseln. Ganz darauf verzichten wollte sie lieber nicht.

Wer weiß, vielleicht brauchen wir sie eines Tages doch einmal?

Sie legte das Schreiben in eine Schublade ihres Wohnzimmerschrankes wo sie auch die anderen Unterlagen aufbewahrte und vergaß im Laufe des weiteren Tages ihren Frust. Heute Abend, bei der Tagesschau erinnerte sie sich wieder daran. Schuld waren die Politiker, die sie so in Rage brachten, dabei war sie ansonsten eine eher ruhige Frau. Es hing wohl mit ihrem ausgeprägten Sinn für Gerechtigkeit zusammen.

In der Küche standen die Pfannen immer noch auf dem Elektroherd. Frau Färber hatte die kleinere in die größere gesetzt und dann beide weiter nach hinten geschoben. Sie ließ nicht gerne leere Pfannen auf Herdplatten stehen, auf denen sie gerade noch gebraten hatte. Dann backten die Reste immer so fest. Das war schon eine vernünftige Überlegung, aber heute Abend war ihr dennoch ein folgenschwerer Fehler unterlaufen. Sie hatte nämlich vergessen, die größere der beiden Herdplatten abzuschalten.

Es dauerte nicht lange, da färbte der eingeschaltete Strom die Platte erst dunkelrot, kurz darauf hellrot und dann begann sie regelrecht zu glühen. Die Temperatur über der glühenden Platte stieg in die über dem Kochherd montierte Abzugshaube.

Als die Färbers vor Jahren diese Einbauküche gekauft hatten, hatte der Verkäufer zu einem nach außen geführten Abzug geraten. Das hätte aber bedeutet, dass ein Loch in die Außenwand des Hauses gestemmt werden musste, und das wiederum hatte der Hausbesitzer nicht gestattet. Also hatten sie sich, wie viele andere Mieter hier im Haus, für die einfachere Variante entschieden. Ihre Abzugshaube besaß einen Aktivkohlefilter und einen Fettfilter. Der Fettfilter bestand aus einer circa drei Zentimeter dicken watteartigen Einlage, die man auswaschen konnte.

Da Frau Färber eine gründliche Hausfrau ist, hatte sie diesen Filter regelmäßig ausgewaschen. Aber irgendwann ist auch der beste Filter nicht mehr zu gebrauchen. Durch häufiges Waschen waren von den drei Zentimetern Dicke nur noch knapp die Hälfte übrig geblieben. Die Filterwirkung war dadurch stark beeinträchtigt.

Satt klebte das in den Kochdünsten enthaltene Fett in der nunmehr dünnen unzureichenden Filterschicht. Die aufsteigende extreme Wärme der hell glühenden Kochplatte ließ die anhaftenden Fettrückstände schmelzen. Es bildeten sich dicke gelbliche Tropfen und irgendwann trat das Unvermeidliche ein. Ein erster Fetttropfen stürzte in die Tiefe. Noch bevor er die glühende Herdplatte berührte, entzündete er sich zu einem kleinen Feuerball – weitere Tropfen folgten. Schließlich schoss eine hohe Flamme direkt in die Abzugshaube hinein.

Whuff! machte es dumpf und dann brannte schlagartig alles, was in dieser Abzugshaube brennen konnte.

Elisabeth und Herrmann Färber hatten von alledem noch nichts mitbekommen. Aber jetzt zog ein unangenehmer Geruch zu ihnen ins Wohnzimmer, der typische Geruch nach angebranntem Essen.

»**Mein Gott, die Pfannen!**«, rief Frau Färber und sprang auf.

Herr Färber hingegen blieb ruhig sitzen und meinte gleichgültig:

»Was soll's, ist doch nichts mehr drin. Mach mal das Fenster weit auf.«

Angebranntes Essen, was ist das schon, dachte er, aber er hatte noch nie richtig angebranntes Essen gesehen. Dabei ist es in der Küche manchmal so schwarz wie bei einem Zimmerbrand, der sich ja auch daraus entwickeln kann. Je nachdem, wie lange so ein Topf schon auf dem Herd steht, kann man ohne Atemschutzgerät die Küche nicht mehr betreten. Aber hier, in der Küche der Färbers war es weit gefährlicher. Hier brannte es richtig!

Hannelore Färber tat instinktiv das einzig Richtige, was sie in dieser Situation tun konnte. Nachdem sie die Küchentüre geöffnet hatte, sah sie helle Flammen aus der Abzugshaube schlagen. Einen Moment war sie starr vor Schreck, dann schlug sie die Türe wieder zu und rannte zurück ins Wohnzimmer.

»**Herrmann! Herrmann! Es brennt! Die Küche brennt!**«

Diesmal sprang auch Herr Färber wie von der Tarantel gestochen auf.

»Warte, das muss ich sehen!«

»Nein, nicht! Geh da nicht mehr rein, ich bitte dich!«

Frau Färber sah ihren Mann mit panischen, angstvollen Blicken an. Als ihr Mann den flackernden Feuerschein durch die Glasfüllung der Küchentüre erkannte, stockte sein Gang. Gerade eben noch war er fest entschlossen gewesen, die Küche zu betreten, jetzt verließ ihn der Mut. Das war auch besser so, denn so rasant wie sich das Feuer in der Küche ausbreitete, hätte er keine Chance gehabt irgendetwas dagegen auszurichten. Er hätte sich höchstens in Lebensgefahr gebracht.

»Ruf die Feuerwehr an Elisabeth! Ich pack noch schnell ein paar Sachen!«

Seine Frau hielt schon den Telefonhörer in der Hand. Mit zitternden Fingern tippte sie die 112 ein.

»Hier spricht die Feuerwehr Düsseldorf, was ...«

Frau Färber ließ den Mann am anderen Ende der Leitung erst gar nicht ausreden und legte sofort mit lauter, sehr erregter Stimme los:

»Schnell, kommen sie zum Odenthaler Weg X bei Färber! Unsere Küche brennt! Oh mein Gott ich ...«

Elisabeth Färber fing plötzlich an zu weinen. Wie aus weiter Ferne hörte sie die Fragen, die ihr der Feuerwehrmann am anderen Ende der Leitung stellte:

Wohnen Sie alleine oder sind noch weitere Menschen in der Wohnung?«

»Ja ich ... warum, also ja mein Mann, der sucht noch ein paar Sachen.«

»Bitte machen Sie jetzt genau das, was ich ihnen sage. Hören Sie mich?«

»Ja, ja ich höre Sie.«

»Gut. Also Sie verlassen jetzt unverzüglich mit ihrem Mann die Wohnung, verstehen Sie, sofort. Und keine Sachen mehr zusammensuchen, wir sind gleich bei ihnen. Machen Sie die Türe zu, nehmen den Schlüssel mit, aber schließen Sie nicht ab. Haben Sie alle verstanden?«

»Ja, ja habe ich. Soll ich jetzt sofort ...?«

»Ja, Sie legen jetzt auf und dann gehen Sie beide aus der Wohnung. Jetzt!«

Mario Boes besaß viele Jahre Erfahrung. Er spürte, dass er dieser Frau genau sagen musste, was sie machen musste, und er hoffte, dass sie seinen Anweisungen folgen würde. Wie oft sind schon Menschen umgekommen, nur weil sie glaubten, noch irgendwelche wichtigen oder sogar unwichtigen Dinge retten zu müssen. Darüber vergaßen sie oft das Wichtigste – ihr eigenes Leben, dass sie dabei leichtfertig aufs Spiel setzten.

Das Feuer befand sich im direkten Brandschutzabschnitt der Feuerwache 7. Wie er der großen Anzeigetafel entnehmen konnte, befand sich bereits ein LF des Löschzug 7 im Einsatz auf der Bahlenstraße.

Hmm, nur ein Papiercontainer, dachte er, *die müssten eigentlich gleich fertig sein, da kann ich auf ein zusätzliches Verstärkungs-LF verzichten.*

Während Mario mit Frau Färber sprach, löste er die Alarmierung des zweiten LF an Wache 7 und des C-Dienst an Wache 6 aus.

Meine Kollegen, die sich vorhin gefreut hatten, weil es sie nicht getroffen hatte saßen noch beim Abendessen. Einige hatten immer noch etwas von der leckeren Mahlzeit auf ihren Tellern, da ertönte erneut der Vierfachgong durch die Wache.

»Einsatz für 7-46-1, 7-83-1 und den C-Dienst von Feuerwache 6 zum Odenthaler Weg X! Zimmerbrand!«

Mancher, der gerade seine Gabel zum Mund führte, stopfte sich noch rasch den Bissen hinein, ließ dann die Besteckteile fallen und eilte den anderen mit vollem Mund in die Fahrzeughalle hinterher.

Jochen, der Koch, war sauer. Er schimpfte sogar noch, als er die Sondersignale einschaltete und das LF 24 vom Feuerwehrhof fuhr.

»Ich weiß gar nicht, warum du so jammerst! Wir sind jedenfalls froh, dass uns der Alarm vor deinem verkochten Zeug gerettet hat!«

»Na ja, aber für einen Euro kann man nicht meckern!«

Mit solchen und ähnlichen Äußerungen zogen die Kollegen Jochen solange auf, bis Sterni dazwischen ging und laut rief:

»**Ruhe jetzt!** Macht mir bloß unseren Spitzenkoch nicht madig! Konzentriert euch lieber auf den Einsatz! Wir sind gleich da!«

Der Odenthaler Weg zählt zu den schmaleren Straßen. Um diese Abendstunde parkte rechts wie links ein Auto hinter dem anderen.

»Fahr mir ja keinen Spiegel ab, Starkoch.«

»Mann Sterni, jetzt fang du auch noch an. Ich werde unser LF hier schon heil durchmanövrieren.«

Sterni hatte da auch keinerlei Bedenken, denn Jochen war als Maschinist absolut zuverlässig. Trotzdem warf er ab und zu einen besorgten Blick rechts aus seinem Fenster. Allzu viel Platz war da wirklich nicht mehr.

»Welche Hausnummer?«

»Meine Seite, Nummer X.«

»Also das übernächste Haus. Erkennen kann ich noch nix.«

»Ich auch nicht, egal. Fahr dran vorbei, damit die Leiter in Stellung gebracht werden kann.«

»Si Chefe!«

Als Jochen das LF mit verringerter Geschwindigkeit an dem bewussten Haus vorbeisteuerte, löste sich eine Person aus dem dunklen Hauseingang und kam laut rufend herbeigelaufen:

»**Halt, Halt! Nicht weiter!**«

»Stopp! Lass mal hören, was der sagt.«

Jochen bremste und Sterni öffnete seine Türe.

»Haben Sie uns gerufen?«

»Ja, ja, aber Sie sind schon zu weit. Ich wohne da hinten, Hausnummer X. Sie müssen zurück!«

Sterni verzichtete darauf, dem aufgeregten Mann zu erklären, warum sie fast immer mit dem ersten Fahrzeug am Hauseingang vorbei fahren. Stattdessen stellte er ihm einige präzise Fragen. Knapp und gezielt waren seine Worte und schnell hatte er aus den Antworten einen ersten Eindruck gewonnen. Die wichtigsten Informationen, die er so bekommen hatte, lauteten:

Es brannte in der Küche auf der zweiten Etage, aber es sollten sich keine Menschen mehr in der Wohnung befinden. Inwieweit der Brandrauch die anderen Hausbewohner gefährdete, musste er noch erkunden, aber jetzt galt es erst einmal, so schnell wie möglich den Küchenbrand zu bekämpfen, um eine Brandausbreitung zu vermeiden. Hier zählte jede Sekunde im Kampf gegen das Feuer.

»Angriffstrupp mit C-Rohr durch das Treppenhaus zur Brandbekämpfung in die zweite Etage vor! Schlauchtrupp sofort PA anlegen! Michael! B-Leitung und Verteiler vor den Hauseingang!«

Michael hatte keinen zweiten Mann. Er bildete quasi alleine den Wassertrupp, zumindest dann, wenn die Leiterbesatzung ihn nicht unterstützen konnte. Und hier hatte sie dafür keine Zeit.

Die Leiterbesatzung hatte selbst alle Hände voll zu tun. Gerade fuhr der Maschinist die seitlichen Abstützungen aus und Michael suchte den nächstgelegenen Hydranten.

Verflixt, wo ist nur das Hydrantenhinweisschild? Er sah sich nach allen Seiten hin um. Dann hörte er Sternis Befehl:

»Michael! B-Leitung und Verteiler vor den Hauseingang!«

Sofort rannte er zu dem linken, hinteren Fach, wo der Verteiler lag. Das Fach stand auf. Der Angriffstrupp hatte hier seine Aluminiumkörbe mit den zusammengekuppelten C-Schläuchen herausgezogen. Michael griff sich den Verteiler und wollte gerade an Sterni vorbeilaufen, da hielt dieser ihn zurück.

»Hör zu Michael, setz nur den Verteiler ab und hilf dann dem Angriffstrupp beim Verlegen der Leitung nach oben. Du gehst so weit mit, wie du ohne Atemschutzgerät kommst, verstanden?«

»Ja, alles klar!«

»Gut, dann los.«

Alle wussten, dass wieder einmal höchste Eile geboten war. Selbst wenn sich hier keine Menschen in unmittelbar in Gefahr befanden, galt es doch, die Wohnung der betroffenen Familie zu retten. Je eher sie mit ihrem direkten Angriff auf das Feuer begannen, umso größer wurden ihre Chancen. Deshalb waren Uwe und Bernd, die beiden Männer vom Angriffstrupp, auch froh, als sie von Michael unterstützt wurden.

»Los Bernd, geh du schon mal mit dem ersten Schlauchkorb nach oben und leg 'ne Schlauchreserve aus. Wir kommen nach und binden die Leitung fest!«

»Okay!«

Bernd zog ab. Rechts trug er den Korb mit C-Schläuchen und links die große Feuerwehraxt. Auf seinem Rücken saß der Pressluftatmer und in seinem breiten Sicherheitsgurt steckte das Strahlrohr. Quer über der rechten Schulten hing die dreißig Meter lange Sicherheitsleine und eine Fluchthaube für den Menschen, den er möglicherweise retten musste. Die eigene Atemschutzmaske saß bereits stramm und dicht schließend auf seinem Gesicht. Den Lungenautomat hatte er noch nicht angeschlossen. Das folgte erst beim Eindringen in die Wohnung. Im Moment bestand dazu keine Veranlassung. Das Treppenhaus war rauchfrei. Die Ausrüstung wog schwer, und die dicke Schutzbekleidung sperrte ihn hermetisch gegen die Außenluft ab.

Gut, dass wir nur bis zur zweiten Etage müssen, dachte Bernd. Wenngleich es hier im Treppenhaus etwas kühler war als draußen, kam er mächtig ins Schwitzen. Draußen herrschten trotz der vorgerückten Abendstunde immer noch hochsommerliche Temperaturen. Da war es bereits eine Qual, wenn man sich im LF in seinen »Saunaanzug« zwängen musste. Aber das spielte jetzt alles keine Rolle mehr. Es würde eh gleich richtig heiß werden. Bernd kannte das. Durch die anderen Brände in der Vergangenheit wusste er nur zu gut, was sie erwarten würde. Besonders, wenn es ihnen nicht gelänge, das Feuer in der Küche rechtzeitig einzudämmen.

Bernd zog die ersten beiden Schläuche aus dem Korb und legte sie in weiten Buchten aus. Er war mit seinen Vorbereitungen noch nicht ganz fertig, da stießen Uwe und Michael zu ihm.

»Okay Micha, Schluss für dich! Mach dich vom Acker!«

Michael Sondermann, unser derzeitiger Löschzugpraktikant, wäre viel lieber geblieben. Dies war sein erster richtiger Zimmerbrand, aber er gehorchte den beiden älteren, erfahrenen Kollegen. Ohne Atemschutzgerät hatte er hier nichts mehr verloren, das hatte man ihm in seiner Ausbildung oft genug eingehämmert. Außerdem war sein Auftrag erledigt, und er musste sich unverzüglich bei seinem Gruppenführer zurückmelden. Vielleicht wurde er ja auch längst wieder dringend für eine andere Arbeit gebraucht?

Uwe hatte von Herrn Färber den Schlüssel zur Wohnung erhalten. Sie brauchten die Türe daher nicht gewaltsam aufbrechen. Gegenseitig drehten sich die beiden Männer ihren Atemanschluss in die Masken. Ab jetzt waren sie von der Umgebungsluft getrennt und atmeten die Luft aus ihren Stahlflaschen. Gerade, als Uwe die Türe aufschließen wollte, öffnete sich die gegenüber liegende Wohnungstüre. Ein Mann blickte neugierig heraus.

»Oh! Ist was passiert?«

Bernd drehte sich abrupt um:

»Gehen Sie wieder rein und lassen Sie die Tür zu!«

Aber hinter dem Mann drängten weitere Personen auf den Flur.

»Verdammt!«, schrie Bernd laut, »Gehen Sie jetzt endlich wieder rein! Das wird hier gefährlich!«

Uwe hatte schon den Schlüssel im Türschloss stecken, aber so lange diese Menschen hier hinter ihnen im Flur standen, durfte er die Türe nicht öffnen.

»**Micha!** Schaff mir die Leute weg, und sieh zu, dass die nicht wieder rauskommen! Wenn das hier 'nen Flash Over gibt . . . !«

»Also Herrschaften, gehen Sie bitte wieder in die Wohnung zurück! Es könnte gleich erheblich viel Rauch in das Treppenhaus eindringen. Lassen Sie darum besser Ihre Wohnungstüre geschlossen. Wir werden Ihnen sagen, wenn die Gefahr vorbei ist!«

Nicht schlecht, unser Neuer. War ja 'ne ziemlich lange Rede. Na jedenfalls hat sie gewirkt.

Uwe hielt Michael den erhobenen Daumen hin, ein Zeichen seiner Anerkennung, dann winkte er, er solle ebenfalls verschwinden.

Michael lief die Treppe herunter. Auf halber Strecke begegnete er seinem Gruppenführer.

»Wie sieht's aus da oben?«

Während Michael kurz von dem Zwischenfall mit den Hausbewohnern berichtete, drang der Angriffstrupp in die Wohnung ein.

Die Männer blickten in einen kleinen, dunklen Flur. Von dem rechteckigen Raum gingen vier Türen ab. Sämtliche Türen waren zugezogen. Im Gegensatz zu allen anderen besaß die Küchentüre eine Glasfüllung. Durch die verrußte Scheibe konnten die beiden Feuerwehrmänner ein waberndes, rotes Flackern erkennen.

Ganz offensichtlich stand die Küche im Vollbrand. Umso erstaunlicher war es, dass diese einfache Glastüre dem Feuer immer noch standgehalten hatte. Uwe zog Bernd am Jackenärmel und deutete auf einen von oben nach unten verlaufenden Riss in der Glasfüllung.

»Wir jagen einfach einen Vollstrahl durch die Türe!«, rief er und Bernd bekundete seine Bestätigung durch eifriges Kopfnicken.

»Los, gib mal Wasser Marsch!«

»Mach ich. Maschinist für Angriffstrupp kommen!«

Aber der Maschinist meldete sich nicht. Uwe wiederholte seinen Funkspruch:

»Maschinist für Angriffstrupp kommen!«

Immer noch nichts.

»He Jochen! Bist du taub?«, Uwe wurde aggressiver, »Wir brauchen Wasser!«

Sternie, der sich draußen im Treppenhaus befand, hatte den Funkspruch des Angriffstrupps über seine Florentine mitgehört und schaltete sich ein.

»Was habt ihr für Probleme Uwe?«

»Wir haben kein Wasser, das ist unser Problem! Und das Feuer bricht gleich durch! Mach denen mal Dampf Sterni, sonst kannst du die Bude hier vergessen!«

»Okay, ich kümmere mich drum!«

Eilig rannte Sterni die Treppe wieder hinunter. Er nahm immer zwei Stufen auf einmal und versuchte dabei gleichzeitig, seinen Maschinisten zu erreichen.

»Maschinist für DGL kommen! Maschinist für DGL kommen!«

Keiner meldete sich.

Verdammt, was ist da los?

Unten auf der Straße gab es ein massives Problem. Nachdem Jochen von seinem Maschinistenstand den ersten B-Schlauch in Richtung Verteiler ausgerollt hatte, kuppelte er das Schlauchende an einen der seitlichen Abgänge.

Holger und Frank, die Besatzung des RTW, lief zu ihm hin.

»Was ist Jochen, können wir dir helfen?«

»Ja super, Leute. Baut schon mal die Wasserversorgung auf. Von uns ist nämlich keiner mehr frei.«

Die Männer vom RTW hatten sich die dicken, ledernen Rohrführerhandschuhe angezogen und fassten ohne Zögern mit an.

»Ist hier irgendwo ein Hydrant!?«

»Ja, andere Straßenseite, ein Haus weiter!« rief ihnen Jochen zu. Das Hinweisschild hatte er selbst nur zufälligerweise gesehen. Dann sah er, wie Michael den B-Schlauch an den Verteiler, der direkt vor der Haustüre lag, ankuppelte und mit Sterni sprach. Michael verschwand im Hausflur und Sterni blieb alleine zurück.

Jochen hatte die Pumpe noch nicht eingeschaltet. Trotzdem rief er seinem DGL zu:

»Soll ich schon aufdrehen!?«

Die beiden hatten Sichtkontakt. Für die wenigen Meter benutzte Jochen nicht seine Florentine.

»Ja, dreh auf!«

Kurz danach verschwand Sterni ebenfalls im Treppenhaus.

Die sind vielleicht gut, dachte Jochen, *und wer bedient den Verteiler? Na meinetwegen, lauft ruhig alle weg und lasst mich hier alleine. Zur Not muss ich eben den Verteiler selbst aufdrehen.*

Dann wollte Jochen seine Pumpe einschalten. Er bekam einen Schreck, die Pumpe sprang nicht an.

Was ist denn das für ein Mist?

Er betätigte die gleichen Schalter ein weiteres Mal, immer noch nichts. Jetzt wurde es ihm doch ein wenig mulmig.

Verflixt, ich hab doch alles richtig gemacht. Seine Augen kontrollierten die gerade durchgeführten Handgriffe. *Also noch einmal.* Jochen sprach halblaut vor sich hin und ging noch einmal alle Schritte durch. *Hauptschalter ein ... ja, Saft ist da ... hier stimmt alles ... Mann, das gibt es doch nicht!*

Er blickte Hilfe suchend zum Hauseingang, aber von Sterni war weit und breit nichts zu sehen. *Verdammt, jetzt wird es aber langsam eng, die wollen sicher gleich Wasser haben.* Die ersten Schweißperlen traten auf seine Stirn. Jetzt war guter Rat teuer. Fieberhaft überlegte er.

Ich könnte die Leitstelle anfunken und ein anderes Fahrzeug bestellen. Seine Gedanken überschlugen sich, er versuchte es noch einmal, vergeblich. *Roberto! Vielleicht wusste Roberto Bescheid, der kennt sich aus wie kein Zweiter:*

Roberto befand sich auf der Drehleiter und wollte gerade in den Rettungskorb einsteigen, um in die Höhe zu fahren.

»**He Roberto! Halt warte!**«

Jochen rannte die wenigen Meter bis zum Leiterkorb.

»Komm schnell raus, ich brauche deine Hilfe. Wir bekommen kein Wasser.«

Roberto reagierte sofort:

»Das ist nicht gut, gar nicht gut. Warte, ich komme.«

Thorsten van Es, ebenfalls ein erfahrener Maschinist, saß hinten auf dem Führersitz der Leiter und wunderte sich, als Roberto mit einem Mal den Leiterkorb so mir nichts dir wieder verließ, obwohl er doch nach oben fahren sollte. Stattdessen rannte er mit dem Maschinisten vom LF zum Pumpenstand. Dann bemerkte er den schlaffen Schlauch auf dem Gehweg. Kurz darauf hörte er Uwe über die Florentine brüllen:

»**Jochen, bist du taub? Wir brauchen Wasser!**«

Thorsten überlegte: Anscheinend hatte Jochen seine Florentine nicht eingeschaltet oder das Ding hatte einen Defekt. Egal, wie auch immer, dann brauche ich es nicht auch noch versuchen. Ich lauf lieber gleich zu ihm. Kurzerhand sprang er von der Leiter herunter und lief ebenfalls zum LF.

»He Jochen! Der Angriffstrupp ruft dich, die brauchen dringend Wasser!«

Jochen zog das wohl bitterste Gesicht seiner vielen Feuerwehrjahre und zuckte resigniert die Schultern. Jetzt standen sie hier zu dritt, drei erfahrene Maschinisten, aber trotz aller gemeinsamen Bemühungen gelang es ihnen nicht, die Pumpe in Gang zu setzten. Natürlich »doktorten« sie nicht zu lange herum. Irgendetwas stimmte nicht mit der Elektronik, soviel war klar und sie mussten zu einer anderen Lösung kommen und zwar schnell. Die Idee, ein anderes Fahrzeug von der Leitstelle schicken zu lassen, war zwar grundsätzlich richtig, nutzte ihnen aber in ihrer momentanen Situation herzlich wenig. Es musste sofort etwas geschehen!

»Wir verlegen die Leitung vom Hydranten direkt zum Verteiler«, schlug Roberto vor, »der Wasserdruck ist zwar nicht so hoch wie von der Pumpe, aber die Jungs bekommen wenigstens Wasser.«

»Gute Idee«, rief Thorsten, »macht ihr das. Ich renn hoch und bringe denen solange die Handfeuerlöscher!«

In diesem Moment rannte Sterni herbei:

»Was ist denn hier los!? Mensch Jochen! Wir haben da oben kein Löschwasser! Bist du denn taub?«

Jochen lief rot an, ihm war das alles überaus peinlich. Obwohl er an der Situation keine Schuld trug, fühlte er sich doch schuldig. Bevor er eine Antwort geben konnte, übernahm das Roberto für ihn. Mit wenigen Worten erklärte er seinem DGL die Situation und auch ihren Lösungsvorschlag.

»Sehr gut Männer, macht das. Ich fordere inzwischen ein anderes LF an.«

Oben im Flur vor der brennenden Küche wurde die Situation für den Angriffstrupp mit jeder weiteren verstreichenden Sekunde kritischer.

»Wenn wir in den nächsten dreißig Sekunden kein Wasser kriegen, müssen wir uns ins Treppenhaus zurückziehen. Die Scheibe wird jeden Moment platzen!«

Bernd sagte nichts dazu. Er betrachtete eingehend die anderen Zimmertüren. Auf einmal erhob er sich aus seiner gebückten Stellung und lief direkt auf die ihnen gegenüberliegende Türe zu.

»Was hast du vor!«, rief Uwe.

Bernd sagte nichts und winkte nur, was so viel bedeutete wie: Bleib sitzen.

Es war eine dieser simplen Holztüren, Massenware, wie sie zu Dutzenden in Mietwohnungen eingebaut werden, aber für seinen Zweck vollkommen ausreichend. Kurzerhand hängte er das Türblatt aus den Angeln. Dahinter wurde das Schlafzimmer der Familie Färber sichtbar. Uwe machte große Augen. *Was hatte der Kerl vor?*

Genau im selben Moment, als Bernd die ausgehangene Türe in beiden Händen hielt, knallte es gewaltig. Die Glasfüllung der Küchentüre hatte der großen Hitze des Brandes nicht länger Stand gehalten und war in tausend Scherben zersprungen. Sofort drang der dichte, schwarze Rauch in den Flur. Unbeeindruckt von den Flammen, die durch die zerbrochene Glasfüllung herausschlugen, schritt Bernd mit seiner ausgehangenen Türe darauf zu. Er hatte so etwas Ähnliches einmal in einem Kinofilm gesehen. Da stellte auch jemand, der Held natürlich, eine Türe vor eine brennende Öffnung. Natürlich war er weit davon entfernt, seine jetzige Tat als Heldentat zu bezeichnen, und er fühlte sich auch keineswegs als solcher, dennoch war die Idee gut. Zumindest verschaffte sie ihnen für die nächsten Minuten etwas Zeit. Bernd stellte die Türe genau vor die Öffnung. Uwe war hinzugesprungen und schob eine kleine Kommode davor:

»Hält besser!«, lachte er und klopfte seinem Kollegen kräftig auf die Schulter: »Gut Junge ... und so was lernt man also beim Bund?«

»Musst du doch wissen«, erwiderte Bernd trocken. Beide hatten vor ihrer Feuerwehrzeit lange bei der Bundeswehr gedient. Jetzt zogen sie sich wieder einige Meter zurück.

»Das wird aber nicht lange halten.«

»Zumindest bis wir Wasser bekommen ... hoffe ich doch.«

Alle Mann wieder an Bord?«

»Ja!«

»Also dann, auf zum Essen!«

Florian Düsseldorf für 7-44-1 kommen.«

»Hört, kommen.«

»Container gelöscht, Einsatzstelle frei.«

»Zur Wache.«

»Verstanden, zur Wache.«

So, jetzt haben wir aber endlich unsere Ruhe verdient, dachte ich. *Das Essen ist bestimmt noch warm.*

Wir hatten unsere Einsatzstelle »sauber« verlassen und die 400 Liter Wasser waren ebenfalls wieder aufgefüllt.

Unmittelbar vor der Wache erhielten wir einen neuen Einsatz.

»7-44-1 sie übernehmen neuen Einsatz: Unterstützung für 7-46-1, Odenthaler Weg X, Zimmerbrand!«

»Verstanden, Odenthaler Weg X«, bestätigte ich und fragte erstaunt meinen Maschinisten:

»Hast **du** mitbekommen, dass die rausgefahren sind?«

»Nee«, antwortete er nicht minder erstaunt, »hab' ich auch nicht gehört.«

Uli, der das LF bereits bis vor das Hoftor gefahren hatte, schaltete die Sondersignale wieder ein und rief:

»Ein Mann raus! Sichern!«

Hucki stieg aus und stoppte den Verkehr, erst dann setzte Uli das LF zurück. Es war verdammt wichtig in der momentanen Situation einen Mann als Sicherungsposten auf die stark befahrene Straße vor unserer Wache zu stellen. Wir konnten wohl kaum von den anderen Autofahrern erwarten, dass sie für ein Feuerwehrfahrzeug bremsten, das den Eindruck erweckte, es wolle in die Feuerwache hineinfahren und nicht rückwärts heraus.

»Fertig!«, rief Hucki und schlug die Türe hinter sich zu. Es konnte losgehen.

Der Odenthaler Weg befindet sich ganz in der Nähe unserer Feuerwache. Mein Maschinist Uli hatte genau die gleiche Mühe, zwischen den parkenden Autos hindurch zu kommen, ohne irgendwo anzuecken wie vorhin unser erstes LF.

»Zwei Mann PA anziehen!«, rief ich nach hinten.

»Sind schon dabei!«, kam es zurück.

Trotz der notgedrungen, langsamen Fahrweise bestand für den Angriffstrupp nur wenig Zeit, die Atemschutzgeräte anzulegen. Schon bogen wir in den Odenthaler Weg ein. Vielleicht fünfzig Meter voraus, auf der rechten Straßenseite, sahen wir unsere Drehleiter. Der Leiterpark war ausgefahren und ragte mit dem Rettungskorb bis zu einem Fenster in der zweiten Etage. Das andere LF wurde von der Drehleiter verdeckt, musste aber unmittelbar vor ihr stehen. Über den Gehweg zogen sich zwei B-Schläuche bis zum Hauseingang.

»Standardeinsatz!«, rief ich, »Wir machen den Sicherungstrupp und bringen den Lüfter in Stellung!«

Aber damit lag ich diesmal gründlich daneben!

Ich hatte gerade den Code für die Leitstelle eingedrückt und wollte mich jetzt über meine Florentine bei Sterni melden, da kam er mir zuvor. Seine aufgeregte Stimme drang aus dem Lautsprecher:

»Martin, unsere Pumpe ist ausgefallen! **Wir haben kein Löschwasser!**«

Kein Löschwasser – der Albtraum eines jeden Feuerwehrmannes.

Wir mussten blitzschnell handeln!

»**Uli! Pumpe fertig machen, LF 1 ist defekt! Angriffstrupp und Wassertrupp!**

B-Leitung bis zum Verteiler am Hauseingang!

Hier war kein Zaudern und erst Recht kein langes Nachfragen angebracht, wie oder warum das geschehen konnte, eine genaue Analyse des Geschehens würden wir sowieso später machen. Das einzig Wichtige war jetzt, so schnell wie möglich die Wasserversorgung herzustellen. Da oben, zwei Etagen über uns, brannte es, Menschen waren vielleicht von Flammen und Rauch bedroht, und unsere Kollegen saßen auf dem Trockenen. Eine ganz schlimme und möglicherweise höchst gefährliche Situation.

Sterni rannte mit Holger herbei und rief schon von weitem:

»**Los los! Macht schnell! Das Feuer bricht gleich durch!**

Auf meiner Seite, ganz hinten, befindet sich das Fach mit den B-Schläuchen. In dieser brandgefährlichen Situation, wo es um jede Sekunde ging, wartete ich natürlich nicht, dass einer meiner Männer kam, um die Schläuche herauszuholen, sondern drückte selbst das Rollo nach oben. Ich zog den ersten B-Schlauch aus dem Fach.

»Gib her!«

Sterni stand neben mir und riss mir fast den aufgerollten dicken Schlauch aus der Hand.

»Ich bin am Verteiler!«, rief er mir noch zu und rannte schon wieder los.

Ich zog den zweiten Schlauch aus seinem Fach.

»Lass mal Chef!«

Und schon nahm mir Holger den Schlauch ab. Also zog ich einen dritten B-Schlauch aus dem Fach. Hinter mir stand der Schlauchtrupp, bereit zuzupacken. Ich fürchtete schon um meinen dritten Schlauch. Die beiden sahen mich grinsend an und winkten lässig ab:

»Den brauchen wir nicht mehr, zwei reichen. Aber mach mal Platz, wir müssen an den Lüfter.«

Mit dem schweren Schlauch in beiden Händen trat ich zur Seite und schaute in Richtung Eingangstüre. Ja, es hatte gereicht. Die Schlauchleitung lag fertig zusammengekuppelt bis zum Verteiler und aus unserer Feuerlöschkreiselpumpe presste sich das so dringend benötigte Löschwasser in die ausgerollten B-Schläuche. Wenige Sekunden reichten, und der zehn Bar hohe Druck verwandelte die flachen, schlaffen Schläuche in eine knallharte armdicke Leitung. Sterni drehte den Verteiler auf, das Wasser schoss durch die im Treppenhaus verlegten C-Schläuche bis auf die zweite Etage. Hier oben fieberte der Abgriffstrupp dem dringend benötigten Löschwasser entgegen.

Die beiden Feuerwehrmänner hatten aber nicht untätig abgewartet. Mithilfe ihrer provisorischen Sperre war es ihnen tatsächlich gelungen, die Ausbreitung des Brandes auf die weitere Wohnung zu verhindern. Mit den beiden Glutbrandpulverlöschern, die ihnen der Leitermaschinist gebracht hatte, konnten sie das Feuer zusätzlich in Schach halten. Aber sie hatten nicht verhindern können, dass ein Teil des Brandrauchs in den Flur und in das offene Schlafzimmer gezogen war. Dann gab es einen weiteren heftigen Knall. Die Scheibe des Küchenfensters zersprang. Ein günstiger Umstand, denn nun zog der meiste Brandrauch direkt nach draußen.

Jetzt blies ein kräftiger Luftstrom durch das Treppenhaus, bis in die brennende Küche hinein. Er wurde von dem Ventilator erzeugt, den die Kollegen unten vor dem Hauseingang gestartet hatten. Negativ war nur, dass der Luftstrom dem Brand ständig neuen Sauerstoff zuführte und somit das Feuer weiter entfachte. Aber der Vorteil einer relativ rauchfreien Einsatzstelle wog weitaus mehr. Die Küche war eh nicht mehr zu retten. Endlich kam die erlösende Nachricht:

»Angriffstrupp für Maschinist kommen!«

»Angriffstrupp hört, kommen!«

»Was ist, wollt ihr Wasser?«

Uwe war zwar über den Ausfall der Pumpe informiert worden, aber ihm war nicht mehr zum Scherzen. Er verkniff sich jedoch die bissige Antwort, die ihm auf der Zunge lag und rief stattdessen einfach nur:

»Mach schon. Wasser marsch!«

Dann kam das Wasser.

»Los Bernd, schaff den Plunder zur Seite, damit wir dem Spuk endlich ein Ende bereiten können!«

Bernd nickte und zog die kleine Kommode zur Seite, die ihnen in den letzten Minuten gute Dienste geleistet hatte, genau wie das Türblatt, das er jetzt ebenfalls weghob.

Während dieser gefährlichen Arbeit richtete Uwe einen breit gefächerten Sprühstrahl schützend über seinen Kollegen. Der Durchgang in die Küche stand offen.

Von der ehemaligen Küchentüre war nicht mehr viel übrig geblieben. Sie war, wie fast die gesamte Kücheneinrichtung, ein Raub der Flammen geworden. Aber noch stand der ganze Raum in hellen Flammen.

Mit ein paar wenigen gezielten Sprühstößen war das Ärgste sofort vorüber, danach begann die mühsamere Kleinarbeit. Eins war jedenfalls klar, nur mit dem Hydrantendruck allein hätten die beiden Feuerwehrmänner hier nichts ausrichten können. Aber zumindest hatte die Notlösung geholfen. Dass nicht die gesamte Wohnung ausgebrannt war, verdankten wir letztendlich aber ihrer beherzten, unorthodoxen Vorgehensweise. Die Idee mit der ausgehangenen Türe war wirklich gut. Der einzige Wehrmutstropfen bei der Sache war nur, dass es im Schlafzimmer jetzt ebenfalls fürchterlich nach Brandrauch stank. Aber alle Kleider und das gesamte Bettzeug hätten so oder so gereinigt werden müssen. Und neu tapezieren war nach solch einem Feuer ohnehin angesagt.

Nachdem alles vorbei war, bekam ich die ehrenvolle Aufgabe dem Ehepaar Färber seine Wohnung zu präsentieren. Dabei entschuldigte ich mich für die zerstörte Schlafzimmertüre, die natürlich von der einen Seite total verbrannt war und nur noch weggeworfen werden konnte. Dabei erklärte ich den beiden, wie es dazu gekommen war. Sie waren ziemlich gefasst.

»Wenn ich Sie richtig verstehe, haben ihre beiden Kollegen unsere restliche Wohnung dadurch gerettet oder?«

»Ja, das kann man so sehen.«

Herr und Frau Färber sahen sich bestürzt an:

»Du meine Güte, dann stünden wir jetzt vor dem Nichts«, brachte Herr Färber betroffen hervor.

»Oh mein Gott, Herrmann, und das ist alles meine Schuld«, jammerte Frau Färber und lehnte sich weinend an die Schulter ihres Mannes.

»Aber wieso das denn, meine Liebe?«

»Weißt du … ich wollte doch noch in die Küche gehen und die Zuckerdose holen. Ach wenn ich das doch nur getan hätte. Dann hätte ich sicher noch rechtzeitig den Herd abstellen können, aber so …«

Unglücklich blickte sie ihren Mann an, aber der schüttelte energisch den Kopf.

»Nee Elisabeth, so darfst du das nicht sehen. Da kann keiner was für. Sonst könntest du ja auch sagen, wenn ich nicht zu dir gesagt hätte, dass du nicht mehr in die Küche gehen sollst, sei ich jetzt Schuld. Also, das vergiss man ganz schnell wieder. Ist doch nur 'ne Küche, und ... wolltest du nicht schon lange 'ne Neue?«

»Och Herrmann! Wie kannst du nur ...«

»Haben Sie denn eine Hausratversicherung?«, fragte ich die beiden.

»Gott sei Dank ja«, antwortete Frau Färber und erleichtert fügte sie hinzu:

»Ich wollte die eigentlich schon kündigen, weil die so stark erhöht haben, aber jetzt bin ich froh, dass ich das nicht gemacht habe.«

»Mensch Elisabeth, davon hast du mir ja noch gar nichts erzählt. Aber jetzt dürfen **die** erst mal zahlen.«

Ich wusste natürlich nicht, ob die Hausratversicherung überteuert war oder nicht. Ich hatte sie auch nicht danach gefragt, aber eines wusste ich mit Gewissheit: Ohne diese Versicherung säßen die Färbers auf einem Schaden, der sicher weit über zehntausend Euro ging.

»Sie sollten heute Nacht aber nicht in ihrer Wohnung schlafen. Hier stecken überall gesundheitsschädliche Giftstoffe drin, da reicht Lüften alleine nicht aus.

Während ich mich oben auf der zweiten Etage mit den Färbers unterhielt, war Jürgen Leineweber, der C-Dienst, den wir doch eigentlich heute nicht mehr sehen wollten, eingetroffen. Er kam kurz zu uns hoch und machte sich ein Bild von der Lage. Nachdem er den sympathischen Leuten noch einige Ratschläge gegeben hatte, verabschiedeten wir uns gemeinsam von dem Ehepaar.

»Wir werden diese Nacht bei Freunden verbringen«, erklärten sie noch.

Eine vernünftige Entscheidung. Auf der Treppe sagte Jürgen:

»Ich hab dem Sterni schon gesagt, euer LF müsst ihr heute noch tauschen. Du bist also jetzt erstes Fahrzeug.« Dabei sah er mich eindringlich an und meinte scherzend: »Aber diese Nacht will ich dich wirklich nicht mehr sehen, ist das klar?«

»Ganz meinerseits Jürgen, an mir soll es nicht liegen.«

»Na gut, also dann ... macht es gut, Tschüss. Ach übrigens, dem Angriffstrupp kannst du ausrichten, das mit der Tür ... das haben die prima gemacht. Hat mir wirklich gut gefallen.«

Ich hatte es ihnen gesagt, später, als wir wieder auf der Wache waren. Jochen hatte sich beruhigt und wir saßen zusammen und besprachen diesen Einsatz. Als ich später so gegen 23.00 Uhr mein Bett herunterklappte, hoffte ich inständig, dass der Wunsch meines Vorgesetzten Jürgen Leineweber in Erfüllung gehen würde. Ich war ziemlich ermüdet und sehnte mich nach einer ruhigen Nacht. Reinhard Sternberg und Michael Krug, mit denen ich das Zimmer teile, hatten keine Einwände gegen diesen »frommen« Wunsch.

Er wurde uns erfüllt. Erst am nächsten Morgen weckte uns der Lautsprecher:

»Guten Morgen, es ist sechs Uhr, sechs Uhr!«

Dem RTW war dieses Glück nicht beschieden. In dieser Nacht musste er noch vier weitere Einsätze fahren. Es war fünf Uhr morgens, als die beiden sich todmüde auf ihre Betten fallen ließen. Kurz nach sechs erschienen sie mit geröteten Augen im Tagesraum. Bei ihrem Anblick erübrigte es sich zu fragen, wie ihre Nacht gewesen war.

Nächte auf dem RTW sind meistens anstrengend, das hatte ich selbst in vielen Jahren erfahren.

Zwei Dienstschichten später bekamen wir unser LF aus der Werkstatt zurück. Ein Magnetschalter war defekt gewesen. Er hatte den Ausfall der Pumpe verursacht. Ein Defekt, den selbst der beste Maschinist nicht hätte verhindern können, und unsere Maschinisten sind die besten! Zumindest sind wir nahe dran.

Auf dem Grund des Zamek-Sees

Das phantastische Hochsommerwetter hielt jetzt schon so seit mehreren Wochen an. Wir befanden uns mitten im Oktober. Die Natur lechzte geradezu nach Wasser, doch es sah absolut nicht danach aus, als würde es demnächst den ersehnten Regen geben. Der letzte heftige Gewitterregen war vor ungefähr zehn Tagen über uns hinweggefegt, aber die verkrustete Erde hatte diesen plötzlichen Wolkenbruch nicht aufnehmen können. Das meiste Wasser lief ohnehin sofort in die Kanalisation und verschwand genauso schnell, wie es gekommen war. Eigentlich hatten nur die Kinder ihren Spaß an diesem Wetter. Sie tummelten sich in den überfüllten Freibädern und bekamen außerdem ziemlich oft hitzefrei. Die meisten Erwachsenen hingegen stöhnten unter den Belastungen der großen Wärme. Jeder suchte sich, so gut es ging, ein schattiges Plätzchen, aber ansonsten musste die arbeitende Bevölkerung wie gewöhnlich ihrer täglichen Arbeit nachgehen.

Uns Feuerwehrleuten machten die hohen Temperaturen ebenfalls sehr zu schaffen. Jeder Einsatz wurde zur Tortur. Wir konnten es uns ja schlecht erlauben, in Shorts und kurzärmeligen T-Shirts zu löschen.

Für einen Feuerwehrmann gilt: Egal, ob tiefste Minustemperaturen im strengen frostigen Winter oder höchste Sommertemperaturen von weit über dreißig Grad im Schatten, wir müssen stets die gleiche dicke Schutzbekleidung tragen.

Die Belastungen in diesen Tagen und Wochen waren wirklich außergewöhnlich hoch. Dementsprechend stieg unser Mineralwasserkonsum gewaltig an.

Vor wenigen Tagen hatten wir unser neues KEF erhalten. In letzter Zeit waren sehr viele Fahrzeuge neu angeschafft worden. Wir Feuerwehrmänner freuten uns natürlich, dass die Stadt Düsseldorf so gewaltig in den Fahrzeugpark ihrer Feuerwehr investiert hatte. Sogar der lange ersehnte neue Kranwagen war gekauft worden. Dieses Supergerät sollte demnächst von den Männern der Feuerwache U beim Hersteller abgeholt werden. Bereits seit Wochen übten mehrere ausgewählte Kollegen dieser Wache die Handhabung dieses dreiachsigen »Monsters«, eines 45-Tonnen-Krans mit dem sensationellen Wendekreis von nur sechs Metern!

Vier andere Feuerwachen hatten nagelneue Tanklöschfahrzeuge erhalten. Ein TLF wurde auf unserer Wache stationiert. Bis sich alle aus unserer Mannschaft mit den neuen Fahrzeugen auskannte, wurde jede Dienstschicht daran geübt. Darüber vergingen zwangsläufig einige Tage. Schließlich mussten die Maschinisten die neuen Fahrzeugen nicht nur fahren, sondern die aufwendigen technischen Geräte auch bedienen können.

Wir sollten solange daran trainierten, bis auch der letzte Mann die Geräte wie im Schlaf beherrschten konnte.

Heute war einer der Tage, an dem ich mit meinem Kollegen Theo Mallmann gemeinsam Dienst hatte. Da Theo diesmal der Dienstgruppenleiter war, wurde ich automatisch Gruppenführer auf dem zweiten Löschfahrzeug.

Wie jeden Morgen hatten sich alle Feuerwehrmänner pünktlich um 7.00 Uhr in der Fahrzeughalle versammelt. Wirklich alle?

Theo las den Dienstplan des heutigen Tages vor:

»A-Dienst Boddem, B-Dienst Brings ...«

»Hier!«

Theo ließ demonstrativ das Papier sinken und blickte den Gunther, der gerade »hier« gerufen hatte, vorwurfsvoll an:

»Ja ist klar, das hättest du wohl gerne, du Küken. Aber noch hat dein Vater das sagen. Sperr deine Horchlöffel auf, dein

Name kommt irgendwann ganz zum Schluss. Dann darfst du meinetwegen noch mal hier rufen.«

Wir anderen feixten, aber Theo rief zur Ordnung und las die Positionen weiter vor, die jeder von uns heute einnehmen sollte.

»Also weiter im Text. C-Dienst Wloka, Fahrer ist Link.«

Es folgten die Besatzungen der einzelnen Fahrzeuge unseres Löschzuges.

Jeder Name wurde so vorgelesen. Der Genannte wiederum antwortete mit einem lauten »hier« oder einem »ja«.

Als er bei: »Schlauchtruppführer, Hucklenbroich« keine Antwort erhielt, blickte Theo von seinem Papier auf.

»Was ist? Kein Hucki da?«

In der Tat, der Schlauchtruppführer Markus Hucklenbroich fehlte.

»Oh oh, das gibt lecker Kuchen!«, rief sogleich einer aus der Mannschaft.

»Quatsch«, konterte ein anderer, »du willst doch bei dem Wetter keinen Kuchen essen, der Hucki soll lieber Eis mitbringen!«

So ging das Gequatsche hin und her bis Theo dazwischen funkte.

»**Hallo!** Sind wir hier auf 'nem Jahrmarkt oder sind wir bei der Feuerwehr? Haltet mal die Bälle flach. Vielleicht ist der arme Mann ja auch krank!«

»Ohhhh, der arme Hucki!«

Theo verzichtete auf einen weiteren Einwand und las stattdessen den Dienstplan zu Ende. Danach verteilte sich die Mannschaft auf die ihnen zugewiesenen Fahrzeuge.

Theo winkte seinen heutigen Tagesdienst herbei:

»Frank, ruf mal beim Hucki zu Hause an, vielleicht hat der ja nur verpennt. Gib mir aber direkt Bescheid, denn ansonsten muss ich den V-Dienst aktivieren.«

»Geht klar Theo. Soll ich jetzt sofort ... oder kann ich noch eben die Leiter checken?«

»Nein, ruf bitte sofort an. Mit der Leiter kann dein Maschinist auch alleine beginnen.«

»Na gut, dann geh ich jetzt. Ist das Büro vorne offen?«

»Wenn der Martin nicht zugemacht hat.«

Während die beiden miteinander sprachen, saß ich auf meinem Platz vorne rechts im LF und testete das Funkgerät:

»Uwe, Uwe hörst du mich?«

Uwe saß auf dem Maschinistenplatz rechts von mir in dem anderen LF. Da unsere Fahrzeugtüren offen standen, konnten wir uns natürlich auch ohne die mobilen Sprechfunkgeräte verstehen. Uwe war anscheinend zu einem Scherzchen aufgelegt. Er beugte sich zu mir herüber und erklärte lachend:

»Du darfst dich ruhig so mit mir unterhalten.«

Frank rief dazwischen:

»Darf ich die Herren vielleicht bei ihrem wichtigen Gespräch unterbrechen?«

»Was gibt es Frank?«

»Ich muss nach vorne in's Büro. Ich soll den Hucki anrufen. Ist das Büro offen?«

»Warte Frank, ich komm gleich mit. Ich will nur noch ...«

Erklärend hielt ich meine Florentine hoch.

Frank verstand. Uwe alberte immer noch.

»Martin, ich verstehe dich auch so einwandfrei.«

Etwas ungehalten rief ich daraufhin:

»Mensch Uwe! Nun schalt schon dein Gerät ein, ich muss nach vorne.«

»Sofort mein Lieblings DGL, sofort.«

Frank verdrehte die Augen:

»Habt ihr zwei das bald?«

Es sah nicht danach aus.

Da nahm Michael, mein heutiger Maschinist, die Sache in die Hand:

»Los, geh ruhig nach vorne, ich mach das schon.«

»Danke.«

Ich kletterte aus dem hohen Führerhaus unseres LF und rief Uwe zu:

»Dein Lieblings-DGL muss jetzt arbeiten gehen!«

Dann verließ ich die Fahrzeughalle und überquerte mit Frank den Hof. In meinem Rücken hörte ich:

»Ah Theo, mein Lieblings DGL! Was liegt denn heute an?«

Uwe war einfach unverbesserlich.

Vorne im Büro saß Klaus Wloka, unser Chef und Wachvorsteher. Er empfing mich mit der gewohnten, allmorgendlichen Frage:

»Und? Vollzählig?«

»Ein Mann fehlt«, erklärte ich, »wir wollen ihn gerade anrufen. Bisher hat er sich noch nicht gemeldet.«

»Mhmm«, Klaus sah zur Uhr, »vielleicht kommt der noch, ist ja gerade erst kurz nach sieben.«

»Das ist richtig, aber wenn der verschlafen hat, schläft der unter Umständen noch länger. Da klingel ich ihn doch lieber wach, sonst muss ich nämlich den Verfüger anrufen.«

»Mach das«, nickte Klaus, »und sonst? Haben wir einen Löschzugpraktikanten?«

»Ach ja, den Michael Sondermann.«

»Und, wie seid ihr mit dem Mann zufrieden? Auf mich macht der ja ’nen ganz ordentlichen Eindruck. Genau wie der andere, dieser Datema. Sebastian heißt der, glaube ich, oder?«

»Richtig. Also ich kann nur sagen, die Jungs sind beide in Ordnung. Geben sich große Mühe, sind fleißig und man braucht denen nicht ständig hinterherzulaufen. Da haben wir schon andere gehabt.«

Klaus schien mit meiner Antwort zufrieden zu sein. Sie deckte sich mit seiner Meinung. Trotzdem fragte er weiter:

»Wie verhält sich denn die Mannschaft? Kommen die Neuen da auch gut an?«

»Einwandfrei, da gibt es absolut keine Probleme. Ich glaube aber auch, dass sich unsere Neuen hier selbst ganz wohl fühlen.«

Klaus Wloka lehnte sich entspannt zurück.

»Das ist gut.«

Er umfasste die beiden Lehnen des Bürostuhls mit seinen Händen und erhob sich.

»Wahrscheinlich werden wir die beiden behalten«, erklärte er, »an mir soll es jedenfalls nicht liegen. So ... was ist denn jetzt mit dem fehlenden Mann? Wer ist das überhaupt?«

»Der Hucki!« rief Frank.

Er hatte sich die Liste mit den Telefonnummern aus dem Büro geholt und von einem Apparat im Vorraum angerufen. Jetzt kam er zurück ins Büro.

»Also, angeblich ist er pünktlich von zu Hause abgefahren, sagt zumindest seine Frau, und warum soll ich der nicht glauben?«

Bei seiner Erklärung machte Frank ein ziemlich unschuldiges Gesicht.

»Ja sicher ist der abgefahren«, erwiderte Klaus, »wenn seine Frau das sagt. Aber wo bleibt er dann? Der wohnt doch ganz in der Nähe oder?«

»In Erkrath«, erklärte Frank. Er hielt die Liste mit den Telefonnummern noch in der Hand und war in der Eingangstüre stehen geblieben.

»Oh je«, sagte ich, »und jetzt macht sich die Frau natürlich Sorgen. Die denkt bestimmt, dass ihrem Mann was passiert ist.«

»Kann schon sein«, fügte Frank hinzu: »Die hat mir nämlich noch ganz besorgt mitgeteilt, dass ihr Mann mit dem Motorrad weggefahren ist.«

Bevor wir uns selbst ernsthafte Sorgen machen mussten, erklärte der Chef, der an Frank vorbei durch die weit geöffnete Eingangstüre nach draußen sehen konnte:

»Das Problem hat sich erledigt. Unser kleiner Italiener fährt gerade auf den Hof.«

»Ah, sehr gut, dann kann ich ja wieder gehen«, meinte Frank.

»Wohin willst du wieder gehen?«

Theo war unbemerkt hinter Frank ins Büro gekommen und hatte ihm diese Frage gestellt. Ohne eine Antwort abzuwarten, erklärte er:

»Hucki ist da, ist gerade an mir vorbeigefahren.«

»Schon gesehen Theo«, winkte Klaus ab, »sag mir mal lieber, was du heute so vorhast?«

Theo überlegte nicht lange.

»Ich denke, das Wichtigste ist der neue Kombi. Den sollen die Jungs sich heute noch mal vornehmen. Und später …«

Klaus unterbrach ihn.

»Was hältst du denn davon? Das TLF kennt ja auch noch nicht jeder und ich möchte, dass jeder, aber wirklich Theo, jeder darauf fit ist. Ihr seid doch heute mit zwei DGL im Dienst, da könnte doch einer von euch mit einer Gruppe an den Rhein fahren und der andere bleibt hier und macht die Unterweisung am Kombi. Später, wenn die erste Gruppe wieder zurück ist, wechselt ihr.«

Klaus sah uns beide an.

»Was haltet ihr davon?«

»Ja, gut, von mir aus. Was sagst du Martin?«

»Find ich auch gut. Heute soll es sowieso wieder sehr heiß werden, da machen wir ohnehin keine aufwändige Übung.«

»Nein nein, so war das nicht gemeint. Ihr sollt schon mit dem TLF üben«, warf Klaus ein.

»Ich meinte ja nur so 'ne Übung hier auf unserem Hof«, beschwichtigte ich.

»Wir nehmen uns natürlich die Geräte vor und werden schon richtig mit Wasser spritzen.«

»Genau, richtig, mit Wasser, nicht mit so 'nem Trockenkram, das bringt nämlich gar nichts. Das hab ich die Tage erst gesehen und das hat mir überhaupt nicht gefallen.«

Klaus ereiferte sich.

»Aber mit dem Wenderohr spielen, das konnten die ... und das hier auf dem Hof!«

Der Chef war richtig sauer und fasste sich an den Kopf.

»Das muss man sich mal vorstellen. Da blasen die mal eben ein paar tausend Liter Wasser aus dem Tank. So mir nichts dir nichts. Abgesehen davon, dass ich das für absoluten Schwachsinn halte, kostet es die Stadt richtig Geld. Und hier auf der Wache müssen wir dafür teuer bezahlen. Ich hab denen gesagt, die sollten doch mal 'nen Blick auf die Wasseruhr werfen, die Zeiger würden sich ja schwindelig drehen.«

Nach dieser langen Rede, zu der ich ihm allerdings voll beipflichten musste, schickte er sich an zu gehen:

»Also, wir sind uns einig. Setzt sämtliche wasserführenden Armaturen ein, und das Wasser nehmt ihr aus dem Rhein – mit Saugschläuchen. Wann wollt ihr anfangen?«

»Nach dem Frühstück.«

»Gut. Vielleicht komme ich mal vorbei und sehe mir das an.«

»Alle, die in meiner Gruppe sind, aufsitzen! Es geht los!«

Die Frühstückspause war vorüber. Wir hatten uns auf dem Hof eingefunden und ich hatte mich mit Theo darauf geeinigt, dass ich mit dem 7-44-1 sowie mit dem neuen TLF als erste Gruppe zum Rhein fahren sollte.

Der Stadtteil mit dem schönen Namen Himmelgeist gehört zu unserem Wachgebiet. Hier gibt es eine so genannte NATO-Rampe. Es führt nur ein einziger, abseits gelegener Weg dorthin. Dieser asphaltierte Weg ist so schmal, dass wir immer hoffen, dort keinem anderen Fahrzeug zu begegnen. Unsere großen Feuerwehrautos benötigen nämlich die gesamte Fahrbahnbreite.

Rechts wie links wird der schmale Weg von Sträuchern und hohen Bäumen eingefasst. Als die ersten langen Zweige durch die geöffneten Fenster ins Wageninnere schlugen, kurbelten wir sie schnell wieder nach oben. Es ging etliche Minuten durch diese weiten Rheinauen, ohne dass wir irgendeiner Menschenseele begegneten. In der Ferne standen hohe Weiden und an manchen Stellen grasten vereinzelte Kühe.

Einem Berufsfeuerwehrmann in der Großstadt bieten sich nur selten Gelegenheiten, die Wasserversorgung aus offenen Gewässern vorzunehmen. Trotzdem lief alles wie am Schnürchen.

Unser TLF stand, mit dem Heck zum Rhein gewandt, nur wenige Meter vom Wasser entfernt, auf der ziemlich steil abfallenden asphaltierten NATO-Rampe. Vorsorglich hatte ich das Fahrzeug mit den Unterlegkeilen gegen ein unbeabsichtigtes Wegrollen sichern lassen. Man kann ja nie wissen. Circa fünfzig Meter weiter oben parkte unser LF, das wir hier unten nicht benötigten.

»So Männer, die große Wasserschlacht kann beginnen! Wir fördern zuerst einmal über die Saugschläuche und später auch über die Elektropumpen! Ihr könnt eure Jacken auslassen, aber Helm und Handschuhe an!«

Jetzt kam Aktivität auf.

Zuerst wurden sämtliche Saugschläuche aneinandergekuppelt, dann wurde der Saugkorb mit Schutzkorb und eingeknoteter Ventilleine befestigt, zum Schluss wurde die Schlauchleitung mit einer zusätzlichen Halteleine gesichert. Gemeinsam hoben wir die zusammengekuppelte Leitung hoch, trugen sie bis ans Wasser und warfen sie mit einem kräftigen Schwung in den hier sehr breiten und schnell strömenden Fluss, so dass sie laut aufs Wasser klatschte. Dass sich die Ersten dabei nasse Füße holten, interessierte niemanden.

Später, gegen Ende dieses feuchten Vormittags, gab es unter uns sowieso keinen Einzigen mehr, der nicht mindestens einmal bis auf die Haut durchnässt worden war.

Wir powerten aus vollen Rohren. **Alles,** aber auch wirklich alles, was uns an wasserführenden Armaturen zur Verfügung stand, wurde eingesetzt. Bei dieser Gelegenheit testeten wir auch gleich die Leistungsfähigkeit der fest im Heck eingebauten

Pumpe. Das Ergebnis überraschte jeden, denn die Pumpe erreichte wesentlich höhere Leistungen als gefordert waren. Das war mehr als zufrieden stellend. Dieses TLF war ein absoluter Hammer!

Das auf dem Dach montierte Wenderohr schleuderte bei Maximalleistung 3000 Liter Wasser als Vollstrahl über 60 Meter weit! Und der neue, überdimensionale, wasserbetriebene Ventilator fand unsere allgemeine Zustimmung. Das Teil war fast geeignet, eine kleine brennende Lagerhalle in seinen feinen Wassernebel einzuhüllen.

In der Hitze des Vormittags bereitete uns dieser ausgedehnte Gerätetest mehr Vergnügen als Arbeit. Einige meiner Kollegen hätten am liebsten gar nicht aufgehört, aber ich sah auf die Uhr und rief zum Abmarsch. Den Maschinist vom TLF hatte ich mit seinem Fahrzeug am Rhein zurückgelassen.

Als unsere Gruppe dann nur mit dem LF die Wache erreichte, stiegen wir patschnass, aber mit hochzufriedenen Gesichtern aus dem Fahrzeug. Die anderen Kollegen waren ganz heiß darauf, ebenfalls ihre eigene große Wasserschlacht zu starten.

Bei weniger gutem Wetter würde jetzt jeder zu seinem Spind laufen und seine nassen Sachen ausziehen, aber die Tagestemperaturen erreichten schon wieder annähernd dreißig Grad im Schatten. Bei diesen Voraussetzungen störte sich niemand an seinen nassen Klamotten, zumal sie längst wieder am Körper getrocknet waren.

»Hört mal zu Leute!«, rief Theo, »bevor wir jetzt die Gruppen tauschen, will ich euch noch einen Vorschlag machen!«

Erwartungsvoll bildete sich ein Kreis um ihn.

»Was haltet ihr davon? Wir arbeiten die Mittagspause durch und wenn die zweite Gruppe vom Rhein zurückkommt, ist Feierabend.«

»Und was ist mit Essen?«

»Wir grillen heute Abend«, erklärte er.

»Ach«, sagte einer aus meiner Gruppe, »das habt ihr also auch schon beschlossen?«

»Hier ist gar nichts beschlossen worden«, erwiderte Theo leicht gereizt, »wir haben uns lediglich Gedanken gemacht. Ihr müsst selbst entscheiden, was ihr wollt.«

»Also ich finde das gut!«, rief ich laut.

»Am besten wir stimmen ab. Wer dafür ist, Hand hoch!«

»Moment, Moment! Haben wir überhaupt Fleisch?«

»Das bringen wir, wenn wir vom Rhein zurückkommen, mit.«

»Ja dann, von mir aus.«

Nachdem der eine oder andere so seine Meinung kundgetan hatte, wurde abgestimmt.

Bis auf zwei Mann, die lieber heute Mittag essen wollten, waren alle dafür. Damit war die Sache beschlossen. Wir würden heute Abend grillen. Alle freuten sich darauf, nur die beiden verzogen das Gesicht.

Unser Koch hingegen amüsierte sich und lästerte:

»He Männer, warum zieht ihr so 'ne saure Miene? Ihr könnt euch ja ein Butterbrot in der Mikrowelle aufwärmen.«

Allgemeines Gelächter.

»Mir gefällt das jedenfalls. Da muss ich bei der Hitze nicht die ganze Zeit in der Küche schwitzen.«

Zehn Minuten später fuhr die Gruppe von Theo mit dem anderen LF vom Hof.

Unser LF hatte der Maschinist zurück in die Fahrzeughalle gesetzt. Wenn man die Fahrzeuge auf dem Hof in der Sonne stehen ließ, heizte sich die Temperatur darin innerhalb weniger Minuten auf wie in einem Backofen.

»So, es geht weiter!«, rief ich und erklärte:

»Wir machen das genau wie die anderen. Das KEF bleibt in der Halle. Da drinnen stehen wir wenigstens im Schatten.«

Nach meiner Aufforderung setzte sich unsere kleine Gruppe in Bewegung. So gut wie jeder hielt eine Mineralwasserflasche in der Hand. Cola und andere gezuckerte Limonaden gingen bei der Hitze überhaupt nicht. Wir trugen ausnahmslos die neuen blauen T-Shirts. Die dicken, ledernen Feuerwehrstiefel hatte natürlich keiner angezogen. Was ansonsten verpönt und auch verboten war, war bei uns in den letzten Tagen gang und gäbe geworden – offene Sandalen. Eigentlich hätte zumindest ich als Vorbild die offiziellen, geschlossenen schwarzen Halbschuhe tragen müssen. Die besaßen, genau wie die Feuerwehrstiefel, Stahlkappen und durchtrittsichere Sohlen. Aber ich schätze, bei dieser Affenhitze gab es wahrscheinlich niemanden, der sich dafür interessierte. Außergewöhnliche Umstände erforderten eben außergewöhnliche Maßnahmen. Natürlich galt diese Freiheit nicht im Einsatz. Aber auf den schwachsinnigen Gedanken, mit Sandalen zur Brandbekämpfung zu fahren, kam sowieso niemand von uns und es erübrigte sich, darüber ein Wort zu verlieren.

Auf dem Weg zum KEF gesellte ich mich neben Stefan.

»Hör mal Stefan, übernimmst du bitte die Vorstellung. Du hast das doch schon die letzte Schicht gemacht, und das kam ganz gut an.«

»Ja sicher, kann ich machen«, erwiderte Stefan bereitwillig.

Stefan Wagner ist einer unserer jüngeren Hauptbrandmeister. Er hat ein großes Geschick, Dinge zu erklären. Das erste Mal war mir sein Talent aufgefallen, als ich ihm bei der Brandschutzerziehung einer Grundschulklasse, die unsere Feuerwache besuchte, zuhörte.

Heute profitierten wir von seinem Talent. Er gestaltete die Unterweisung so lebhaft, dass keine Langeweile aufkam. So verging die Zeit wie im Flug.

Besondere Beachtung fand natürlich das Schlauchboot. Eingerollt in einer stabilen Plane lag es ebenfalls in dem geräumigen Mercedes Sprinter. Überhaupt war dieses moderne, technisch hochwertig ausgerüstete Fahrzeug nicht mehr zu vergleichen mit unserem veralteten und wesentlich kleineren VW-Bus. Wegen dieser umfangreichen Beladung sollte unsere Wachmannschaft demnächst zwei weitere Feuerwehrmänner erhalten. Wir begrüßten das sehr, denn solch ein Hightech-Fahrzeug verlangte geradezu nach einer festen Besatzung.

»Michael, hol doch mal die Tasche raus, die hinten in dem Fach über dem Schlauchboot liegt.«

Michael Sondermann, unser Löschzugpraktikant, dem die Aufforderung galt, stieg durch die breite seitliche Schiebetüre in den Wagen und hielt eine mittelgroße Tasche aus reißfestem Corduragewebe hoch.

»Meinst du die?«

»Ja, genau. Bring Sie bitte mit.«

»Hier.«

Michael reichte Stefan die Tasche.

Der lehnte ab.

»Mach ruhig selbst auf und zeig uns den Inhalt. Oder halt ... warte mal!«

Stefan sah sich in der Runde um.

»Weiß vielleicht einer von euch, was da drin ist?«

Allgemeines Kopfschütteln.

»Seht ihr«, Stefan machte ein listiges Gesicht, »das hab' ich mir nämlich gedacht. So große Sachen wie das Schlauchboot kennt jeder, aber so kleine Dinge, die kennt kaum einer.«

»Machs nicht so spannend, Stefan. Woher sollen wir die Kiste denn kennen?«

»Ja ja, ist schon Okay, darum sehen wir uns den Kombi heute ja auch etwas genauer an. Also gut Micha, mach auf.«

Michael, der die Tasche immer noch in der Hand hielt, setzte sie auf den Fliesenboden und öffnete den Reißverschluss.

»Oh! Taucherbrillen?«, staunte er, »... und Schnorchel?«

Er beförderte die genannten Gegenstände aus der Tasche und hielt sie hoch, so dass sie jeder sehen konnte.

»Richtig«, meinte Stefan, »aber da muss noch mehr drin sein.«

»Ja hier ... diese komischen blauen Sporthosen.«

Wiederum hielt Michael eine in die Höhe, dabei musste er schmunzeln.

Wir anderen erkannten sogleich warum.

»He Leute! Die sehen aus, als wären sie von den letzten Bundesjugendspielen übrig geblieben! Wofür sollen die gut sein?«

»Ist doch egal, aber anscheinend passen die jedem! Guckt mal!«

Ein Spaßvogel hatte Michael die Hose aus der Hand genommen und hielt sie sich jetzt vor den Leib. Sie war eindeutig mehrere Nummern zu groß.

Einige Männer pfiffen durch die Zähne.

»Wau, richtig sexy!«

Allgemeines Gelächter.

Stefan unterbrach die Heiterkeit.

»Okay, ihr habt euren Spaß gehabt! Aber jetzt mal wieder zur Sache. Diese Dinge haben nämlich einen ernsteren Hintergrund als einige von euch wissen.«

Mit dieser Andeutung hatte Stefan Neugierde geweckt und er war bereit, die zu den gezeigten Gegenständen passende Story zu erzählen, da unterbrach ich ihn.

»Stopp! Warte damit bis heute Abend beim Grillen. Wenn wir jetzt ans Geschichtenerzählen kommen, bleibt der Rest des Fahrzeugs wieder liegen.«

Es gab zwar einigen schwachen Widerstand, aber ich setzte mich durch und Stefan stellte uns die restliche Ausrüstung des KEF vor.

Über die vielen, interessanten und neuen Ausrüstungsteile, die wir eingehend betrachteten, vergaßen die Männer ziemlich schnell ihren gerade noch gehegten Wunsch, etwas über die Hintergründe zu erfahren, die zur Anschaffung der Hosen, Taucherbrillen und Schnorchel geführt hatten. Einige wussten jedoch Bescheid. Sie hatten persönlich an einem außergewöhnlich belastenden Einsatz teilgenommen, der mit diesen Teilen in Zusammenhang stand. Sie hätten wahrscheinlich auch gerne darüber gesprochen, schwiegen jedoch nach meiner Aufforderung, den Unterricht fortzusetzen.

Den ganzen Tag blieb es erstaunlich ruhig. Selbst der RTW und die erste Unfallreserve fuhren weniger Einsätze als gewöhnlich. Dabei hatte jeder von uns erwartet, dass gerade heute, an diesem extrem heißen Tag, die Menschen mit Kreislaufproblemen zusammenbrechen würden.

»Vielleicht sind die alle schon in den letzten Tagen ins Krankenhaus gekommen?«, mutmaßte Hucki.

»Das glaubst du doch selbst nicht.«

»Warum? ... Kann doch sein. Die letzten Schichten hat das doch ununterbrochen geklingelt.«

Als hätte er es heraufbeschwören wollen, alarmierte es genau in diesem Moment.

»Einsatz für 7-83-1 und den Notarzt Feuerwache 1 zur Oberbilker Allee X, in der Arztpraxis, kollabiert Person!«

»Na bitte, da haben wir es schon – noch Fragen?«

Er zuckte mit den Schultern und winkte ab.
»Vergiss es. Ich weiß nur eines mit Sicherheit, beim nächsten Klingeln sind wir zwei dran.«

Hucki sollte Glück haben, zumindest für die nächsten Stunden. So kam es, dass er wie auch alle anderen sich gegen 18.00 Uhr zum Grillen unter dem großen Schatten spendenden Baum einfanden.

Holger hatte sich nach alter Tradition den Löschzugpraktikanten geschnappt und mit ihm gemeinsam den Grill angeworfen. Auf den Gartentischen standen übereinander gestapelte Teller und daneben der Besteckkasten mit Messern und Gabeln.

Jetzt bediente Roberto den Grill. Er stand, eingehüllt in verführerisch riechenden Rauchschwaden und wendete mit einer Grillzange zehn bis zwölf überdimensionale Koteletts.

Der Grill, an dem er stand, war vor einigen Jahren von mir persönlich in der Schlosserei der Feuerwache 6 gebaut worden. Ursprünglich wollte ich ihn zuhause auf meiner Terrasse nutzen, aber ich hatte wohl die Proportionen falsch eingeschätzt. Entstanden war ein regelrechtes Grillmonster, so gefräßig, dass immer ein riesiger Sack Grillkohle draufging, nur um Zuhause vier bis maximal sechs Koteletts und Würstchen zu grillen. Nachdem ich eingesehen hatte, dass eine offensichtliche Fehlplanung auf meiner Terrasse stand, entschloss ich mich zu einer heroischen Tat.

»Also gut«, erklärte ich meiner Familie schweren Herzens, »wenn ihr dieses Meisterwerk aus Edelstahl nicht behalten wollt, nehme ich es wieder mit auf die Wache.«

»Ja, mach das, das ist ein guter Entschluss«, beschied man mir ohne den geringsten Anflug von Wehmut.

»Zum Trost kaufen wir uns einen neuen Grill, aber einen kleineren.«

»Kaufen? Wieso kaufen?«, entgegnete ich. Mein Schlosserherz war empört.

»Ich kann uns doch einen Neuen bauen.«

»Ach nein, lass mal lieber, das dauert sonst wieder zwei Jahre, und wahrscheinlich wird der auch wieder so schwer, dass den keiner heben kann.«

Was sollte ich dazu sagen: Offensichtlich fand meine handwerkliche Kunst in der heimischen Familie nicht die gebührende Anerkennung. Na ja, wie heißt es doch: Der Prophet gilt im eigenen Lande am wenigsten.

Darum spendete ich diesen Grill unserer Feuerwache 7, wo er auch wirklich besser aufgehoben war. Erstens konnten wir einen neuen Grill gerade gut gebrauchen, da sich der alte nach den vielen Jahren in einem erbärmlichen Zustand befand. Überdies war mein Selbstgebauter für unsere Wache auch nicht zu groß. Immerhin gab es hier siebzehn hungrige Mäuler auf einmal zu stopfen, und die hatten sich jetzt um Roberto geschart. Jeder mit einem Teller in der Hand, dazu das notwendige Besteck.

»Klasse Roberto! Sehr lecker!«

Bis auf die typischen Essgeräusche wurde es ruhig. Lediglich ab und zu unterbrach ein fragender Ruf die Ruhe:

»Hast du noch ein Würstchen?« oder: »Kann ich noch ein Kotelett bekommen?«

Ansonsten hörte man nur kurze, halblaute Äußerungen wie:

»Hmm lecker« oder »Ich hol mir noch ’ne Portion Kartoffelsalat.«

Etwas später wurde es kurzzeitig wieder lauter. Die RTW-Besatzung kam zurück.

»He! Ich hoffe ihr habt uns noch was übrig gelassen?«

»Na klar, holt euch ’nen Teller! Würstchen sind fertig, die kann ich euch geben. Hier!« Roberto fasste direkt zwei auf einmal mit der Zange.

»Los komm her mit dem Teller.«

»Nee, erst mal eine, nicht gleich zwei«, wehrte Thorsten ab.

»Nimm! Die Koteletts brauchen noch was.«

Roberto hielt die beiden Würstchen immer noch hin und sah Thorsten durchdringend an.

»Ihr fahrt eh gleich wieder raus, also hau rein.«

»Na gut, ist denn auch noch Kartoffelsalat da?«

»Reichlich, steht da hinten auf dem Tisch, im Schatten.«

»He Stefan! Was ist eigentlich mit der Geschichte von heute Mittag?«

»Ach ja, wegen der Taucherbrillen. Hab ich ganz vergessen.«

Dann sah er sich um und sein Auge fiel auf Theo.

»Nee nee, guck mich nicht so an!«, wehrte der ab, »ich will jetzt erst noch mein zweites Kotelett essen. Erzähl mal schön selbst. Du warst doch auch dabei ... oder?«

»Ja schon, aber ...«

Scheinbar wollte Stefan nicht so richtig und Theo, der das sehr wohl bemerkte, sagte:

»Frag doch den Chef, der Klaus war sogar Einsatzleiter.«

Dabei wendete er sich Klaus Wloka zu, der mit ihm am selben Tisch saß.

»Meinetwegen«, erwiderte der, »einige von euch kennen diesen schlimmen Einsatz ja. Verschiedene, die hier sitzen, waren sogar selbst dabei, aber die jüngeren sollen ruhig erfahren, wie knallhart es sie in unserem Beruf treffen kann.«

Er fasste die besonders angesprochenen Kollegen ins Auge und fuhr fort:

»Es ist nämlich nicht immer so schön und nett wie heute. Und den Einsatz, von dem ich euch jetzt erzähle, wünsche ich weiß Gott weder mir noch euch. Das eine Mal reicht. Das sind so die Tage, wo man sich am liebsten irgendwo verkriechen möchte. Da ist nichts mehr mit Heldentum oder so, das ist einfach nur zum Heulen.« Er sah mich an: »Martin, du warst zu der Zeit ja auch noch nicht bei uns. Kennst du denn den Einsatz?«

»Nur teilweise, ich weiß zwar, um was es geht ... aus der Zeitung und so, aber richtig hat mir auch noch keiner die Geschichte erzählt.

Also gut, hört selbst, was geschah:

Die beiden Söhne von Irina Padorin waren zu jung, um schon in die Schule zu gehen. Der kleinere, der Mirco, sah aus, als könne er kein Wässerchen trüben, dabei hatte er es faustdick hinter den Ohren. Der zart und zerbrechlich wirkende Mirco mit den kurz geschorenen blonden Haaren war das, was man landläufig einen echten Wildfang nannte. Keine Mauer und kein Baum waren ihm zu hoch, er kletterte überall hinauf und fiel, sehr zum Leidwesen seiner Mutter, auch oft genug wieder herunter. An jedem Zaun zerriss sich der Bursche seine Hosen, weil er überall hindurchkriechen musste. Unzählige Blessuren und Verletzungen hatte er sich dabei zugezogen. Mirco heulte dann zwar jedes Mal wie ein Schlosshund, aber er beruhigte sich auch rasch wieder. Sein Heulen setzte er vor allem auch als geschickte Schutzfunktion für sich selbst ein, frei nach dem Motto: *Wer nur laut genug heult, wird nicht so schnell ausgeschimpft*, das hatte der kleine Frechdachs schon sehr früh spitz gekriegt.

Sein nur knapp eineinhalb Jahre älterer Bruder Dimitri war da völlig anders geraten. Obwohl er der weitaus kräftigere Typ von beiden war, besaß er ein viel weicheres Gemüt als sein Bruder. Sein dichtes Haar war schwarz gelockt. Darüber hatten sich seine Eltern früher oft den Kopf zerbrochen.

»Von wem der Dimitri das nur hat?«, rätselte die ganze Familie, konnte sich aber keinen Reim darauf machen. Irina selbst war, genau wie ihr Mann Jurij, in einem kleinen unbedeutenden Ort in der Nähe von Orscha geboren.

Orscha liegt am Dnjepr, einem großen Strom, der quer durch Weißrußland fließt. Orscha ist Weizenanbaugebiet. Jurijs Eltern hatten früher in einer Kolchose gearbeitet, später, nach dem Sturz des Regimes wurde ihnen etwas Land zugesprochen. Einige versuchten sich jetzt in der Viehwirtschaft. Das kam für die Familie von Jurij nicht in Betracht. Um später selbst Vieh zu züchten, musste man erst einmal welches einkaufen. Doch leider waren sie zu arm und die neu erworbene Freiheit reichte bei weitem nicht, um drei Familien zu ernähren. Jurij war der jüngste von drei Brüdern, und da gab es auch noch die Eltern, die alle von dem kleinen Stück Land leben mussten.

Irina und Jurij träumten einen kühnen Traum: Sie wollten auswandern. Aber das war schwieriger, als die beiden es erwartet hatten. Trotzdem hatten sie Glück. Noch vor der Geburt ihres zweiten Sohnes Mirco erhielten sie die Genehmigung, in die Bundesrepublik Deutschland auszusiedeln. Zuerst landeten sie in einem Aussiedlerlager, in dem Irina sich überhaupt nicht wohl fühlte. Hier war alles so beengt, viel Beton, kaum Grün. Man behandelte sie zwar gut, dennoch ... sie war die Freiheit ihres kleinen dörflichen Lebens gewohnt. Beengte Verhältnisse hatte sie zwar ihr Leben lang gekannt, aber das hier war eine andere, eine neue Art von Enge.

Als sie in diesem Lager eintrafen, war Irina im vierten Monat schwanger und sie hatte nur einen Wunsch – möglichst bald eine eigene Wohnung für sich und ihre Familie. In ihrer Heimat hatten Irina und Jurij lediglich die Grundschule besucht, aber sie waren deshalb keineswegs dumm, im Gegenteil, sie besaßen sogar etwas sehr wertvolles – Sprachbegabung. Die wenigen Brocken Deutsch, die sie beherrschten, hatten sie noch von den Großeltern gelernt. Es war für sie nicht leicht gewesen, ein Lehrbuch für Deutsch zu beschaffen, aber irgendwie hatten sie eines bekommen und von da an mühten sich die beiden jeden Abend redlich, ihre spärlichen Kenntnisse zu erweitern.

»Wenn wir erst einmal diese schwere Sprache richtig sprechen können, schaffen wir es, mein Engel.«

Jurij wurde nicht müde, seiner schwangeren Frau immer und immer wieder diesen Grundsatz vorzubeten. Abends lag Jurij oft noch lange wach und dachte nach. *Ich muss es schaffen,* murmelte er manchmal sogar noch im Schlaf. Ja, er musste es schaffen, darin, so glaubte er fest, lag die einzige Chance für ihn und seine kleine Familie.

Jurij bekam seine Chance. Durch einen günstigen Umstand lernte er einen Bauern vom Niederrhein kennen. Jurij war bescheiden und höflich und machte einen guten Eindruck auf den Landwirt, der ihm zunächst nur eine vorübergehende Anstellung auf seinem Hof verschaffte. Jurij, der selbst immer als Landwirt gearbeitet hatte, war überaus geschickt. Schnell lernte er den Umgang mit den für ihn zwar nicht neuen, aber doch viel moderneren landwirtschaftlichen Geräten. Und er besaß ein Händchen für die Tiere. Der Bauer, dem auch die guten sprachlichen Fortschritte seines neuen Gehilfen nicht entgangen waren, erkannte bald, dass er in Jurij einen guten Mann bekommen hatte, den er unbedingt festhalten sollte. Was lag also näher, als ihn mit Geschick an sich zu binden.

»He Jurij«, sprach er ihn eines Tages freundlich an, »möchtest du deine Frau und deinen kleinen Sohn nicht auch hierher auf den Hof holen? Ich kann euch die beiden Räume neben deiner Kammer überlassen. Die stehen sowieso leer. Was meinst du?«

»Jurij war überglücklich und willigte sofort ein. Noch in derselbenWoche zogen seine Frau und sein Sohn zu ihm. Dort auf dem Hof kam auch Mirco zur Welt. Nichts schien das Glück dieser Familie trüben zu können.

Es war ein Samstag, der heißeste Sommertag im August 2001. Dimitri würde bald sechs Jahre alt werden und dann in die Schule kommen. Jurij und Irina hatte eine Einladung von entfernten Verwandten erhalten, die in Düsseldorf wohnten. Es waren wirklich sehr entfernte Verwandte, sie hatten sie zuvor noch nie gesehen. Aber wenn man so weit weg von der Heimat ist, tut es einfach gut, Verwandte zu treffen, selbst solche, die man sonst vielleicht niemals treffen würde.

»Ja wir kommen gerne«, hatten sie geschrieben, »Dimitri und Mirco freuen sich auch schon sehr, sie waren noch nie in einer Großstadt.«

Man begrüßte sich mit einer Herzlichkeit, wie man sie sich für alle Familien wünscht.

»Was haltet ihr davon? Wo es doch heute so heiß ist, könnten wir an den Zamek-See fahren. Die Kinder können dort herrlich im Wasser plantschen und wir machen es uns am Ufer gemütlich.«

Die beiden Jungs waren sofort begeistert.

»Oh ja, schwimmen gehen!«

»Ich weiß nicht«, warf Irina mit einem Hilfe suchenden Seitenblick auf ihren Mann ein, »wir sind auf so etwas überhaupt nicht eingestellt.«

»Kein Problem. Swetlana, gehst du mal bitte nach hinten und holst die zwei Päckchen?«

Mit schnellen Tippelschrittchen eilte Wladimir Bogdanovas Frau in das angrenzende Zimmer. Als sie zurückkam, trug sie ein größeres Paket sowie zwei kleine Päckchen auf ihren Armen. Dabei strahlte sie vor Freude über ihr ganzes Gesicht.

Swetlana und ihr Mann besaßen ein kleines Geschäft. Import/Export mit Waren aus ihrer ehemaligen Heimat. Das lief mittlerweile sehr gut, und so hatten es die beiden zu einem bescheidenen Wohlstand gebracht. Es bereitete ihnen ganz einfach Freude, den Kindern ihrer Verwandten etwas zu schenken. Die beiden Jungen griffen auch ohne Zögern zu und öffneten sofort ihre Päckchen.

»Guck mal Mama, eine Badehose!«

Als sie dann in dem großen Paket ein aufblasbares Gummiboot vorfanden, standen ihre Münder weit offen. So etwas Einmaliges hatten sie noch niemals zuvor geschenkt bekommen.

Ihrer Mutter bereitete das unerwartete Geschenk jedoch Probleme. Badehosen, das ging ja noch, aber gleich ein ganzes Boot. Sie wusste nicht, dass dieses einfache Gummiboot weniger gekostet hatte als die beiden Badehosen zusammen, und fühlte sich ein wenig beschämt, hatten sie doch nur ein paar Blumen mitgebracht, und die hatten zu allem Übel wegen der großen Hitze schon auf dem Weg hierher die Köpfe hängen lassen.

»Ach Irina, meine kleine Irina, das ist doch nur ein einfaches Badeboot.«

Dann aber bemerkte Wladimir ihre unsicheren Blicke und lenkte ein.

»Ich weiß, warum dich das bedrückt, aber schau, Swetlana und ich, wir haben keine Kinder, es macht uns einfach Freude. Außerdem könnte ich dein Onkel sein.«

Wladimir war etwa zwanzig Jahre älter als Irina, sein Haupthaar hatte sich schon stark gelichtet und seine ehemals hagere, durchtrainierte Figur hatte unter seiner jetzt undisziplinierten westlichen Lebensweise arg gelitten. Aber seine russische Liebenswürdigkeit besaß er immer noch und gerne spielte er den großzügigen Gönner.

Der Bann war gebrochen und die Kinder drängelten. Sie hielt jetzt nichts mehr in der Wohnung, sie wollten ans Wasser.

»Kommt, wir nehmen den Lieferwagen. Swetlana, hast du den Korb mit den Sachen?«

»Aber sicher, nun geh schon.«

»Ja , aber die Decken?«

»Oh, Herr im Himmel!«, die Frau schlug ihre kleinen Hände zusammen, »ich habe alles beisammen. Komm Irina, hilfst du mir tragen?«

Sie hakte sich bei Irina unter und zog sie mit sich in die Küche.

»Ist dein Mann auch so?«

Irina antwortete nur mit einem verlegenen Lachen und ließ sich in die Küche führen.

»Psst, Jurij«, Wladimir winkte verstohlen und bedeutete Jurij mitzukommen. Neugierig, welche Überraschung jetzt wohl käme, folgte dieser ihm in eine angrenzende Kammer. Dort stieß einen leisen Pfiff aus.

»Donnerwetter, nicht schlecht.«

Anerkennend ließ er seine Augen über die gestapelten Waren fliegen, die hier in hohen Regalen lagerten.

»Unten im Keller ist noch mehr. Alles original russisch«, verkündete Wladimir mit nicht zu verhehlendem Stolz, »und die hier«, er zog eine Flasche aus einem der vielen Kartons, »die köpfen wir beide heute Abend.«

Dabei boxte er seinen frisch gewonnenen Verwandten kumpelhaft in die Seite.

»Für die Frauen habe ich einen süßen Likör. Na, was sagst du?«

Jurij sagte erst einmal gar nichts, er war sprachlos, aber dann bekannte er staunend:

»Das ist ja bestimmt ein kleines Vermögen, was du hier lagerst?«

»Na ja ... sagen wir mal, ist nicht gerade billig.«

Bei dieser ziemlich verharmlosenden Aussage zwinkerte er viel sagend mit dem Auge.

»Was ist, nehmen wir uns ein Fläschchen mit?«

Oh oh, dachte Jurij, *mein lieber Verwandter scheint dem Alkohol wohl selbst nicht abgeneigt zu sein.* Aber laut antwortete er:

»Lass uns die lieber für heute Abend aufheben. Ich vertrage bei der Hitze nicht soviel.«

»Na gut, dann eben später.«

Wladimir stellte die Flasche, die er bereits in der Hand gehalten hatte, mit einem wehmütigen Blick zurück.

»Los, jetzt aber flott, die Frauen warten sicher schon am Auto.«

Genau so war es.

»Wo bleibt ihr denn? Wir warten schon die ganze Zeit.«

Wladimir war es offenbar nicht recht, seiner Frau die Wahrheit zu sagen, er warf Jurij einen warnenden Blick zu, der von diesem auch sogleich verstanden wurde. Dann wich er der Frage geschickt aus, indem er einfach ein anderes Thema anschnitt.

»Na Jungs, wie ich hörte, seid ihr heute das erste Mal in so einer großen Stadt?«

Ohne deren Antwort abzuwarten, plapperte er weiter:

»Als ich so alt war wie ihr heute, hat mich mein Vater einmal nach Leningrad mitgenommen.«

Wladimir machte eine bedeutungsvolle Pause und drehte sich um. Die Jungs schienen sich nicht sonderlich für seine Reiseerzählung zu interessieren.

»Im Winter!«, betonte Wladimir und sah wieder auf die Fahrbahn. Dann lachte er in sich hinein und erklärte:

»Da hab' ich natürlich keine Badehose gebraucht! **Aber,** wir haben auch was Tolles gemacht. Soll ich euch mal erzählen, wie ich mit meinem Vater ...«

Seine Frau unterbrach ihn mit vorwurfsvollem Blick:

»Ach Wladimir, lass doch die Kinder mit deinen alten Geschichten in Ruhe, erzähl denen lieber wo es hingeht.«

Ein wenig eingeschnappt wollte er schon schmollen, besann sich aber eines Besseren.

»Also, wir fahren an einen kleinen See hier in der Nähe. Wir könnten zwar auch in ein öffentliches Schwimmbad gehen, davon haben wir hier mehrere, nur sind die bei dem Superwetter total überfüllt. Dann gibt es noch den Unterbacher See. Der ist ziemlich groß und hat sogar ein richtiges Strandbad, aber da trampeln die uns heute tot. Und ihr wollt doch noch was länger leben, wie? Haha!«

Erneut traf ihn der strafende Blick seiner Frau.

»War doch nur ein kleiner Scherz«, verteidigte er sich.

»Damit macht man keine Scherze.«

»Ist ja gut, ist ja gut.«

Nach einer kurzen Pause verlegenen Schweigens plapperte Wladimir munter weiter.

»Ach ja, der Zamek-See. Ist eigentlich ein privates Gewässer, nicht sehr groß, wohl mehr so ein Angelteich. Offiziell ist Schwimmen da sogar verboten, stört sich aber keiner dran.«

Er senkte seine Stimme und fuhr geheimnisvoll fort:

»Ist doch auch viel interessanter, als wenn's erlaubt wär, was?«

Er betonte den letzten Satz so eigentümlich und zwinkerte dabei Jurij im Rückspiegel heimlich zu, so dass dieser sogleich an das Import/Export-Geschäft denken musste. Das schien ja auch beabsichtigt. Während Jurij sich so seine Gedanken über die Geschäfte seines Verwandten machte, erreichten sie den Zamek-See.

Mit dem Auto konnte man nicht heranfahren. Die engen Wohnstraßen, die unmittelbar zum Seegelände führten, waren von den Autos der Ausflügler hoffnungslos verstopft.

»Passt auf, ich fahre soweit es geht und lasse euch dann raus. Anschließend suche ich mir einen Parkplatz – einverstanden?«

Ja, man war einverstanden, und während Wladimir etwas später noch durch die Straßen kurvte, suchten sich die anderen ein freies Fleckchen auf der verwilderten Wiese vor dem kleinen See. Das gestaltete sich mindestens so schwer wie Wladimirs Parkplatzsuche. Letztlich hatten beide Erfolg. Irina hätte zwar lieber etwas näher am Wasser gesessen, um die Kinder besser im Blick zu haben, wie sie meinte. Aber dann beruhigte es sie, dass hier so viele Kinder im Wasser planschten. Was sollte da schon passieren?

Verschwitzt kam Wladimir endlich zu den anderen. Er ließ sich heftig atmend auf die ausgebreitete Decke fallen.

»Sind die Jungs schon im Wasser?«

Swetlana und Irina nickten.

»Ja, aber ... die haben ja mein Boot, das ich ihnen geschenkt habe, gar nicht mitgenommen!?«

Irina, die den versteckten Vorwurf, der in der Frage mitschwang, wohl registriert hatte, versuchte sich pflichtbewusst zu entschuldigen.

Die Jungen können doch noch nicht schwimmen, und wenn die mit dem Boot ... also ...«

Jurij kam seiner Frau zur Hilfe.

»Nichts gegen dein Boot, Wladimir, aber ich darf meine Söhne damit noch nicht alleine lassen. Solange die hier vorne spielen, ist mir das egal, da sind so viele Kinder. Aber mit dem Boot – sie könnten einfach zu weit raus fahren. Verstehst du?«

Wladimir verstand.

»Ist schon in Ordnung, so war das auch nicht gemeint«, lenkte er ein, »übrigens, seid ihr sicher, dass die beiden im Wasser sind?« Wladimir machte einen langen Hals, »ich kann sie nirgendwo entdecken.«

Das 7-46-1 rollte wieder auf den Hof.

»Soll ich dich hier schon rauslassen?«

Jochen (Dieter) Mass, der Maschinist, bremste kurz ab und stoppte das große Löschfahrzeug kurz in Höhe des DGL-Büro.

Theo Mallmann schüttelte seinen Kopf.

»Fahr weiter, ich steig mit hinten aus.«

Hinten, das war etwa dreißig Meter weiter vor den hohen Hallentoren. Jochen wollte das LF so lange auf dem Hof stehen lassen, bis sämtliche Aufräumarbeiten abgeschlossen waren.

Später würde er das LF natürlich aus der gleißenden Sonne in die weniger warme Fahrzeughalle fahren. Aber bis dahin gab es noch reichlich Arbeit.

Die Fahrzeugbesatzung hatte gerade erst einen Kellerbrand bekämpft, einen Kellerbrand bei dieser Hitze! Es war mörderisch gewesen. Draußen flimmerte die Luft im grellen Sonnenlicht. Das Quecksilber in ihrem Thermometer war auf nie geahnte Temperaturen gestiegen. Wer jetzt nicht unbedingt raus musste, hielt sich, so gut es ging, im Haus oder wenigstens im Schatten auf. Oder er suchte sich Abkühlung in den überfüllten Freibädern.

Den Feuerwehrmännern, die heute Dienst hatten, war diese Möglichkeit natürlich verwehrt. Aber es gab Arbeitserleichterung. Das bedeutete, nur die wirklich notwendigen Arbeiten mussten erledigt werden. Ansonsten hielt man sich lediglich in Bereitschaft. Alle trugen kurze Hosen, Sandalen und T-Shirts und hatten sich überall auf der Wache verteilt ihr Schattenplätzchen gesucht. Dann ertönte der Alarm. Sofort war es vorbei mit der Lethargie. In gewohnter Schnelligkeit eilten die Männer zu ihrem Einsatzfahrzeug. Raus aus den leichten Sandalen und rein in die dicken, schweren Feuerwehrstiefel. Vorher aber noch die beiden langen Hosen einfach über die kurze Hose gezogen (fürs Ausziehen konnten sie sich keine Zeit nehmen) und rein in die tierisch warme, dreiviertellange Feuerwehrjacke. Man hatte kaum die Schutzbekleidung an, da fing man auch schon an zu schwitzen. Es war fürchterlich. Aber sie waren noch lange nicht fertig ausgerüstet.

Während der rasanten Alarmfahrt im LF ging es ja noch weiter. Die Männer vom Angriffstrupp mussten sich den Pressluftatmer auf den Rücken schnallen. Anschließend zogen sie eine ihr ganzes Gesicht bedeckende Atemschutzmaske an und stülpten noch eine, den Kopf und Hals verhüllende Flammschutzhaube über. Erst dann setzten sie ihren gelblich fluoreszierenden Feuerwehrhelm auf. Kein Stück unbedeckte Haut war jetzt noch zu sehen. Die Jackenärmel schlossen durch

Klettverschlüsse eng ab und die Hände steckten in soliden Spezialhandschuhen, deren Stulpen wiederum bis über die Ärmelenden reichten. So hermetisch abgeschirmt, staut sich schnell die körpereigene Wärme. Sogar die Feuerwehrmänner, die über eine hervorragende Kondition verfügen, gerieten bei dieser Hitze an ihre Grenzen – und dann noch ein Kellerbrand!

Als Stefan und Thomas aus dem Keller dieses älteren Mehrfamilienhauses herauskamen waren sie fix und fertig. Da unten glaubten sie, in einer Sauna zu arbeiten, aber eine die mitten in einem Hochofen stand. Alles, was ihr Körper ausschwitzen konnte, hatten sie verloren. Ihre gesamte Bekleidung war durchnässt und klebte auf der überhitzten Haut ihrer ermatteten Körper. Sie selbst hatten das Empfinden, innerlich total ausgetrocknet zu sein. Schwer wie heißes Blei lag ihnen die Zunge im Mund. Sie hatten nur noch einen einzigen Gedanken – Wasser! Draußen rissen sie sich die Atemschutzmasken vom Gesicht, sie taumelten. Schnell sprang Theo hinzu und hielt die beiden fest.

»Geht es wieder?«

»Ja ja, geht schon.«

Thomas atmete tief durch:

»Da unten, das war wirklich die Hölle.«

»Los Jungs, Geräte ablegen, Jacke aus und sofort was trinken. **Jochen!** Hilf mal.«

Der Maschinist hatte längst einige Wasserflaschen unter den Männern verteilt und half dem Angriffstrupp aus den Atemschutzgeräten.

»He, ihr solltet mal den Kopf unter Wasser halten. Kommt mit.«

Willenlos trotteten die beiden hinter ihrem Maschinisten her bis ans hintere Ende des Löschfahrzeugs, wo er ihnen einen seitlichen Abgang aufdrehte. Sie steckten ihre hochroten Köpfe unter das hervorsprudelnde, kühlende Nass. *Ah! Tat das gut!*

Während sie sich wieder erholen konnten, mussten andere noch einmal richtig hart ran. Ein zweiter und ein dritter Trupp, ebenfalls unter Atemschutz, wurden jetzt in den Keller geschickt, um die Arbeit des ersten Angriffstrupps zu vollenden. Es handelte sich zwar »nur« noch um Nachlöscharbeiten, aber die körperliche Belastung war fast noch genauso groß wie beim Erstangriff. In dem ausgebrannten Keller staute sich eine extreme Wärme. Draußen ratterte der Benzinmotor des großen fahrbaren Ventilators, aber er blies leider nur weitere warme Luft in das verrauchte Treppenhaus.

Der Brandrauch verzog sich. Nach und nach kamen die eingesetzten Trupps wieder zurück. Sie hatten das Feuer erfolgreich bekämpft.

Ihr Einsatzleiter Klaus Wloka war überaus zufrieden. Er stand zusammen mit den beiden DGL, Theo Mallmann von Wache 7 und Harald Bohr von Wache 6, in der Nähe der Haustüre.

»Das war knapp«, erklärte er gerade einem Polizeibeamten, »wir haben mehrere Menschen über die Drehleiter retten müssen. Der Brandrauch zog vom Keller bis nach oben. Einige Wohnungen waren bereits gefährlich verqualmt.«

»Dass die Leute das nie lernen!«, ereiferte sich der Polizist, »die sollen doch verdammt noch mal ihre Türen geschlossen halten.«

»Tja, da sagst du was. Leider haben wir immer wieder mit dem Problem zu tun. Aber was ist nun, kommen deine Kollegen von der Kripo noch?«

»Das musst du bestimmen, du bist der Einsatzleiter. Wenn du glaubst, dass es Brandstiftung gewesen ist, lasse ich die Kollegen kommen.«

Der Polizist sah den C-Dienst fragend an:

»Also, was ist deine Entscheidung?«

Klaus Wloka blickte seinerseits von Theo zu Harald:

»Wie seht ihr das?«

Theo ergriff als Erster das Wort.

»Ich finde schon. So wie mir der Angriffstrupp berichtete, brannte es an zwei völlig unterschiedlichen Stellen gleichzeitig, das kann kein Zufall sein.«

»Harald?«

»Lass sie kommen. Theo hat Recht, das kann kein Zufall sein.«

»Gut, ich sehe das genauso. Aber vorher möchte ich selbst noch mal runter. Harald, frag doch mal die Männer, die jetzt unten sind, ob man schon wieder ohne Gerät rein kann.«

Ja, es war mittlerweile gefahrlos möglich. Kurz darauf stieg der Einsatzleiter, der an diesem heißen Tag C-Dienst hatte, selbst in den Keller und begutachtete mit seinen erfahrenen Augen das ganze Ausmaß der Brandentwicklung. Für den Polizisten, der ihn auf diesem Weg begleitete, war es der erste Kellerband, für Klaus Wloka einer von vielen. Er hatte in den langen Jahren seiner Laufbahn bei der Feuerwehr unzählige Einsätze erlebt und dabei Männer kennen gelernt, die glaubten, sie könne nichts erschüttern. Männer, die meinten, ihre Kraft und ihr Wille alleine würden ausreichen, sich gegen die Urgewalt des Feuers zu stemmen. Irgendwann hatten sie alle dann doch die Furcht vor dem grausamen Gegner gespürt, manche erst nach Jahren.

Wenn die wütenden Flammen dir den Rückzug abschneiden, wenn du orientierungslos im Brandrauch nach dem Ausgang tastest und die Luft in deinem Pressluftatmer langsam zur Neige geht, wenn du hilflos und verzweifelt mit ansehen musst, dass du als Retter zu spät gekommen bist … diese Momente prägen dich für dein ganzes weiteres Leben.

Auch hier waren Menschen in unmittelbare Gefahr geraten. Aber die Feuerwehrmänner hatten es wieder einmal geschafft. Sie hatten alle bis zur Erschöpfung gekämpft. Auf dem Rückweg zur Wache überkam sie eine euphorische Stimmung.

»Scheiß was auf die Hitze! Das war's doch mal wieder! Männer, wir haben gewonnen!«

Trotz dieser überschwänglichen Äußerung steckte allen die Erschöpfung noch in den Gliedern. Und als sie sich wieder auf der Wache befanden und in der flimmernden Hitze die üblichen Arbeiten am Fahrzeug und an den eingesetzten Geräten verrichteten, überkam sie schnell wieder eine allgemeine Ernüchterung.

»**Moment! Moment!** Ihr könnt alle duschen gehen, aber... bitteschön, nacheinander!« rief Theo, als sich gleich drei Mann anschickten, ins Bad zu gehen.

»**In zwanzig Minuten gibt es Eis!**«, rief der Küchenchef.

»He, das ist zu knapp oder wir duschen doch alle gleichzeitig.«

Theo sprach erneut eine Warnung aus.

»Meinetwegen. Aber demjenigen, der bei einer Alarmierung nicht mitkommt, reiße ich danach persönlich den Arsch auf. Ist das klar!?«

»Alles klar Chef. Wir machen ruck zuck!

Und schon rasten die verschwitzten Gestalten los.

Hoffentlich geht das gut, dachte der DGL. Er hatte ein verdammt schlechtes Gefühl.

Es ging gut, der befürchtete Folgealarm blieb aus, zumindest für die nächste Stunde.

Zum Eisessen fanden sich alle pünktlich in der Küche ein. Jochen hatte zwei große Kunststoffbehälter mit Eis aus der Tiefkühltruhe geholt. Vanille und Schokolade, die klassische Mischung. Die komplette Wachbesatzung vereint beim Eisessen, ein seltenes Bild für diese Feuerwache. Selten deshalb, weil sich gewöhnlich immer irgendeiner von uns mit irgendeinem Fahrzeug draußen im Einsatz befindet. Wenn man weiß, dass die zehn Feuerwachen der Berufsfeuerwehr Düsseldorf jedes Jahr fast über 120.000 Einsätzen fahren, wird das wohl niemanden wundern.

An die 400 Badegäste lagerten hier, an dem von der Sonne beschienenen Teilstück des Zamek-Sees. Der See lag inmitten eines kleinen Wäldchens, dessen hohe, schattige Bäume bis dicht an das Ufer heranragten. Keiner beachtete die alten, leicht vergammelten Schilder mit dem Warnhinweis *Baden verboten!*

Die einzige Zufahrtstraße endete in einem großen Wendehammer. Der vor vielen Jahren aufgestellte, circa zwei Meter hohe, grüne Maschendrahtzaun war schon im Jahr seines Entstehens eingerissen und niedergetrampelt worden. Niemand scherte sich mehr darum. Lediglich einige dicke Baumstämme hatte man quer über das Gelände gelegt. Wahrscheinlich wären etliche Menschen sonst noch mit ihren Autos bis an das Ufer herangefahren. Zur rechten Hand erhob sich ein hoher Erdwall. Das war die Ausfahrt der A 46, die hier in einer große Kurve auf die A 59 mündete. Die Autofahrer, die dort oben fuhren, konnten einen kurzen Blick auf das Gewässer werfen, ehe sie – aus der Kurve herauskommend – wieder beschleunigten, um weiter in Richtung Benrath oder Langenfeld zu fahren. Die Badegäste am See erkannten lediglich die hohen Aufbauten der LKW. Ansonsten vernahmen sie nur ein nicht endendes Rauschen von unzähligen Automotoren, aber das störte hier unten niemanden mehr.

Wladimir hatte sich auf die Zehen gestellt und beschattete seine Augen mit den flachen Händen.

»Seid ihr wirklich sicher, dass die Kinder im Wasser spielen? Ich kann sie nirgends sehen.«

Jetzt erhoben sich auch Irina und Jurij, um nach ihren Kindern zu schauen, aber auch sie konnten weder Dimitri noch den kleinen Mirco entdecken. Allerdings war das auch nicht so einfach, denn zwischen dem Wasser und ihrem Platz befanden sich so viele Menschen, dass sie die Wasserfläche kaum erkennen konnten.

»Was soll schon sein?«, meinte Jurij und setzte sich wieder auf die Decke, »Bei dem Gekreische und Getümmel der vielen Kinder kann ich unsere Jungs sowieso nicht ausmachen. Komm Irina, setz dich wieder oder machst du dir Sorgen?«

Irina sah ihren Mann besorgt an:

»Du etwa nicht?«

Jurij kratzte sich am Kinn:

»Ehrlich gesagt nein. Die Jungs sind doch auf dem Bauernhof auch überall und nirgends. Und wenn sie nicht im Wasser sind, toben die wahrscheinlich in dem Wäldchen.«

»Ja, du wirst wohl Recht haben.«

Die Worte ihres Mannes beruhigten Irina und sie setzte sich ebenfalls wieder hin. Aber Wladimir ließ sich von diesen Worten nicht beruhigen. Nervös machte er einige Schritte nach links, schaute wieder, wechselte erneut nach rechts und erklärte schließlich:

»Ich geh mal runter.«

»Mach das, Wladimir. He! Wenn du die Jungs siehst, sag denen, sie sollen mal wieder aus dem Wasser rauskommen.« Jurij sah auf seine Uhr. »Ich finde, die waren lange genug drin, das reicht jetzt.«

Wladimir nickte nur und begab sich sorgenvoll auf den Weg. Seine Schritte wurden immer schneller, schließlich rannte er bis ans Ufer und rief die Namen der beiden:

»**Dimitri! Mirco!**«

Aber er erhielt keine Antwort. Von einer bösen Ahnung beschlichen, fragte er einige der unmittelbar am Ufer lagernden Erwachsenen:

»Entschuldigen Sie, haben Sie zwei Kinder im Wasser gesehen? Ungefähr so groß.«

Er deutete mit der Hand die Größe an.

»Der größere hat schwarzgelocktes Haar und der kleinere, der Mirco, ist ganz blond. Sie tragen die gleiche Badehose.«

Vergeblich, leider hatte er keinen Erfolg, die Leute schüttelten nur den Kopf. Etwas später wurden sie neugierig. Irgendetwas war anscheinend geschehen.

»Ist was passiert?«, fragte man sich. Köpfe reckten sich in die Höhe, Menschen standen auf und blickten angestrengt zum Wasser. Unter den Badenden entstand eine nicht zu erklärende Unruhe. Zuerst betraf es nur die am Wasser Befindlichen, dann griff die Unruhe auch auf die etwas weiter entfernt liegenden Menschen über.

Sogar Jurij und Irina, die ja ziemlich weit hinten lagerten, spürten, dass sich da vorne irgendetwas Besonderes abspielte und eine seltsame Angst überfiel die beiden. Voller Sorge eilten sie zum Ufer.

Ein älterer Mann, der bis an die Waden im Wasser stand und seine Enkel beobachtete, wollte an Wladimir vorbei.

»Haben Sie vielleicht zwei kleine Jungs gesehen?«

Wieder beschrieb er die beiden, aber der Alte schüttelte den Kopf:

»Nein, nein, habe ich nicht gesehen.«

»Aber Opa«, warf da die kleine Enkelin an seiner Hand ein, »klar hast du die gesehen. Die tauchen doch. Da vorne!«

Sie streckte ihre kleine freie Hand aus und deutete auf eine Stelle, an der aber niemand mehr zu sehen war.

Wladimir ging in die Hocke:

»Bist du ganz sicher, Kleine?«

»Jaaa«, sie zog einen Schmollmund, »frag doch Sahin, der hat die auch gesehen.«

»Stimmt das Sahin?«

Der nickte mehrfach fest mit dem Kopf und erklärte:

»Die sind ganz weit raus. So weit darf man aber nicht. Stimmt doch Opa?«

»Ja, ja, das stimmt ... mhhh ... zwei Jungen ... weit raus ... ja doch, jetzt erinnere ich mich. Ich hab noch gedacht, die sind aber ganz schön weit draußen.«

Er wendete seinen Blick ab und sah über das Wasser, als könne er sie jetzt noch sehen. Dann richtete er seine dunklen Augen mit bohrendem Blick auf Wladimir:

»Die können doch schwimmen oder?«

Wladimir wurde schwindelig vor Augen, in seinem Hals formte sich ein harter Kloß, er war unfähig, eine Antwort zu geben. Voller Entsetzen starrten seine schreckensweiten Augen auf die grünlich schimmernde Wasserfläche.

Irina und Jurij rannten herbei. Jurij packte Wladimir bei den Armen, riss ihn herum. Er sah das Entsetzen in seinen Augen und wurde selbst weiß wie ein Laken.

»Nein, nein, sag dass es nicht wahr ist«, stammelte Jurij. Dann packte er Wladimir brutal an den Oberarmen und schüttelte ihn. Dabei brüllte er ihn an:

»**Sag es! Sag es mir!**«

Aber Wladimir blickte durch Jurij hindurch. Sein Gesicht wirkte grau und eingefallen. Irina starrte stumm auf das Wasser, dann begann sie zu schreien. Sie schrie so laut, dass es jedem durch Mark und Bein ging. Juri stürzte sich fast wahnsinnig vor Schmerz ins Wasser.

»**Helft mir! Helft mir doch! Dimitri! Mirco! Wo seid Ihr!?**«

Die Männer der Feuerwache 7 hatten einfach ihre verdreckten und verschwitzten Kleidungsstücke zum Trocknen auf den heißen Asphalt des Feuerwehrhofs gelegt. Wenn es jetzt erneut alarmierte, konnten sie diese allerdings nicht noch einmal anziehen, zumindest nicht, solange sie noch nass waren. Und weil man auf einer Feuerwache jederzeit mit einem neuen Alarm rechnen muss, hatte sich jeder eine Ersatzgarnitur bereit gelegt. Die größte Mittagshitze war vorüber, aber was will das schon heißen. Es war immer noch so warm, dass man sich am liebsten in eine Wanne mit kaltem Wasser legen würde. Das mit der Wanne war natürlich nicht möglich. Die Männer hatten sich draußen in den Schatten des großen Baumes gesetzt und verzehrten genüsslich ihr Eis.

»Kann man noch eins haben?«

»Wenn du bezahlst.«

»Ich denke, das war umsonst?«

»Nur das erste. Das geht auf die Kantine. Wer mehr will, muss selbst zahlen.«

»Nee, dann will ich nicht.«

»Du kannst ja selbst mal einen ausgeben, was hältst du denn davon?«

»Bin ich Krösus?«

Klaus Wloka schaltete sich in den Disput ein:

»Ihr könnt ruhig alle noch ein Eis essen. **Ich** geb einen aus.«

Allgemeiner Jubel.

»Na, das ist doch'n Chef , daran könntest du dir mal 'n Beispiel nehmen.«

»Wenn ich Chef bin, erst wenn ich Chef bin. Dann verdiene ich ja auch mehr Geld.«

»Hör bloß auf, mir kommen gleich die Tränen.«

Klaus Wloka sah in die Runde

»Soviel mehr verdiene ich auch nicht. Aber was soll's, ich will euch mit dem Eis belohnen. Ihr habt eben gute Arbeit geleistet.«

Einige winkten lässig ab.

»Nein wirklich, hat mir gut gefallen und war ja auch nicht ganz leicht.«

Er erhob sich:

»Also los, auf in die Küche.«

Auf dem Weg dorthin passierte es – der Lautsprecher knackte verräterisch und sofort erfolgte der Alarm:

»Einsatz Zamek-See, Badeunfall! Es rücken aus: Von Feuerwache 1 die Taucher, von Feuerwache 6 der NAW, von Feuerwache 7 der C-Dienst, der RTW, das KEF, und das LF! Badeunfall am Zamek-See! Anfahrt über den Hasseler Richtweg.«

Vergessen war das zweite Eis. Jeder rannte zu seinen Klamotten. Einige wollten schon in die dicken Sachen steigen, da rief Theo laut über den Hof:

»**Nur leichte Arbeitskleidung! Das ist kein Feueralarm!**«

Dann lief er selbst nach vorne, wo der Alarmdrucker das Fernschreiben ausspuckte.

Badeunfall! Jeder wusste, was sich hinter diesem »harmlosen« Stichwort versteckte. Vermutlich ein Ertrinkender, besonders wenn die Leitstelle die Taucher gleich mitalarmiert.

Ralf und Frank rannten zu ihrem RTW, Klaus Wloka und sein Fahrer Dieter Link zum C-Dienst-Fahrzeug, Stefan, Kleffi, Ingo und Gunther zum LF und Uwe rannte mit Tofu zum KEF, damals noch einem VW-Bus mit einem großen, fest montierten Dachgepäckträger.

»Ich brauche noch zwei Mann! Wir müssen das Schlauchboot aufs Dach heben!«

»Oh, das hätte ich ja fast vergessen.«

Ingo hielt mitten im Lauf inne, wollte schon umkehren, da ertönte Klaus Wlokas tiefe Stimme über den Hof:

»Fahrt schon los, wir packen mit an!«

Sein eigenes Fahrzeug, ein wesentlich neuerer VW-Bus, stand in derselben Halle wie das KEF. Das Schlauchboot lag fertig aufgeblasen dahinter. Nur zu viert war es möglich, das stabile Schlauchboot auf den Gepäckträger zu heben.

»Los, noch die Karabinerhaken einklinken!«

»Habt ihr die Paddel?«

»Ja, alles verstaut!«

»Gut, jetzt aber nichts wie weg hier. Sehen wir zu, dass wir die anderen einholen!«

Sekunden später brausten beide VW-Busse mit eingeschalteten Sondersignalen vom Hof.

Der Vorsprung des LF war ziemlich groß. Erst kurz vor Erreichen der Einsatzstelle, beim Einbiegen von der Heidelberger Straße in den Büllenkothenweg, hatten die nachfolgenden VW-Busse das Löschgruppenfahrzeug eingeholt. Ab hier wurde es eng. Die Straße ist ohnehin sehr schmal, aber heute war sie von unzähligen zusätzlichen PKW völlig zugeparkt. Das breite LF kam nur sehr mühsam voran. Als sie nur noch zweihundert Meter vom Ziel entfernt waren, hörten sie, wie sich der RTW einmeldete.

»He Theo!«, rief Klaus Wloka über die Florentine, »wir müssen das letzte Stück zu Fuß gehen. Am Wendehammer ist Schluss!«

»Weiß ich, Klaus. Hat der Stefan das Schlauchboot mitgenommen?«

»Ja, hat er. Ich schätze, wir werden das brauchen. Lauf du schon mal vor und gib mir zwei von deinen Leuten, die sollen tragen helfen. Wenn du meinst, dass wir das Boot nicht brauchen, sag sofort Bescheid.«

»Mach ich!«

Theo richtete seinen Blick geradeaus auf die Straße. Bis zum Wendehammer waren es jetzt höchstens noch fünfzig Meter. Der Wendehammer war total dicht, und die Straße vor ihnen war jetzt ebenfalls kreuz und quer zugeparkt.

»Da komm ich nicht mehr durch, Theo!«

»Okay, halt an Jochen. Wir sind zu Fuß schneller. Wenn du noch weiter fährst, bleibst du sowieso stecken.«

»Was ist!«, rief Klaus Wloka von hinten. Er sah nicht, dass es nicht mehr weiter ging, das breite LF versperrte ihm jegliche Sicht.

»Alles dicht! Wir gehen zu Fuß!«

»Na gut, ich komme mit. Der Dieter bleibt am Funk. Und denk an die Männer fürs Schlauchboot. Wenigstens einer!«

»Ich helfe beim Boot«, erklärte der Maschinist.

»In Ordnung! Die anderen kommen mit mir! Sanitätskiste mitnehmen.«

»Der RTW ist doch schon da«, warf Stefan ein.

»Egal, nehmt ihn trotzdem mit.«

Ingo zog den flachen Aluminiumkoffer aus seinem Fach unter der hinteren Sitzbank, dann eilten die vier Feuerwehrmänner zu Fuß zwischen den wild parkenden Autos zum See.

Theo war bereits vorgelaufen. Schneller, als es ihnen mit ihrem großen LF möglich gewesen wäre, erreichten sie das Wiesengelände. Dicht an dicht lagerten die Menschen bis nahe an die Straße heran. Hier, in diesem vom Wasser weiter entfernten Teil, hatte man noch nichts von dem schlimmen Ereignis, das sich unten am See abgespielt hatte, mitbekommen.

Neugierig sahen die Menschen den zwischen ihnen hindurcheilenden Feuerwehrmännern nach. Etliche Kinder und Jugendliche liefen ihnen nach.

Das intensive Rot der Einsatzjacken stach deutlich aus der Menge der leicht bekleideten Menschen hervor. Sonst hätte man die beiden Rettungsassistenten in dem sie umringenden Pulk kaum ausmachen können. Aber so sahen die nachfolgenden Feuerwehrmänner sofort, wohin sie eilen mussten. Zielstrebig näherte sich die kleine Gruppe den vorausgeeilten Kollegen.

Ralf Kähler, der zu den umsichtigen und erfahrenen Feuerwehrmännern und Rettungsassistenten zählte, war heilfroh, als er seinen Chef mit mehreren Kollegen kommen sah. Seinem um viele Jahre jüngeren Kollegen Frank ging es nicht anders. Solch eine aufgeheizte Situation hatte er bislang noch nicht erlebt. Sie wurden von der Menschenmenge fast zusammengequetscht. Von allen Seiten rief man gleichzeitig auf sie ein, mit wilden Gesten fuchtelte man dicht vor ihren Gesichtern. Man diskutierte heißblütig in kleinen Gruppen. Alles schrie und jammerte in unterschiedlichsten Sprachen. Es war der reinste Hexenkessel und die beiden Rettungsassistenten fühlten sich im ersten Moment total überfordert. Aus diesen erregten Gemütern war kaum eine verwertbare Information zu filtern.

»Was ist los Ralf!«

Klaus Wloka schaffte sich gewaltsam Zutritt in den engeren Kreis seiner Kollegen, die anderen folgten.

Ralf war genervt, trotzdem bemühte er sich aus dem wenigen, das er selbst erfahren hatte, eine halbwegs vernünftige Analyse der Lage zu geben:

»Also, wenn es stimmt, werden zwei Jungen vermisst, aber so genau weiß das eigentlich keiner.«

»Ja was heißt denn hier vermisst ... im Wasser, im Wald oder wo?«

Bevor Ralf darauf antworten konnte, stürzte sich ein älterer Mann auf Klaus Wloka, verkrallte sich mit beiden Händen in dessen Einsatzjacke und schrie unter Tränen:

»Im Wasser! Sie sind ertrunken! Mann, retten sie die Kinder! Sie können nicht schwimmen!«

Klaus zögerte keine Sekunde:

»Okay, los Männer, Angriffstrupp und Schlauchtrupp Kleider aus! Sucht im Wasser! Die anderen räumen das Ufer frei!«

Nach diesem spontanen Befehl wandte er sich dem Mann zu, der immer noch an seiner Jacke zerrte.

»So, und Sie lassen mich jetzt bitte wieder los.«

Mit sanfter Gewalt befreite er sich aus den Händen des Mannes, der jetzt schluchzend auf die Erde sank.

»Ralf!«

Ein kurzer, verständigender Blick genügte. Ralf kannte seine Aufgabe.

Klaus Wloka wusste, dass es keinen Sinn hatte, hier länger herumzufragen. Entweder waren die Kinder tatsächlich ertrunken, dann zählte jede Sekunde oder sie spielten ahnungslos irgendwo in diesem weitläufigen unübersichtlichen Gelände. Er hoffte inständig, die zweite Möglichkeit möge zutreffen, aber er hatte nur sehr wenig Glauben daran.

»Theo, du organisierst die Rettung hier vor Ort. Versuche alles herauszubekommen, was wichtig ist, Alter der Kinder, seit wann vermisst, Angehörige und so. Ich kümmere mich um weitere Hilfe.«

Theo nickte und Klaus bahnte sich einen Weg durch die immer noch dicht gedrängt stehenden Menschen. Er wollte zurück zu seinem C-Dienst Wagen. Hier, in der aufgebrachten Menge, konnte er die weiteren Schritte unmöglich koordinieren. Während er mit weit ausholenden Schritten zurückging, sprach er schon in sein Funkgerät. Unterwegs begegneten ihm die restlichen Feuerwehrmänner. Sie trugen das vollständig aufgeblasene Schlauchboot in ihrer Mitte und kämpften sich mühsam zwischen den dicht lagernden Badegästen hindurch.

»Was ist? Wird das Boot gebraucht?«

Uwe, einer der vorderen Träger, hatte dies gerufen. Jetzt standen sie ihrem Chef gegenüber und erkannten seine sorgenvolle Miene. Sein Gesicht sprach Bände. Eine weitere Frage schien sich dadurch zu erübrigen.

»Theo ist hinten am Ufer, ihr könnt ihn nicht verfehlen. Macht schnell.«

Mehr sagte er ihnen nicht, aber das reichte. Die vier Feuerwehrmänner, die jetzt ihren Schritt beschleunigten, beschlich ein eisiges Grauen.

Inzwischen vergnügte sich niemand mehr im See. Theo hatte sich mit seinen Männern durchgesetzt und die Menschen zurückgedrängt. Jetzt standen sie etwas weiter vom Ufer entfernt und starrten wie gebannt auf die Wasserfläche, als könnten sie die vermissten Kinder mit ihren Blicken herbeibeschwören.

Stefan, Kleffi, Ingo und Gunther hatten sich nach der Anordnung ihres Chefs unverzüglich bis auf die Unterhose entkleidet und ins Wasser begeben. Kleffi kannte den See genau.

»Bildet eine Reihe! Immer drei Meter Abstand! Hier im vorderen Bereich ist er noch nicht tief. Nach zehn bis zwölf Metern geht es steil runter, da müssen wir suchen!«

Die anderen nickten stumm und wateten weiter. Meter um Meter suchten sie mit den Augen den Grund ab. Das Wasser war klar. Es reichte ihnen jetzt gerade bis an die Oberschenkel. Unvermittelt hatten sie die Abbruchkante erreicht und waren trotz Vorwarnung überrascht. Schlagartig verlor sich das gerade noch klare Wasser in einer dunklen Tiefe, deren Grund nicht mehr zu erkennen war.

»He Kleffi! Wie tief ist das hier?«

Kleffi blickte auf, sah zu Ingo hinüber:

»Weiß ich auch nicht! Das ist ein alter Baggersee, kann ziemlich tief sein!«

So ein Mist, dachte Ingo und rief laut zum Ufer zurück:

»**Wir brauchen Taucherbrillen! Ohne die Taucherbrillen kann man nichts mehr erkennen!**«

Taucherbrillen ... Taucherbrillen, wo soll ich die denn jetzt herbekommen. Wir haben ja fast alles auf unserem LF, aber wer rechnet denn mit so etwas?

Dann hatte Theo eine Idee: Kurz entschlossen lief er zu einigen Badegästen, auf deren Decken er die begehrten Taucherbrillen liegen sah und griff einfach zu.

»Entschuldigung, ich muss die mal kurz ausleihen!«

Und bevor den verwunderten Blicken eine Frage folgen konnte, war Theo auch schon wieder weg. Einige Schnorchel hatte er auch gleich mitgehen lassen. Jetzt stürzte er sich, ohne auf seine Kleider zu achten, mit Hose und Stiefeln ins Wasser. Es ging um jede Sekunde, da durfte er nicht zimperlich sein. Das Wasser spritzte auf, er watete zu seinen Männern, bis er nur noch wenige Meter entfernt war. Dann rief er:

»Hier! Fangt auf!«

Er warf jedem eine seiner spontan organisierten Taucherbrillen und Schnorchel zu. Es war nur einfaches Freizeitgerät, keine professionelle Ausrüstung, aber besser als nichts. Die vier spuckten in die Masken hinein, wischten sie kurz durch und spülten sie anschließend aus. Dadurch vermieden sie ein schnelles Beschlagen. Danach setzten sie sich die Dinger auf und tauchten in die dunkle Tiefe hinter der Abbruchkante.

Theo stand noch einen Moment still und beobachtete, wie seine Männer fast gleichzeitig von der Bildfläche verschwanden. Düstere Gedanken stiegen in ihm auf. Er wendete sich um und stapfte langsam zum Ufer zurück. Im Moment konnte er nichts mehr tun als abzuwarten, was die vier erreichten. *Gott im Himmel ...* welch eine grauenvolle Vorstellung. Sollten seine tauchenden Kameraden tatsächlich die beiden Jungen vom Grund des Sees hervorholen ... er verdrängte den Gedanken, den Gedanken an den Tod und grenzenloses Leid.

Irgendetwas musste doch noch möglich sein. Er wollte nicht einfach nur untätig am Ufer stehen und warten.

Ah endlich. Das Schlauchboot wurde gebracht. Theo machte sich zwar keine unrealistischen Hoffnungen, aber jetzt konnten sie wenigstens weiter aktiv werden. Er erklärte den neu Angekommenen die momentane Situation und blickte dabei in betretene Minen. Keiner stellte unnötige Fragen. Als sie das Boot dann ins Wasser schoben, eilte Dieter Link, der C-Dienst Fahrer, herbei.

»Halt! Wartet noch!«

Atemlos erreichte er das Ufer.

»Hier. Nehmt die mit, ist 'ne Idee vom Chef. Vielleicht könnt ihr die Kinder damit ausfindig machen.«

Dieter reichte Uwe die Wärmebildkamera. Ein neuer Ausrüstungsgegenstand, der sich erst seit kurzem auf dem C-Dienst Wagen befand.

Uwe war sofort einverstanden:

»Gute Idee, versuchen wir es damit.«

Bislang hatten die Männer noch keine besondere Erfahrung mit dieser Hightechkamera sammeln können. Man hatte sie lediglich bei verschiedenen Übungen eingesetzt. Ihre dabei gesammelten Erfahrungen hatten jeden in der Mannschaft überzeugt. Das klobige, aber recht robuste Teil funktionierte ähnlich wie ein Nachtsichtgerät, nur dass man es sich nicht auf den Kopf setzten musste, sondern an einem stabilen Griff in der Hand hielt. Die feinfühlige Elektronik reagierte so extrem sensibel, dass man die Restwärme eines Handabdrucks auf einer Zimmerwand erkennen konnte. Das funktioniert selbst dann noch, nachdem die Hand bereits seit einiger Zeit wieder entfernt worden war.

Ihre Hoffnung, die Wärmeabstrahlung eines menschlichen Körpers durch die Wasserschichten aufzuspüren, erwies sich leider als untauglich. Das Wasser des Sees wirkte wie ein undurchdringlicher Filter. Auf dem grünlich fluoreszierenden Monitor ließen sich keine Wärmequellen ausmachen. Trotzdem paddelte die Besatzung mit dem Schlauchboot unentwegt Bahn um Bahn weiterhin ab. Keiner der Männer wollte einfach so aufgeben. Immer wieder erschienen die Köpfe der vier Taucher an der Wasseroberfläche. Sie waren längst völlig erschöpft.

Trotzdem gönnten sie sich keine Pause. Nachdem sie nur kurz an der Oberfläche verschnauft hatten, holten sie wieder tief Luft und tauchten erneut in die dunkle Tiefe.

Kleffi, der ein wirklich ausgezeichneter Schwimmer ist, schätzte seine Tauchtiefe auf höchstens fünf Meter. Lange würde er das nicht mehr durchhalten. Das Wasser wurde bereits in 1,5 Metern Tiefe so eisig, dass er das Gefühl hatte, ihm würde die Luft in seinen Lungen gefrieren. Die Taucherbrillen nutzten zudem überhaupt nichts. Hier unten herrschte eine solche Dunkelheit, dass er sich ausschließlich auf seinen Tastsinn verlassen musste, dabei hatte er nie den Grund des Sees erreicht. Mit jedem Tauchgang stieg seine Verzweiflung, er war selbst Vater kleiner Kinder. Und der quälende Gedanke an das, was er hier unten möglicherweise finden würde, stellte eine enorme zusätzliche psychische Belastung dar.

Gunther und Ingo waren gerade wieder einmal aufgetaucht und winkten entkräftet nach dem Schlauchboot.

»Da! Die winken, los schnell hin, die haben was!«

Sofort paddelten die Männer in gespannter Erwartung zu den beiden Schwimmern.

»Habt ihr sie?«

»Helft uns erst mal hoch.«

Ingo ließ sich auf der einen Seite über den dicken aufgeblasenen Wulst des Schlauchbootes ziehen, Gunther auf der gegenüberliegenden Seite. Sie waren total erledigt. Ihr Atem keuchte vor Anstrengung, und ihre Hände und Füße waren längst taub und gefühllos geworden.

»Nun sag schon, habt ihr sie?«

»Nein ... es ... es bringt nichts.«

Nur stoßweise brachte Ingo die weiteren Worte über seine Lippen:

»Du kannst da unten die Hand nicht vor Augen sehen. Du wühlst immer nur im Schlamm und diese verdammte Kälte macht dich total alle.«

»Deine Finger sind auch völlig aufgequollen. Geh raus Ingo, du hast schon ganz blaue Lippen. Du musst dich aufwärmen.«

»Nee, ich muss wieder runter.«

»Komm Ingo, lass gut sein, ich kann auch nicht mehr.«

»Gunther hat recht, ihr beide geht jetzt raus. Hier können nur noch die Taucher helfen.«

Stefan und Kleffi sind aber auch noch im Wasser«, wehrte sich Ingo, »solange die weitermachen, gebe ich auch nicht auf.«

»Mensch Ingo, lasse es. Außerdem ist der Stefan gar nicht mehr im Wasser, der paddelt da hinten mit Tofu in irgend einem Badeboot rum.«

»Wo?«

Ingo reckte seinen Hals und schaute quer über das Schlauchboot hinweg in die angegebene Richtung. Tatsächlich, da paddelten Stefan und Tofu in einem blauroten Gummiboot mit weißen Streifen über den See.

Es war das Boot, das Mirko und Dimitri heute geschenkt bekommen hatten. Nachdem Stefan halb erfroren das Wasser wieder verlassen hatte, hatte er sich kurzerhand das Badeboot genommen. Er wollte unbedingt irgendetwas tun. Tofu war mit ihm eingestiegen. Jetzt paddelten die beiden etwas weiter draußen, da wo ihre Feuerwehrkollegen mit dem richtigen Schlauchboot noch nicht gewesen waren, hin und her. Stefan, der noch die Taucherbrille aufhatte, steckte seinen Kopf immer wieder unter Wasser. Angestrengt suchten seine Augen die dunkle Tiefe zu ergründen – vergeblich.

Während die Feuerwehrmänner über und unter Wasser mit der Suche nach den Kindern beschäftigt waren, hatte Klaus Wloka, nachdem er seinen C-Dienst-Wagen erreichte hatte, sofort eine Standleitung zur Leitstelle eingerichtet, um ständigen Kontakt zu halten.

»Wir brauchen unbedingt einen Hubschrauber. Außerdem muss das angrenzende Wäldchen abgesucht werden. Klärt doch mal mit der Polizei, ob die das möglichst schnell in die Wege leiten kann. Und dann schick mir das K6-Team von der Uni-Kinderklinik raus.«

Einen Moment herrschte Schweigen. Dann wiederholte der Leitstellendisponent sämtliche Forderungen und bestätigte sie gleichzeitig.

Das war kein Routinegespräch, keines wie er es tagtäglich führte. Zwei Kinder waren vermutlich ertrunken. Und jetzt verlangte der Einsatzleiter einen Hubschrauber, eine Hundertschaft der Polizei, und auch noch das K6-Team – welchen Feuerwehrmann konnte das kalt lassen? Ihn jedenfalls nicht und in seiner Stimme schwang etwas von der Angst und Sorge mit, die alle teilten, die an dieser Rettungsaktion beteiligt waren.

Ja, noch war es eine Rettungsaktion. Solange nicht das Gegenteil unumstößlich vorläge, würde niemand einen anderen Gedanken akzeptieren. Aber mit jeder weiteren Minute, die verstrich, schwanden die Hoffnungen, und es wuchs die Verzweiflung darüber, dass alle Bemühungen, vergebens sein könnten.

In der Leitstelle der Berufsfeuerwehr Düsseldorf »glühten« die Drähte. Die DLRG-Taucher und die Taucher der Wasserwacht aus den Nachbarstädten Hilden und Leverkusen wurden ebenfalls alarmiert. Außerdem hatte Klaus Wloka den Feuerwehrpfarrer Olaf Schaper angefordert.

Die Verzweiflung unter den Angehörigen war unbeschreiblich. Die Mutter der beiden vermissten Jungen hatte einen Nervenzusammenbruch erlitten und der Vater stand, nachdem er selbst bis zur Erschöpfung im Wasser des Sees nach seinen Söhnen gesucht hatte, ebenfalls unter Schock. Die RTW-Besatzung leistete Vorbildliches. In dieser extremen Situation stießen sie jedoch an ihre Grenzen. Sie benötigten unbedingt nicht nur die Hilfe eines Notarztes, sondern viel mehr noch die Hilfe eines professionellen Seelsorgers.

Aber Olaf Schaper steckte im Verkehrsstau. Ein Stau, der nicht zuletzt ausgelöst worden war durch die vielen Einsatzfahrzeuge, die alle mit eingeschalteten Sondersignalen zum Zamek-See unterwegs waren.

Olaf Schaper wurde genauso dringend erwartet wie die weiteren Einsatzkräfte. Aber er war der Einzige, dessen Auto weder Blaulichter noch Martinshorn besaß. So musste er notgedrungen das Leid unzähliger anderer Autofahrer teilen, die sich in einer schier endlosen Blechkarawane durch die verstopften Straßen wälzten.

Am See hatte die Polizei die Lage einigermaßen in den Griff bekommen. Der gesamte Uferbereich sowie die angrenzende Liegewiese war geräumt und mit rot-weißem Flatterband abgesperrt worden. So gab es genügend Platz für die Feuerwehrmänner, die Taucher und andere Rettungskräfte, die sich hier an der unmittelbaren Uferzone aufhalten mussten. Weiter draußen auf der Stichstraße bemühten sich uniformierte Beamte unermüdlich, eine Fahrspur für die weiteren Einsatzkräfte frei zu halten. Trotzdem gelang es immer wieder irgendwelchen Privatfahrzeugen, sich durch die Absperrungen zu mogeln.

Katastrophentourismus ist das Letzte, was wir an solchen Einsatzstellen brauchen konnten.

Die Polizei kam mit einem Leichensuchhund. In unserem Schlauchboot wurde er über den Teil des Wassers gefahren, wo wir die Kinder vermuteten. Mit solch einem Hund hatten die Polizisten in der Vergangenheit ganz erstaunliche Erfolge erzielt. Aber hier hatte seine feinsinnige Nase keinen Erfolg. Nach einer Weile brach der Hundeführer den vergeblichen Versuch ab.

Jetzt kamen die Taucher zum Zuge. Während der Hundeaktion hatten sie sich ausgerüstet und ihr Vorgehen untereinander abgesprochen. Das in Frage kommende Gebiet wurde unter den Tauchern der Berufsfeuerwehr Düsseldorf, der DLRG und der Wasserwacht von Hilden und Leverkusen in verschiedene Bereiche aufgeteilt, so dass man sich nicht gegenseitig ins Gehege kam. Dennoch waren Überschneidungen des abzutauchenden Gebietes nicht zu vermeiden, ja sogar erwünscht. Die Arbeit über dem stockfinsteren, schlammigen Grund würde ohnehin schwer genug werden. Die meisten Taucher kannten das gefährliche Gewässer. Nicht umsonst war hier Baden verboten. Die Männer richteten sich gedanklich auf eine lange und schwere Suchaktion ein.

Stefan, Kleffi, Ingo und Gunther waren jetzt seit geraumer Zeit wieder aus dem Wasser. Ihre Bemühungen waren leider ergebnislos verlaufen. Nachdem sie sich wieder einigermaßen erholt und in der Sonne aufgewärmt hatten, saßen sie auf der Wiese und zogen sich ihre Kleidung an.

Aus der Ferne hörten sie das Motorengeräusch eines sich nähernden Hubschraubers. Sämtliche Köpfe richteten sich in die Höhe. Kurz darauf sahen sie ihn, es war der angeforderte Polizeihubschrauber. Er flog quer über die nahe gelegene Autobahn und kam direkt auf sie zu.

In geringer Höhe kreiste der Hubschrauber über dem kleinen Wäldchen, das den größten Teil des Zamek-Sees begrenzte.

Da es der Polizei unmöglich gewesen war, in so kurzer Zeit den gesamten Wald abzusperren, hatte sie die unzähligen Menschen über Megaphon aufgefordert, das Gebiet zu verlassen. Aber die Neugierde der Schaulustigen überwiegte. Sie missachteten die mehrfach ausgerufene Aufforderung. Die Quittung für ihr unvernünftiges Verhalten bekamen sie prompt zu spüren.

Von den Rotorblättern des tief fliegenden Hubschraubers fegte ein heftiger Luftstrom durch die hohen Baumkronen des Sees. Der Luftstrom war so stark, dass lose Zweige und morsche Äste abrissen, durch die Luft wirbelten und zu Boden fielen. Einig der Schaulustigen wurden davon getroffen. Mit lautem Geschrei rannten die Unbelehrbaren aus dem Wäldchen. Dabei fluchten manche über die Polizei, die solch eine »Unverschämtheit« zugelassen hatte.

Parallel zu der Beobachtung aus der Luft durchstreifte eine große Anzahl Polizisten das Wäldchen nach den vermissten Kindern. Nichts sollte unversucht bleiben.

Die Taucher wechselten sich in ihrer Arbeit ab. Seit nunmehr über einer Stunde bemühten sie sich, Dimitri und Mirco zu finden – vergeblich, aber niemand dachte daran aufzugeben. Inzwischen hatten sich auf dem abgesperrten Bereich der Wiese weitere Einsatzkräfte eingefunden. Ein Notarztwagen aus Hilden hatte die Betreuung der Eltern der vermissten Kinder übernommen. Das K6-Team der Düsseldorfer Universitätskinderklinik stand hier in Bereitschaft und ein weiterer Hubschrauber, der Rettungshubschrauber Christoph 3 aus Köln, war in unmittelbarer Nähe gelandet.

Die gesamte Einsatzkoordination lag mittlerweile in den Händen von Ulrich Cimolino.

Der erfahrene Feuerwehrmann der Branddirektion der Berufsfeuerwehr Düsseldorf hatte heute A-Dienst. Genau wie die meisten der hier anwesenden Fachleute rechnete er jetzt, nachdem fast neunzig Minuten vergangen waren, nur noch mit einer Leichenbergung. Aber auch er wusste, dass es immer noch eine winzige Chance geben konnte.

Der Grund für seine Hoffnung lag in eiskalten tiefen Wasserschichten begründet. Ein Ertrinkender, zumal ein sehr junger Mensch, hat unter bestimmten Voraussetzungen eine, wenn auch nur sehr geringe Möglichkeit zu überleben. Ob das auch für diese Kinder zutraf? Wer konnte das vorhersagen?

Auf jeden Fall würde jeder der hier eingesetzten Retter alles versuchen, um den grausamen nassen Tod zweier junger Leben zu verhindern.

Ulrich Cimolino stand zusammen mit Klaus Wloka und dem Einsatzleiter der Polizei bei dem K6-Team. Die versierten Kindernotärzte checkten zum x-ten Mal ihre Ausrüstung, da kam die Nachricht auf die sie alle mit sehnsüchtigem Bangen gewartet hatten.

Ein Taucher aus Hilden hatte das erste Kind gefunden.

Hinter einem provisorisch erstellten Sichtschutz begann das K6-Team unverzüglich mit der Reanimation des kleinen

Mirco. Seine Körperkerntemperatur war extrem abgefallen. Das konnte die Chance bedeuten. Die Rettungsassistenten der Feuerwache 7 assistieren den Ärzten.

Nur kurze Zeit darauf wurde auch Dimitri gefunden. Beide Kinder lagen in etwa fünf Metern Tiefe, nur zwölf Meter vom Ufer entfernt, direkt an der Abbruchkante. Aber sie waren so tief in den schlammigen Grund eingesunken, dass sie selbst für die erfahrenen Taucher kaum zu ertasten gewesen waren.

Nach dreißig schier endlos scheinenden Minuten brach das K6-Team die Reanimation bei beiden Jungen ab. Hierüber gibt es nichts mehr zu berichten.

Meine Feder würde sich sträuben zu Papier zu bringen, welch grenzenloses Leid, welche tiefe Trauer die Herzen aller erfasste. Es gab viele mit Tränen in den Augen, viele, die sich am liebsten irgendwo verkrochen hätten wie ein verwundetes Tier.

Um die bedauernswerten Eltern der toten Jungen kümmerte sich jetzt Olaf Schaper. Der Feuerwehrpfarrer hatte es nach einer mühseligen Fahrt durch den Stau doch noch bis hierher geschafft. Es gab niemanden, der ihn um seine schwere Aufgabe beneidete, aber alle waren froh, dass es ihn gab.

Klaus Wloka hatte seine letzten Worte nur noch mit stockender Stimme sprechen können. Das Erzählen dieses schweren Einsatzes belastete ihn, alte, traurige Erinnerungen wurden wieder wachgerüttelt. Die Seele eines Feuerwehrmannes ist eben genauso verletzlich wie die anderer Menschen.

Es war ganz still geworden in unserem Kreis, besonders die Jungen waren doch stark beeindruckt. Und bei so manchem bröckelte vielleicht gerade wieder ein Stück vom falschen heroischen Feuerwehrbild ab.

Der stahlharte Kerl, der einfach durch die Flammen hindurch geht und auf seinen starken Armen ein blutjunges, wunderschönes Mädchen rettet, ist eben doch nur eine Filmvision.

Aber sollte so etwas wirklich einmal in der Realität stattfinden, dann sind wir bei weitem nicht die gleichen strahlenden, unverletzlichen Helden wie in Hollywoods Traumfabrik. Wir sind ganz einfach nur Feuerwehrmänner! Männer, die allerdings oft an ihre Grenzen stoßen und in extremen Situationen sogar über sich hinauswachsen.

Brandstiftung: »Alarmstufe III«

Während wir uns langsam wieder aus unserer Betroffenheit lösten und zur Tagesordnung übergingen, spielte sich im Süden von Düsseldorf folgende unschöne Szene ab:

»Hören Sie Ronnemüller, ich habe kein Problem damit, es Ihnen ganz offen zu sagen, aber wahrscheinlich haben Sie es eh längst bemerkt.«

Der stellvertretende Personalchef legte bewusst eine Pause ein und fixierte sein Gegenüber mit einem geringschätzigen und triumphierenden Blick. Anschließend wendete er sich ab und schaute wie gelangweilt aus dem Fenster. Dabei sprach er betont lässig:

»Ich habe Sie nie leiden können. Und wenn es nach mir gegangen wäre, (aber es war nicht nach ihm gegangen) hätten Leute wie Sie in unserem Betrieb erst gar nicht angefangen.«

Der so gedemütigte Ronnemüller, den für gewöhnlich alle immer Ronny riefen, lief vor Wut und Scham rot an. Die Worte trafen wie Messerstiche, dabei waren sie nicht einmal unberechtigt, sondern sogar angemessen. Nur die menschenverachtende Art, in der sie ausgesprochen wurden, offenbarte den schlechten Charakter des Kritikers, insbesondere seine Neigung, andere zu demütigen.

Die erniedrigende Behandlung traf Ronnemüller zwar schwer. Trotz seiner unumstrittenen Verfehlungen besaß er die Arroganz, frech aufzutrumpfen.

Vor gut einem Jahr hatte er in dieser Firma einen Job als Bote erhalten. Kein Traumjob, aber immerhin. Dafür, dass er jeden Tag in der Woche lediglich die firmeninterne Post, überwiegend innerhalb des Werkgeländes, beförderte, erhielt er eine recht ordentliche Bezahlung. In der Regel endete seine Arbeitszeit schon um 12.00 Uhr. Doch ab und zu erhielt er kleine Zusatzarbeiten, die er über seine Stempelkarte gesondert verrechnen musste. Niemand schien ihn dabei zu kontrollieren, und seiner unkorrekten Art entsprechend sann er bald darüber nach, wie er das Stempelkartensystem manipulieren konnte.

Im Prinzip war es recht simpel. Es funktionierte aber auch nur deshalb, weil er fast immer alleine war, wenn er die Stechuhr bediente. Seither tat er dies wesentlich häufiger, als es ihm regulär zustand.

Erst nachdem zwei kleinere Geldbeträge innerhalb der internen Post, für die er zuständig war, abhanden gekommen waren, schaute man Ronnemüller unauffällig auf die Finger. Der Verbleib der angeblich entwendeten Gelder klärte sich auf harmlose Art und Weise. Dank der Recherchen aber kam man Ronnemüllers Schwindeleien auf die Schliche. Eine genaue Überprüfung seitens der Buchhaltung deckte den Stempelkartenbetrug endgültig auf.

Jürgen Ronnemüller hatte seinen Arbeitgeber in knapp acht Monaten um insgesamt 86 Stunden betrogen. Die Firma sprach ihm sofort die fristlose Kündigung aus und stellte ein Ultimatum, bis wann er das unrechtmäßig ergaunerte Geld zurückzuzahlen hätte.

»Wenn Sie unserer Aufforderung nachkommen, werden wir auf eine Strafanzeige verzichten. Das ist ein großzügiges Angebot, Herr Ronnemüller. Sie sollten es akzeptieren.«

Aber anstatt die ihm dargebotene Chance zu erkennen, schlug Ronny dem Personalchef wütend die Faust ins Gesicht und brach ihm dabei das Nasenbein.

Ronny erhielt daraufhin eine Anzeige und musste vor Gericht. Er erhielt seine gerechte Strafe:

Sechzehn Tagessätze zu zwölf Euro, zahlbar an eine gemeinnützige Einrichtung, sowie neun Monate auf Bewährung.

Weil der Personalchef aufgrund seiner gebrochenen Nase und einer Gehirnerschütterung immer noch das Bett hütete, saß Ronny heute eben dem besagten stellvertretenden Personalchef gegenüber. Dieser hatte sich, aus nicht ganz unbegründeten Befürchtungen, einen Mann vom Werkschutz kommen lassen. Der kräftige, untersetzte, circa dreißigjährige Mann mit dem kantigen Kinn pflanzte sich unmittelbar neben seinem Schreibtisch auf. Seiner grimmigen Miene war zu entnehmen, dass mit ihm nicht gut Kirschen essen sei. Ohne diesen »Bodyguard« hätte sich der stellvertretende Personalchef nicht so auftrumpfend und selbstherrlich verhalten, wie er es dann tat. Im Grund genommen war er nämlich ein Feigling, der nur mit viel Glück und Katzbuckeln in seine Position gekommen war. Innerhalb der Belegschaft war er für seine unsozialen Machenschaften gehasst und gefürchtet. Hinter vorgehaltener Hand wurde ganz unverhohlen darüber geredet, dass man es viel lieber gesehen hätte, wenn er an Stelle des Personalchefs den Schlag auf die Nase bekommen hätte. Aber bedauerlicherweise hatte es wieder einmal den Falschen getroffen.

»Ich will meine Papier.«

»So ... Sie wollen ihre Papiere.«

In Momenten wie diesen konnte der stellvertretende Personalchef seine erbärmliche Macht auskosten, und das tat er auch – gnadenlos. Mit spöttischem Lächeln zog er eine Schublade auf und langte nach dem längst vorbereiteten Papier.

»Hier!«

Seine Stimme hatte einen eisigen Ton angenommen. Der braune DIN A4 Umschlag rutschte über die glatt polierte Schreibtischplatte und wäre fast auf der gegenüberliegenden Seite heruntergefallen, aber nur fast. Jetzt lag das Papier wie eine weitere Barriere zwischen den beiden verfeindeten Männern. Ihre hasserfüllten Augen bohrten sich ineinander. Keiner wollte dem Blick des anderen ausweichen. Schließlich gab sich der stellvertretende Personalchef einen Ruck:

»Nehmen Sie den Umschlag und gehen Sie. Jetzt, sofort! Und … Ronnemüller, ich will Sie hier nie wieder sehen. Haben wir uns da verstanden?«

»Arschloch«, zischte Ronny kaum hörbar. Dann griff er den Umschlag und verließ ohne ein weiteres Wort das Büro. Nach außen gab er sich cool, aber innerlich kochte er vor Wut. *Das wirst du mir büßen, du Drecksack … das wirst du mir büßen.*

»Kalkowski, gehen Sie dem Kerl nach. Ich will sicher sein, dass er die Firma auch wirklich verlässt.«

Der Mann vom Werkschutz nickte und verließ mit regungslosem Gesicht ebenfalls das Büro. Ihm war es ziemlich egal, wie menschenverachtend sich der stellvertretende Personalchef soeben verhalten hatte. *Außerdem, was solls,* dachte er, *dieser Ronnemüller ist selbst Schuld an seiner Lage. So ein Blödmann. Wenn er dem Chef nicht eine rein gehauen hätte, wäre er nicht vom Gericht verdonnert worden. Mann oh Mann, wie kann jemand nur so bescheuert sein.*

Nachdem Ronny das Büro verlassen hatte, stand er in einem langen Korridor. Ziemlich am Ende links, das wusste er genau, befanden sich die Toiletten, die den höheren Angestellten vorbehalten waren. Er konnte sich noch genau an eine Situation erinnern, in der ihm schon einmal einer der Schlipsträger ihre Benutzung verboten hatte, als er so wie jetzt ein dringendes Bedürfnis verspürte. Er hatte gerade die Post in den Büros abgeliefert und suchte dringend eine Toilette. Tatsächlich kam er gerade an einer vorbei, auf der jedoch ein kleines, aber unübersehbares Porzellanschild angeschraubt war:

– Nur für Angestellte –

Ronny hasste dieses bescheuerte Zweiklassendenken. Er fühlte sich diskriminiert.

Was bilden sich diese arroganten Schlipsträger eigentlich ein? Die müssen genauso pissen wie ich.

Kurz entschlossen wollte er damals die Toilette betreten, als gerade jemand heraustrat. Der Mann im dunkelgrauen Nadelstreifenanzug taxierte ihn geringschätzig von oben bis unten.

»Sie dürfen hier nicht herein, Mann. Für Leute wie Sie gibt es unten andere Toiletten.«

»Ich muss aber mal, ganz dringend.«

»Hören Sie, ich habe mich doch wohl eindeutig ausgedrückt. Verschwinden Sie endlich!« Die hochnäsige Arroganz dieser Worte hatte Ronny bis heute nicht vergessen.

Damals hatte er klein beigegeben und sich auf dem Weg nach unten fast in die Hose gepinkelt. Heute wollte er es diesen Schweinen heimzahlen.

Wie damals stand er nun wieder da. Ein kurzer Blick zurück, niemand zu sehen. Schnell drückte er die Klinke herunter. Nur diesmal hinderte ihn niemand daran, die Toilette zu betreten, die für ihn heute mehr als zuvor tabu war. Er war alleine und öffnete seine Hose. Dann urinierte er ungeniert, die sanitären Einrichtungen missachtend, einfach mitten in den Raum.

»Du kleines, mieses Dreckschwein!«

Erschrocken drehte sich Ronny um. Er hatte niemanden kommen hören. Jetzt starrte er in das wutverzerrte Gesicht des Werkschutzmannes.

Scheiße, das ist doch der Aufpasser, der gerade im Büro von dem feigen Personalheini gestanden hatte.

Er hob wie beschwörend die Hände, seine Hose stand immer noch offen:

»He Mann, ich ... also das ist nicht so wie du vielleicht denkst ... ich ...«

Hastig zerrte er seinen Reißverschluss zu, da empfing er die erste schallende Ohrfeige. Sie fiel so kräftig aus, dass er taumelte. Klatsch! Klatsch! Zwei weitere von gleicher Härte erreichten ihr Ziel. Ronny sah schwarze Punkte vor seinen Augen tanzen.

»Aufwischen!«

Sein Gegenüber sprach nur dieses eine Wort, aber das reichte. Der finstere Blick und der unmissverständliche Befehlston des Werkschutzmannes duldeten keinerlei Widerstand.

Nachdem Ronny auf Knien durch seinen eigenen Urin gerutscht war und mit unzähligen Papiertüchern den Fliesenboden trocken gewischt hatte, brachte ihn der Werkschutzmann bis zum Ausgangstor der Firma. Dabei sprach er kein einziges Wort und Ronny hielt vorsichtshalber auch die Klappe. Obwohl er innerlich vor Wut kochte, ließ ihn die Angst vor möglichen weiteren Ohrfeigen verstummen. Wie ein geprügelter Hund erreichte er schließlich seine Wohnung. Sein Gesicht brannte immer noch wie Feuer, die Wangen waren angeschwollen, seine Hose von Urin durchtränkt. Als er den braunen Umschlag öffnete, bekam er den nächsten Tiefschlag: In den Entlassungspapieren, die er sich eben abgeholt hatte, standen seine Verfehlungen in schonungsloser Offenheit vermerkt. So langsam dämmerte es ihm, dass es Schwachsinn gewesen war, überhaupt auf einem Entlassungszeugnis zu bestehen.

»Scheiße, Scheiße, Scheiße!«

Ronny fluchte lauthals. Mit solch einem Zeugnis konnte er sich natürlich nirgendwo bewerben. Wütend zerriss er das Papier. Dann schmiss er sich in einen Sessel und grübelte über das Geschehene nach. Für alles fand er einen Sündenbock. Aber statt die Schuld auch bei sich zu suchen, reifte in ihm ein verworrener Racheplan. Anfangs war es nur ein flüchtiger Gedanke, aber immer wieder kam er darauf zurück. Schließlich nahm diese fixe Idee Gestalt an und setzte sich in seinem Kopf als dumpfe, alles beherrschende Wahnvorstellung fest.

Menschen treffen oft ihre Entscheidungen spontan. In vielen Lebenssituationen hat man auch keine andere Möglichkeit. Und manchmal ist eine Spontanentscheidung sogar etwas sehr Lobenswertes. Zum Beispiel, wenn man sich zu freundlichen Worten oder guten Taten hinreißen lässt, Dinge, die aus dem Herzen kommen.

Aber leider trifft das nicht auf alles zu. Wie viele spontane Entscheidungen sind vom eigenen Egoismus, von unüberlegten oder bösen Gedanken geprägt? Nur allzu oft fehlt uns dabei die nötige Weitsicht, besitzen wir nicht die erforderliche Distanz zur Sache.

Wer hat sich nicht schon von seinen Wünschen verleiten lassen, etwas zu kaufen, das er gar nicht braucht und es wenig später bereut? Wer hat sich noch nicht aus einer Laune heraus zu Worten oder Äußerungen verleiten lassen, die er in einer ruhigen Stunde des Nachdenkens am liebsten ungeschehen machen würde? Wer hat nicht schon eine Tat begangen, deren Folgen sein weiteres Leben unselig bestimmt haben?

Hätte ich nur vernünftig nachgedacht, hätte ich mich nicht unter Druck setzen lassen, hätte ich besser eine Nacht darüber geschlafen, vielleicht mit anderen darüber gesprochen! Wahrscheinlich wäre die gebotene Objektivität zurückgekehrt. Vielleicht hätte sogar viel Schaden und Leid verhindert werden können.

Sind das nicht die Fragen, die wir uns dann irgendwann stellen?

Jürgen Ronnemüller hatte bereits viel von seiner Lebenszeit durch solch unvernünftiges Verhalten verspielt, aber noch wäre Zeit gewesen umzukehren. Doch sein Hass, seine gekränkte Eitelkeit und die Uneinsichtigkeit in das eigene Fehlverhalten gewannen die Oberhand, trieben ihn noch am selben Abend ins Verderben.

Inzwischen war es fast 22.00 Uhr geworden. Die Sonne war untergegangen, aber die Luft wollte sich nach dem heißen Oktobertag einfach nicht abkühlen. Das Quecksilber des Außenthermometers zeigte immer noch eine Temperatur von 32 Grad an. Da wir auch im Inneren unserer Feuerwache keine Abkühlung finden konnten, saßen wir nach wie vor auf der kleinen Rasenfläche unter dem großen Ahornbaum. Der Nachmittag war ruhig geblieben, einzig unser neues KEF musste zu einem typischen Sommereinsatz ausrücken.

Ein Pkw-Fahrer hatte seinen Wagen randvoll getankt. Bei den derzeitig herrschenden Temperaturen ein krasser Fehler. Der Wagen parkte im prallen Sonnenlicht am Straßenrand. Unter dem Fahrzeug hatte sich eine Lache aus überquellendem Kraftstoff gebildet. Ein Zigarettenraucher, der hier achtlos seine Kippe in den Rinnsteig geworfen hätte, wäre mit Sicherheit böse überrascht worden.

»Und, was habt ihr unternommen?«, fragte ich die beiden, nachdem sie von dem Einsatz zurückgekehrt waren und sich wieder zu uns gesellt hatten.

»Das Übliche«, antwortete Stefan, »Die Polizei hat eine Halterfeststellung vorgenommen. Wir hatten Glück. Der Besitzer des Wagens wohnte auch dort und kam dann mit dem Autoschlüssel runter.«

Stefan deutete auf Michael: »Für dich war das doch ganz interessant oder Micha?«

»Ja klar, ich hab heute das erste Mal Sprit abgepumpt. Im Lehrgang haben wir das zwar geübt ... mit Wasser, aber so im Einsatz ist das doch viel interessanter.«

»Ah! Das war also dein erstes Mal?«

»Hab schon kapiert«, lachte Michael, »aber Eis gibt es heute nicht mehr. Ich back uns für die nächste Schicht einen Kuchen.«

»Sehr gut der Mann«, lobte ich, »aber das darf man ja auch von einem gelernten Bäcker erwarten.«

Wir verloren uns in die Kuchen- und Eiseinsätze der jüngsten Vergangenheit und stellten dabei fest, dass da noch einige Kollegen im Rückstand waren.

»Wir könnten uns eine Liste machen! Jeder, der zu spät zum Dienst kommt, muss sich da eintragen. Aber richtig ... mit Unterschrift, dann ist Schluss mit der Drückebergerei.«

»Eine sehr gute Idee, Hucki!«, rief ihm Theo über drei Tische entfernt zu, »dafür würde ich sogar jetzt noch ins Büro gehen und die Liste ausdrucken. Aber dann unterschreibst du auch als Erster.«

»Ich! Wieso ich?«

»Na, bin ich heute zu spät gekommen oder du?«

Hucki verzog die Mundwinkel nach unten: »Als ob mir das was ausmachen würde.«

»Ha, sehr gut Theo, der hat gesessen!«

»Lästere nicht Frank, du bist die Nummer zwei auf meiner Liste.«

Frank protestierte: »Ich! Wieso ich?«

»Oooh …«, Theo setzte sein wirkungsvolles Unschuldsgesicht auf, »war da nicht in der letzten Zeit deine Bahn einige Male zu spät gekommen?«

»Da kann ich ja nichts für«, schmollte Frank.

»Das sagt ja auch keiner, aber zu spät ist nun mal zu spät.«

»Ja ist klar. Aber einmal Kuchen reicht ja wohl. Ich gebe doch nicht für jedes Mal!«

»Nee nee mein Freund, so läuft das nicht. Wenn du …«

»Moment Theo, entschuldige bitte, wenn ich dich unterbreche, aber ihr könnt mich doch nicht dafür bestrafen, dass die Bahn so unpünktlich ist.«

Frank regte sich jetzt richtig auf und merkte überhaupt nicht, dass wir anderen dabei unseren Spaß hatten. Jetzt schaltete sich auch noch Klaus Wloka ein:

»Also Frank, da muss ich dem Theo aber Recht geben. Mag ja sein, dass die Bahn immer so oft unpünktlich ist, aber das Problem haben andere auch. Da musst du dich schon drauf einstellen.«

»Ja ja, hackt nur alle auf dem armen Frank herum«, bedauerte der so Gescholtene sich selbst, »fahrt ihr erst mal mit der Bahn, dann werdet ihr schon merken, wie beschissen das ist.«

»Na na na, solche Ausdrücke aus deinem Mund, das sind wir aber nicht gewohnt.«

»Ist trotzdem wahr! Fragt den Martin, der kann euch das bestätigen.«

Alle Augen hefteten sich auf mich.

»Äh, also ich komme mit dem Fahrrad«, warf ich ein, um mich einer möglichen Stellungnahme zu entziehen.

»Von wegen Fahrrad, du kommst doch auch mit der Bahn!«

Frank gab nicht auf und bohrte weiter.

»Etwas mehr Unterstützung hätte ich von dir, meinem alten Kumpel von Wache 6, ja schon erwartet.«

»He ihr beiden, kommt mir jetzt nicht wieder mit der alten *Wache-6-Leier*, wir sind hier an Wache sieben! Also, was ist jetzt Martin? Fahrrad oder nicht Fahrrad?«

»Halb und halb«, räumte ich ein.

»Wenn ich morgens zum Dienst komme, nehme ich das Fahrrad mit in die S-Bahn. Ich fahr' dann durch bis Eller-Süd und von da mit dem Rad zur Wache. Aber morgen früh fahre ich die ganze Strecke bis nach Hause.«

»Und, wie viele Kilometer sind das?«, wollten die Kollegen wissen.

»Etwas über 18.«

»Hui, das ist ja schon was. Und wie lange brauchst du dafür?«

»So ne Stunde etwa.«

Frank, der natürlich etwas ganz anderes hören wollte, mischte sich wieder ein:

»Du sollst hier nicht mit deinen Kilometern prahlen, sondern von deinen S-Bahn-Problemen berichten! Na los, red schon«, forderte er mich auf.

»Ja, du hast ja Recht«, pflichtete ich ihm bei, »die S-Bahn ist wirklich das Letzte. Hier, meine Strecke zum Beispiel, die S 6, von zehn Fahrten sind garantiert vier oder fünf zu spät, und ich hab das Gefühl, das wird immer schlimmer.«

»Ha!« trumpfte Frank auf. »Sag ich doch! Und ich bin noch schlechter dran. Der Martin kann wenigstens durchfahren, aber ich muss auch noch umsteigen.«

»Das stimmt nicht ganz. Früher, als ich noch nach Wache 6 fuhr, da konnte ich durchfahren. Aber wenn ich ohne Fahrrad hierher komme, steig ich im Hauptbahnhof aus und fahr mit der Straßenbahn weiter.

»Ja Moment mal«, Klaus Wloka schaltete sich wieder einmal ein, »wenn das so ist wie du sagst, wieso bist **du** dann immer pünktlich und **du** nicht?«

Bei dem zweiten *du* sah er den Frank eindringlich an.

»Nee nee, so war das nicht gemeint. Jetzt wollt ihr mir daraus einen Strick drehen, aber da mach ich nicht mit«, verteidigte sich Frank. »ich denke, wir sollten jetzt mal langsam das Thema wechseln.«

Irgendwie musste ich dem Frank schon Recht geben. Der Mann stand extra eher auf, um eine frühere Bahn zu nehmen, und trotzdem gab es immer wieder Probleme, an denen er wirklich keine Schuld trug. Ich ergriff deshalb noch einmal das Wort, um ihn zu verteidigen.

»Komm, lass gut sein Martin. Das interessiert die doch gar nicht, die wollen doch nur einen Kuchen rausschlagen. Verfressene Bande!«

»Ja Frank ja, gib uns Kuchen!«, lachten die anderen im Chor, »du kannst dir die Moneten ja von dem Medorn wiedergeben lassen!«

Mitten in diesem Tumult tauchte plötzlich Holger aus der Dunkelheit des Feuerwehrhofes auf. Er sitzt manchmal ganz alleine vorne im Vorraum des DGL-Büros und sieht im Computer nach, was so in der Stadt passiert. Anscheinend hatte er etwas Bedeutungsvolles gefunden, denn er rief laut:

»He Leute! Seid doch mal still! In der Innenstadt brennt es!«

»Ja und?«

»Wie, ja und? Da ist richtig was los, Alarmstufe drei! Ein Altenheim. Wache 1 und Wache 3 sind vor Ort und Wache 4 ist gerade alarmiert worden.«

»Ist das wahr Holger oder willst du uns hier einen Bären aufbinden?«

»Eh Chef, das würd ich mir nie erlauben.«

Holger spielte den Entrüsteten, musste aber doch dabei grinsen.

»Nee echt, ist wirklich so.«

Klaus Wloka wunderte sich:

»Hmm, ich hab doch heute Pressedienst, wieso weiß ich denn nichts davon?«

Er stand auf und ging in sein Büro. Wahrscheinlich würde er direkt die Leitstelle anrufen, um sich über den Einsatz zu informieren. Schnell wechselten wir das Thema

»Möchtest du jetzt unter PA in so'n Feuer rein?«

Die Frage war eigentlich überflüssig, dennoch stellten wir sie uns bei solchen Ereignissen jedes Mal. Demonstrativ schüttelten alle energisch den Kopf.

»Bloß nicht, nicht bei der Hitze!«

Tofu stöhnte: »Ich bin schon platt, wenn ich nur dran denke. Lasst uns mal schön hier unter dem Baum sitzen bleiben.«

»Aaach Jungens, stellt euch nicht so an wegen so 'nem Feuerchen. Ihr seid doch Männer, oder?«

»Du hast gut reden Theo«, rief ihm kämpferisch Uwe zu, »ich bin im Angriffstrupp! Wenn ich in den dicken Klamotten stecke und mit 'nem PA auf dem Rücken durch die Scheiße robben muss, stehst du gemütlich draußen und gibst Kommandos. Das kann ja jeder.«

»Wir können ja gerne mal tauschen. Ich übernehme deinen Job und du den meinen. Mal sehen, was dabei rauskommt.«

Uwe winkte ab: »Komm Theo, was ist schon dabei: Schläuchlein hin, Schläuchlein her! Los los! Etwas flott, wenn ich bitten darf!«

»Ha ha! Also Uwe, mit den Sprüchen würde das wohl nix werden. Da ziehe ich mein Tauschangebot lieber zurück.«

»Ich kann sowieso nicht mit dir tauschen. Ich bin doch auf dem Baby-LF.«

»Da gehörst du auch hin!«

»Was soll das denn heißen?«

Uwe, der neben mir saß, wendete sich mir vertrauensvoll zu:

»Martin, du hättest bestimmt Vertrauen zu mir oder?«

»Sicher Uwe«, erwiderte ich leutselig, »aber ich denke, noch besser ist es, wenn wir heute gar nicht mehr raus fahren.«

»Ja, da bin ich ganz deiner Meinung. Aber wenn ...«

Ich legte ihm die Hand auf die Schulter: »Wenn, Uwe, wenn, dann können wir ja noch mal darüber reden. Aber ich leg mich jetzt erst mal in die Falle.«

»Eh, du willst doch nicht schon so früh ins Bett gehen?«

»Früh? Schau mal auf den Tacho«, ich hielt ihm meine Armbanduhr vor die Nase, »es ist fast Mitternacht, das reicht.«

In diesem Moment kamen die beiden Kollegen vom RTW an unseren Tisch. Für sie war der Tagesverlauf etwas anders ausgefallen als für die Besatzung des Löschzuges. Sie hatten mehr Arbeit als gewöhnlich. Schuld daran war die außergewöhnliche Hitze die vielen, vornehmlich älteren Patienten, Kreislaufprobleme bereitete. Frank Hinsen, der meine letzten Worte noch gehört hatte zog sich einen freien Stuhl heran.

»Komm, mach mal'n bisschen Platz.«

Er quetschte sich zwischen Uwe und mich.

»Meinst du mich?«

»Ja wen denn sonst, denkst du, ich schubse den Chef zur Seite?«

»Eh du, das kann man aber auch netter sagen. Außerdem bin ich heute Abend der Chef. Wir haben nämlich gerade getauscht.«

»Ist klar Uwe, ist klar, und ich tausch gleich mit dem Theo. Aber eigentlich wollte ich was ganz anderes sagen.«

Jetzt wandte er sich zu mir und erklärte: »Du brauchst nicht mehr ins Bett gehen, in der Innenstadt ist Alarmstufe 3.«

Er betonte das so eindringlich, als erwartete er, dass wir ihn jetzt mit neugierigen Fragen überschütten würden. Aber stattdessen blickten ihn nur gelangweilte Gesichter an.

»Wissen wir schon längst«, konterte Roberto, »aber mit solchen Kinkerlitzchen geben wir uns hier nicht ab.«

»Richtig, immerhin sind wir 'ne Zugwache!«

»Hört hört, eingebildet seid ihr ja überhaupt nicht!«

»Oh verflixt, der Chef.«

Genau so war es, Klaus Wloka war aus seinem Büro zurückgekehrt und setzte sich wieder zu uns. Diesmal sahen wir ihn alle gespannt an. Auch wenn wir manchmal so tun, als interessierte es uns nicht, was sich in den anderen Wachbezirken abspielte. In Wirklichkeit wollten wir schon wissen, was los war, und zwar möglichst genau. Darum hingen wir jetzt geradezu an seinen Lippen, als der Chef erzählte:

»Also, Alarmstufe 3 ist bestätigt. Die haben ein Feuer in der dritten Etage. Bisher sind acht Personen über Drehleitern gerettet worden. Es sieht so aus, als hätte man die Lage im Griff.«

»Meinst du, dass wir noch ablösen müssen?«

»Nein!«, entgegnete Klaus Wloka mit fester Stimmen. »Du kannst duschen gehen, Gunther.«

Alles grinste und Klaus berichtete weiter:

»Ich habe mit deinem Vater gesprochen, der hat B-Dienst und ist vor Ort. Der meinte, er wolle dich heute Nacht nicht mehr sehen.«

Nach dieser Ansprache sah der Chef wie Bestätigung suchend in die Rund und fragte lächelnd: »War doch richtig so oder?«

Ein brüllendes Gelächter ertönte zur Antwort. Der Einzige, der nicht lachte, war Gunther.

»Ha ha, sehr komisch.«

Der Chef ging nicht darauf ein und meinte nur noch: »Ich wollte euch das nur mitteilen, falls der eine oder der andere sich lieber hinlegen will. Ich mach das jetzt jedenfalls. Gute Nacht Männer.«

»Nacht Klaus« erklang es im Chor.

»So, ich geh auch.«

Ich erhob mich ebenfalls: »Bis morgen früh, gute Nacht.«

»Gute Nacht.«

Hinter mir wurde es etwas unruhig. Offensichtlich hatte die Nachricht des Chefs und das Gute-Nacht-Wünschen ansteckend gewirkt. Stühle wurden gerückt und ich war nicht der Einzige, der sich kurz darauf hinlegte.

In dieser Nacht hatte ich den Schlafraum für mich alleine. Sterni und Michael, mit denen ich oft gemeinsam Dienst machte, hatten heute frei. Ihre Betten standen unberührt, hochkant gegen die Wand geklappt. Fenster und Türe standen sperrangelweit auf, aber es wehte kein Lüftchen durch den Raum. In gewohnter Weise legte ich Hemd und Hose griffbereit auf den schlichten Holzstuhl neben meinem Bett. Ich hatte mich lediglich mit dem Bettbezug zugedeckt. Alles andere wäre mir zu warm gewesen. Einige Kollegen legten sich in dieser Nacht nur so auf ihr Bett, aber so ganz ohne irgendwas auf der Haut konnte ich nicht einschlafen. Im Grunde konnte ich überhaupt nicht einschlafen. Es war immer noch zu warm. Unruhig wälzte ich mich in meinem Bett hin und her, schaute immer wieder auf die Uhr. Die fluoreszierenden Zeiger ließen sich in der Dunkelheit gut erkennen. Es war inzwischen fast ein Uhr. Kurz danach muss ich wohl doch eingeschlafen sein. Aber bereits wenige Minuten später ließ mich der Alarmgong zusammenzucken:

»Einsatz für 7-83-1!«, dröhnte es in meinen dunklen Schlafraum. »Oppenheimer Weg X, vermutlich Krampfanfall!«

Oh Mann, ich ließ mich wieder zurückfallen und spürte, wie mein Puls in die Höhe schnellte. *Nee, du musst die Türe wieder schließen, sonst bekommst du die ganzen Alarme vom RTW mit,* dachte ich und stand auf.

Unmittelbar neben mir befindet sich nämlich der Schlafraum der RTW-Besatzung, und die hörte ich jetzt über den Flur laufen. Sekunden später rauschte das Rolltor in die Höhe und der RTW fuhr aus der Halle. Müde und zerschlagen begab ich mich zur Türe. *Eigentlich kann ich auch gleich zur Toilette gehen.* Die zwei Flaschen Wasser, die ich im Laufe des heutigen Abend getrunken hatte, drückten auf meine Blase. Damit würde ich sowieso nicht mehr einschlafen können. Also schlappte ich weiter über den Gang zu der einige Meter entfernten Toilette.

Der Vierfachgong erwischte mich genau bei der Verrichtung meines menschlichen Bedürfnisses.

»Einsatz für Feuerwache 6, den C-Dienst von Feuerwache 7 und das LF 7-44-1 zur Kappeler Straße, Firma X! Unklare Feuermeldung durch den Pförtner!«

Diesmal saß ich nicht auf der Bettkante und dementsprechend hatte ich auch nicht in gewohnter Weise ruckzuck Hose, Hemd und Strümpfe angezogen. Nein, diesmal rannte ich erst einmal nur mit der Unterhose bekleidet über den Gang zurück zu meinem Zimmer, wo ich mich hastig anzog. Das kostete wertvolle Sekunden.

Oh Mann, was für eine stressige Nacht.

Wieder einmal gab es ein Rennen gegen die Zeit!

Entweder hatten meine Kollegen noch nicht im Bett gelegen oder sie hatten einfach den Zeitvorsprung dieser wenigen, aber wichtigen Sekunden für sich gewinnen können.

Nachdem ich so schnell es ging in die Kleider »gesprungen« war, rannte ich zum zweiten Mal aus dem Zimmer. Aber jetzt in die andere Richtung, nämlich zu dem Vorraum meines Büros, wo bekanntlich der Alarmschreiber steht und meine Feuerwehrsachen hängen.

Ich hatte mich gerade erst in die Stiefel gezwängt und zerrte die dicke Alarmhose über die leichte Arbeitshose, da hörte ich sie schon mit dem LF vorfahren.

Irgendwie läuft es einfach nicht so richtig, wenn man hektisch wird. Erst klemmte der Reißverschluss, dann verhädderte ich mich im Jackenärmel und zu guter letzt wollte ich ohne das Alarmschreiben aus der Türe laufen. Ich hatte die Klinke schon in der Hand, da fiel mir das wichtige Papier gerade noch ein. Schnell zwei Schritte zurück, ein Griff und nichts wie raus. Die dicken Spezialhandschuhe, die seitlich an einem Karabinerhaken meiner Jacke hingen, gerieten aus unerfindlichen Gründen hinter die Türklinke. Da an unserer Schutzbekleidung alles besonders strapazierfähig verarbeitet ist, rissen sie nichts ab. Dafür zerrte ich mir die Türe schmerzhaft gegen die Wade. Beinahe wäre ich dabei hingefallen, aber es ging noch einmal glimpflich ab. Ich biss die Zähne zusammen und kletterte leicht humpelnd auf den Beifahrersitz des hohen LF, das mit laufendem Motor vor der Bürotüre auf mich wartete.

»Was war das denn da für 'ne Einlage?«

»Frag nicht Roberto, fahr einfach los«, erwiderte ich mürrisch.

»Oh oh, das hört sich aber gar nicht gut an.« Roberto schielte zu mir her. »Also irgendwie siehst du aus, als hätte es dich beim ... na ja, du weißt schon erwischt.«

»Genau.«

»Nee wirklich!«, Roberto lachte laut.

Ich fand das gar nicht so komisch und beschloss, dieses Gespräch nicht weiter zu vertiefen.

Roberto rief jedoch laut, damit es auch ja alle anderen hören sollten:

»Hee, hört mal! Ich weiß jetzt, warum der Chef so spät gekommen ist!«

Ohne irgendwelche Fragen abzuwarten, fuhr er sogleich mit seiner, für mich nicht gerade rühmlichen Erklärung fort: »Der saß auf'm Pott, als der große Manitou ihn mit dem Alarm geweckt hat!«

Du siehst, lieber Leser, selbst ein Dienstgruppenleiter ist heute vor Spott nicht gefeit und sei es mitten in der Nacht auf einer Alarmfahrt. Das Beste war, gar nicht weiter darauf einzugehen. Außerdem hatte ich ganz andere Probleme. Ich kämpfte immer noch mit dem Reißverschluss meiner Jacke. Roberto bemerkte das und meinte lächelnd:

»Da scheint aber auch alles schief zu laufen bei dir, was?«

»Sei bloß still. Hoffentlich meldet sich die Wache 6 bald und bestellt uns ab.«

»Bei einer telefonischen Feuermeldung?«

»Mmm, stimmt. Ist eher unwahrscheinlich.«

Anrufe durch den Pförtner einer Firma sind für gewöhnlich ernster zu nehmen als telegraphisch einlaufende Feuermeldungen. Denn bei der zweiten Variante ist der Auslöser häufig nur ein technischer Übertragungsfehler. Auf solchen Alarmfahrten gehen wir oft schon davon aus, dass kein tatsächlicher Brand vorliegt, sondern eine Fehlmeldung.

»... na endlich«, ich atmete erleichtert auf. Es war mir gelungen, mein Reißverschlussproblem zu lösen. Erst jetzt konnte ich den Sicherheitsgurt anlegen. Als die Gurtschnalle einrastete, erklärte ich zufrieden:

»So, von mir aus kann es losgehen.«

Roberto lenkte das LF durch die scharfe Kurve, die unmittelbar hinter den Henkel Werken in die Halbusch Straße führte. Ich mochte diese tückische Kurve nicht. Irgendwie hatte ich immer das Gefühl, es müsse uns heraustragen und wir könnten gegen einen dieser dicken alten Straßenbäume prallen. Natürlich passierte nichts dergleichen, denn Roberto steuerte so souverän und sicher wie gewohnt. Ich versuchte meine Beifahrerangst zu verbergen. Vielleicht hing es damit zusammen, dass ich früher nur selten als Maschinist eingesetzt worden war. Und ich gestehe, dass ich im Gegensatz zu den meisten anderen Feuerwehrmännern nie mit Begeisterung die großen Feuerwehrfahrzeuge gefahren hatte.

In meiner derzeitigen Position war das auch nicht nötig und in meiner Mannschaft gab es viele gute Maschinisten, die wirklich gerne ein LF, ein TLF oder eine Drehleiter steuerten.

Wir befanden uns jetzt auf der Oerschbachstraße. Über Funk hörten wir die erste Rückmeldung. Ich erkannte die Stimme meines Kollegen Harald Bohr:

»Florian Düsseldorf für 6-46-1 kommen.«

»6-46-1 kommen«, meldete sich die Leitstelle.

»Wache 6 eingetroffen. Offensichtlich größerer Brand im Erdgeschoss des Verwaltungsgebäudes. Alarmstufe 2! Genaue Rückmeldung folgt.«

»Verstanden 6-46-1, Alarmstufe 2 wird ausgelöst.«

»Oh, oh!«, Roberto pfiff durch die Zähne. »Heute Nacht geht es ja richtig rund. Vorhin Alarmstufe 3 in der Innenstadt und jetzt schon wieder so'n dickes Ding.«

»Dann wird das wohl 'ne lange Nacht«, meinte ich und rief nach hinten in den Mannschaftsraum:

»Der Schlauchtrupp kann sich ebenfalls PA anlegen! Ich gehe davon aus, dass wir nicht nur den Sicherungstrupp stellen müssen!«

»Geht klar, wir rüsten uns aus!«

Die Firma, in der es brannte, befand sich genau in der Mitte zwischen den Feuerwachen 6 und 7, war aber von Wache 6 schneller zu erreichen.

Harald Bohr und seine Mannschaft donnerten mit lauten Sirenen durch die Nacht. Nach wenigen Minuten auf der Schnellstraße bogen sie von der Nürnberger in die Kappeler Straße ein. Schon von weitem sahen sie einen dunklen Rauchpilz in die Höhe steigen. Harald Bohr schwante nichts Gutes.

Bevor die Maschinisten das LF und die Drehleiter in Position brachten, gab er seine erste Rückmeldung zur Leitstelle. Er musste schnell handeln. Was er sah, rechtfertigte ohne nähere Erkundung das Auslösen der Alarmstufe 2.

Das halbe untere Erdgeschoss des frei stehenden, vierstöckigen Verwaltungsgebäudes schien in Flammen zu stehen. Über den großen asphaltierten Vorplatz kam ihnen der Nachtpförtner aufgeregt entgegen gerannt. Er »ruderte« wild mit beiden Armen.

»Pass bloß auf, dass du den nicht platt machst«, warnte Harald seinen Maschinisten. »Der ist ja völlig von der Rolle.«

Wolfgang Schüler hatte selbst ein wachsames Auge auf den älteren Mann geworfen und lenkte sein LF in einem großen Bogen in die Nähe des Haupteingangs. Nah genug, um einen wirkungsvollen Angriff rasch vorzutragen und trotzdem weit genug vom brennenden Gebäude entfernt, um nicht in dessen Trümmerschatten zu stehen.

Einen abschätzenden Blick auf das große Gebäude werfend, sagte Harald Bohr zu seinem Maschinisten:

»Hoffentlich ist die Wache 7 bald mit dem Verstärkungs-LF hier. Das Feuer können wir alleine nicht bewältigen.«

Genau die gleichen Befürchtungen hegten auch seine Männer, aber das hielt sie natürlich nicht davon ab, den ersten Löschangriff ohne Zeitverzögerung durchzuführen.

»**Verteiler vor den Haupteingang! Angriffstrupp und Wassertrupp mit je einem C-Rohr ins Gebäude! Die Drehleiterbesatzung übernimmt die Wasserversorgung!**

Dass die Männer sich mit Atemschutzgeräten ausrüsteten, verstand sich von selbst, so etwas musste er nicht extra anordnen. Der Angriffstrupp war eh schon fertig und zog bereits die Aluminiumkörbe mit den C-Schläuchen aus dem hinteren Seitenfach.

»Wolfgang, ich muss mir einen Überblick verschaffen und einmal ums Gebäude gehen. Wenn der C-Dienst eintrifft oder Wache 7, weißt du Bescheid.« Er schüttelte den Kopf: »Das sieht mir verdammt nach Brandstiftung aus.«

»Hast du deine Florentine an?«

»Ja.«

»Gut, wenn was ist, funk ich dich an.«

Während des kurzen Wortwechsels hatte Wolfgang die ersten Schläuche angekuppelt und die Feuerlöschkreiselpumpe gestartet. Er warf seinem DGL noch einen kurzen Blick nach und sah, wie er den Pförtner zu sich heranwinkte. Dann hatte er keine Zeit mehr die beiden zu beobachten. Es gab reichlich zu tun und er musste seine Arbeit schnell verrichten. Zunächst war Licht das Wichtigste. Wolfgang fuhr den elektrisch betriebenen Lichtmast am rechten hinteren Ende seines LF 24 in die Höhe. Sekunden später flammten die beiden 1000-Watt-Scheinwerfer auf und erhellten den gesamten Platz vor dem Haupteingang des Verwaltungsgebäudes, hinter dessen Thermopane-Glasscheiben ein gefährlicher rötlicher Feuerschein flackerte. Die hohen Flügeltüren im Eingangsbereich standen weit offen. Unablässig quoll hier dunkler Brandrauch in den Nachthimmel. Als Harald Bohr sich anschickte, das Gebäude zu umrunden, drang sein Angriffstrupp mit dem ersten C-Rohr in das brennende Gebäude ein.

Harald hatte an der Vorderfront acht Fenster gezählt, hinter denen es brannte. Das entsprach genau der Hälfte an Büroräumen. Wenn sie nicht schnell genug vorankamen, würde sich das Feuer wahrscheinlich auf die weiteren Räume des Erdgeschosses und auf die darüber liegende Etage ausweiten. Ein Vollbrand in vier nebeneinander liegenden Büroräumen! Das war so unwahrscheinlich, dass er sogleich an Brandstiftung dachte. *Vielleicht hatten der oder die Täter noch woanders gezündet?* Bei dem Gedanken an weitere Brandherde war ihm überhaupt nicht wohl. Harald beschleunigte seine Schritte.

Als er die hintere Ecke des Gebäudes erreichte, umfing ihn Dunkelheit und Stille. Das Gebäude war sehr breit. Hier hinten gab es ebenfalls Büros. Harald erinnerte sich an einen Einsatz, bei dem sie wegen einer Feuermeldung schon einmal hierher gefahren waren. Er erinnerte sich, dass ein breiter Mittelgang die vorderen von den hinteren Büros trennte.

Wenn die Türen alle geschlossen sind, dürfte die Rückseite relativ sicher sein, dachte er und lief weiter. Mit einem Mal bemerkte Harald, nur wenige Meter entfernt, eine Person, die sich hinter dem niedrigen Vorsprung eines angrenzenden Gebäudes in eine Nische zwängte. Das kam ihm natürlich verdächtig vor. Nachts um diese Zeit und das an einem solchen Ort. Manch einer hätte jetzt bestimmt Angst bekommen, aber nicht Harald Bohr.

»He Sie!«, rief er die Person an. Wegen der Dunkelheit und der kauernden Haltung konnte er weder Geschlecht noch Alter der Person erkennen.

»Kommen Sie mal raus. Was machen Sie da überhaupt!«

Die Person drängte sich noch enger in die dunkle Nische. Harald leuchtete mit seiner Handlampe hinein. Der helle Strahl fiel auf das verschmutzte Gesicht eines noch recht jungen Mannes. Neben ihm auf dem Boden stand ein verbeulter grüner Benzinkanister.

Ronny war kein Freund von gründlichen Überlegungen. Vernünftiges Denken war ohnehin nicht seine Stärke und sein Verständnis von Recht und Ordnung unterschied sich erheblich von dem der meisten Bundesbürger. Einen kurzen Moment hatte er gezögert, aber wie gesagt, nur einen kurzen Moment. Zuerst wollte er sich so richtig einen ballern, den ganzen verfluchten Frust herunterspülen, aber er war ein wenig klamm. Das würde für 'nen richtigen Saufabend nicht reichen und er hatte in letzter Zeit zu oft auf Pump getrunken. Deshalb beschloss er kurzerhand, seine erste Idee in die Tat umzusetzten.

Eine Stunde später stand er bei seinem Kumpel Willi vor der Garage und klopfte an die Schiebetür. Dahinter dröhnte laute Musik. Willi stand auf Heavy metal, das musste laut sein. Ronny klopfte heftiger.

»**Is' offen!**«, rief jemand von drinnen und Ronny schob die Wellblechtüre zur Seite. Die Garage war eine ziemlich verkommene Hinterhofwerkstatt. Willi stand gebeugt über der geöffneten Motorhaube eines betagten Daimlers.

»Kalle?«

»Nee, Ronny!«

»Ronny du Pfeife, wo hast du denn die letzten Tage gesteckt? Ich hätte dich gut brauchen können!«

Willi hing immer noch über dem Motor und fummelte mit seinen ölverschmierten Händen an der Lichtmaschine. Er machte keine Anstalten, seine Arbeit auch nur für eine Sekunde zu unterbrechen und quatschte munter weiter:

»Wat is los Alter, wat willse noch so spät?«

»Kann ich mal die dämliche Musik ausmachen?«

»Eh Mann, dat is Ossi Osborn!«

»Na und, tut dem was weh oder wieso schreit der so?«

Ronny ging zu dem Stapel Autoreifen, auf dem das Radio stand und zog einfach den Stecker.

Sofort schoss Willi empört hoch: »Eh, mach wieder an, kanns ja meinetwegen wat leiser machen … du has wohl keine Ahnung von juter Musik.«

»Gute Musik, dass ich nich lache«, murmelte Ronny und steckte den Stecker wieder ein. Gleichzeitig drückte er aber eine andere Taste. Aus dem Radio dudelte jetzt Tony Marschall.

»Mann! Willse mich töten? Dat is der Hausfrauensender, mach bloß weg den Scheiß!«

»Wat denn nu? An oder aus?«

»Ach komm is ejal, mach aus. Wat is, willse 'n Bier?«

»Immer.«

Willi ging zu dem Kühlschrank in der Ecke und nahm zwei Dosen raus.

»Hier, schnapp!«

Er warf seinem Kumpel eine Dose zu und die beiden ließen den Verschluss zischen.

»Also, wat licht an Junge?«

»Och nix Besonderes«, Ronny wich der Frage aus.

»Komm, mach mir nix vor, du komms doch nich für nix, he … und besonders nich um die Zeit.«

»Na ja«, Ronny druckste herum.

»Wat denn nu? Hör ma, ich hab zu tun. Als entweder sachse watte wills oder …?«

Endlich rückte Ronny mit der Sprache heraus:

»Ich brauch noch mal'n Benzinkanister und so'n Stück Schlauch.«

»Nee, nee! Dat kann doch wohl nich wahr sein!« Willi entrüstete sich. »Ich dachte, das hättese endjültich kapiert.«

Er sah seinen jüngeren Kumpel eindringlich an:

»Hasse mir nich klipp un klar jesacht damit is Schluss?«

»Ja schon, aber …«

Ronny atmete tief durch.

»Scheiße, ich hab genau gewusst, dass du mir wieder so kommst. Ich hab's gewusst.«

»He, was soll das? Ich denk du has'n Job? Muss du da immer noch Sprit klauen? Anderen Leuten die Tanks leerzapfen?«

Willi ging erregt hin und her. Schließlich blieb er dicht vor Ronny stehen und sah ihm genau in die Augen:

»Musst du das!? He, sieh mich an, wenn ich mit dir spreche! Musst du das!?«

Ronny senkte seinen Blick und flüsterte:

»Ich dachte, wir wären Freunde.«

»Freunde! Freunde!«

Willi schlug beide Hände über dem Kopf zusammen, dann setzte er seine Strafpredigt weiter fort:

»Wenn ich nich dein Freund wäre, säßest du schon längst janz tief in der Scheiße, und dat weißt du verdammt jenau! Also komm mir nich mit sowat. Jetz hör mir ma jut zu du Pfeife«. Willi legte Ronny seine schwielige, ölverschmierte Hand in den Nacken, so dass der seinem Blick nicht weiter ausweichen konnte:

»Ich – bin – dein – Freund.« Ganz langsam betonte er seine Worte.

»Hasse dat kapiert?«

Dann nahm er die Hand wieder weg und zog aus der Gesäßtasche seines blauen Overalls ein abgewetztes altes Portemonnaie.

»Hier, nimm. Is mir lieber als wenn 'se wieder Scheiße baus.«

Er hielt Ronny zehn Euro vor die Nase.

Ronny biss sich auf die Unterlippe und sah verlegen zur Seite. Dann nahm er den Schein und knüllte ihn umständlich in seine Jeansjacke.

»Danke, murmelte er.

»Is doch klar. Komm, jetz trinken wir noch 'n Bier und dann quatschte dich mal aus.«

»Nee du, ich muss . . . wirklich.«

Willi zuckte mit den Schultern:

»Muss du wissen. Aber versprich mir – keinen Scheiß mehr, okay?«

»Okay Willi. Und noch mal, Danke.«

»Vergiss et.«

Nachdem Ronny gegangen war und die Türe hinter sich zugezogen hatte, schaltete Willi das Radio wieder ein und beugte sich erneut über den Motor des Daimlers. Er hatte sich nur noch kurz Gedanken über Ronny gemacht, dann nahmen seine elektrischen Probleme ihn wieder ganz in Anspruch.

Ronny befand sich in einer depressiven Phase. Dass er die zehn Euro eingesteckt hatte, na ja, das hatte er eigentlich gar nicht gewollt. Aber er hatte seinem alten Kumpel doch unmöglich sagen können, was er wirklich vorhatte. Der hätte garantiert solange genervt, bis er, Ronny, ihm sein Vorhaben gebeichtet hätte. Also musste er das Geld annehmen.

Nachdem er die Türe hinter sich zugeschoben hatte, verließ er jedoch nicht sofort den Hinterhof, wie Willi vielleicht meinte, sondern sah sich vorsichtig in der Schrottecke um.

Na also, wer sagt's denn. Nur vorsichtig, ja keinen Krach machen.

Ronny hob einige Metallteile zur Seite. Darunter kam ein alter verbeulter 20-Liter-Kanister zu Tage. Ein kurzes Stück Schlauch, ausreichend für sein Vorhaben, war auch schnell gefunden. Zufrieden, sein Ziel doch erreicht zu haben, schlich Ronny vom Hof. Er hätte sich bei seiner Aktion eigentlich keine Mühe geben müssen, besonders leise zu sein. Willi hätte sowieso nichts gehört. Aus der Garage dröhnte längst wieder das Radio.

Es war inzwischen 23.00 Uhr und in **den** Straßen, in denen Ronny sich bewegte, hielt sich um diese Zeit eh niemand mehr auf. Bald hatte er ein Auto gefunden, dessen Tankverschluss offen war. Auch ein verschlossener Tankdeckel wäre für einen Profi wie Ronny kein Problem gewesen. Ronny ließ den Benzinkanister einfach neben dem Auto stehen und verdrückte sich dann. Aus gesicherter Entfernung beobachtete er, wie der Sprit durch den Schlauch von selbst in den Kanister lief. Das hieß, sehen konnte er den Vorgang natürlich nicht, aber von seinem Versteck aus fühlte er sich einfach sicherer. Es konnte immer jemand kommen und seine Aktion stören, warum sollte er also ein unnötiges Risiko eingehen.

Ronny blickte auf die Uhr. *Noch eine Minute, das müsste reichen,* dachte er. Aus Erfahrung wusste er, wie viel Zeit nötig war. Und er hatte Recht, der Kanister war randvoll. Er war stolz auf sein gelungenes Timing und schleppte den schweren Kanister um die nächste Straßenecke. Er hätte natürlich auch an eine Tankstelle fahren können. Er besaß ja immerhin die 10 Euro. *Aber warum kaufen, was man auch so bekommen konnte?*

Nach hundert Metern erreichte er seinen Motorroller. Den Benzinkanister zwischen die Füße gestellt, knatterte er seinem Ziel entgegen. Auf der Kappeler Straße begegnete ihm nur ein einziges Fahrzeug. Fußgänger waren um diese Zeit sowieso nicht mehr zu erwarten. Ronny fuhr mit seinen Roller einmal am Haupttor vorbei. Wie immer um diese späte Stunde war es natürlich geschlossen, aber er kannte sich hier ja bestens aus. Unweit den Haupttors schaltete den Motor aus. Die Straße ging etwas bergab. Ronny rollte geräuschlos noch ein ganzes Stück weiter, bis er an einer Stelle des Firmengeländes anhielt, das ihm für seine Zwecke ideal erschien. Unmittelbar vor dem über zwei Meter hohen Zaun stand ein Verteilerkasten der Post. Nachdem Ronny sich noch einmal vorsichtig umgesehen hatte, setzte er zuerst den Benzinkanister auf den Kasten und kletterte dann selbst hinauf. Er band ein Stück Schnur an den Kanister und ließ ihn daran auf der anderen Seite zur Erde. Erneut blickte er sich verstohlen um. Weit und breit war keine Menschenseele zu sehen. Rasch schwang er sich über den Zaun und erreichte so ungesehen das Firmengelände. In seinen krausen Gedanken hatte er sich einen aberwitzigen Plan zurechtgelegt, der jeglicher Logik entbehrte. Aber wie schon erwähnt, folgerichtiges Denken war noch nie seine Stärke gewesen.

Ronny wollte in das Personalbüro eindringen und Feuer legen. Wenn alle Unterlagen zerstört würden, so würde auch seine Personalakte verbrennen und damit wäre auch der Nachweis über seine kriminellen Aktivitäten beseitigt. So oder ähnlich stellte er sich das in seiner Einfältigkeit vor.

Wenn er nur etwas von seiner kriminellen Energie in sinnvollere Überlegungen gesteckt hätte – wer weiß, vielleicht wäre aus ihm sogar ein ganz patenter Bursche geworden.

Jetzt schlich er jedenfalls als dunkler Schatten über das Firmengelände. Den altersschwachen Pförtner brauchte er nicht fürchten. Ronny wusste, dass der die ganze Nacht sowieso nur in seiner Pförtnerloge saß, eine Zigarre nach der anderen paffte und schwarzen Kaffee schlürfte. Außerdem konnte der Pförtner nur den Haupteingang beobachten. Was sich hinten abspielte, blieb seinen Blicken verborgen. Deshalb hatte Ronny es auch auf ein Fenster an der dunklen Rückseite des Gebäudes abgesehen.

Nachdem er sich mithilfe eines stabilen Schraubendrehers Zugang verschafft hatte, stieg er in das Bürogebäude ein. In jedem dieser Büros war er unzählige Male gewesen und hatte die Post verteilt. Aber in dieser bedeutungsvollen Nacht würde er etwas völlig anderes verteilen – Benzin! Den Benzinkanister in der Hand schlich er geräuschlos durch das dunkle, unbeleuchtete Büro und öffnete einen Spalt breit die Türe. Vorsichtig spähte er den langen Korridor entlang, alles war ruhig. Ronny huschte über den Flur und verschwand hinter der gegenüberliegenden Türe. Er befand sich jetzt in einem der vorderen Büroräume, die mit ihren Fenstern zur Kappeler Straße hin zeigten. Das Büro, in dem er die Personalkartei vermutete, war vom Haupteingang aus gezählt das vierte. Da sämtliche Büros mit Zwischentüren verbunden waren, musste Ronny nicht mehr auf den Korridor hinaustreten. In dem vierten Büro verschüttete er seine gefährliche Fracht zuerst. Er wollte, dass alles, aber auch wirklich alles verbrannte. Alles musste vernichtet werden, das Rückschlüsse auf seine kriminellen Machenschaften liefern konnte. Deshalb vergoss er sehr viel Benzin über die hier stehenden Aktenschränke und

Schreibtische. Sofort verbreitete sich der für Benzin typische, penetrante Geruch. Ronny beeilte sich, er wollte unbedingt wenigstens noch zwei weitere Büros anzünden, weil er glaubte, er könne so die eigentliche Absicht des Anschlags und mögliche Spuren vertuschen. Nachdem er die gesamten zwanzig Liter verschüttet hatte, setzte er den leeren Kanister ab und eilte noch einmal zurück in das erste Büro. In der Verbindungstüre blieb er stehen und kramte in seiner Jackentasche nach der Schachtel mit den Streichhölzern. In diesem Moment spürte er zum ersten Mal sein Herz rasen. Seine Hände zitterten, das erste Streichholz brach über der Reibfläche ab. Das nächste ebenso. Ronny schloss die Augen und atmete tief durch. Der dritte Versuch gelang. Das brennende Streichholz flog in das von Benzindämpfen erfüllte Büro.

Whhhuf!, machte es und schlagartig stand der gesamte Raum in Flammen. Ronny zuckte erschrocken zurück. Instinktiv schloss er die Tür. Das war sein Glück. Hätte er auch nur einen Moment länger gezögert, dann hätte es auch in dem Raum, in dem er stand, eine Verpuffung gegeben. Ronny hatte keine Zeit, sich über sein riskantes Unternehmen Gedanken zu machen. Es musste jetzt alles unheimlich schnell gehen. Er wollte unbedingt noch die anderen Räume anzünden und musste verschwunden sein, bevor irgendjemand das Feuer bemerkte.

Sekunden, nachdem die Flammen in dem zuerst angezündeten Büro ihre ersten dünnen Rauchfahnen zur Decke geleitet hatten, reagierten die unter der Decke montierten Rauchmelder.

Vorne, in der Pförtnerloge, befand sich auch die Brandmeldezentrale. Innerhalb weniger Millisekunden schoss der Stromimpuls durch die Kupferleitungen und löste den Alarm aus. Sofort leuchteten und blinkten unablässig verschiedene Dioden auf dem Anzeigefeld. Dazu heulte der Feueralarm mit so lauten, nervtötenden Geräuschen, dass der arme Pförtner auf seinem Stuhl fast einen Herzinfarkt bekommen hätte.

Ronny zuckte ebenfalls zusammen. Er hatte nicht erwartet, dass die Feuermelder so schnell reagieren würden. Jeden Moment konnte der Pförtner erscheinen und ihn entdecken. Er hatte keine Zeit mehr, den vierten Büroraum anzuzünden. Ronny hetzte über den Korridor, wollte nur noch schnell abhauen. Fast wäre er schon aus dem Fenster gestiegen, da durchfuhr ihn ein erschreckender Gedanke: *Der Kanister! Scheiße, ich hab den Benzinkanister vergessen, und da sind meine Fingerabdrücke drauf.*

Jetzt bekam es Ronny mit der Angst zu tun. Kopflos rannte er zurück. Dass er längst überall seine Fingerabdrücke hinterlassen hatte, schien ihm überhaupt nicht in den Sinn zu kommen. Der Kanister stand immer noch da, wo er ihn zurückgelassen hatte, im letzten Büro, direkt hinter der Eingangstüre. In dem Moment, als er nach ihm griff, zündete das Feuer durch. Es gab eine mächtige Stichflammenbildung, von der auch Ronny getroffen wurde. Aber er hatte wieder Glück. Lediglich seine Hand, mit der er durch die halb geöffnete Türe nach dem Kanister gegriffen hatte wurde von den Flammen getroffen. Ronny schrie vor Schmerz laut auf und ließ den Kanister wieder fallen. Nach dieser ersten Durchzündung fielen die Flammen zunächst wieder in sich zusammen, um jetzt in ein »normales« Schadenfeuer überzugehen. Ronnys Angst war größer als der Schmerz und so griff er, mit der Hand, die er gerade erst zurückgezogen hatte, ein zweites Mal zu.

Auf dem langen Korridor flackerten die Leuchtstoffröhren auf.

So ein Mist, dachte Ronny, da wurde er von einer heiser krächzenden Stimme angerufen:

»He Sie! Was machen Sie da? Bleiben Sie stehen!«

Den Teufel werd ich ...

Ohne auf den Ruf des Pförtners zu hören, durchquerte Ronny mit zwei, drei Sätzen den Korridor und verschwand in dem gegenüberliegenden Büro. Er knallte die Türe hinter sich zu und hastete an dasselbe Fenster, durch das er vorhin eingestiegen war. Sein Herz raste wie verrückt. Jetzt, nachdem er sein Vorhaben tatsächlich durchgezogen hatte, überfiel ihn die nackte Angst – Angst erwischt zu werden. Mit einem Satz hockte er auf der Fensterbank. Er wollte zuerst den leeren Benzinkanister hinauswerfen, Voller Entsetzen stellte er schmerzhaft fest, dass das nicht ging. Die verbrannte Haut klebte regelrecht am Metallgriff des Benzinkanisters fest. Er bekam seine Hand nicht mehr frei.

Verdammt, das gibt es doch gar nicht! Den Versuch, die Finger gewaltsam zu lösen, gab Ronny sogleich wieder auf. Schmerzverzerrt blickte er auf seine verkrampfte Hand, zwischen deren Fingern dicke rote Bluttropfen hervorquollen. Es tat höllisch weh, aber Ronny hatte keine Zeit über seinen Schmerz nachzudenken. Er musste von hier verschwinden, und zwar so schnell wie möglich. Kurz entschlossen sprang er von dem Fensterbrett in die dunkle Tiefe. Bevor sein rechter Fuß den Boden berührte, trat er dummerweise in eine schadhafte Stelle im Asphalt. Es gab ein kurzes und überaus hässliches Geräusch, dann knickte das auftreffende Sprunggelenk nach innen ein. Der Schmerz, der ihn dabei durchzuckte, war noch viel stärker als der, den er eben erst erlitten hatte. Ronny fiel auf die Seite. Der Benzinkanister schlug mit einem lauten Scheppern auf den Asphalt und riss sich dabei gewaltsam von seiner Hand los. Ronny schrie schmerzerfüllt auf. Er war unfähig weiterzulaufen, und kroch, nachdem er eine Weile so dagelegen hatte, auf ein nur wenige Meter entferntes Gebäude zu. Hier, in einer Nische hinter einem Mauervorsprung, suchte er erst einmal Zuflucht. Seine Situation war alles andere als gut. Der rechte Fuß schien gebrochen, es tat höllisch weh. Seine Hand schwoll mächtig an und brannte wie Feuer und sein ganzer Arm schien wie gelähmt. An eine Flucht war in seinem Zustand überhaupt nicht zu denken. Wie lange er da so gelegen hatte, wusste er nicht genau zu sagen, auf jeden Fall hörte er irgendwann die Sirenen von sich nähernden Feuerwehrfahrzeugen.

Zum Glück habe ich nicht die Büros hier hinten angezündet, dachte Ronny, *sonst würde ich bestimmt von der Feuerwehr entdeckt werden.* Sorge bereitete ihm nur der Nachtpförtner, der hatte ihn immerhin gesehen. *Aber ob er mich auch erkannt hatte? Wahrscheinlich nicht, der alte Knacker mit seinen Glasbausteinen vor den Augen, nee, erkennen konnte der mich nicht. Aber trotzdem, ich muss hier unbedingt weg.*

Die Sirenen waren verstummt.

Wahrscheinlich werden die jetzt erst mal löschen. Die Feuerwehr hatte also genug zu tun, von denen dürfte mir keine Gefahr drohen. Aber irgendwann kommen die Bullen, dann wird es eng.

Ronny versuchte sich mit der unverletzten Hand an der Mauer hochzuziehen. Vergeblich, mit einem unterdrückten Schmerzensschrei ließ er sich sogleich wieder fallen. Er besaß einfach nicht genügend Kraft. Und selbst wenn es ihm gelänge, was dann? Sollte er etwa die ganze Strecke bis zu seinem Motorroller auf einem Bein hüpfen? Unmöglich. Spätestens an dem hohen Zaun wäre Endstation. Seine Situation war aussichtslos.

Plötzlich vernahm er ein Geräusch von eiligen Schritten. Ronny quetsche sich noch enger in die Nische, aber es nutzte nichts. Man hatte ihn entdeckt und rief ihn an:

»He Sie!«

Ronny wagte kaum zu atmen und kauerte regungslos am Boden – vergeblich. Der gleißend-helle Strahl einer Taschenlampe fiel auf seine Gestalt, blendete seine Augen.

»Kommen Sie mal raus, was machen Sie da überhaupt?«

Ronny war verzweifelt. Hatte er eben noch gehofft, irgendwie verschwinden zu können oder zumindest nicht entdeckt zu werden, so war jetzt alle Hoffnung zerschlagen. Mit einem Mal erkannte er sein ganzes Elend. Seine Schmerzen waren fast unerträglich, er brach wimmernd zusammen.

»Ich ... ich kann nicht ... mein Fuß ... jammerte er und hielt gleichzeitig seine blutverkrustete, dick angeschwollene Hand in den Lichtkegel.

In Harald stieg sofort ein Verdacht auf. Es sah so aus, als hätte er den mutmaßlichen Brandstifter entdeckt, aber es konnte ebenso gut ein Obdachloser sein. Allerdings, die Verletzungen und der Benzinkanister der ihm jetzt auffiel ... wobei, im Moment war das zweitrangig. Brandstifter hin oder her, der Mann musste schnellstens medizinisch versorgt werden. Dazu benötigte man nicht einmal einen fachlich geschulten Blick. Harald Bohr zögerte keinen Moment in seinem Entschluss.

Über die Florentine rief er den Maschinisten seines Löschfahrzeugs:

»Maschinist für DGL kommen!«

»Maschinist hört, kommen.«

»Wolfgang, ist RTW da?«

»Ja, der steht hinter mir in Bereitschaft.«

»Sehr gut. Sag denen, die sollen zur Rückseite des Gebäudes fahren. Hier liegt ein verletzter Mann. Sieht nach 'nem gebrochen Fuß aus, außerdem hat er Brandverletzungen an der Hand.«

Wolfgang stieß er einen anerkennenden Pfiff aus:

»Etwa der Brandstifter?«

»Kann sein, ist aber auch egal. Sieh zu, dass die sofort kommen. Und wenn der C-Dienst da ist, sag dem auch Bescheid. Ach ja ... und schick mir die Grünen hierher.«

»Mach ich, geht klar. Die Jungs sind schon so gut wie unterwegs.«

Wolfgang Schüler winkte der in der Nähe stehenden Rettungswagenbesatzung und gab die Information an seine beiden Kollegen weiter. Sofort liefen diese im Eiltempo zurück zu ihrem Fahrzeug. Unmittelbar darauf startete der RTW und fuhr am Haupteingang vorbei zur Rückseite des Verwaltungsgebäudes.

Wolfgang sah ihnen kurz nach und nahm dann Funkkontakt zum C-Dienst auf, der jeden Moment hier eintreffen musste.

Klaus Wloka war uns mit seinem C-Dienst-Wagen ein gutes Stück voraus.

Den Funkspruch: *Polizei zur Rückseite des Gebäudes. Vermutlich verletzten Brandstifter gefunden,* empfingen wir genau wie alle anderen, die ihr Funkgerät eingeschaltet hatten.

»Bohh, das wär' ja'n Hammer!« rief Roberto euphorisch, »der kann sich aber warm anziehen.«

»Tja, wenn er's ist«, gab ich zu bedenken und legte mir die Gurtbänder meines Atemschutzgerätes über die Schultern.

Wie im Mannschaftsraum befindet sich auch in der Rücklehne meines Sitzes ein Pressluftatmer eingebaut. Ich kann mir also bei Bedarf auch schon auf der Anfahrt ein solches Gerät anlegen. Und genau das machte ich jetzt.

Roberto sah mich ungläubig an: »Willst du das Gerät anziehen?«

»Ja«, entgegnete ich mit fester Stimme.

»Aber wieso? Warte doch erst mal ab. Vielleicht ist das ja gar nicht nötig«, gab Roberto zu bedenken.

Ich war da anderer Meinung und erklärte:

»Hör mal, der Harald hat den zweiten Alarm gegeben und alle seine verfügbaren Trupps eingesetzt. Ich geh davon aus, dass wir dringend benötigt werden. Er selbst kann nicht im Gebäude sein, weil er draußen bleiben muss, um die Übersicht zu behalten. Ich kenne das Gebäude noch von meiner Zeit auf Wache 6. Da gehört ein Gruppenführer rein, und wir sind der nächste Zug.«

»Ja, aber du musst doch draußen alles regeln.«

»Wäre auch kein Problem, das kann ich auch mit einem Gerät auf dem Rücken. Außerdem ist der Theo mit seiner Gruppe hinter uns.«

»Mhmm«, brummte Roberto.

Ich zog jetzt die Gurtbänder stramm und hängte mir die Atemschutzmaske um, zog sie aber noch nicht auf.

»Mir scheint, du hast da immer noch Bedenken?«

»Nee ... nee, das ist schon okay«, meinte er eilig.

Ich glaubte zu wissen, woher seine Vorbehalte kamen. Es war nämlich immer noch die Ausnahme, dass sich ein DGL persönlich mit einem PA in die Einsatzstelle begab. Die Mannschaft war diesen Anblick einfach nicht gewohnt. Dabei schimpften sie selbst oft genug darüber, wie unvorsichtig weit sich Leute aus der Führungsebene manchmal ohne Atemschutz in die gefährliche Rauchzone vorwagten. Einen hinreichend vernünftigen Grund gibt es eigentlich auch nicht dafür, denn die Atemwegsorgane eines DGL reagieren nicht minder anfällig auf Brandrauch wie die anderer Feuerwehrmänner.

Wir hatten keine zweihundert Meter mehr zu fahren. Vor uns, auf der rechten Straßenseite, lag das Verwaltungsgebäude. Was uns genau erwartete, konnte noch niemand von uns vorhersagen. Wir wussten nur eines: Vier Kollegen von Wache 6 befanden sich bereits unter PA im Feuer und sie warteten mit Sicherheit dringend auf unsere Unterstützung.

Hinten im Mannschaftsraum hatten die Männer Mineralwasser getrunken. Eine kluge Maßnahme. Bei den zu erwartenden Belastungen kann der Wasser-Elektrolythaushalt leicht zusammenbrechen. Das mit dem Trinken gelingt natürlich nur auf den längeren Anfahrten.

Jetzt warteten sie vollständig ausgerüstet, die Gesichter hinter den schwarzen Atemschutzmasken verborgen, auf das, was da kommen würde. Jeder war hundertprozentig einsatzbereit.

Der Anblick, der sich uns bot, war beeindruckend.

Das Löschgruppenfahrzeug der Feuerwache 6 stand etwa zwanzig Meter vom Haupteingang des Gebäudes entfernt. Sein Lichtmast war voll ausgefahren und bestrahlte einen Teil des großen Vorhofs. Aus zwei der mittleren Fenster des Erdgeschosses schlugen meterlange Flammen heraus und leckten gierig an der Hausfassade empor. Einige Flammen erreichten die darüber liegenden Fenster. Das stellte eine ernsthafte Bedrohung für die zweite Etage da.

Die Fenster besaßen außergewöhnlich große Scheiben.

Klaus Wloka, der uns unmittelbar hinter sich wusste, funkte mich an.

»7-44-1 für C-Dienst kommen.«

»Ja Klaus, ich höre.«

»Ihr bleibt mit eurem LF oben auf der Straße. Du selbst kommst mit dem Angriffstrupp zum Haupteingang und bringst direkt ausreichend C-Schläuche mit. Die anderen stellen die Wasserversorgung über einen zweiten Hydranten her und legen sich anschließend ihre eigene Leitung hier runter!«

»Verstanden Klaus, wir sind gleich da.«

Klaus Wloka hatte sich einen ersten groben Überblick verschafft. Die vier im Vollbrand stehenden Büros stufte er als nicht zu retten ein, sie waren definitiv verloren. Die Rückseite des Gebäudes hingegen schien sicher zu sein. Er hatte eine diesbezügliche Meldung von seinem ersten DGL erhalten, der das Objekt erkundete. Von den beiden Trupps, die sich im Gebäude befanden, hatte er bislang keine präzisen Angaben erhalten. Allerdings konnte er das auch noch nicht erwarten. Diese vier Männer hatten für genaue Erkundungsgänge im Gebäude keine Zeit. Sie waren zur unmittelbaren Brandbekämpfung eingesetzt und würden mit Sicherheit noch lange Zeit damit beschäftigt sein. Was er jetzt dringend brauchte, waren weitere Trupps, mit denen er das Feuer in die Zange nehmen konnte. Er musste unbedingt ein Übergreifen auf die anderen Büros im Erdgeschoss verhindern. Außerdem musste die darüber liegende Etage überprüft und gesichert werden. *Wenn das Feuer hier durchbricht wird mir auch der komplette Löschzug 7 für die Brandbekämpfung nicht mehr ausreichen.* Der Gedanke an eine solche Brandausbreitung beunruhigte ihn. Aufgrund der brisanten Situation hatte er gar keine andere Wahl, sein Entschluss stand fest. *Ich muss den dritten Alarm auslösen!*

»Der Angriffstrupp kommt mit mir! Schlauchtrupp! Standrohr aufstellen und eine B-Leitung mit Verteiler bis zum Haupteingang! Danach PA anziehen und ausrüsten!«

Nach dieser Anordnung, ließen wir drei, Carsten Heine, Christian Weber und ich, unser LF hier oben auf der Straße zurück. Wir liefen, so schnell uns das mit dem Pressluftatmer auf dem Rücken und den Schlauchkörben in den Händen möglich war, zu dem LF der Feuerwache 6.

Klaus Wloka stand neben dem Maschinisten und kam uns auf den letzten Metern mit großen Schritten entgegen.

»Passt auf«, erklärte er unverzüglich, »ihr steigt da hinten ein.«

Er deutete mit der ausgestreckten Hand auf die weiter entfernt liegenden Fenster im Erdgeschoss.

»Ihr steigt aber nicht ein, wo es brennt, sondern ein Büro weiter. Der Wolfgang holt euch ein Steckleiterteil vom Dach, damit ihr da leichter ran kommt.«

Ich nickte: »Carsten, Christian, nehmt die Leiter an.«

Klaus erklärte mir weiter:

»Ich möchte, dass ihr das Feuer in die Zange nehmt. Zwei Trupps von Wache 6 sind bereits durch den Haupteingang. Wenn der Theo mit dem anderen LF eintrifft, schicke ich noch einen weiteren Trupp auf die erste Etage.«

»Ist das Feuer schon durch?«, fragte ich.

»Ich hoffe nicht. Sicherheitshalber habe ich eben Alarmstufe 3 ausgelöst. Wir brauchen unbedingt Trupps zum Ablösen, das dauert länger.«

Bei diesen Worten warf er einen besorgten Blick auf die nach wie vor bis zur ersten Etage hochschlagenden Flammen und meinte: »Bevor ich keine ausreichenden Sicherungstrupps habe, kann ich noch keinen da hinaufschicken.«

Mein Angriffstrupp stand jetzt mit der Steckleiter bereit. Sie trugen eines von den insgesamt vier Leiterteilen, die man einzeln oder zusammengesteckt verwenden kann, in ihrer Mitte. Carsten ging an der Spitze, Christian am Ende.

»Leg uns die Schlauchkörbe auf die Leiter. Die nehmen wir schon mal mit.«

»Gute Idee«, lobte Klaus. »Komm, und wir zwei verlegen die B-Leitung.«

Bis zu dem angegebenen Fenster waren es bestimmt vierzig Meter. Der Maschinist, der inzwischen wieder vom Dach seines LF heruntergestiegen war, gab mir den zweiten Verteiler heraus. Der erste Verteiler lag bereits vor dem Haupteingang und versorgte die hier eingedrungenen Trupps mit Wasser.

»Hier! Dein Verteiler. Was ist, zwei B-Schläuche oder lieber drei?«

»Besser drei!«

Klaus zog bereits den ersten B-Schlauch aus dem Fach, ich hielt den Verteiler in der linken Hand und konnte daher nicht so recht zupacken.

»Warte ich helfe dir. Hier! Nimm.«

Wolfgang drückte mir einen aufgerollten B-Schlauch in die freie Hand.

»Geht's?«

»Klar.«

Den ersten roll ich euch aus«, erklärte er, dann zog ich mit meinem Chef los.

Der Angriffstrupp war schon fast bei dem Fenster angelangt, und ich beeilte mich, meinen Männern zu folgen. Neben mir überholte mich der erste B-Schlauch, den der Maschinist gerade ausgerollt hatte. Nachdem ich zehn weitere Schritte getan hatte, rollte der zweite Schlauch, den der Klaus genommen hatte, an mir vorbei. Um das Zusammenkuppeln brauchte ich mich nicht kümmern, das besorgten die beiden. Ich musste jetzt nur noch meinen eigenen Schlauch abrollen, ein Kupplungsteil des doppelt aufgerollten Schlauchs aufnehmen und weiterlaufen.

Carsten und Christian setzten das Steckleiterteil mit ihrer schweren Last etwa drei Meter vor dem Fenster ab, durch das wir einsteigen sollten. In diesem Moment gab es einen Ohren zerreißenden Knall.

Ich zuckte regelrecht zusammen. Eine Scheibe auf der oberen Etage hatte der Hitze nicht länger standgehalten und war zerplatzt. In unmittelbarer Nähe meiner Kollegen prasselte der Scherbenregen auf den Hof. Bei ihrem Auftreffen zersplitterten die Glasscherben in noch kleinere Stücke, die sich in alle Richtungen hin weit über den Asphalt verteilten.

Mein lieber Freund, das war knapp. Gut, dass die einen ausreichenden Abstand zum Gebäude eingehalten hatten.

Unbeeindruckt von dem Geschehen stellte der Angriffstrupp das Steckleiterteil auf. Die Büroräume des Erdgeschosses waren höher gebaut als gewöhnlich. Ohne die Leiter hätten wir das Fenster nur schwer erreichen können. Christian setzte schon seinen Fuß auf die unterste Sprosse, da drehte er sich noch einmal zu mir um und fragte:

»Was ist, kann ich mit dem Fenster kurzen Prozess machen?«

»Ja klar, du brauchst keine Rücksicht nehmen. Hebel das Ding einfach auf.«

»Sehr gut.«

Christian hatte früher eine Zeit lang im väterlichen Betrieb als Glaser gearbeitet. Wer wie er sämtliche Fenster in- und auswendig kannte, für den war das Öffnen dieses einflügeligen Drehkippbeschlages ein Kinderspiel. Fachgerecht setzte er das Halligen-Tool an der richtigen Stelle an. Ein kurzer Schlag, ein kräftiger Ruck und das Fenster sprang nach innen auf. Dabei wurden der Rahmen und der Schließmechanismus zwar stark beschädigt, aber das spielte in dieser Situation wirklich keine Rolle mehr. Für uns zählte nur eins: Hauptsache wir gelangten schnell hinein.

Carsten hatte die Leiter gesichert.

»Soll ich mit reinklettern oder soll ich dir erst noch helfen?«

»Geh rein! Ich sichere!«

»Na gut, aber den Schlauchkorb kann ich genauso mitnehmen.«

Kurzerhand ergriff er den Aluminiumkorb und bestieg damit die Leiter. Christian beugte sich aus dem Fenster:

»Gib an.«

Carsten hob den Korb in die Höhe. Christian bekam den Griff zu fassen und zog den Korb zu sich herein. Carsten kletterte hinterher.

In der Zeit, in der Christian das Fenster geöffnet hatte, hatte ich den B-Schlauch an den Verteiler angekuppelt und *Wasser marsch* gegeben.

Wir mussten uns beeilen. Das Feuer in dem Büro nebenan brannte schon verdammt lange, es konnte jeden Moment durchbrechen. Ich rief:

»He Männer, keine riskanten Sachen! Wir sollen hier nur eine mögliche Brandausbreitung verhindern, klar?«

Carsten stand am Fenster und reichte mir ein Kupplungsende nach draußen.

»Keine Sorge, wir passen schon auf.«

Ich zweifelte auch keinen Moment an den Fähigkeiten meiner Männer. Ich hatte viel mehr Bedenken, dass sie sich zu weit vorwagen könnten. Solange noch kein Sicherungstrupp bereitstand, war das immer noch eine heikle Angelegenheit. Denn wenn »nur« einem der beiden irgendetwas zustoßen sollte, musste unverzüglich ein anderer Trupp unter Atemschutz nachfolgen und Hilfe bringen. Aber wir hatten dazu noch nicht die nötige Stärke erreicht. Und bei einem so ausgedehnten, unübersichtlichen Großbrand konnte es immer zu kritischen Zwischenfällen kommen.

Bei Menschenrettung gehen wir selbstverständlich ohne zu zögern ein höheres Risiko ein! Da würde keiner von uns sagen:

»Sorry, ich kann da nicht rein – mein Sicherungstrupp fehlt noch!«

In solchen extremen Situationen, wo es buchstäblich um jede Sekunde geht, wird uns ein hohes persönliches Eigenrisiko abverlangt. Dafür sind wir da! Dafür sind wir ausgebildet!

Aber in einer Situation wie dieser, wo es »nur« um Sachwerte geht, steht das Leben eines Feuerwehrmannes und dessen Eigensicherung im Vordergrund.

Darauf zu achten, ist ebenfalls meine Aufgabe. Um Büromöbel und Aktenschränke zu löschen, muss kein Feuerwehrmann sein Leben riskieren. Kritisch genug sind die Situationen oft ohnehin. Niemand kann genau vorhersagen, wie ein Brand verläuft, niemand weiß, was ihn hinter der nächsten Türe erwartet, niemand weiß, welche gefährlichen Materialien am Brandort lagern, die zusätzliche Gefahren bedeuten können! Vor unangenehmen Überraschungen ist man als Feuerwehrmann selbst in einem »stinknormalen« Büro nicht sicher.

Nachdem ich draußen ebenfalls meine C-Schläuche ausgelegt und mit der Kupplung, deren Ende aus dem Fenster hing, verbunden hatte, drehte ich auf Zuruf von Carsten das linke Handrad am Verteiler auf. Sogleich schoss das Wasser in rasanter Schnelligkeit durch alle sechs miteinander verkuppelten C-Schläuche. Die B-Leitung war längst mit einem Druck von zehn Bar gefüllt.

Ich wollte mir die Sache persönlich ansehen. Aber zuvor meldete ich mich über Funk.

»C-Dienst für Gruppenführer 7 kommen.«

»C-Dienst hört, was gibt es?«

»Angriffstrupp 7 ist jetzt im Büro vor dem Brandraum. Wenn du mich da vorne nicht brauchst, gehe ich zur Erkundung ebenfalls rein.«

»Ja, mach das und gib mir umgehend Bescheid. Ich will wissen, wie es auf dem Flur und in den anderen Räumen aussieht. Theo ist eingetroffen. Euer Sicherungstrupp rüstet sich aus.«

»Sehr gut. Ich melde mich, Ende.«

So, nur noch den Maschinist wegen der Atemschutzüberwachung anfunken, dann aber nichts wie rauf auf die Leiter.

»Maschinist 6 für Angriffstrupp 7 kommen.«

»Maschinist 6 hört, kommen.«

»Wolfgang, ich geh zusammen mit meinem Angriffstrupp rein. Wir schließen jetzt unsere Geräte an.«

»Verstanden, drei Mann unter PA. Ab jetzt läuft eure Uhr. Alles Gute.«

Als ich die Sprossen der Steckleiter hinaufkletterte, hatte ich meinen Lungenautomaten noch nicht angeschlossen. Scheinbar besaßen die Büros hier sehr gute und dicht schließende Türen, denn die Luft hier drin war noch nicht verqualmt und ließ sich einwandfrei atmen. Das würde sich gleich ändern. Schließlich sollten wir ja nicht hier in diesem Büroraum ausharren, bis das Feuer, das nebenan wütete, von selbst ausgegangen wäre. Nein, wir sollten das Feuer mit unserem Strahlrohr von hier aus angreifen. Dazu mussten wir natürlich die immer noch dicht schließende Zwischentüre öffnen und drehten uns nun gegenseitig unsere Lungenautomaten in die Atemschutzmasken ein.

Ein gefährlicher Flash Over war nicht mehr zu befürchten. Zum einen stand das Büro bereits im Vollbrand, wie wir unschwer von draußen erkannt hatten, und zum anderen war die große Isolierglasscheibe unter der Hitzeeinwirkung zerplatzt. Es gab also hinreichend Sauerstoff, um die Verbrennung aufrecht zu erhalten.

Trotzdem war es unbedingt wichtig, einige Sicherheitsregeln zu beachten. Eine lebensnotwendige Regel besagt: Öffne niemals aufrecht stehend eine Türe, hinter der es brennt. Deshalb kauerten wir drei tief am Boden. Aus dieser relativ sicheren Position stieß Christian die Türe auf.

Die gefürchteten Langflammen blieben zwar aus, aber dennoch hatten wir richtig gehandelt, indem wir die tiefe Stellung eingenommen hatten.

Die Türe war kaum einen Spalt breit geöffnet, da zog dichter, schwarzer Brandrauch über unsere Helme hinweg in das bislang unbeschädigte Büro. Natürlich würde der ekelige und überdies giftige Brandrauch auch dieses Büro total ruinieren. Dazu bedurfte es nicht einmal der unmittelbaren Flammeneinwirkung. Leider konnten wir das nicht verhindern. Es gab keinen anderen Angriffsweg, um an das Feuer zu gelangen. Es sei denn, wir lehnten die Steckleiter an das zerborstene Fenster, um, von außen auf der Leiter stehend, die Flammen zu bekämpfen. Einen kurzen Moment hatte ich darüber nachgedacht, aber ich verwarf diesen Gedanken genauso schnell, wie er gekommen war. Das Risiko für den Mann auf der Leiter wäre viel zu groß, außerdem hatten wir einen klaren Auftrag. Nein, wir mussten durch diese Türe, da war nun mal nichts zu machen.

Das Büro stand in hellen Flammen, es prasselte und knisterte. Unten am Boden waberte eine Glut in sämtlichen Rottönen und oben, unter der hohen Bürodecke, wälzte sich der Brandrauch wie eine zähe und trotzdem sehr bewegliche, schwarze Masse. Immer noch schlugen lange Flammen aus dem zerstörten Fenster nach draußen. Obwohl ständig eine Menge Brandrauch entwich, wurde die Sicht in dem Raum nicht besser. Das Feuer fand in den hohen Regalwänden einfach zuviel Nahrung und produzierte immer neuen Brandrauch. Die gegenüberliegende Wand konnten wir von unserer Position aus nicht erkennen, aber ich hatte die ungefähren Maße ja von außen abschätzen können. Daher wusste ich, dass jeder dieser brennenden Büroräume eine Länge von mindestens zehn Metern aufwies. Wir konnten demnach mit unserem Strahlrohr die andere Seite problemlos erreichen. Aber waren wir auch in der Lage dieses gewaltige Feuer mit nur einem einzigen Strahlrohr zu löschen?

Ich stellte mir diese Frage, doch es war müßig lange darüber nachzugrübeln. Die Erfahrung sprach dagegen. Mir war klar, ich benötigte hier unbedingt ein weiteres Rohr und das bedeutete: Ich brauchte wenigstens noch zwei Mann unter PA, und zwar so schnell wie möglich.

Mein Angriffstrupp hatte es sich, so gut es ging, am Türrahmen »bequem« gemacht. Die beiden lagen am Boden und richteten den Wasserstrahl gezielt auf bestimmte Punkte. Der Löschstrahl zeigte Wirkung. Ein direktes Eindringen in den brennenden Raum war hingegen vollkommen unmöglich. Das hätte auch nichts erbracht und nur das persönliche Risiko unnötig erhöht.

Ich bückte mich ebenfalls und rief:

»Versucht die Stellung hier zu halten! Ich sehe zu, dass wir Verstärkung erhalten und schau mich mal im Flur um!«

»Geh lieber nicht alleine weiter! Ich hab so ein Gefühl, als wenn das Feuer bald an irgendeiner Stelle durchbrechen wird!«

»Ich pass schon auf! Ich will nur mal 'nen Blick auf den Flur werfen! Also dann!«

In gebückter Stellung bewegte ich mich einige Meter von der offen stehenden Türe weg. Die Strahlungswärme im Türbereich war unten am besten zu ertragen. Je höher man kommt, umso intensiver wird die Temperatur. Daran sollten wir immer denken, auch wenn wir in unserer hochwertigen Schutzbekleidung davon nichts spüren. Zumindest eine Zeit lang nicht. Irgendwann kommt allerdings der kritische Punkt, da schlägt die Wärme mit gnadenloser Härte blitzartig selbst durch unsere flammenfeste Bekleidung. Damit wir dieser höchst gefährlichen Situation nicht völlig schutzlos ausgeliefert sind, tragen wir ein akustisches und optisches Warngerät an unseren Atemschutzgeräten. Die Sensoren in der kleinen grünen Kunststoffbox geben ein lautes Geräusch von sich, das auch dann einsetzt, wenn man sich nicht ausreichend bewegt.

Genau dieser Höllenlärm ließ mich zusammenzucken, als ich das Büro verlassen wollte, um auf den Flur zu gehen. Erschrocken drehte ich mich um. Dieses penetrante auf- und abschwellende Pfeifgeräusch konnte wirklich Tote erwecken. Ich sah, wie der Angriffstruppmann sich kurz schüttelte. Sogleich verstummte das durchdringende Warnsignal und die grell auf- und abblinkenden Leuchtdioden schalteten sich ebenfalls wieder ab. Im Ernstfall soll das Gerät es dem Rettungstrupp ermöglichen, die verunglückten Kameraden besser zu finden. Hoffentlich kommen wir nie in eine solch gefährliche Situation. Sie könnte nämlich leicht tödlich enden. Es gibt kaum eine schlimmere Vorstellung als gefangen im Brandrauch festzusitzen. Wenn du auf dem Druckmanometer erkennen musst, dass der Luftvorrat nur noch für wenige Minuten reicht, kann leicht Panik aufkommen.

Und Panik bedeutet, dass du nicht mehr klar denken kannst. Die wenige Zeit, die dir verbleibt, rast vorüber und dann kommt irgendwann unweigerlich der Moment, in dem du keine Luft mehr in deinem Pressluftatmer hast. Voller Verzweiflung reißt du dir die Atemschutzmaske vom Gesicht und atmest die giftigen Brandgase ein. So etwas ist leider schon vorgekommen.

Aus Sicherheitsgründen soll deshalb kein Feuerwehrmann alleine in ungesicherte Bereiche vorgehen. An diese Regel hatte ich mich natürlich ebenfalls zu halten. Darum öffnete ich lediglich die Flurtüre und leuchtete mit meiner Handlampe den langen Korridor hinunter.

Der helle Strahl der Lampe verlor sich schon nach wenigen Metern in einem grauen, wabernden Nebel. Weiter hinten wurde das Dunkel immer undurchdringlicher. Da, wo der Schein der Lampe nicht mehr durchdringen konnte, glaubte ich in der Tiefe kleine helle Feuerzungen aufblitzen zu sehen. Das war höchst kritisch. Ich leuchte zur Decke. Hier krochen dicke, schwärzliche Rauchschichen auf mich zu. Was sich da aufbaute, sah verdammt nach einer gefährlichen, gewaltigen Rauchgasdurchzündung aus. Ich musste unbedingt sofort alle im Haus befindlichen Einsatzkräfte vor dieser Gefahr warnen. Wenn das hier durchzündete, drohten eine gewaltige Brandausbreitung und möglicherweise massive Deckeneinstürze.

Schnell zog ich mich wieder in den Büroraum zurück und schlug die Türe hinter mir zu. Dann rief ich über meine Florentine eine Warnung durch, die jeder, der sein Gerät eingeschaltet hatte, hören musste.

»Achtung, an alle Einsatzkräfte im Gebäude. Akute Gefahr einer Rauchgasdurchzündung im Korridor vom Erdgeschoss! Ich wiederhole: Akute Gefahr einer Rauchgasdurchzündung im Korridor vom Erdgeschoss!«

Danach funkte ich meinen Chef Klaus Wloka noch einmal gesondert an:

»C-Dienst für Gruppenführer 7-44-1 kommen.«

»Hört kommen.«

»Hast du meine Warnung empfangen?«

»Ja«, klang es etwas ungehalten, »komm mal raus und gib mir 'ne genaue Lagebeschreibung.«

»Okay, ich komme.«

Jetzt hörte ich jemand anderen am Funk:

»C-Dienst für Angriffstrupp 6. Was ist mit uns? Sollen wir auch raus oder?«

Darauf ertönte die sonore Stimme des Chefs über den Äther:

»Wloka hier! Alle Einsatzkräfte bleiben im Gebäude. Die Brandbekämpfung wird weiter fortgesetzt, aber niemand hält sich im Korridor auf! Und stellt euch nicht vor die Türen, Ende.«

Oh oh, ich bekam ein ungutes Gefühl. Hatte ich mit meinem Funkspruch überreagiert? Einige zusätzliche Schweißtropfen bildeten sich auf meiner Stirne. Aber das konnte unter der Atemschutzmaske keinem auffallen, ich war eh schweißgebadet. Die hohen Außentemperaturen und die hermetisch abdichtende Feuerschutzbekleidung stellten eine ziemliche Belastung dar. Dabei ging es mir noch verhältnismäßig gut. Meine Kollegen, die sich in unmittelbarer Nähe des Feuers befanden, waren da noch ganz anderen Temperaturen ausgesetzt.

Als ich mich anschickte die angelehnte Steckleiter hinabzuklettern, wartete Klaus Wloka bereits unten. Er empfing mich direkt mit den Worten:

»So, jetzt erzähl mir doch mal, was das mit dem Flash Over auf sich haben soll?«

»Moment, ich zieh mir erst mal die Maske ab.«

Nachdem ich das getan hatte, schilderte ich exakt meine Beobachtung:

»... und vorne, also da, wo meine Lampe gerade noch hinleuchten konnte, drangen schon feine Rauchfähnchen an mehreren Stellen mitten aus der Wand.«

»Na gut, das scheint tatsächlich kritisch zu sein, aber ...«, Klaus beschwichtigte, »ich will auch nicht ausschließen, dass es zur Durchzündung kommt, ist sogar sehr wahrscheinlich nach dem was du sagst, nur«, er schüttelte den Kopf, »du brauchst keine Sorge haben, dass deshalb gleich das halbe Gebäude einstürzt. Das war doch deine Sorge oder ...?«

Ich nickte. »Stimmt. Wenn ich mir vorstelle, dass die Kollegen da drin ...«

»... von herabfallenden Trümmern erschlagen werden«, beendete er meinen angefangenen Satz und legte mir die Hand auf die Schulter. In väterlich-vertraulichem Ton erklärte er mir dann:

»Das mit der Warnung ist schon okay, aber deine Angst ist unbegründet. Sieh mal, die Decke hier, das ist 'ne Stahlbetonkonstruktion, die wird deshalb nicht gleich runterknallen. Und die Seitenwände vom Korridor zu den Büros, ja gut ... die Seitenwände, das sind vermutlich dünne Bimsplatten oder so'n Ständerwerk mit Steinwollefüllung. Dafür spricht auch, dass da Brandrauch durchtritt. Aber selbst die halten schon einiges aus. Angenommen, der ganze Kladderadatsch kracht wirklich zusammen. Was soll's, die tragenden Teile werden davon nicht betroffen und solange die Jungs sich nicht vor die Türen stellen, kann denen überhaupt nichts passieren.«

»Du bist also nicht sauer auf mich?«

»Quatsch, war ja richtig. Nur, du musst als Gruppenführer vielleicht etwas mehr darauf achten, **wie** du was sagst. Deine Durchsage von eben, also die hörte sich mehr an wie: Alle Mann raus! Strahlrohr fallen lassen! Oder: Rette sich wer kann! Verstehst du?«

Also doch Mist gebaut, dachte ich und schluckte.

Klaus lachte: »He, ich kann fast auf deiner Stirne lesen, was du jetzt denkst. Aber vergiss es. Meinst du, ich mache alles perfekt? Ich hab auch nicht immer alles im Griff. Außerdem bist du noch nicht so lange in dieser neuen Position. Da lernt man ständig dazu, das hört nie auf.

Na los! Zieh die Maske wieder an, ich brauch dich da drinnen. Die Trupps vom Theo sind auch schon unterwegs. Und wir setzten gleich die Lüfter ein. Dann wird auch die Sicht besser.«

Er gab mir einen aufmunternden Schlag auf die Schulter und ließ mich alleine zurück. Ich zog mir also wieder die Atemschutzmaske an, setzte den Helm auf und kletterte zum zweiten Mal die Leiter hoch. Mein Stimmungstief hatte sich um 180 Grad gewandelt. Was konnte jetzt noch schief gehen? Mit solch einem Chef würden wir jedes Feuer besiegen!

Meine Euphorie wurde schnell wieder auf Normalmaß zurückgestutzt. Der ganze Büroraum, der vorhin noch so gut zu überblicken war, hatte sich trotz des sperrangelweit geöffneten Fensters mit Rauch gefüllt. Lediglich über dem Fußboden war die Sicht noch einigermaßen erträglich. Um zu meinen Kollegen zu gelangen, war ich also gezwungen, auf allen Vieren zu kriechen.

»Na, wie sieht's aus?«, fragte ich.

Im Grund genommen war meine Frage höchst überflüssig, denn der ganze Büroraum vor meinen Augen war total verqualmt. Der helle Wasserdampf, der beim Löschen immer entsteht, hatte sich mit den dunklen Schwaden des Brandrauches vermischt. Weder durch das zerplatzte Fensterglas noch durch die Türöffnung, in der wir hier lagen, konnte so viel Rauch abziehen, wie immer weiter produziert wurde.

»Was ist mit eurem Luftvorrat? Lasst mich mal sehen!«

Die beiden drehten sich etwas zur Seite, so dass ich Ihre Druckmanometer besser betrachten konnte.

»Einhundertachtzig Bar! Sehr gut! Damit könnt Ihr noch weitermachen!«

Eine Unterhaltung mit normaler Lautstärke ist unter Atemschutz, zumal neben solch einem lauten Feuer, absolut unmöglich. Überhaupt verständigt man sich viel durch Handzeichen und Gesten, da das Sprechen sehr anstrengend ist.

»Wir setzen gleich Lüfter ein, dann wird die Sicht besser! Also schön unten bleiben!«, rief ich und machte mit den flachen Händen ein typisches Zeichen.

»Das wird das Feuer aber noch mal anfachen!«

»Macht nichts, Hauptsache wir können wieder was sehen! Außerdem …«

Weiter kam ich nicht, denn in diesem Moment gab es einen lauten, dumpfen Knall. Eine starke Druckwelle verteilte sich in alle Richtungen. Die Bürotüre zum Flur wurde regelrecht aus ihren Angeln gerissen. Dann flog sie in das brennende Büro und knallte dort auf den Boden. Mit der Flurtüre in unserem Rücken geschah das Gleiche. Später hatte ich erfahren, dass sämtliche Korridortüren so herausgerissen worden waren. Die Druckwelle, die mit dem Knall einherging, hatte sogar ausgereicht, auch noch die restlichen intakten Fensterscheiben zerplatzen zu lassen.

Für die Feuerwehrmänner, die draußen auf dem Vorhof standen, sah das wesentlich kritischer aus, als es in Wirklichkeit war.

Zuerst gab es diesen lauten Knall, der so klang, als würde mit einer alten Kanone geballert. Unmittelbar darauf zerbarsten mit einem Schlag alle noch intakten Fensterscheiben und dann presste die Druckwelle aus allen Fensterlöchern eine große Menge schwarzen Rauches. Ein imposanter Anblick, der Schlimmstes befürchten ließ. Tausende Glasscherben zersplitterten klirrend auf dem Hof. Größere Bruchstücke schlugen wie gefährlich scharfe Hackmesser durch die Luft. Da sich alle weit genug vom Gebäude entfernt aufhielten, war hier draußen auch keiner zu Schaden gekommen. Im Inneren des

Gebäudes hatten sich alle an den Hinweis des C-Dienstes gehalten. Dadurch war hier ebenfalls niemand verletzt worden. Abgesehen von einem gehörigen Schrecken, den wir trotz meiner Vorwarnung erhalten hatten, brummte es heftig in unseren Ohren. Ich selbst war ziemlich benommen und fast taub.

Das war sie also gewesen, die Rauchgasdurchzündung. Obwohl ich damit gerechnet hatte, spürte ich jetzt doch meinen beschleunigten Herzschlag. Wir drei lagen platt wie die Flundern am Boden. Christian hob als Erster den Kopf und blickte sich um. Es hing eine Menge Staub in der Luft.

»**Los, Sprühstrahl!**«, rief er laut und sofort drehte Carsten an dem schwarzen Stellring seines Hohlstrahlrohres. Ein breiter Fächer aus feinsten Wassertröpfchen versprühte sich über den gesamten Raum. Hunderttausende dieser winzigen Tropfen banden den Staub an sich und ließen ihn zu Boden regnen.

Sehr leicht hätte es jetzt noch zu einer gefährlichen Staubexplosion kommen können. Aber die beiden hatten gut und schnell reagiert. Die kritische Situation war gebannt. Ich erhob mich wieder und funkte nach draußen. In meinen Ohren summte es immer noch.

»C-Dienst für Gruppenführer 7 kommen.«

»C-Dienst hört. Bei euch alles in Ordnung?«

»Ja, alle wohlauf. Was ist mit den anderen?«

»Weiß ich noch nicht. Du bist der Erste, der sich gemeldet hat. Ich lasse euch jetzt ablösen. Das gilt für alle eingesetzten Trupps im Gebäude.«

Den letzten Satz betonte er so, dass jeder diese Anordnung auch auf sich beziehen musste. Dann ordnete er an:

»Ihr kommt raus, sobald die Ablösung bei euch ist. Meldung bestätigen.«

»Angriffstrupp 7 verstanden«, bestätigte ich jetzt förmlich. Unmittelbar darauf hörte ich die Antworten der anderen im

Gebäude befindlichen Trupps. Die meisten hätten ohnehin in den nächsten Minuten ausgewechselt werden müssen und ich glaube, jeder von uns war froh, endlich diesen »Glutofen« verlassen zu können.

Wir drei wurden von Kameraden der Freiwilligen Feuerwehr Garath abgelöst. Einer nach dem anderen kletterten wir über die Steckleiter wieder aus dem Fenster nach draußen. Kaum unten angekommen, nahmen wir die Helme ab und rissen uns die Atemschutzmasken von den nass-verschwitzten, hochroten Köpfen.

»Los Männer, sofort die Jacken auf!«, rief ich und zog selbst den Panikreißverschluss meiner Jacke mit Schwung nach oben. Die anderen machten es mir nach. Sofort löste sich eine regelrechte Dampfwolke von uns ab.

Carsten stöhnte: »Bohhh! Da geht man ja drin kaputt! Mann ist das eine Affenhitze in dem Saunaanzug!«

Christian sagte gar nichts. Er stand einfach nur da und atmete tief ein und aus. In der rechten Hand hielt er seinen rußverschmierten Feuerwehrhelm und die dunkelblaue Flammschutzhaube, die er natürlich ebenfalls ausgezogen hatte. Er beugte sich ein wenig nach vorne und stützte sich mit der linken Hand auf den Knien ab. Von seinem Hals baumelte die Atemschutzmaske herab und eine Menge Schwitzwasser tropfte von seinem Gesicht.

Platsch! Platsch! Platsch machte es und ich starrte auf die kleine Pfütze, die sich vor ihm bildete.

»He, es wird Zeit, dass du was trinkst. Los kommt, wir gehen zum LF.«

Müde und abgekämpft gingen wir über den Hof zu unserem LF. Keiner von uns warf auch nur einen Blick zurück. Im Moment war uns das alles so sch ... egal, was in unserem Rücken geschah. Wir hatten nur noch einen Wunsch:

Raus aus dem dicken Zeug, endlich den PA runter und dann trinken, trinken, trinken.

Harald Bohr, der DGL von Feuerwache 6, war so lange bei Jürgen Ronnemüller geblieben, bis der von ihm angeforderte RTW eintraf.

Ronny beobachtete, wie der Mann, der ihn gefunden hatte, den beiden Weißgekleideten aus dem Rettungswagen einige Bemerkungen zuflüsterte. Bemerkungen die er, Ronny, offenbar nicht mithören sollte. Aber er konnte sich schon denken, was da geflüstert wurde. Der Erste ging, ohne sich noch einmal umzusehen. Die beiden anderen kamen jetzt auf ihn zu.

Ronny hatte früher so einiges gehört. Schlimme Dinge, die Feuerwehrmänner angeblich mit Brandstiftern anstellen würden, wenn sie diese erwischten. Und davor hatte er jetzt mächtig Schiss.

Aber die beiden Rettungsassistenten schienen sich nicht dafür zu interessieren, wie er zu seinen Verletzungen gekommen war. Überhaupt, der eine lächelte ihn sogar an und fragte, wo es ihm am meisten wehtäte. Ronny tat inzwischen fast alles weh. Am liebsten hätte er bei der Frage einfach drauflosgeflennt, so übermächtig spürte er jetzt sein ganzes Elend. Nichts war mehr geblieben von seinem trotzigen, kraftstrotzenden Gehabe und er wusste genau, dass ihn diesmal kein Leugnen mehr vor der Strafe retten würde.

Als die Weißgekleideten seinen Knöchel schienten und die Hand verbanden, liefen ihm vor Schmerz Tränen über seine bleichen Wangen. Aber er jammerte nicht, sondern biss tapfer die Zähne zusammen.

Dann legten ihn die Männer auf eine weiche Matratze, der sie mit einer Pumpe solange die Luft entzogen bis sie sich seinem Körper anschmiegte und dabei ganz hart wurde. Aber es tat gut, so darin zu liegen, denn seine Schmerzen waren dadurch viel erträglicher geworden. Schließlich hoben sie ihn mit dieser Unterlage auf eine Krankentrage, fixierten ihn mit breiten Klettverschlüssen, so dass er nicht herunterfallen konnte und schoben ihn anschließend in den hell erleuchteten Rettungswagen.

Ronny sah sich neugierig um. Es sah aus wie in einem OP-Raum. Einer der beiden sprach ihn an:

»So, halten Sie Ihren Arm jetzt mal ganz ruhig. Sie bekommen eine Infusion und danach wird es Ihnen gleich besser gehen.«

»Sind sie Arzt?« fragte Ronny den Mann, der sich an seinem Arm zu schaffen machte.

Aber der schüttelte lediglich den Kopf und erklärte:

»Es gibt jetzt einen kleinen Piks, nicht erschrecken.«

Ronny wendete sich ab, als ihm der Mann eine Kanüle in die Vene seines linken Unterarms schob.

Also doch ein Arzt, dachte er und hielt seinen Arm ganz ruhig und die Augen geschlossen. Den Einstich spürte er kaum. Als er die Augen wieder öffnete hing unter der Decke eine Infusion und durch einen langen, dünnen Schlauch tropfte permanent etwas von der darin enthaltenen Flüssigkeit in seine Vene.

»Ist das gegen die Schmerzen?«

»Auch«, erklärte der Mann ausweichend.

Der andere, also nicht der, der ihn gerade mit der Nadel gestochen hatte, sagte jetzt:

»So, bevor wir in die Klinik fahren, muss ich noch Ihren Blutdruck messen.«

Ronny nickte, dann spürte er, wie sich eine Manschette stramm um seinen Oberarm spannte. Dieser zweite Mann beobachtete dabei ein kleines Gerät, das er in seiner Hand hielt. Nachdem der Druck um Ronnys Arm sich wieder entspannt hatte, legte der Mann das kleine Gerät wieder weg. Sein Gesichtsausdruck verriet nicht, ob die gemessenen Werte gut oder schlecht waren.

Ronny traute sich nicht zu fragen. Aber der andere fragte:

»Und, wie sieht es aus?«

Ronny hielt seine Augen wieder geschlossen, hörte aber genau hin.

»Fünfundneunzig zu fünfzig.«

Mit den Zahlen wusste Ronny nichts anzufangen, aber dann meinte der andere, von dem er glaubte, dass er der Arzt sei:

»Ist ganz gut, ich glaube, wir können auf den Notarzt verzichten. Was meinst du?«

Jetzt verstand Ronny gar nichts mehr. Was sollte die Äußerung:

... auf den Notarzt verzichten? Wieso Notarzt? Der eine hier reichte doch oder stand es um ihn so schlecht?

Bevor er sich weiter darüber den Kopf zerbrechen konnte, vernahm er ein lautes, schleifendes Geräusch. Die seitliche Schiebetüre wurde aufgezogen und zwei Polizisten stiegen ein. Ronny hatte kurz mit den Augen geblinzelt. Jetzt zuckte er erschrocken zusammen.

Aber was hatte er denn auch erwartet? Dass man ihn in ein Krankenhaus fahren würde und er einfach irgendwann, wie jeder andere Patient, nach Hause entlassen würde?

Für einen Moment erwachte der alte Trotz in Ronny. Er beschloss spontan alles abzuleugnen. Doch seltsamerweise schienen auch diese Polizisten sich nicht sonderlich für sein Tun zu interessieren. Der eine fragte nur:

»Ist er das?«

Also damit war wahrscheinlich er gemeint, aber eine Antwort blieb aus und dann fragte der Polizist weiter:

»Wo fahrt ihr den hin?«

»Uni, C-Ambulanz.«

»Soll einer von uns mitfahren?«, fragte jetzt wieder der Polizist.

»Haha«, lachte daraufhin derselbe, der auch zuvor geantwortet hatte, »das dürfte wohl nicht nötig sein.«

»Na gut, dann bis gleich.«

Das war wieder der Polizist. Nach diesem knappen Gespräch wurde die Schiebetüre wieder zugezogen.

»Sind ... sind die Bullen weg?«, kam es stockend über Ronnys Lippen.

»Ja, aber nutzen wird Ihnen das trotzdem nichts. Im Krankenhaus werden die uns nämlich wieder erwarten. Haben Sie die Hütte eigentlich angesteckt?«

Ronny zog es vor, nicht darauf zu antworten. Er brummte nur irgendetwas Unverständliches.

»Na ja, es ist nicht meine Aufgabe Sie darüber zu befragen. Wir fahren Sie jetzt in die UNI-Klinik. Wenn irgendetwas ist, ich sitze an Ihrem Kopfende. Okay?«

Ja, Ronny fand das sehr okay und dann fuhr der Rettungswagen los.

Als ich mit meinem Angriffstrupp das brennende Gebäude verlassen hatte, erreichte der RTW gerade die Chirurgische Ambulanz der Universitätsklinik von Düsseldorf.

Die Polizei, die voraus gefahren war, wartete dort bereits auf den für diesen Großbrand verantwortlichen Mann, der uns Feuerwehrmänner noch bis in die frühen Morgenstunden beschäftigte.

Drei Feuerwachen der Berufsfeuerwehr, eine freiwillige Feuerwehr sowie der Atemschutzgerätewagen der Feuerwache Umweltschutz, zwei Rettungswagen und mehrere leitende Beamte der Berufsfeuerwehr waren an diesem Einsatz beteiligt.

Gegen 5.30 Uhr hieß es endlich:

»Löschzug 7 kann einrücken!«

Ein Großteil der Einsatzkräfte hatte den Einsatzort bereits vor uns verlassen. Aus Sicherheitsgründen blieb ganz zum Schluss ein Löschgruppenfahrzeug der Feuerwache 6 mit kleiner Besatzung zurück.

Die Männer hatten zwei C-Schläuche ausgelegt und kontrollierten in bestimmten Zeitabständen hauptsächlich die ausgebrannte vordere Seite der unteren Etage. Jürgen Ronnemüller hatte ganze Arbeit geleistet. Die betroffenen Büroräume waren total ausgebrannt. Aber immerhin war es uns gelungen, das Übergreifen des Feuers auf die rückwärtigen Büros und die stark gefährdete obere Etage zu verhindern. Was für uns besonders zählte: Wir hatten durch das taktisch kluge Vorgehen und die konsequente Einhaltung der elementaren Sicherheitsregeln keinen einzigen verletzten Feuerwehrmann zu beklagen.

Aus diesen Gründen befanden wir uns auf der Rückfahrt zur Wache auch in Hochstimmung. Wir fühlten uns zwar alle »schlagkaputt«, waren aber von dem Erlebten noch völlig aufgedreht. An Schlaf, selbst wenn die Zeit dafür noch vorhanden gewesen wäre, war bei uns allen nicht zu denken.

Jeder hatte *sein* ganz besonderes Erlebnis und jeder quatschte die anderen damit voll. Auf der Wache angekommen, blieben die Feuerwehrfahrzeuge draußen vor der Fahrzeughalle stehen. Wie fast immer gab es auch diesmal allerhand zu tun, um die Einsatzbereitschaft unserer beiden Löschgruppenfahrzeuge wiederherzustellen. Trotzdem blieb für die zweite Tour, die uns gleich ablösen würde, noch reichlich Arbeit übrig.

Irgendein Spaßvogel spritzte plötzlich mit dem Wasserschlauch um sich und machte uns alle nass. Eigentlich war der Schlauch dafür vorgesehen, verschiedene, vom Brand verschmutzte Ausrüstungsteile zu reinigen. Wir, die Getroffenen, gingen gleichfalls zum Angriff über. Es tobte eine kurze, aber heftige Wasserschlacht.

Eilig gefüllte Wassereimer flogen durch die Luft und ein zweiter Wasserschlauch verspritzte sein kühles Nass auf Feuerwehruniformen, an denen eh nichts mehr zu versauen war. Wir sahen nämlich, gelinde ausgedrückt, wie Schweine aus, die sich im Schlamm gesuhlt hatten. So nach und nach verzogen wir uns dann aber doch irgendwann unter die Dusche. Zuvor hatte jeder seine trockene Ersatzuniform und ebenfalls seine Ersatzstiefel bereitgelegt, man konnte ja nie wissen …

Bevor wir das nasse Zeug in den Kleidersack werfen konnten, der hinten in einer Ecke unserer Fahrzeughalle stand, mussten sie erst einmal trocknen. Daher hingen jetzt überall verschmutzte nasse Hosen, Jacken und Hemden. In unserer Fahrzeughalle roch es, als hätte der Brand hier drinnen gewütet. Und der penetrante Gestank nach Feuer hält sich ganz schön lange, den wird man so schnell nicht mehr los.

Früher, als wir noch die alte einfache Uniform trugen, konnten wir nach einem solchen Einsatz unsere Unterwäsche meist wegwerfen. Je nachdem, in welchem Bereich man eingesetzt worden war, ließ sich der Dreck einfach nicht mehr rauswaschen.

In meinem Buch – *Der Feuerwehrmann* – habe ich darüber berichtet. Damals schrieb ich:

»Der hartnäckige, schwarze Schmutz, der sich in allen Poren, Furchen und Rillen der Haut festsetzt, zeigte auch heute wieder eine hartnäckige Beständigkeit, so dass selbst der Einsatz einer Wurzelbürste vor den letzten Resten kapitulieren musste. Meiner Unterwäsche erging es noch schlimmer. Kein Waschmittel und keine Waschmaschine dieser Welt hätten hier noch etwas zu retten vermocht. Da galt es, ein *persönliches Opfer* zu bringen.«

Heute, da wir durch unsere hochwertige Schutzbekleidung gegen äußere Einflüsse viel besser gewappnet und fast hermetisch abgeschirmt sind, ist dieses *persönliche Opfer* nur noch sehr selten notwendig. Im Übrigen hat sich die Qualität der modernen Waschmittel in den vergangenen Jahren immer weiter verbessert.

Ich hatte mich ebenfalls kurz geduscht. Frisch gewaschen und in sauberer Kleidung begab ich mich dann zu den anderen. Die Luft an diesem frühen Morgen war noch so angenehm frisch, dass wir den gemütlichen Platz unter dem Baum dem Aufenthaltsraum in der Wache vorzogen.

Hier saßen wir jetzt auf einfachen, aber bequemen Gartenstühlen aus blauem Kunststoff, vor uns die obligatorische, dampfende Kaffeetasse und diskutierten noch einmal über das soeben Erlebte. Noch hatten nicht alle geduscht. Aber so nach und nach trudelten die restlichen Kollegen ein und setzten sich dazu.

Theo, der mir gegenüber saß, machte ein bedenkliches Gesicht. In seiner Stimme schwang eine große Portion Skepsis mit, als er mich fragte:

»Und du willst wirklich mit dem Fahrrad nach Hause fahren?«

»Klar«, erwiderte ich. »Jetzt ist es doch noch nicht so warm. Und noch fühle ich mich fit.«

»Na fit? Ich weiß nicht! Nicht dass du uns unterwegs vom Rad fällst!«

Ich lachte: »Keine Sorge Theo, die Strecke schaffe ich schon noch.«

Ich hatte sie geschafft, wenngleich ich an diesem Morgen doch etwas länger brauchte als nach einer weniger anstrengenden 24-Stunden-Schicht.

Schriftstellersorgen, ein Heiratsantrag und ein umgestürzter Bagger

Nach dem Frühstück verschwand ich dann allerdings ganz schnell in meinem eigenen Bett. Ich schlief tief und fest und wachte erst gegen Mittag wieder auf. Allzu lange hätte ich aber auch nicht mehr schlafen dürfen, denn am frühen Nachmittag stand ein wichtiger Termin mit meiner Bank an. Ich benötigte nämlich dringend einen weiteren Kredit, um neue Bücher drucken lassen zu können.

Als ich im Oktober 1998 meinen ersten Feuerwehr-Roman herausgebrachte, hatte ich nicht im Traum daran gedacht, wie viel Zeit, Mühe und vor allem Geld mich das alles kosten würde.

Heute, während ich hier an meinem Schreibtisch sitze und diese Zeilen schreibe, behaupte ich, dass ich über die erstaunlichen, ja geradezu abenteuerlichen Erlebnisse meiner bisherigen Schriftsteller- und Verlegertätigkeit inzwischen selbst schon ein Buch schreiben könnte.

Leider gehören viele leidvolle Erfahrungen dazu, die mich um einen Großteil meines Verdienstes gebracht haben. Gott sei Dank bin ich nicht auf diese Einnahmen angewiesen. Ich lebe ja von meinem Gehalt als Berufsfeuerwehrmann. Immerhin erbrachte der Buchverkauf doch soviel, dass ich davon verschiedene Investitionen tätigen konnte, die mir meine schriftstellerische Tätigkeit erheblich verbessert haben.

Aber jetzt, wo eine neue Buchveröffentlichung unmittelbar bevorstand, bekam ich meine Grenzen aufgezeigt. Die mit der Produktion verbundenen Kosten sind schon ein gewaltiger Brocken, dessen kaufmännisches Risiko ich ganz alleine tragen muss. Aber alles Jammern hilft nichts, ich habe es mir ja selbst so ausgesucht, da muss ich halt durch. Außerdem habe ich ja meine Vision weiterhin fest vor Augen, die es zu erreichen gilt:

Irgendwann (am Liebsten sofort) möchte ich so viele Bücher verkaufen, dass ich von dem Gewinn ein SOS-Kinderdorf finanzieren kann!

An diesem frühen Nachmittag erlitt ich einen herben Rückschlag – die Bank gab mir keinen weiteren Kredit!

Tief deprimiert kehrte ich nach Hause zurück. Eigentlich hätte ich es mir denken können, dass man mir kein weiteres Geld geben würde. Ich habe nämlich immer noch die Kreditraten von meinem letzten Buch – *Brandgefährlich* – abzuzahlen.

Du siehst, lieber Leser, das freie Unternehmertum ist gespickt mit vielen gefährlichen Hindernissen. Manchmal frage ich mich, welcher meiner Berufe eigentlich der gefährlichere ist – der des Feuerwehrmannes oder der des Verlegers?

Eigentlich hätte ich mit dem Manuskript zu *Löschzug 7* längst fertig sein sollen. Aber die finanziellen Probleme und deren Bewältigung hatten mich so in Anspruch genommen, dass ich die letzten Wochen nicht mehr zum Schreiben gekommen war. Wenn ich mich dann doch einmal an den Computer setzte, wollte einfach nichts gelingen. Mehrere geschriebene Seiten wanderten als langweiliger Papierkram in die blaue Tonne.

So langsam wurde mit klar, wieso einige Schriftsteller sich zum Schreiben auf eine Insel zurückziehen. Dort, fernab von allen belastenden und ablenkenden Einflüssen, können Sie sich ausschließlich auf Ihr Manuskript konzentrieren.

Ha, ich musste innerlich lachen. Höchst wahrscheinlich würde ich nur den neuen verführerischen Ablenkungen unterliegen, die solch eine Insel bietet und meine Zeit mit Schnorcheln und anderen schönen Dingen vertun! Ja ja, eine Südseeinsel müsste es natürlich schon sein, mit einer malerischen Palmenhütte und …

Um nicht noch länger meinen träumerischen Gedanken nachzuhängen, versuchte ich es lieber doch noch einmal in meinem heimischen Zimmer. Seit dem Auszug meines Sohnes Robert, der zum Studium der Architektur nach Kaiserslautern gezogen war, hatte ich sein ehemaliges Zimmer in Beschlag genommen und zu einer regelrechten »Bücherhöhle« umfunktioniert.

Im übertragenen Sinn war das jetzt meine Insel, zumindest ein Ort, an dem ich mehr als nur die Türe hinter mir schließen konnte, um in die erlebten Feuerwehrgeschichten einzutauchen.

Der nächste Tag, an dem ich zum Dienst musste, war ein Samstag. In der Nacht hatte ein lautstarkes Gewitter mit sintflutartigen Regenfällen über unserer Region getobt. Mitten in der Nacht wurde ich von lauten Donnerschlägen aufgeweckt. Draußen prasselte der Regen in dicken, schweren Tropfen herunter, begleitet von einem so heftigen Wetterleuchten, dass an ein erneutes Einschlafen nicht mehr zu denken war.

Irgendwann schlief ich natürlich dennoch ein. Als mich der Wecker dann gegen 5.20 Uhr brutal weckte, glaubte ich, kaum geschlafen zu haben. Ich fühlte mich wie zerschlagen. Meine S-Bahn fuhr um 5.54 Uhr vom Bahnhof Ratingen-Ost. Auf dem relativ kurzen Weg dorthin waren die Schäden, die das nächtliche Unwetter angerichtet hatte, nicht zu übersehen.

Überall lagen abgerissene Zweige und größere Äste am Boden. An einer Stelle hatte der Sturzregen das komplette Erdreich einer noch unbefestigten kleinen Böschung auf die Straße gespült.

Hoffentlich fährt die S-Bahn.

Meine Befürchtungen waren aufgrund vieler leidvoller Erfahrungen der vergangenen Jahre nicht unbegründet. So gut und wichtig die S-Bahn auch ist, so schlampig und unzuverlässig ist sie auch – ein leidiges Dauerthema.

Nachdem ich immer wieder zu der großen Bahnhofsuhr geschielt hatte, gab es eine Lautsprecherdurchsage, welche die Verspätung erklärte:

»Verehrte Fahrgäste, wegen Behinderung des Fahrdrahtes durch herabgefallene Äste verspätet sich die S-Bahn von Essen nach Köln um circa zwanzig Minuten. Ich wiederhole: Wegen Behinderung …«

Das Ende der Wiederholungsdurchsage wartete ich erst gar nicht ab, sondern begab mich sofort auf den Heimweg. Durch den Ausfall der S-Bahn war ich gezwungen, den Wagen zu nehmen. Auf die nachfolgende Bahn durfte ich nicht mehr warten, sonst lief ich Gefahr, zu spät zur Arbeit zu kommen.

Dass ich nicht lache, Verspätung um zwanzig Minuten! Ha! Die haben den Zug einfach ausfallen lassen, so ist das.

Ich ärgerte mich über die Bahn, wenngleich einzuräumen ist, dass Sie diesmal eine plausible Entschuldigung für ihren Ausfall geliefert hatten.

Nur gut, dass ich eine Alternative besitze. Trotzdem wurde die Zeit knapp. Ich legte denselben Weg jetzt im Dauerlauf zurück.

Ein gut trainierter Läufer brauchte höchstens drei Minuten, ich brauchte etwas länger.

Außer Puste schloss ich die Haustüre auf. Ohne das Licht einzuschalten, griff ich an die Stelle, an der die Wagenpapiere und die Schlüssel lagen. Kurz darauf befand ich mich auf dem Weg zur Autobahn.

Der nächtliche Regen hatte nur wenig Abkühlung gebracht. Die Erde war immer noch so stark aufgeheizt, dass vom feuchten Boden gewaltige Wolken von Wasserdampf aufstiegen. Um mich herum schien die Welt einzig aus Nebelschwaden zu bestehen. Das hatte irgendwie etwas Unwirkliches. Nebelfetzen trieben über die dampfende Autobahn, zwangen mich sogar, das Fahrlicht einzuschalten. Niemand begegnete mir, niemand überholte mich und so kam ich mir ein wenig vor wie in Johann Wolfgang von Goethes »Erlkönig«. Der berühmte deutsche Dichter hätte sicher nicht im Traum daran gedacht, dass zweihundert Jahre später einmal ein Feuerwehrmann, der seinen Zug verpasst hatte und deshalb mit einem Benzin getriebenen Automobil unterwegs war, seine eigene profane Situation mit seinen erhabenen Dichterphantasien verglich.

Mal abgesehen davon, dass es zu Goethes Zeiten weder die Autobahn noch die dazugehörigen Pkw gab. Denn erst um 1890 konstruierten die Ingenieure Carl Benz und Gottlieb Wilhelm Daimler die ersten Automobile mit Verbrennungsmotoren aus der 1926 in einer Fusion die Daimler Benz AG in Stuttgart-Untertürkheim entstand.

Nach knapp fünfundzwanzig Minuten erreichte ich meine Feuerwache. Ich warf einen flüchtigen Blick auf die Uhr. *Gute Zeit. Na bitte, im Gegensatz zum Erlkönig wenigstens hier ein Happy-End.*

Der Tag versprach wieder sehr heiß zu werden. Aber noch eine ganz andere, heiße Sache lag in der Luft, eine Sache, von der ich bislang noch nichts geahnt hatte.

Manchmal pflege ich vor dem Frühstück einen kurzen Gang über das Wachgelände zu machen. Als ich an den Feuerwehrfahrzeugen vorbeikam, die von den Maschinisten zur allmorgendlichen Überprüfung aus der Halle gefahren worden waren, kam Gunther auf mich zu. In seinem Gesicht, das mich freundlich anlächelte, las ich aber auch Skepsis.

»Morgen Martin, kann ich dich mal kurz sprechen?«

»Klar Gunther, schieß los.«

»Also, die Sache ist etwas kompliziert, es ist nämlich etwas Privates.«

»Macht doch nichts. Sollen wir dazu ins Büro gehen oder . . .?«

»Nein nein«, wehrte Gunther ab, »das erfährt dann ja jeder.«

Schon fürchtete ich, es könne sich um etwas Unangenehmes handeln, aber dazu passte eigentlich sein strahlendes Gesicht nicht. Jemand, der so strahlt, zählt zu den glücklichen Menschen.

Mit dieser, meiner zweiten Ahnung, lag ich wiederum richtig.

Die erste Ahnung des heutigen Tages, meine Befürchtung, die S-Bahn könnte ausfallen, war ja leider zutreffend gewesen. Aber das, um was mich Gunther jetzt bat, war so überaus positiv, dass ich mich spontan begeistern ließ.

»Was ist das denn für eine Scheiße hier? Wer hat die Bretter hier hingelegt?«

Der Polier brüllte seinen Unmut so laut über die Baustelle, dass es jeder hören musste. Die geplatzten dünnen, feinen, bläulichen Äderchen in seinem Gesicht waren wegen seiner zornesroten Haut fast nicht mehr zu erkennen. Unter dem weißen Baustellenhelm, den er leicht in den Nacken geschoben hatte, rannen dicke Schweißperlen hervor. Dieses feuchtwarme Wetter machte ihm mächtig zu schaffen. Wer ihn nicht kannte, hätte, abgesehen von diesem momentanen Wutausbruch, über sein äußeres Erscheinungsbild leicht schmunzeln können. Sein gedrungener, von der Sonne gebräunter Oberkörper steckte in einem kurzärmeligen, bunt karierten Hemd, dessen Knöpfe sich bedenklich über dem wohl gerundeten Bauch spannten. Da er die oberen Knöpfe offen gelassen hatte, erblickte man eine Körperbehaarung, die einem Orang-Utan zur Ehre gereicht hätte. Unter dem Bauch steckten zwei stämmige, kurze Beine in einer kakifarbenen, kurzen Hose. Dass die Hose hielt, verdankte sie ausschließlich einem verschlissenen, ehemals braunen Ledergürtel. An den Füßen trug der Polier schwarze Gummistiefel. Bei der jetzt schon herrschenden, hohen Temperatur sicher nicht unbedingt das beste Schuhwerk. Aber angesichts des Matsches, der den unbefestigten Boden dieser Baustelle bedeckte, wiederum nicht verkehrt.

Trotz seiner enormen Körperfülle bewegte sich der Polier äußerst gewandt auf dem schlüpfrigen Gelände. Gerade hüpfte er über ein paar provisorisch ausgelegte Bohlen, die seine Arbeiter wegen des nächtlichen Platzregens neben einem circa drei Meter tiefen Graben auf die lose Erdschicht gelegt hatten.

Genau diese Bohlen waren der Anlass zu seinem Wutausbruch.

Willi Schulte und Slatko Kaschinsky sahen sich viel sagend an. Sie unternahmen einen vergeblichen Versuch, sich vor dem Donnerwetter ihres »Zementsacks«, wie sie den Polier heimlich nannten, in Sicherheit bringen. Zu spät.

Das wachsame Auge des Poliers entdeckt die beiden genau in dem Moment, als sie sich hinter dem Bauwagen verdrücken wollten.

Schon seit vielen Jahren litt der Polier Josef Portland unter extremem Bluthochdruck, und der stieg jetzt auf einen noch bedenklicheren Wert.

»**Schulte! Kaschinsky!** Ihr braucht euch gar nicht erst verpissen! Los, in mein Büro!«

Mit einem heftigen Tritt beförderte er eine der langen Bohlen in den vom Regen aufgeweichten Graben:

»So'ne Scheiße, die haben wohl 'ne Macke.«

Fluchend begab er sich zurück zu einem Blechcontainer, der ihm für die Dauer dieser Baustelle als Büro diente. Hier drinnen ließ er sich schwer atmend auf einem alten, verschlissenen Drehstuhl nieder, der hinter einem mindestens ebenso alten Blechschreibtisch stand, und wartete auf die Männer, denen er die Leviten lesen wollte.

Schulte und Kaschinsky – wie oft hatte er sich über diese beiden Penner schon geärgert. Wenn es nach ihm ginge, hätte er die längst gelüftet – aber es ging nicht nach ihm, und das ärgerte den Polier Josef Portland noch zusätzlich.

Wo bleiben die denn?

Unwirsch erhob er sich und wollte die beiden erneut herbeirufen, da kamen sie endlich herein. Der Polier war kein Mann der Diplomatie, er kam sofort zur Sache:

»Wer von euch Blödmännern hat die Bohlen da hingelegt?«

Schulte, der nicht gerade intelligent aussah, blieb stumm wie ein Fisch und zog ein dämliches Gesicht. Und Kaschinsky machte das, was er immer tat, wenn er sich aus der Affäre ziehen wollte. Er zuckte nur mit den Schultern und erklärte in gebrochenem Deutsch:

»Warum schimpfen Chef? Ich nix verstehen.«

Dabei sah er seinen Polier so bauernschlau an, dass diesem endgültig der Kragen platzte.

»**Ihr haltet euch wohl für besonders schlau, was!?** Aber diesmal lasse ich das nicht durchgehen! Diesmal nicht!«

Erregt über die Gleichgültigkeit seiner Arbeiter, war er aufgestanden und stützte sich mit den geballten Fäusten weit vorn übergebeugt auf die Schreibtischplatte:

»Da muss ein Bagger drauf langfahren können! **Ein Bagger!** Kapiert Ihr das, Ihr Deppen?

Da kann man nicht einfach so'n paar Bohlen hinlegen! Das muss ordentlich befestigt werden!«

Der Polier donnerte den beiden Arbeitern seine Vorwürfe entgegen und fixierte sie mit vor Zorn blitzenden Augen. Als er schließlich merkte, dass das keinen Sinn hatte, warf er sie wütend raus.

»Ich will den Vorarbeiter hier haben! **Schickt mir den Vorarbeiter!**« rief er ihnen hinterher. Anschließend ließ er sich wieder in seinen Drehstuhl fallen, nahm den Helm vom Kopf und trocknete sich mit einem großen Taschentuch den Schweiß von der Stirne.

Als Schulte und Kaschinsky den Container verließen, zogen sie saure Minen.

»Meinetwegen kann der alte »Zementsack« in seiner Bude vor Wut platzen. Immer hackt der auf uns rum, immer sollen wir für allen Scheiß herhalten. Der kann mich mal.«

»Mich auch. Der denkt sowieso, nur weil ich Pole bin, kann der mit mir machen, was er will.«

Slatko Kaschinsky sprach jetzt ein einwandfreies Deutsch und, obwohl er sicher war, dass der Polier das auch genau wusste, wendete er die alte Masche mit dem »nix verstehen, Chef« immer wieder schamlos an. Und jedes Mal brachte er seinen Polier damit in Rage.

»Was meinst du«, fragte er seinen Kumpel, »sollen wir Jonny Walker einfach nichts sagen?«

»Mann, du altes Schlitzohr, das machen wir. Ja genau das machen wir. Soll der Alte sich ruhig noch weiter ärgern. Vielleicht trifft ihn der Schlag und wir sind ihn los.«

Hämisch grinsend verdrückten sich die beiden Männer auf der Baustelle, ohne ihrem Vorarbeiter Bescheid zu geben.

Josef Portland saß in seinem Drehstuhl und schielte zum wiederholten Male auf die Uhr an der Wand. Dabei trommelte er nervös mit seinen schwieligen Fingern auf der Armlehne. Schließlich wurde es ihm zu bunt. Geschlagene fünf Minuten wartete er nun schon auf seinen Vorarbeiter, ihm platzte fast der Kragen. Als er die Türe seines Containers aufstieß, erreichte sein Blutdruck einen beängstigenden, neuen Höchstwert.

Ohne zu ahnen, dass seine Anwesenheit erwünscht war, bog der Vorarbeiter Manfred Bukowsky um eine Ecke des Containers. Fast hätte er die hastig aufgestoßene Türe vor den Kopf bekommen. Bukowsky war ebenfalls polnischer Abstammung. Im Gegensatz zu Slatko Kaschinsky war er ein äußerst gewissenhafter und sehr qualifizierter Vorarbeiter, der auch im sonstigen Leben seinen Mann stand. Er galt als charakterfest und trinkfest, was ihm den Spitznamen »Jonny Walker« eingebracht hatte.

An diesem Morgen hatte er festgestellt, dass die Ladung Zementsäcke, die gestern noch spät gegen Nachmittag geliefert worden war, Feuchtigkeit gezogen hatte. Der sintflutartige Regen dieser Nacht war über der Baustelle als Hagel herab gegangen. Die außergewöhnlich dicken Hagelkörner hatten die Kunststoffplanen, mit denen die Zementsäcke abgedeckt worden waren, einfach durchschlagen. Jetzt befand er sich auf dem Weg zum Container. Er musste seinem Polier diese schlechte Nachricht überbringen.

Josef Portland, der Polier, wurde natürlich nur inoffiziell »Zementsack« genannt, zumindest von den einfachen Bauarbeitern. Diesen Namen hatte er einerseits wegen seiner dicken »Plauze« bekommen, die in etwa dem Volumen eines Zementsackes entsprach und andererseits, weil er denselben Namen trug, wie die Säcke, die sie verarbeiteten.

Der Vorarbeiter Manfred Bucowsky machte sich auf einiges gefasst. Die Nachricht würde Portland überhaupt nicht schmecken. Trotzdem drängte sich ihm ein Gedanke auf, über den er lächeln musste.

Der einzige noch trockene Zementsack auf der Baustelle war zurzeit ganz offensichtlich der Bauch von Portland, nur würden sie davon keinen Beton herstellen können.

Nachdem Josef Portland seinen Vorarbeiter in ungerechtfertigter Weise angepfiffen hatte, was dieser lächelnd über sich hatte ergehen lassen, erfuhr er die schlechte Nachricht.

Das mit dem Zement war ja noch zu verschmerzen, aber die damit verbundene Zeitverzögerung würde ihm gewaltigen Ärger einbringen. Und Ärger hatte es an dieser Baustelle schon mehr als genug gegeben.

Zwei seiner Arbeiter hatten sich vor vier Tagen krank gemeldet, ein weiterer hatte sich an einen rostigen Nagel den Handballen aufgerissen. Die drei fehlten ihm jetzt, und er bekam keinen Ersatz. Dazu noch die beiden Luschen, die nicht einmal zum Bierholen taugten. Und jetzt das. Josef Portland wischte sich wieder den Schweiß von der Stirn. Der neue Ärger brachte seine überschüssige Magensäure in Wallungen.

»Verdammter Mist! Manni, das ist ja wie verhext. Jetzt müssen wir also wieder warten.«

»Oder Sie rufen den Ingenieur an. Der soll halt mal 'ne Ladung Fertigbeton anfahren lassen.«

Portland winkte unwirsch ab:

»Das kannst du vergessen. Macht der nicht, hab ich doch auch schon mal vorgeschlagen. Zu teuer.«

»So wird's aber noch teurer«, gab der Vorarbeiter mit ruhiger Stimme zu bedenken.

Der Polier schüttelte den Kopf:

»Fertigbeton kannst du vergessen. Außerdem haben wir noch eine andere dringende Arbeit, die unbedingt vorgezogen werden muss. Nimm dir den Slatko und den Schulte, die sollen den Rand hinten an der Böschung befestigen, aber richtig. Die beiden Blödmänner haben da nämlich einfach nur Bohlen hingelegt. Noch vor Mittag muss das fertig sein, dann kommt der Bagger. Um den Zement kümmere ich mich selbst.«

»Na gut Chef. Kann ich dann gehen oder ist sonst noch was?«

»Nein, das war's und ... sorry wegen eben. Ich hatte wirklich geglaubt, du hättest mich absichtlich so lange warten lassen.«

»Chef«, der Vorarbeiter sah seinen Polier mit offenem, ehrlichen Gesicht an, »ich denke, Sie kennen mich.«

»Ja ja«, Portland atmete tief durch, »tut mir ja auch leid, aber heute ist wieder mal so ein Tag, an dem anscheinend alles schief läuft. Na mal sehen, was sonst noch kommt«, unkte er unheilvoll. Dann griff er nach dem Telefonhörer.

Das war für den Vorarbeiter ein unmissverständliches Zeichen zu gehen.

Portland wählte die Nummer seines unmittelbaren Vorgesetzten. In den letzten Tagen war das öfter vorgekommen, als es der Firmenleitung lieb war, und er hatte deshalb so manchen Rüffel einstecken müssen.

Immer bin ich der »Prellbock« zwischen denen da oben und meinen Arbeitern.

Portland zündete sich eine neue Zigarette an. An diesem Morgen war es bereits seine achte. Portland war der typische Kettenraucher.

In der Firma vertröstete ihn Frau Stamm, die Sekretärin des Ingenieurs:

»Der Chef ist gerade in einer Besprechung, rufen Sie doch in einer Stunde wieder an.«

»Der Chef ist gerade in einer Besprechung ...«, äffte er sie nach. »Der Chef ist immer in einer Besprechung! Verdammter Mist!«

Portland kochte und knallte den Hörer auf die Gabel des alten Telefons, dann stand er auf und ging zur Kaffeemaschine. Die pechschwarze Brühe war inzwischen durchgelaufen.

Als er sich seinen Plastikbecher auffüllte, klingelte das Telefon. Portland sah zum Schreibtisch und dachte.

Du kannst mich mal, jetzt bin ich erst mal dran.

Das Telefon interessierte sich natürlich nicht für die derzeitige Verfassung des Poliers und klingelte munter weiter. Das Klingeln hörte man auch draußen auf der Baustelle. Aus einleuchtenden Gründen hatte man hier eine Außenklingel installiert.

Weil er annahm, dass Portland nicht mehr im Container sei, lief der Vorarbeiter nach dem vierten Klingeln herbei.

Nachdem der Polier auch das vierte Klingeln missachtet hatte, bequemte er sich dann doch beim fünften Mal den Hörer abzunehmen.

Am anderen Ende der Leitung meldete sich der Ingenieur. Wie der Polier richtig vermutet hatte, befand sich dieser tatsächlich in keiner Besprechung, sondern war mit anderen Arbeiten beschäftigt. Er wollte nur nicht ständig unterbrochen werden. Als seine Sekretärin ihm mitteilte, dass der Polier wieder angerufen habe, schwante ihm Übles. Und da in den letzten Tagen von dieser Baustelle nur Hiobsbotschaften gekommen waren, hielt er es für angezeigt, zurückzurufen.

Josef Portland stand kurz davor, aus Wut zu platzen. Am liebsten hätte er diesem arroganten Heini mal die Meinung geblasen. Aber er saß am kürzeren Hebel, und so musste er sich die beleidigenden Vorwürfe anhören, die ihm ein genervter Ingenieur um die Ohren schlug:

»... Portland, ich werde noch wahnsinnig mit Ihnen! Gibt es überhaupt was, das auf Ihrer beschissenen Baustelle funktioniert!? Heute Nachmittag komme ich selbst raus, dann will ich Ergebnisse sehen! Haben wir uns verstanden!? ... **Portland! Antworten Sie gefälligst!**«

Aber Portland konnte nicht mehr antworten. Das war zuviel gewesen. Sein Blutdruck hatte den kritischen Wert überschritten und in seinem linken Schläfenlappen war ein seit langem vorgeschädigtes Blutgefäß geplatzt. Portland selbst bekam nichts mehr davon mit. Das Gesicht kreideweiß entglitt der Telefonhörer seiner kraftlosen Hand, dann kippte er um wie vom Blitz gefällt.

Manfred Bukowsky öffnete die Türe zum Container und sah seinen Polier noch fallen. Geistesgegenwärtig sprang er herbei. Er kam zu spät, Portland knallte mit seinen ganzen einhundertfünfundzwanzig Kilogramm auf den Bretterboden. Bukowsky griff nach dem Telefonhörer, der dicht über dem Boden baumelte:

»Hallo!«, rief er hinein.

»Ja, hallo, was zum Donnerwetter ...«

Bukowsky erkannte den Ingenieur sofort an seiner Stimme. Ohne irgendwelche langwierigen Erklärungen sagte er:

»Der Polier ist gerade umgekippt. Ich glaube, der hat einen Schlaganfall bekommen. Ich weiß zwar nicht, was Sie dem gesagt haben, aber schicken Sie uns umgehend einen Notarztwagen.«

Dann legte er einfach auf. Das mit dem, *ich weiß zwar nicht, was Sie dem gesagt haben*, hatte er sich trotz der kritischen Situation einfach nicht verkneifen können. Der Ingenieur war auf der Baustelle nicht sonderlich beliebt.

Erst jetzt bückte er sich zu Portland herunter und tastete nach dessen Puls.

Gott sei Dank, der Dicke lebt noch.

Das Einzige, was er glaubte machen zu können, hatte er irgendwann mal gelernt. Aber das war schon lange her. Ein wenig unsicher drehte er den Dicken auf die Seite. Wahrscheinlich rettete diese einfache Erste-Hilfe-Maßnahme dem Polier Josef Portland das Leben. Anschließend wählte der Vorarbeiter die 112.

»Feuerwehr Düsseldorf«, meldete sich die Rettungsleitstelle, »was können wir für Sie tun?«

Auf der Feuerwache 7 saß ich mit der Mannschaft beim gemeinsamen Frühstück. Nachdem wir unsere letzten Brötchen gegessen hatten, forderte ich die Männer auf, noch einen Moment sitzen zu bleiben. Wegen des allgemeinen Stimmengemurmels musste ich die Aufforderung etwas lauter wiederholen:

»**Hört mal bitte zu, ich habe euch etwas mitzuteilen!**«

Die Stimmen verklangen und einige Augen sahen mich fragend an.

»Für alle, die es noch nicht wissen, unser Gunther will heiraten.«

Jetzt durfte ich erst einmal eine Sprechpause einlegen. Meine Ankündigung haute zwar niemanden vom Hocker, regte aber doch gewaltig die Gesprächsbereitschaft an.

Nach einer Weile versuchte ich, wieder die Aufmerksamkeit zu erlangen:

»He! Beruhigt euch. **Hallo!** Darf ich jetzt vielleicht auch noch mal?«

Daraufhin wurde es wieder stiller.

»Also noch mal. Gunter will heiraten und möchte seiner Freundin heute einen Heiratsantrag machen.«

Ich legte eine kleine Kunstpause ein und fuhr dann weiter fort:

»Aber so richtig stilecht, nämlich aus dem Rettungskorb unserer Drehleiter.«

Weiter zu sprechen, hätte in diesem Moment keinen Sinn gehabt. Kaum war die Sache mit der Drehleiter über meine Lippen gekommen, stürmten sämtliche Kollegen auf Gunther ein. Der hob abwehrend beide Hände und ergab sich den vielen Fragen, mit denen sie ihn überfielen.

Claudia Mick, die Auserwählte seines Herzens, wusste nichts von alledem, ja, sie ahnte nicht einmal, welches Ihr Leben verändernde Ereignis hier gerade besprochen wurde.

Gleich nach dem Frühstück wollten wir mit dem kompletten Löschzug zu dem Haus fahren, in dem Gunther mit seiner Freundin Claudia die erste Etage bewohnte. Gunther behauptete, dass sich seine Freundin mit Sicherheit heute um diese Zeit im Badezimmer aufhalten werde. Das Badezimmerfenster zeigte zur Straßenseite. Er wollte mit dem Leiterkorb ganz dicht heranfahren und dann von außen anklopfen.

»Was ist mit der Leitstelle? Wir können doch nicht so einfach mit dem ganzen Löschzug rausfahren.«

»Kein Problem, Roberto. Mit der Leitstelle hab ich bereits alles abgeklärt und mit dem heutigen B-Dienst ebenfalls. Die haben grünes Licht gegeben. Außerdem bleiben wir ja in unserem Brandschutzgebiet.«

»Und außerdem hat Gunthers Vater heute B-Dienst.«

»Keine Sticheleien, wenn ich bitten darf. Ich bin mir sicher, dass wir die Erlaubnis auch erhalten hätten, wenn ein anderer als Gunther heiraten wollte.«

»Oh je, da müssten wir aber für einige von uns einen Dienstreiseantrag stellen!«

Allgemeines Gelächter.

»Von wegen!«, rief ich in den Tumult hinein, »wer sich unbedingt ins Unglück stürzen will, soll das gefälligst in Düsseldorf machen!«

Ich beugte mich ein wenig vor:

»Ich hoffe, du verstehst das nicht falsch Gunther.«

»Nein nein«, lachte der, »außerdem weiß ich genau, was ich tue.«

»Ha, das hat schon mancher gedacht«, warf Tofu ein, »und dann ...«

»Das ist mir egal, ich habe die Richtige gefunden.«

Schon wollte eine neue Diskussion über »die Richtige« aufkommen, da verstummten die erregten Gemüter schlagartig.

Es alarmierte.

»Einsatz für den RTW 7-83-1 und den Notarzt von Feuerwache 1. Interner Notfall auf der Baustelle XXX Straße in Höhe Hausnummer zehn.«

Carsten und Udo sprangen auf, verließen mit schnellen Schritten den Aufenthaltsraum und liefen dann eilig den langen Gang hinunter, an dessen Ende der RTW in der kleinen Fahrzeughalle stand.

Die Baustelle war nicht weit von unserer Wache entfernt. Die beiden Rettungsassistenten würden auf jeden Fall vor dem gleichzeitig an Wache 1 alarmierten Notarzt eintreffen.

Wir, die Zurückgebliebenen, hörten kurz darauf, wie der RTW mit eingeschaltetem Martinshorn aus der Wache fuhr. Trotzdem kehrten wir schnell wieder zum Hochzeitsthema zurück. Alarmierungen des RTW gehörten eben zur Tagesordnung und beschäftigen uns daher nicht länger. Außerdem galt es, noch einige Details zu besprechen, denn ich wollte spätestens um 9.30 Uhr losfahren.

Gunther hatte mir mitgeteilt, warum er sich so sicher war, seine Freundin zu dieser relativ späten Zeit im Bad anzutreffen.

Na hoffentlich behielt er Recht. Ich hatte da doch so meine Bedenken.

»Okay Männer, auf gehts! Bringen wir den Gunther unter die Haube!«

Stühle rappelten, Zigaretten wurden ausgedrückt und die letzten Schlucke Kaffee wurden hastig hinuntergespült.

»**Halt, halt!** Wo sind meine Blumen? Weiß jemand, wo meine Blumen sind?«

Gunther stand auf einmal fast alleine mitten im Zimmer und wurde merklich nervös.

»Brrrr, ruhig, ganz ruhig Brauner«, Ralf Kähler legte Gunther die Hand auf die Schulter und erklärte: »Die Blumen habe ich doch längst gekauft. So, und hier ist das Restgeld.«

Er hielt ihm die Hand mit einigen Münzen hin.

»Danke, und wo sind die jetzt?«

Ralf blinzelte listig mit den Augen:

»Bei deinem Vater im Auto.«

»**Was!** Ist mein Vater etwa hier?«

Genau so war es. Die Gelegenheit, seinem eigenen Sohn beim Heiratsantrag zuzusehen, wollte sich Bernd Brings nicht entgehen lassen und war eigens mit dem Wagen von Wache eins zu uns gekommen. Jetzt begrüßte er mich auf dem Hof.

»Hallo Martin, find ich nett, dass du da mitmachst, Danke.«

»Mann Bernd, das ist doch klar. Ich finde, das ist eine tolle Idee. Alle Jungs waren sofort begeistert. Was ist, willst du bei uns mitfahren oder nimmst du deinen eigenen Wagen?«

»Ich fahre mit meinem.«

»Okay, dann los, es ist höchste Zeit.«

Michael Krug, der heute Maschinist des ersten Fahrzeugs war, kam vorgefahren. Ihm folgte die Drehleiter und das zweite LF. Ich schwang mich auf meinen Sitz und schaltete den Funk ein. Somit waren wir jederzeit für die Leitstelle erreichbar. Michael zog das große LF soweit vor, bis es die Kontaktschleife berührte. Das inzwischen neu eingebaute Hoftor schob sich automatisch zur Seite und der Löschzug 7 verließ für diese außergewöhnliche Mission die Feuerwache.

Claudia Mick stand im Bad vor dem großen Spiegel. Die hübsche junge Frau kämmte sich gerade ihr schulterlanges, kastanienbraunes Haar. Durch die große Milchglasscheibe des

Badezimmers schien die Sonne. Claudia summte eine Melodie, die ihr seit dem Aufstehen nicht mehr aus dem Kopf gegangen war. Sie konnte nicht sehen was sich draußen auf der ruhigen Nebenstraße abspielte, sonst hätte sie sicher neugierig das Fenster geöffnet. Aber das war uns natürlich viel lieber.

Wir hatten unsere Feuerwehrfahrzeuge nämlich mitten auf der Straße platziert und die Motoren abgestellt. Bevor wir in die Straße eingebogen waren, in der auch das Haus der Brings stand, hatten wir die Drehleiter vorfahren lassen. Jetzt saß der Maschinist unten auf seinem Platz und Gunther hatte den fest montierten Leiterkorb bestiegen. Langsam hob sich der Korb in die Höhe und schwenkte auf das bewusste Fenster ein. Draußen auf der Straße blieben die Menschen stehen. Neben meinem LF befand sich ein Bäckerladen. Die Kunden und die Verkäuferrinnen kamen heraus und fragten:

»Ist da was passiert?«

»Nein nein«, beruhigte ich, »unser junger Kollege macht nur gerade einen Heiratsantrag.«

Die Information verbreitete sich wie ein Lauffeuer unter den Zuschauern auf der Straße, die jetzt alle stehen blieben und gebannt in die Höhe schauten.

Jetzt erreichte Gunther das Fenster. In seiner linken Hand hielt er den Blumenstrauß, der am Boden des Leiterkorbs gelegen hatte, denn Gunther hatte selbst gesteuert. Mit der Rechten klopfte er an die Scheibe des Badezimmers. Wegen des Motorengeräusches, das die Drehleiter verursachte, konnten wir hier unten nicht verstehen, was unser Kollege da oben sagte, als sich das Fenster öffnete. Aber dann schallte ein herzliches, lautes »**JA!**« zu uns herunter. Die Menschen auf der Straße sahen sich lächelnd an. Kurz darauf erschien Claudia Mick mit dem Blumenstrauß in der Hand unten auf der Straße. Sie wirkte ein wenig verlegen, strahlte aber vor Glück übers ganze Gesicht. Sämtliche Zeugen dieses denkwürdigen Ereignisses, wir Feuerwehrmänner eingeschlossen, applaudierten dem jungen Paar. Einer, den das Ereignis besonders gerührt hatte, war Bernd

Brings, der Vater. Jetzt ging er auf seine zukünftige Schwiegertochter zu und nahm sie in den Arm.

Auch ich gratulierte den beiden und meinte dann allerdings:

»So, und jetzt, nachdem Ihr euch gegenseitig versprochen habt, muss ich dir deinen Gunther aber wieder entführen. Dein Zukünftiger muss heute nämlich noch mehrere Leben retten.«

Wie schnell meine leichtfertig dahin gesprochene Äußerung sich bewahrheiten sollte, ahnten wir alle noch nicht.

Kurze Zeit darauf befand sich der Löschzug 7 wieder auf dem Rückweg zur Wache. Bernd Brings, unser heutiger B-Dienst, hatte sich noch einmal persönlich von mir verabschiedet und bedankt. Ich freute mich, dass ich dem Mann, der vor Jahren einmal mein Wachführer gewesen war, heute eine Freude bereiten konnte.

Das ist schon seltsam, den Gunther habe ich kennen gelernt, als ihn sein Vater manchmal sonntags mit auf die Wache brachte. Damals flitzte er, ein kleiner Junge, mit seinem Bobbycar durch die Fahrzeughalle der Feuerwache 6. Verdammt lange her.

Und heute? Heute hat sich alles gewaltig verändert. Wirklich alles?

Sein Vater ist immer noch mein Vorgesetzter, wenn auch auf einer anderen Ebene. Und ich selbst bin wiederum der Chef seines Sohnes. Und mit diesem Burschen aus meiner Mannschaft, der mir im Laufe der Jahre längst über den Kopf gewachsen ist, fahre ich heute los, damit er seine zukünftige Frau … Das ist schon erstaunlich, aber auch wunderbar.

Ja, so ist das Leben – manchmal bist du ganz oben und manchmal leider auch ganz unten.

Einer von denen, die zu diesem Zeitpunkt ganz unten waren, hieß Josef Portland.

Es war sein Glück, dass der RTW der Feuerwache 7 die Einsatzstelle bereits nach wenigen Minuten erreichte. Als die beiden Rettungsassistenten Udo und Carsten sich um ihn kümmerten, stand der RTW weiter mit laufenden Blaulichtern vor dem Baustellencontainer. Die Arbeiter hatten spontan ihre Arbeit unterbrochen und sich ebenfalls hier eingefunden.

Die Männer diskutierten heftig über das Schicksal ihres Poliers. Auch Willi Schulte und Slatko Kaschinsky äußerten ihre Mutmaßungen. Dass sie erst vor wenigen Minuten ihrem Vorgesetzten alles nur erdenklich Schlechte gewünscht hatten, schien das wenig zart besaitete Gewissen dieser rohen Kerle nicht zu bedrücken. Im Gegenteil, sie machten keinen Hehl daraus, dass es, wie sie lauthals bekundeten, *den Richtigen* getroffen habe. Soweit wollten die anderen Bauarbeiter aber nun doch nicht gehen und distanzierten sich von ihren sowieso nicht sonderlich beliebten Kollegen.

Nach einer Weile hörten sie einen weiteren Rettungswagen herannahen. Erstaunt sahen sie, wie auch dieser zweite Wagen mit eingeschalteten Blaulichtern in ihre Baustelle einbog.

Es handelte sich um den Notarztwagen von Feuerwache 1.

Der Internist Dr. Soffke hatte am gestrigen Abend seine 24-Stunden-Schicht aufgenommen und in der Nacht mehrere Einsätze gefahren. Obwohl er hundemüde war, ließ er sich davon nichts anmerken. Der versierte Mediziner fuhr gerne mit den Feuerwehrmännern. Er liebte die Abwechslung und die, wie er sagte *ursprüngliche Medizin* mit ihren abwechslungsreichen Herausforderungen.

Seit die Landeshauptstadt Düsseldorf ihr Notarztsystem umgestellt hatte, gab es zwar einen weiteren NAW, aber für die Ärzte bedeutete das nicht weniger Arbeit als vorher. Im Gegenteil, sie wurden sogar verstärkt von den Besatzungen der Rettungswagen angefordert.

Dr. Soffke war wieder einmal angenehm überrascht von der durchweg guten, fachlichen Kompetenz der Rettungsassistenten vor Ort. Auch an diesem Morgen stellte er befriedigt fest, dass das anwesende Rettungsteam der Feuerwache 7 professionell und umsichtig gehandelt hatte.

Dem bewusstlosen Patient war bereits eine Kreislauf stabilisierende Infusion gelegt worden, seine Atmung wurde mit einer Sauerstoffinhalation unterstützt und das fertig angeschlossene EKG-Gerät lieferte die notwendigen Werte, aus denen der Arzt seine entscheidenden Schlüsse ziehen konnte.

»Blutdruck und Puls sind wieder im stabilen Bereich. Ich habe die Anfangswerte hier auch aufgeschrieben.«

Udo Peschel reichte dem Notarzt das Einsatzprotokoll. Dieser überflog das Papier und nickte beistimmend:

»Sehr gut. Und ich sehe, Sie haben auch schon den Glukosetest gemacht, hervorragend.«

Dr. Soffke sah die beiden Rettungsassistenten an:

»Tja, für den Moment kann ich auch weiter nichts machen. Ich denke, wir können alles für den Transport vorbereiten.«

Während er sprach, hatte er sich neben den Patienten gekniet und noch einige kurze, aber aufschlussreiche Untersuchungen durchgeführt. Jetzt stand er auf und fragte:

»Wer von Ihnen kann denn mitfahren? Für die Klärung bestimmter Fragen wäre das wichtig.«

Der Vorarbeiter, der seinen Polier gefunden hatte, erklärte sich spontan dazu bereit.

»Ich muss nur noch einige Anordnungen treffen, dann bin ich soweit.«

»Schön, aber machen Sie nicht zu lange, ich möchte den Mann nämlich so schnell wie möglich in die Klinik bringen.«

»Verstehe Doktor, ich brauche auch nicht lange.«

Während das Rettungsteam gemeinsam den schwergewichtigen Polier auf die Trage legte, instruierte der Vorarbeiter seine Arbeiter.

»Wahrscheinlich bin ich in spätestens einer Stunde wieder zurück. Sollte der Ingenieur in dieser Zeit kommen, dann zeigt Ihr ...«

»Ja, wissen wir doch alles! Nun fahr endlich, die warten schon auf dich!«

In der Tat, der RTW stand abfahrbereit. Carsten saß hinter dem Steuer und signalisierte dem Vorarbeiter, dass die Fahrt jetzt aber unbedingt losgehen müsse.

»Entschuldigung, ich hab nur noch …«

Bevor der Vorarbeiter zu einer langen Erklärung ausholte, unterbrach ihn Carsten.

»Ist schon in Ordnung. Jetzt schnallen Sie sich bitte an. Das ist Vorschrift.«

»Oh … ja sicher.«

Der Vorarbeiter hatte sich vorne auf dem Beifahrersitz gesetzt und presste die Gurtlasche ins Schloss. Carsten fuhr so lange langsam und vorsichtig über den unebenen, matschigen Baustellenweg, bis er wieder die feste Straße erreicht hatte.

»Mit oder ohne?«, rief er jetzt nach hinten in den Patientenraum.

»Mit!«

Auf diesen Zuruf hin betätigte er zwei Schalter für die Sondersignale und lenkte den RTW sicher durch den morgendlichen Verkehr.

Der Polier hatte tatsächlich einen Schlaganfall erlitten. Dank der schnellen medizinischen Hilfe wurde er vor dem Schlimmsten bewahrt. Nach seinem Krankenhausaufenthalt verbrachte er noch mehrere Wochen in einem Rehabilitationszentrum.

Josef Portland lebt heute mit leichten Einschränkungen bei seiner Familie. Seinen Beruf konnte er allerdings nicht mehr ausüben, aber das Rauchen hat er trotz eindringlicher Warnungen seiner Ärzte nicht aufgegeben.

Nur noch Schrottwert

Nachdem wir unseren extrem heißen *Sondereinsatz Heiratsantrag* erfolgreich abgeschlossen hatten, bewegte sich der Löschzug 7 wieder in Richtung Wache. Hinten im Mannschaftsraum wurde gefachsimpelt. Knallharte Insider-Tipps von gestandenen Ehemännern an unseren Noch-Junggesellen Gunther sorgten für ausgelassene Heiterkeit.

Ingo, der selbst erst vor einigen Wochen geheiratet hatte, erklärte mit vollmundiger Stimme:

»Und Frau Schröder ist auch glücklich.«

»Frau Schröder? Wer ist denn Frau Schröder? Ich denke, du heißt Lork oder habt ihr jeder den eigenen Familiennamen behalten?«

»Quatsch. Frau Schröder ist doch unser Hund!«

»He, sag bloß dein Bello heißt so?«

»Klar, wieso denn nicht?«

»Ja, aber man nennt seinen Hund doch nicht Frau Schröder.«

»Doch, tut man, zumindest wir. Und ich kann dir auch verraten wieso.«

Ingo setzte ein pfiffiges Gesicht auf, als prompt die von ihm erwartete Frage fiel:

»Ja und wieso? Sag schon«, erklärte er trocken:

»Weil es für einen Herrn Schröder nicht ganz gereicht hat.«

Dabei zeigte er mit den Zeigefingern seiner Hände genau, wie viele bedeutungsvolle Zentimeter gefehlt hatten.

Ingo hatte die Lacher auf seiner Seite. Ich lachte mit und hätte bei dem Lärm fast überhört, dass mich die Leitstelle rief.

»He, seid mal still, wir werden gerufen!«

Sofort waren alle mucksmäuschenstill. Aus dem Bordlautsprecher hörte ich jetzt deutlich die Stimme des Leitstellendisponenten:

»7-46-1 für Florian Düsseldorf kommen!«

Ich hatte den Funkhörer schon am Ohr und meldete mich sofort:

»7-46-1 hört, kommen.«

»Wo ist Ihr derzeitiger Standort?«

»Wir befinden uns auf der Henkelstraße in Höhe Reisholzer Bahnstraße«, erklärte ich.

»Sehr gut, dann übernehmen Sie einen neuen Einsatz auf der A 59. VU mit eingeklemmten Personen hinter der Ausfahrt Forststraße in Richtung Langenfeld.«

»Verstanden, Einsatz A 59, Richtung Langenfeld.«

»Richtig. Geben sie umgehend Rückmeldung, ob weitere Rettungsmittel erforderlich sind.«

Ich bestätigte die letzte Anordnung und rief nach hinten zu meinen Männern:

»Habt ihr mitbekommen, um was es geht!«

»Ja, wir haben alles verstanden! Sollen wir PA anziehen?«

»Nur einer, für alle Fälle. Ich hab nicht gern Überraschungen. Ansonsten wie immer.

C-Rohr und Pulverlöscher in Bereitschaft. Die anderen Schere und Spreizer. Und nehmt den Rettungsrucksack mit raus.«

Mehr brauchte ich vorerst nicht zu sagen. Genaueres musste sich erst an der Unfallstelle ergeben, aber die Männer kannten eh ihre Aufgaben. Ich funkte die Leiter und das zweite LF über die Florentine an. Beide Fahrzeuge befanden sich unmittelbar hinter mir:

»Leiterführer für DGL kommen.«

»Leiterführer hört, kommen.«

»Hör zu Frank, ihr übernehmt die Absicherung der Unfallstelle. Wenn sich noch kein Stau gebildet hat, fangt früh genug damit an. Ich gebe dir über Funk Bescheid, falls ihr eine oder mehrere Fahrspuren sperren müsst.«

»Geht in Ordnung. Der Sterni soll mit seinem LF kurz anhalten und uns seine Verkehrsleitkegel rausgeben. Die können wir zusätzlich aufstellen. Was hältst du davon?«

»Gute Idee. Sterni, mitgehört?«

»Ja, hab ich. Ihr fahrt durch, ich halte nur kurz an, gebe unsere Sachen raus und komme sofort nach. Hast du was gehört, ob wir die Ersten sind, oder ist da schon einer?«

»So wie ich verstanden habe, sind wir die Ersten. Wieso?«

»Na wenn noch keiner da ist, lass uns die Arbeit jetzt schon aufteilen. Übernehmt ihr die Rettungsmaßnahmen, wir sichern euch ab.«

»Einverstanden, dann muss ich euch aber wirklich direkt hinter uns haben.«

»Na klar, darauf kannst du dich verlassen.«

Nachdem wir unsere Strategie in groben Umrissen abgesprochen hatten, wandte ich mich nochmals den Männern in meinem eigenen LF zu:

»Also Leute, der Sterni übernimmt mit seinem LF das C-Rohr, den Pulverlöscher und wenn nötig das Schaumrohr. Der Leiter riegelt die Autobahn ab, damit uns keiner in die Unfallstelle fährt. **Wir** kümmern uns ausschließlich um die Rettung der Verletzten. Angriffstrupp Schere und Spreizer vorbereiten. Ingo, Gunther ihr beide dringt, wenn möglich, sofort zu den Verletzten vor. Wahrscheinlich sind wir die ersten Einsatzkräfte vor Ort. Noch irgendwelche Fragen?«

»Keine Fragen!«

»Micha, du?«

Mein Maschinist schüttelte den Kopf:

»Ich muss nur wissen, wo ich mich mit unserem LF hinstellen soll.«

»Ist klar. Das entscheiden wir gemeinsam, wenn wir den Unfallort sehen.«

Unmittelbar nachdem die Leitstelle uns den Einsatz erteilt hatte, schaltete Michael Blaulicht und Martinshorn ein. Ein kurzer, prüfender Blick in den Rückspiegel, dann wendete er das Löschfahrzeug auf der breiten Henkelstraße. Das zweite LF und die Drehleiter machten es ebenso. Interessiert sahen uns die Menschen auf den Gehwegen zu, einige hielten sich die Ohren zu. Hinter uns bremste der Verkehr und auch auf der Gegenfahrbahn stoppten die anderen Verkehrsteilnehmer ihre Fahrzeuge, gaben uns freie Fahrt.

Es ging jetzt wieder ein Stück denselben Weg zurück, den wir soeben erst gekommen waren. Trotzdem war es ein günstiger Umstand, dass wir uns gerade hier aufhielten. Von der Wache aus wäre es viel weiter gewesen. Somit hatten wir ein erhebliches Wegstück eingespart. Während unserer Gespräche näherten wir uns bereits der Autobahnauffahrt.

Michael gab ordentlich Gas. Die Autobahn war frei, von einem Unfall war noch weit und breit nichts zu sehen.

»Die Ausfahrt Forststraße kommt jetzt gleich, ob die uns mal wieder verarscht haben?«

»Mmm, schon möglich«, erwiderte ich, »aber fahr weiter Micha. Du weißt doch, wie das mit solchen Meldungen ist, besonders auf der Autobahn.«

»Ja sicher, aber frag besser noch mal nach. Nicht, dass wir hier falsch sind.«

Michael hatte Recht. In ihrer Aufregung verwechselten die Anrufer manchmal sogar die Autobahnen. *Aber Ausfahrt Forststraße?* Das war präzise. Die gibt es nur hier und wir donnerten gerade daran vorüber.

»Florian Düsseldorf für 7-46-1 kommen!«

»Hier Florian Düsseldorf. Zurzeit sprechen mehrere Fahrzeuge. Drücken sie Sprechwunsch, sie werden aufgerufen!«

»Na toll, da scheint ja richtig was los zu sein. Und jetzt?«, fragte Michael.

»Wir fahren weiter«, entschied ich, »wenigstens bis Stadtgrenze. Ich glaube nicht, dass es eine Fehlalarmierung ist.«

Michael hatte das Gaspedal bis zum Anschlag durchgetreten. Er blieb konsequent auf der Mittelspur. Für eine Feuerwehr im Einsatz eine völlig korrekte Fahrweise.

Mit einem Mal hörten wir eine Rückmeldung von meinem Kollegen Harald Bohr:

»Unfall A 59, zwei Pkw im Graben, drei bis vier weitere verunfallte Fahrzeuge auf der Fahrbahn. Anzahl der Verletzten noch unbekannt. Wir benötigen dringend weitere Rettungskräfte.«

»Das muss unsere Einsatzstelle sein. Mensch Micha, dann muss das da aber gewaltig geknallt haben.«

»Scheint so. Ich frag mich nur, warum uns die Leitstelle nicht mitgeteilt hat, dass Wache 6 schon unterwegs ist?«

Ich zuckte die Schultern: »Keine Ahnung, aber gib Gas. Du hast es ja gehört, wir werden dringend erwartet.«

»**Ich** steh schon mit dem rechten Fuß in der Ölwanne, mehr ist nicht drin.«

Trotz Höchstgeschwindigkeit und eingeschalteter Sondersignale wurden wir von etlichen schneller fahrenden Autos überholt. Ein 18 Tonnen schweres Feuerwehrfahrzeug ist eben kein Rennpferd.

Vor uns verdichtete sich jetzt merklich der Verkehr. Die ersten Warnblinkanlagen leuchteten auf und Michael grinste hämisch:

»Sag ich doch immer, die holen wir alle wieder ein.«

»Genau so war es, der stahlblaue Ford, der silbergraue Mercedes, der weiße, tiefer gelegte Golf. Alle hatten wir wieder eingeholt und jetzt mussten sie uns Platz machen. Leider nicht nur diese drei. Wir hatten hier nämlich lediglich das Ende eines dicken Staus erreicht. Von nun an ging das Ganze nur noch in gemäßigtem Tempo. Aber diesmal reagierten die Autofahrer frühzeitig. Zwischen der dritten und der mittleren Fahrspur bildeten sie für uns eine recht ordentliche Gasse.

»He, Wahnsinn. Die sind ja richtig gut heute!«, stellte Michael zufrieden fest.

Trotzdem durfte er nicht zu schnell fahren. Jederzeit konnte einer der anderen Verkehrsteilnehmer unaufmerksam sein und die Fahrspur wechseln. Damit muss ein Maschinist immer rechnen.

Nach einigen hundert Metern hatten wir schließlich das Stauende erreicht. Das LF der Wache 6 stand mit eingeschalteten Blaulichtern und Rundumblinkanlage am rechten Fahrbahnrand. Ein Rettungswagen war noch nicht zu sehen. Ich meldete mich bei der Leitstelle, aber diesmal wartete ich nicht bis ich aufgefordert wurde zu sprechen, sondern sagte direkt:

»Florian Düsseldorf für 7-46-1 – Zug 7, Einsatzstelle an.«

»Verstanden 7-46-1.«

»Soll ich weiter vorziehen?«

»Ja, mach das, Micha. Setz dich vor das LF der Wache 6, sieht aus, als liegt da noch ein weiterer Wagen im Graben.«

Der Maschinist vom LF 6 stand oben auf der Fahrbahn und winkte uns, vorbei zu fahren. Ich hatte das Seitenfenster heruntergekurbelt und rief:

»Wo werden wir gebraucht?«

»Der Wagen da vorne! Mehrere eingeklemmte Personen! Hier unten sind wir schon!«

»In Ordnung!«

Michael musste die letzten Meter Slalom fahren. Die Fahrbahn war übersät mit den Trümmerteilen von demolierten Autos. Ich erkannte einen Reifen, beziehungsweise das, was davon übrig geblieben war.

»Mann, das war aber kein Reserverad gewesen!«

Etwas weiter lagen eine Motorhaube und eine Stoßstange. Die rechte Leitplanke war auf vielen Metern tief in die Grasnarbe herunter gedrückt. Vor uns sah ich weitere Pkw kreuz und quer auf der Autobahn stehen, zumindest einige von ihnen schienen arg beschädigt. Menschen irrten umher, es roch verdächtig nach Sprit. Rauch konnte ich zum Glück nicht erkennen. Wenigstens ein Punkt, der mich beruhigte. Aber alles andere war das reinste Chaos, und der Anblick des auf dem

Dach liegenden Opel Astra war besonders schlimm. Das war kein Auto mehr, das war nur noch ein Wrack. Hinter der Leitplanke ging es in einen etwa zwei Meter tiefen Graben. Der Opel hatte sich überschlagen, war über die Leitplanke geschossen und erst hier unten zum Stillstand gekommen. Möglicherweise hatte er sich an der Leitplanke ein Rad abgerissen. Wahrscheinlich das Rad, über das wir eben fast gefahren wären. Die Fahrertüre stand auf und hing nur noch an einem Scharnier. Dadurch konnte man in das Wageninnere gucken. Der Anblick, der sich uns bot, war schrecklich.

Da drinnen lagen fünf Menschen, allesamt Erwachsene. Sie waren durch den Unfall in dem völlig demolierten Fahrgastraum eng zusammengepfercht. Es war ein heilloses Durcheinander und Übereinander von verletzten menschlichen Körpern. Niemand befand sich mehr auf seinem Sitzplatz! Keiner von ihnen war angeschnallt gewesen!

Mir war sofort klar, das würde eine sehr schwere und lange Rettungsaktion werden. Der grausame Anblick und das schmerzhafte Stöhnen der eingeklemmten Verunglückten stellte eine enorme zusätzliche psychische Belastung für uns dar. Aber damit mussten wir fertig werden. Und wir mussten schnell arbeiten, so schnell, wie es die Umstände zuließen. Es war kein Job für zarte Gemüter.

Sterni, der aufgrund des Staus natürlich direkt hinter uns hergefahren war, rief mir zu:

»Kommst du klar da unten?«

»Ja! Kümmere du dich um die Menschen oben auf der Autobahn und sieh nach, ob der Harald noch Hilfe braucht!«

Wie gut, dass wir mit dem gesamten Löschzug anwesend waren. Hier wurde wirklich jede Hand benötigt. Oben auf der Autobahn gab es ebenfalls jede Menge zu tun. Mehrere Pkw waren in diesen schweren Unfall verwickelt. Viele Menschen waren verletzt, einige schwer. Am kritischsten war die Situation allerdings hier unten bei den beiden im Graben liegenden Fahrzeugen.

Das Löschgruppenfahrzeug der Feuerwache 6, befand sich gerade auf der Rückfahrt von einem anderen Einsatz und war zufällig an dieser Unfallstelle vorbeigekommen. Der Unfall hatte sich nur wenige Sekunden vor ihrem Eintreffen ereignet. Zu dem Zeitpunkt hatte sich natürlich noch kein Stau gebildet.

Der DGL ließ sofort anhalten und verschaffte sich einen ersten Überblick. Das Wichtigste war, die Unfallstelle vor weiteren heranfahrenden Autofahrern zu schützen. Es war sowieso ein Riesenglück, dass hier nicht noch ein Lkw in die Unfallstelle reingerauscht war. Harald Bohr wusste, dass er mit seinen sechs Männern hier völlig überfordert war und forderte über Funk weitere Einsatzkräfte nach. Das war der Moment gewesen, in dem mir die Leitstelle gemeldet hatte: »Es sprechen mehrere Fahrzeuge, melden Sie Ihren Sprechwunsch an.«

Dieser Unfall besaß erste Priorität. Die Situation war einfach chaotisch, besonders wenn man an so einer Unfallstelle als Erster eintrifft – so viele verletzte Menschen, so viele unterschiedliche Einsatzplätze, aber du kannst natürlich nur an einem Ort arbeiten, kannst nicht allen zugleich helfen – und musst notgedrungen mit anhören, wie Menschen aus den anderen Wagen um Hilfe schreien.

An dem ersten verunglückten Pkw arbeitete die Wache 6 ebenfalls mit schwerem Gerät. Es sah dort genauso schlimm aus wie bei uns. Auch dieser Wagen stand nicht mehr auf seinen Rädern. Er lag halb auf der Seite, so dass bislang lediglich der Zugang durch die Fahrertüre möglich war. Aber solange der Wagen nicht stabilisiert war, durfte niemand da einsteigen. Es war einfach zu riskant. Außerdem erschien es wenig sinnvoll, zu den verletzten Menschen vorzudringen. In dem Innern des Autos herrschte sowieso schon eine fürchterliche Enge. Harald hatte sich entschlossen, mithilfe der hydraulischen Rettungsgeräte die gesamte linke Fahrzeugseite abzutrennen, um so besser an die Verunglückten heranzukommen.

Diese Möglichkeit konnten wir an unserem Unfallwagen nicht anwenden.

Ingo lag auf dem Bauch, den Oberkörper weit in das Autowrack vorgeschoben. Er tastete nach dem Puls der darin verkeilten Menschen, suchte nach einer Möglichkeit, wie wir die übereinander liegenden, schwer verletzten Menschen am besten befreien konnten.

»Stefan! Die Schere hierher!«

Ein kleines feines Rauchwölkchen kräuselte seitlich unter der Motorhaube hervor. Es wurde kritisch.

»Wo bleibt das C-Rohr!?«

»Kommt schon.«

Hucki, der Angriffstruppmann vom zweiten LF zog den schwarzen Hochdruckschlauch aus der Schnellangriffseinrichtung bis unmittelbar in unsere Nähe. Dabei behielt er immer noch soviel Abstand, dass er die eigentlichen Rettungsarbeiten nicht behinderte, gleichzeitig aber jederzeit eingreifen konnte. Ich bemerkte mit Genugtuung, dass er sich dabei so geschickt postiert hatte, dass er notfalls sogar die Gruppe von Harald Bohr schützen konnte. Hucki stand in voller Montur, jederzeit bereit, mit einem Wasserstrahl einzugreifen. Außerdem hatte er einen PG 12 neben sich stehen und scharf gemacht.

Ich kniete jetzt unten neben Ingo und rief meine Befehle zum Maschinisten hinauf.

»Micha! Wir brauchen die Hebekissen!«

Stefan kam die grasbewachsene Böschung heruntergeschliddert. In seinen Armen hielt er die schwere hydraulische Rettungsschere. Hinter ihm erschien Christian mit dem Spreizer. Vom LF bis zu uns waren es maximal sieben, acht Meter. Keine große Entfernung, völlig ausreichend für unsere Leitungen. Das Hydraulikaggregat konnte daher oben im Fahrzeug stehen bleiben.

»Die Türe?«, fragte Stefan, der sogleich erkannte, was ich wollte, bevor ich überhaupt was gesagt hatte.

»Ja, weg damit.«

Ich machte ihm Platz und er setzte die Schere an. Mit der Kraft mehrerer Tonnen durchtrennten die massiven, gehärteten Stahlschneiden die Fahrertüre an dem verbliebenen oberen Scharnier. Die letzte Verbindung war gekappt, wir konnten das hinderliche, scharfkantig zerfetzte Blech aus dem Weg räumen. Wieder etwas mehr Platz zum Arbeiten.

»Sehr gut Stefan. Fass mal mit an.«

»Warte, ich mach schon!«

Christian sprang schnell herbei, packte sich die Türe und beförderte sie in hohem Bogen auf eine weiter entfernte Stelle. Jetzt erst war Platz für einen zweiten Mann. Gunther legte sich ebenfalls bäuchlings neben Ingo und unterstützte ihn bei seiner schweren Arbeit.

Auf die näheren Einzelheiten dieser schwierigen Rettungsaktion möchte ich hier bewusst verzichten. Nur soviel: Es wurde eine äußerst anstrengende Rettung, wir arbeiteten unter höchster Anspannung und unter Aufbietung all unserer Kräfte. Oben, auf der vollständig gesperrten Autobahn, fuhren nach und nach die angeforderten Rettungs- und Notarztwagen vor. Es dauerte weit über eine Stunde, ehe wir den letzten Schwerverletzten aus dem verunglückten Autowrack gerettet hatten. Für einen jedoch kam jede Hilfe zu spät.

Hunderte von unbeteiligten Autofahrern bildeten zusammen mit einer langen Reihe von Lkw einen kilometerlangen Stau. Seine Auswirkungen reichten weit bis in die A 46 hinein. Sogar auf der A 3 bekamen die Autofahrer noch etwas davon zu spüren. Innerhalb dieses Staus kam es zu mehreren Auffahrunfällen. Zum Glück wurde dabei niemand ernsthaft verletzt. Es gab lediglich eine Menge Blechschaden.

Ich bitte all diejenigen, die das Pech haben, in solch einem Stau zu stecken, einmal darüber nachzudenken, dass unter Umständen genau in diesem Moment die Feuerwehr oder der Rettungsdienst irgendwo da vorne um das Leben von Menschen kämpfen muss. Vielleicht hilft das, die eigene Situation etwas besser zu ertragen.

»Und, wie fühlst du dich?«

Ingo hatte sich etwas abseits ins Gras gesetzt. Er und Gunther hatten alle fünf Menschen mit ihren bloßen Händen aus dem Autowrack ziehen müssen. Mehrmals wollte ich ihn ablösen lassen, aber er bestand darauf weiter zu machen. Auch Gunther ließ sich nicht von seinem Posten verdrängen. Die beiden hatten wirklich bis zur Erschöpfung gearbeitet, wobei die psychische Belastung wohl am schwersten wog.

Hucki, der inzwischen seinen Pressluftatmer wieder ausgezogen hatte, goss dem völlig verschwitzten Ingo etwas Wasser über den hochroten Kopf.

»Ah, sehr gut Hucki, danke. Mann bin ich kaputt.«

Matt, abgekämpft, aber zufrieden mit sich selbst lächelte er seinen Kameraden an.

Hucki zog sich jetzt auch seine dicke Jacke aus. Das Hemd darunter klebte ihm schweißnass am Körper. Draußen herrschte eine sommerlich, brütende Temperatur von an die dreißig Grad.

»Mann Ingo, vorhin, als uns die Karre bald abfackelte, da wurde mir aber doch ganz anders.«

»Mhhm«, brummte Ingo nur.

»Wie Mhhm, ist das alles, was du dazu zu sagen hast?«

Ingo lehnte sich auf die Arme gestützt nach hinten, sah Hucki lächelnd an:

»Was soll ich sagen Hucki. Ich wusste doch, dass du mit 'nem C-Rohr in Bereitschaft standest.«

»Trotzdem, ich denke, das war schon ziemlich eng.«

Die Aufräumarbeiten waren fast beendet. Ich sprach mit zwei Polizisten, die jetzt einige Fotos von der Unfallstelle machten.

»Sieht schlimm aus, was?«

»Na ja, ihr habt die beiden Autos ja auch ganz schön zerlegt.«

Ich zuckte die Schultern: »Ließ sich nicht vermeiden. Aber die waren eh nur noch Schrott. Und, gibt es schon eine Theorie über den Unfallhergang?«

»Sogar eine ziemlich präzise. Wir haben die unabhängigen Aussagen mehrere Zeugen, dass sich diese beiden ein regelrechtes Rennen geliefert haben sollen.«

Der Polizist, der mir das sagte, deutete in den Graben: »Zieleinlauf nicht erreicht.«

Sein Kollege erklärte: »Leider erleben wir das in letzter Zeit immer häufiger. Besonders die jungen Leute scheinen sich zu solchen spontanen Rennen hinreißen zu lassen. Ich kann das schon bald nicht mehr sehen.«

»Tja, wir finden das auch nicht gerade toll, aber was will man machen? So, ich muss mir die Einsatzstelle jetzt noch einmal ansehen. Wenn nichts Besonderes mehr anliegt, dann sind wir wieder weg. Den Rest macht ihr ja mit dem Abschleppwagen. Oder braucht ihr uns noch dabei?«

»Nein, bei uns ist soweit auch alles klar, meinetwegen könnt ihr fahren.«

Ich verließ die beiden und sah, wie angekündigt, überall noch einmal nach dem Rechten. Meine Leute hatten gute Arbeit geleistet. Ich konnte mit dem Ergebnis zufrieden sein. Zwei Männer hatten sich leichte Verletzungen zugezogen, nichts Ernstes, nur ein paar harmlose Fleischwunden. Bei soviel scharfkantigem Blech konnte das selbst mit Schutzbekleidung passieren. Einer von den Verletzten war Ingo. Ich sah ihn unten im Gras sitzen. Hucki stand daneben. Ich ging zu ihnen und bekam die letzte Bemerkung ihrer Unterhaltung mit.

»Was wurde ziemlich eng?«, fragte ich daher interessiert

»Ach der Chef.«

Hucki hatte sich bei meiner Frage umgedreht, er sah mich kommen und erklärte, worüber sie soeben sie gesprochen hatten.

»Das war gute Arbeit, Leute«, lobte ich, »und dein Einsatz vorhin, Hucki, große Klasse.«

Hucki wehrte ab: »Halb so wild, ist doch mein Job, weiter nichts.«

»Nein nein, das war gut, und ich finde das sollst du auch wissen. Wenn du nicht so geistesgegenwärtig reagiert hättest ...«

»Sprich es ruhig aus!«, rief Ingo laut, »... wenn der Hucki nicht so schnell gewesen wäre, wäre mir der Arsch abgebrannt. Stimmt doch oder?«

»Na sagen wir mal, zumindest die Hose. Um den Arsch wäre es ja nicht schade gewesen.«

»Eh, und das von meinem Chef«, entrüstete sich Ingo.

Wir konnten schon wieder scherzen. Ein gutes Zeichen.

»Was macht deine Hand?«

»Halb so wild, das heilt wieder zu.«

»Der vom RTW sagte mir aber, du sollst das nähen lassen.«

»Quatsch, das ist mal gerade durch die Oberhaut. Hat'n bisschen geblutet aber, ne lass mal, ist schon in Ordnung. Für so was geh ich doch nicht ins Krankenhaus.«

»Genau!«, bekräftigte Hucki, »Mann oder Mürbchen!«

Oben, am Rand der Böschung erschien Thorsten, der Maschinist vom zweiten LF und rief:

»Eh Hucki! Was ist? Brauchst du den Schlauch noch? Sonst rollen wir den auf!«

»Nein, brauch ich nicht mehr! Zieh hoch!«

»Ihr solltet auch mal langsam hochkommen. Wir sind fast fertig und wollen wieder zur Wache. Die Jungs haben Hunger.«

Ingo erhob sich und hielt mir seine blutverschmierte Jacke hin.

»Schöne Schweinerei, was?«

Ich sagte nichts dazu und war froh, dass er mit der Situation schon wieder so gut umgehen konnte.

Wir standen jetzt alle oben auf der Autobahn. Sämtliche Unfallfahrzeuge waren inzwischen auf den Standstreifen gezogen worden. Die Fahrbahn war weitestgehend von Glas und Metallsplittern gereinigt. An verschiedenen Stellen hatte Sterni Ölbindemittel aufstreuen lassen. Auf zwei der drei Fahrspuren rollte wieder der Verkehr.

Sterni kam auf mich zu: »So, ich denke, das reicht jetzt aber. Nur gut, dass wir mit dem kompletten Löschzug hier waren.«

»Das kannst du wohl sagen. Wenn ich mir vorstelle, dass ich nur mit dem 7.46er hier angekommen wäre.«

»Denk erst gar nicht darüber nach. Lass uns jetzt endlich auf die Wache fahren. Wache 6 ist auch soweit. Und um die ganzen Unfallfahrzeuge können sich jetzt Abschleppunternehmer kümmern.«

»**Okay Männer, aufsitzen! Wir rücken ab!**«

Als ich wieder auf meinem Beifahrersitz saß, warf ich noch einen letzten Blick auf die beiden Autowracks im Graben. Sie waren nur noch Schrottwert.

Hilferufe aus dem Aufzug

Am nächsten Morgen verabschiedete ich mich von meinen Kollegen für die nächsten vierzehn Tage, denn heute begann mein erster Urlaubstag. Die Nacht war ruhig geblieben und der Tag versprach wieder sehr heiß zu werden.

Der Dienstgruppenleiter der zweiten Tour löste mich bereits gegen 6.35 Uhr ab, und da die frühmorgendliche Luft noch angenehm frisch war, freute ich mich richtig auf die Heimfahrt mit dem Fahrrad.

Nach einer guten Stunde erreichte ich gut gelaunt meine Wohnung und freute mich auf den Urlaub, auch wenn es sozusagen ein Arbeitsurlaub werden sollte.

Die Tage waren fest eingeplant für die letzten Kapitel meines neuen Feuerwehrromans.

Während ich zu Hause vor meinem Computer saß und imaginäre Bücherseiten füllte, ging das Leben auf der Feuerwache seinen gewohnten Gang.

Es war mein vierter Urlaubstag, ein Freitag, und ich war bereits sehr früh aufgestanden. An diesem Morgen klingelte gegen acht Uhr das Telefon. Sterni war am Apparat. Er rief mich von der Wache aus an.

»Hallo Martin, na wie schmeckt der Urlaub? Vermisst du nicht die Feuerwehr?«

Holla, Vorsicht, was für eine verdächtige Frage!

Und so reagierte ich mit einem lang gezogenen:

»Nein, eigentlich nicht.« Mein anschließendes: »Wieso?« sollte ebenfalls ziemlich unbefangen klingen, aber Sterni war anscheinend heute kein Diplomat. Er kam sogleich zur Sache:

»Na was soll's, warum lange um den heißen Brei herum reden. Der Jürgen Leineweber hat mich gerade angerufen, die benötigen dringend für die nächste Schicht einen DGL.«

Schweigen.

»Bist du noch dran?«

»Ja sicher. Also, die brauchen 'nen DGL ... und?«, fragte ich gedehnt.

»Kein und. Ich kann nicht, sonst hätte ich ja zwei 24-Stunden-Schichten hintereinander und Theo ist an dem Tag bei der deutschen Faustballmeisterschaft in ..., na ist ja auch egal, halt irgendwo. Der fällt also auch aus.«

»Und ich hab Urlaub.«

»Richtig, aber du fährst nicht weg. Außerdem könntest du deine alten Kumpel wieder sehen – du würdest die Schicht nämlich auf der zweiten Tour machen.«

»Ach so ... zweite Tour. Ich hab mich schon gewundert, weil du sagtest zweimal 24-Stunden-Dienst. Mhhmm ... Samstag sagst du ... mhhmm, warum nicht ...«

»Sehr schön, danke. Dann geb ich dem Jürgen also Bescheid, dass du übernimmst.«

»Eh, Moment Mal, ich hab doch noch gar nicht zugesagt.«

Ich hörte Sterni am Telefon lachen:

»Du kommst! Na los, zappel nicht so lange rum.«

»Also gut, ich komme. Jetzt der Samstag?«

»Genau. Und als Belohnung erzähle ich dir jetzt noch eine kleine Geschichte. Die kannst du in dein neues Buch schreiben.«

»Du machst mich ja richtig neugierig.«

Sterni erzählte:

»Letzte Dienstschicht gab es wieder einmal in der Mittagspause einen Alarm ...«

Der Vierfachgong schallte durch die Räume und die Leitstelle machte ihre Durchsage:

»Einsatz für 7-83-1, das KEF und die Drehleiter zur XXX-Straße 27. Hilflose Person in verschlossener Wohnung. Sechste Etage bei Schmitt.«

Sofort sprangen die aufgerufenen Besatzungen auf, ließen ihre halbvollen Teller stehen und rannten zu ihren Fahrzeugen.

Jeder auf unserer Wache kannte den Einsatzort, einen ziemlich alten Hochhauskomplex. In regelmäßigen Abständen wurden wir dorthin alarmiert. Fast immer, weil irgendwelche Kinder wieder Blödsinn im Aufzug getrieben hatten und anschließend feststeckten. Aber dieses Mal war es etwas anderes.

Person hinter verschlossener Wohnung. Das konnte vieles bedeuten. Oft verbarg sich eine wirkliche Gefahr dahinter, aber manchmal ist auch niemand in der Wohnung und die besorgten Nachbarn hatten uns vergeblich gerufen. Wie dem auch sei, wir müssen jedes Mal darauf reagieren und die Wohnungstüre öffnen. Damit verstoßen wir gegen ein im Grundgesetz verankertes Grundrecht: Artikel 13, das Recht auf Unverletzlichkeit der Wohnung. Aber wir handeln als Beamte in hoheitlichem Auftrag zur Abwendung einer möglichen Gefahr für Leib und Leben. Damit ist die Sache wieder legitimiert. Wie immer wird die Polizei zu solchen Einsätzen mit alarmiert. Sobald wir mit der Türe fertig sind, übernehmen unsere Kollegen in grün die Sicherung der Wohnung.

Ralf und Frank fuhren heute den RTW, die Drehleiter wurde von Stefan und Bernd besetzt und auf dem KEF fuhren Thorsten und Hans.

Der RTW verließ als Erster mit eingeschalteten Sondersignalen die Feuerwache, kurz darauf folgten die Drehleiter und das KEF. Was die Männer erwartete, konnte noch niemand sagen. Da die Einsatzstelle nur wenige hundert Meter entfernt lag, kamen die drei Fahrzeuge ungefähr zur gleichen Zeit an.

Schwer bepackt mit ihren Ausrüstungsgegenständen, begaben sich die RTW- und die KEF-Besatzung unverzüglich zum Hauseingang. Unten, in der weit offen stehenden Türe, wurden sie bereits von zwei Polizisten erwartet.

»Wir haben schon mal den Aufzug geholt«, verkündete der eine. »Sechste Etage.«

Mit einem viel sagenden Blick auf die schwere Ausrüstung der Feuerwehrleute meinte der andere:

»Mit dem ganzen Krempel wollt ihr ja wohl nicht laufen oder ...«

Nein, das wollte wirklich keiner, insbesondere an diesem wieder mal heißen Tag. Also stiegen sie alle in den Aufzug. Es wurde ziemlich eng.

»Besser schlecht gefahren als gut gelaufen.«

»Sehr richtig, wir wollen hier drin ja auch nicht Picknick machen, sondern nur nach oben fahren.«

Draußen auf der Straße war allerhand los. Aus der ganzen Nachbarschaft kamen die Kinder lärmend herbeigelaufen. Drei Feuerwehrfahrzeuge waren mit laufenden Blaulichtern und Tatü Tata in ihre Straße gefahren, das lockte. Es standen aber auch etliche Erwachsene hier draußen. Bei denen konnte Stefan schnell in Erfahrung bringen, hinter welchem Fenster die bewusste Wohnung lag.

»Wissen Sie genau, dass das die Wohnung von Schmitt ist?«

Der alte Mann, den er gerade noch einmal gefragt hatte, nickte eifrig mit dem Kopf und beteuerte:

»Ja, ja, das Schmitt, ich sicher.«

Stefan wunderte sich, dass hier überhaupt jemand mit dem alten deutschen Namen Schmitt wohnte. Der Ausländeranteil betrug in diesem Hochhaus weit über 90 Prozent.

Der freundliche alte Mann machte ihm aber einen verlässlichen Eindruck. Stefan beschloss, die Leiter in Stellung zu bringen.

»Bernd! Siehst du das Fenster da oben? Sechste Etage, das dritte von links. Das mit der kurzen Gardine?«

»Das auf Kippe steht?«

»Ja genau. Kommst du da dran?«

»Kein Problem, ich muss nur ein Stück vorziehen.«

»Dann los. Ich scheuch schon mal die Kinder weg.«

Aber Stefan scheuchte niemanden, Stefan ist ein Kinderfreund. Darum macht er ja auch die Brandschutzerziehung für die kleinen Besucher auf unserer Wache.

»Kinder! Kommt mal alle mit mir hier rüber. Der andere Feuerwehrmann muss jetzt die große Leiter noch ein Stück vorfahren!«

Umringt von einer großen Kinderschar begab er sich auf die Seite. Die Kleinsten hingen an seiner Uniform und bombardierten ihn ständig mit Fragen:

»Gut gut, ich erzähle euch ja, was wir hier machen.«

Mit seiner Freundlichkeit hatte er schnell die Herzen der Kinder erobert.

»Seht ihr«, erklärte er bereitwillig, »jetzt kommen unter der Leiter große Metallfüße heraus.«

»Wofür sind die?«

»Damit die Leiter nicht umkippt.«

»Und wenn doch?«

Stefan lachte: »Keine Angst, das passiert nicht. So, jetzt muss ich euch aber verlassen. Ich werde nämlich in dem Korb, der da vorne an der Spitze hängt, nach oben fahren.«

»Darf ich mit?«, riefen einige sofort.

»Nein, das geht erst, wenn ihr groß seid und selbst Feuerwehrmänner werdet.«

Bernd war soweit. Er hatte den Leiterpark seitlich abgeschwenkt, so dass der Rettungskorb nur wenige Zentimeter über dem Boden hing. Stefan konnte bequem einsteigen, es ging nach oben. Kontinuierlich schob sich die Leiter auseinander, der Korb näherte sich dem bewussten Fenster auf der sechsten Etage.

Es ist immer ein erklärtes Ziel der Feuerwehr, möglichst über zwei voneinander unabhängigen Angriffswegen in die Wohnung zu gelangen. Während eine Gruppe den konventionellen Weg durch das Treppenhaus wählt, wird die Drehleiter, so wie jetzt, als zweiter Angriffs- oder Rettungsweg eingesetzt.

Meist gelingt es uns, die Wohnungstüre relativ schnell zu öffnen. Aber manchmal kann man sich auch an einer besonders gut gesicherten Türe die Zähne ausbeißen. Bevor wir jedoch mit massiver Gewalt in die Wohnung eindringen, versuchen wir es halt auf einem anderen Weg. Und so ein auf Kippe stehendes Fenster ist für den Einstieg geradezu ideal.

Als Stefan mit seinem Korb genau vor dem Fenster anhielt, bekam er einen großen Schreck. Drei ausgewachsene Schäferhunde stemmten sich mit ihren breiten Vorderpfoten auf die Fensterbank und fletschten laut bellend und knurrend ihre Zähne. Die Nackenhaare aufgerichtet, die Ohren nach hinten angelegt, ließen sie nicht den geringsten Zweifel aufkommen, was sie mit Stefan machen würden, falls er sich hier hineintrauen sollte. Aber Stefan sah nicht nur die wütenden Hunde, die ihm den Einstieg durch das Fenster verwehrten, er sah auch einen Mann auf dem Teppichboden des Wohnzimmers liegen. Der etwa vierzigjährige Mann rief seine Hunde zurück:

»**Hasso! Wolf! Senta! Bei Fuß! Hierher! Hier bei Fuß!**«

Erst nachdem er mehrmals lautstark seine Hunde zurückgerufen hatte, ließen sie von der Fensterbank ab. Nur widerwillig zogen sie sich zu ihrem Herrn zurück. Aber ihre Drohgebärden und ein ständiges, unterdrücktes Knurren behielten sie weiterhin bei.

»Ich glaube ich habe mir das Bein gebrochen! Ich kann mich überhaupt nicht mehr rühren!«

»Sind Sie gefallen?«, rief Stefan zurück.

Sofort begannen die Hunde wieder wie wild zu bellen.

»**Ruhig! Aus sag ich! Aus!**«

Die Hunde verstummten wieder.

»Ja, schon vor zwei Stunden. Ich bin über den Teppich gestolpert. Hab so lange gebraucht, bis ich an mein Handy kam.«

»Passen Sie auf, ich kann ja hier nicht rein, aber meine Kollegen stehen vor Ihrer Türe. Die versuchen die jetzt zu öffnen. Oder besitzt vielleicht irgendjemand sonst noch einen Schlüssel? Vielleicht ein Nachbar oder ...?«

»Nee, is nich. Ich leb allein ... nur die Hunde.«

»Schade, kann man nichts machen. Also noch etwas Geduld. Haben Sie Schmerzen?«

»Geht so, ich kann schon was vertragen.«

»Und ihre Hunde? Was machen die, wenn meine Kollegen zu Ihnen kommen?«

»Tja, da garantiere ich für nichts.«

»Scheiße«, murmelte Stefan leise in seinen blonden Schnauzbart. *Ich muss die Kollegen unbedingt warnen.* Er wunderte sich, warum er noch nichts von ihnen gehört hatte. *Die müssen doch längst die Türe aufhaben*, dachte er.

Aber für Thorsten, Hans, Ralf und Frank und die beiden Polizisten war heute kein guter Tag. Die Gruppe, die ausgezogen war, um einen anderen zu retten, saß im Aufzug fest. Der Albtraum eines jeden Feuerwehrmannes!

Irgendwo zwischen der vierten und der fünften Etage fiel mit einem Mal das Licht aus und der Aufzug bewegte sich keinen Millimeter weiter. Zuerst herrschte betretenes Schweigen. Nach einer Weile kamen die ersten ungläubigen Fragen. Es folgte eine Phase kräftigen Fluchens bis Thorsten schließlich zur Ruhe mahnte.

»Jetzt seid doch mal still. Ich versuche, den Stefan anzufunken. Der muss uns hier rausholen.«

Aber Thorsten bekam keinen Funkkontakt, alle seine Bemühungen waren vergeblich.

»Hat vielleicht einer ein Handy?«

»Ja ich.«

Der Polizist, der so ziemlich Nase an Nase neben Thorsten stand, griff in seine Brusttasche und zog das Handy heraus.

»Mein Diensthandy«, erklärte er trocken.

»Na gut, wir haben keine andere Wahl«, stellte Torsten treffsicher fest. »Aber Leute, eins weiß ich, das wird teuer, das wird richtig teuer.«

Das brauchte er eigentlich gar nicht zu betonen, das wussten die mit ihm festsitzenden Kollegen nur zu gut. Mit einer Runde Eis war das bestimmt nicht abgegolten.

»Hier, ruf selbst an.«

Der Polizist drückte Thorsten sein Handy in die Hand und der wählte die Nummer der Feuerwehrleitstelle.

Gott sei Dank, mit dem Handy klappte es. Zuerst glaubte der Kollege auf der Leitstelle, da wolle jemand einen Scherz mit ihm treiben, aber dann erkannte er, dass es ernst war.

»Wie sagtest du doch gleich? Ihr steckt im Aufzug fest. Ich habe dich doch richtig verstanden – die KEF-Besatzung, die RTW-Besatzung und auch noch die Bullen!?«

Der Mann von der Leitstelle sprach extra laut, so dass die Kollegen an den anderen Leitstellenplätzen aufmerksam wurden. Dabei winkte er mit den Armen und deutete an, dass sich bei ihm was Besonderes abspielte.

»Also Kollege, bevor ich dir das abnehme, musst du mir das aber noch mal bestätigen.«

Mit einem diebischen Lächeln drückte er die Mithörtaste und drehte den Lautsprecher auf. In der Leitstelle wurde es ruhig. Alle hörten jetzt mit an, in welch peinlicher Situation die Retter selbst steckten und keiner konnte sich das Grinsen verkneifen. Was Thorsten nicht wusste: Unmittelbar nach seiner ersten Schilderung hatte der Disponent an der Feuerwache 7 eine Alarmierung für das zweite LF ausgelöst. Bei aller nachvollziehbaren Schadenfreude wusste der Mitarbeiter seiner Aufgabe nachzukommen. Immerhin handelte es sich um einen Notfall und bisher konnte auch noch keiner sagen, wie dringlich die

Einsatzkräfte in der Wohnung benötigt wurden. Allerdings teilte er Thorsten seine Aktivitäten nicht mit. Im Gegenteil, er ließ ihn bewusst weiter zappeln und goss sogar noch Öl ins Feuer, indem er fragte:

»Ihr habt doch euer Aufbruchwerkzeug dabei oder?«

»Ja sicher, wieso?«

»Weil, wenn ihr«, und jetzt war es endgültig mit seiner Beherrschung vorbei. Er prustete lachend seine Erklärung heraus: »wenn ihr die Aufzugtüre von innen öffnet, kommt ihr direkt in eine Eisdiele!«

»Ha ha ha, find ich ja wahnsinnig komisch.« Thorstens Stimme klang merklich gereizt.

»Was hältst du denn davon, wenn du, anstatt mich hier aufzuziehen, mal 'ne Nachalarmierung machst.« Dann sprach er betont lässig. »Also nicht, dass wir uns hier nicht wohl fühlen in unserem gemütlichen kleinen, engen Aufzug, aber da wartet ja auch noch ein Notfall auf uns.«

Einen Moment herrschte absolutes Schweigen, dann schaltete sich der DGL der Leitstelle in das Gespräch ein:

»He Thorsten, nun bleib mal ganz ruhig. Euer LF ist längst alarmiert. Die Jungs hier haben dich doch nur ein wenig gefoppt. Aber mal was ganz anderes: So'n Eis sollte da für uns doch wirklich drinstecken. Ich denke, das siehst du genauso oder?«

»Ja ja.« Thorsten verdrehte die Augen und musste nun über sich selbst lachen, »Okay, bin drauf reingefallen. Ich denke, das mit dem Eis geht in Ordnung.«

Er machte für die anderen eine Geste, als würde er Eis lecken. Dann fuhr er weiter fort: »Aber jetzt macht mal Dampf. Wir stehen hier nämlich wirklich eingepfercht wie in einer Sardinendose.«

»Geht klar Junge, ist doch alles längst geregelt. Deine Kollegen müssten jeden Moment da sein. Also durchhalten.«

Auf der Feuerwache 7 alarmierte es zum zweiten Mal innerhalb kurzer Zeit zur selben Einsatzstelle. Die Leitstelle konnte sich die passende Durchsage dazu nicht verkneifen:

»Einsatz 7-44-1. Unterstützung für die RTW- und KEF-Besatzung, die mit der Polizei zusammen im Aufzug festsitzt!«

Whau! Das haute rein! Die Kollegen auf der Wache sahen sich grinsend an. Hatten sie da richtig gehört? Es musste wohl so sein, denn jetzt wiederholte der Bursche von der Leitstelle seine Durchsage:

»Ich wiederhole: Einsatz für 7-44-1, mit Alarm. Befreiung von Polizei, RTW- und KEF-Besatzung aus dem Aufzug!«

Die Mannschaft des LF rannte lachend zu ihrem Fahrzeug.

»Mann, das kostet die aber was!«

Stefan empfing seine Kollegen vom 7-44-1 mit grinsendem Gesicht draußen auf der Straße.

Theo sprang aus dem Fahrzeug und ließ sich mit wenigen Worten die Zusammenhänge erklären.

»Wir sollten einen Hundeführer von der Polizei kommen lassen.«

»Schon erledigt. Das hab ich bereits alles mit der Leitstelle geklärt.«

»Sehr gut Stefan. Dann los. **Zwei Mann zum Maschinenraum! Die anderen kommen mit mir!**«

Die im Aufzug fest sitzenden Kollegen wurden recht schnell aus ihrer misslichen Lage befreit. Die Wohnungstüre des Herrn Schmitt bereitete keine großen Probleme. Thorsten, der selbst drei riesige Leonberger zuhause hat, versuchte durch einen Türspalt die wütenden Schäferhunde zu besänftigen, vergeblich. Erst als der Polizeihundeführer mit seinem eigenen Hund kam, lief alles ganz glatt.

Herr Schmitt hatte sich sein Bein nicht gebrochen. Aber eine ausgekugelte Hüfte soll ja auch sehr schmerzhaft sein. Während seines Krankenhausaufenthaltes wurden seine drei

Schäferhunde im städtischen Tierheim in Rath untergebracht. Die Kollegen, die aus dem Aufzug befreit wurden, mitsamt den beiden Polizisten, hatten sich nicht Lumpen lassen. Das unvermeidliche Eis gab es noch am selben Abend. Sie hatten daraus eine Lehre gezogen: Es mag ja ohne weiteres Situationen geben, in denen sogar ein Feuerwehrmann den Aufzug benutzen darf, aber es sollten niemals alle zugleich einsteigen!

Ein Feuer unter alten Freunden

»Nicht schlecht die Geschichte, Sterni, und welche Rolle hast du dabei gespielt?«, fragte ich, nachdem mein Kollege seine Geschichte zu Ende erzählt hatte.

»Gar keine, ich hatte den ganzen Tag Ruhe. Der Theo ist ja rausgefahren.«

»Noch besser, also hast du nur Eis gegessen oder ist sonst noch was passiert?«

»Das kann man wohl sagen. Du hast anscheinend noch keine Tageszeitung gelesen oder?«

»Nein, hab ich nicht.«

»Na dann besorg dir mal eine. Wir hatten heute Nacht nämlich einen Großbrand. Es hat die Gerresheimer Glashütte erwischt. Wir sind erst heute Morgen von der Feuerwache 4 abgelöst worden. Die Kollegen sind bestimmt immer noch zugange.«

»Donnerwetter«, entfuhr es mir, »und das passiert genau dann, wenn ich im Urlaub bin.«

»Sei froh. Das war 'ne riesige Maloche. Mehrere Löschzüge, Schaummittelcontainer aus allen umliegenden Städten – ich sag dir, wir sind ganz schön erledigt. Die ganze Nacht in den dicken Klamotten unter Atemschutz … und das bei der Hitze. Ich werde mich gleich erst mal für ein paar Stunden aufs Ohr legen.«

»Dann lass uns jetzt Schluss machen, damit du ins Bett kommst. Also, das mit Samstag geht klar. Kannst dich auf mich verlassen. So, tschüss und gute Nacht.«

An diesem Samstagmorgen musste ich schon in aller Herrgottsfrühe aufstehen. Wenn ich sonst am Wochenende Dienst habe, fahre ich gerne mit dem Auto zur Wache. Die Bahnverbindungen sind dann nämlich so schlecht, dass ich bis zu zwei Stunden unterwegs bin. Mit dem Auto benötige ich gerade etwas über zwanzig Minuten. Für gewöhnlich reicht es, wenn ich meinen Wecker auf halb sechs Uhr stelle. Aber an diesem Samstag sah die Sache etwas anders aus. Ich musste ja erst zur Wache 7 fahren, meine gesamten Alarmsachen einladen und dann weiter nach Wache 6.

Um mit dem DGL eine vernünftige Ablösung zu machen, wollte ich spätestens um halb sieben fertig umgezogen in der mir wohl vertrauten Kaffeeküche erscheinen. Ich freute mich schon auf die erstaunten Gesichter meiner alten Freunde. Wahrscheinlich wussten die noch nicht, dass ich für die heutige 24-Stunden-Schicht ihr Chef sein würde.

Gegen sechs Uhr hielt ich mit meinem Wagen vor dem geschlossenen Tor der Feuerwache 7. Ich stieg aus und betätigte die Codenummer auf dem Tastenfeld. Unter leichtem Summen schob sich das breite Metalltor zur Seite und ich konnte auf den Hof fahren. Alles schien still und ruhig zu sein. Ich sah noch keinen Menschen. Ein Blick auf meine Armbanduhr überzeugte mich, dass es mit der Ruhe gleich vorbei sein müsste. Allmorgendlich, Punkt 6.00 Uhr, weckt die Leitstelle nämlich über die Rundspruchanlage mit einer Lautsprecherdurchsage:

So auch heute. Als es hieß: »Guten Morgen, es ist sechs Uhr!«, stand ich gerade vor meinem Kleiderspind und packte einige Dinge in die mitgebrachte große Tasche. Bevor ich den ersten Kollegen begegnete, war ich schon wieder auf dem Hof und begab mich zum »Kostümfundus«, dem Raum, in dem unsere Alarmsachen hängen. Beide Arme schwer bepackt mit meiner persönlichen Ausrüstung, kehrte ich zurück zum Wagen. Die Kofferraumklappe stand offen und ich ließ die Sachen einfach hineinfallen.

In diesem Moment legte sich eine Hand schwer auf meine Schulter. Erschreckt zuckte ich zusammen und drehte mich ruckartig um.

»Martin Meyer-Pyritz, sie sind verhaftet. Was laden Sie hier ein?«

»Mann! Theo, hast du mich erschreckt!«

Ich hatte ihn überhaupt nicht kommen hören und musste erst einmal tief durchatmen.

Theo lachte herzhaft übers ganze Gesicht.

»Was denn, was denn. Ich denke, du bist Feuerwehrmann und kein altes, schreckhaftes Weib?«

»Ja aber … ich hatte geglaubt, ich bin hier ganz alleine.«

»He, du bist hier auf 'ner Feuerwache. Schon vergessen, da ist man nicht allein. Aber Scherz beiseite, du fährst also jetzt rüber nach sechs?«

»Ja, ich muss nur noch mein Bettzeug holen, dann habe ich alles.«

»Bettzeug? Ich höre immer nur Bettzeug. Du sollst da arbeiten, mein Freund, nicht schlafen.«

»Jaaa, schon, aber man kann sich ja zwischendurch mal hinlegen.«

Theo lachte und schob mich Richtung Türe:

»Komm, lass uns noch 'ne Tasse Kaffee trinken.

»Na ja, eigentlich …«, ich sah erneut auf die Uhr.

»Was denn? Es ist gerade mal nach sechs. Wenn du hier um zwanzig nach abfährst, bist du immer noch früh genug. Heute ist Samstag, da brauchst du keine zehn Minuten.«

»Na gut, eine Tasse, aber dann muss ich los.«

Als ich mit meiner Kaffeetasse den Aufenthaltsraum betrat, sah ich in die erstaunten Gesichter meiner Kollegen. Bevor ich jedoch die ersten neugierigen Fragen beantworten konnte, alarmierte es. Die Gespräche verstummten schlagartig. Es herrschte Stille in dem gerade noch lauten Raum. Jeder lauschte der Durchsage:

»Einsatz für Löschzug 7 und den RTW zur telegraphischen Feuermeldung Uniklinik Moorenstraße. Objekt Nummer XXX. Es rücken aus, von Feuerwache 1 …«

Es folgte eine lange Aufzählung sämtlicher alarmierter Feuerwachen und Fahrzeuge. Wahrscheinlich war ich, zumindest hier auf der Wache, der Einzige, der sich die endlose Aufzählung genau anhörte. Denn unmittelbar, nachdem klar war, dass die komplette Zugbesatzung raus fahren musste, rannten meine Kollegen in die Fahrzeughalle.

Ich saß plötzlich ganz alleine am Tisch und konnte zwischen fünf dampfenden Kaffeetassen wählen. Sekunden später hörte ich den Löschzug und den RTW vom Hof fahren. Kurze Zeit darauf verhallten die Martinshörner in der Ferne.

Die ersten Feuerwehrmänner der ablösenden Tour trafen ein. Wir wechselten noch einige Worte, dann trank ich meinen Kaffee aus und machte mich ebenfalls auf den Weg.

Weil ich, bedingt durch die Alarmierung, früher als geplant die Wache verlassen hatte, besaß ich reichlich Zeit und beschloss, nicht über die Schnellstraße zu fahren. Ich wählte stattdessen den Weg am Benrather Schloss vorbei. Der kleine Umweg kostete mich höchstens fünf Minuten, aber das war es wert.

Das frisch renovierte Jagdschloss mit seinem malerischen Weiher bietet einfach immer wieder einen traumhaften Anblick, und den wollte ich mir an diesem frühen Morgen gönnen.

Kurze Zeit später tauchte das vertraute Gebäude der Feuerwache 6 auf. Zwanzig Jahre lang hatte ich hier meinen Dienst verrichtet. Zwanzig Jahre, in denen sich so manche Freundschaft entwickelt hatte. Ich war richtig neugierig:

Mal sehen, wer von meinen alten Mitstreitern noch da war.

Nachdem ich den Wagen geparkt hatte, nahm ich meine persönliche Ausrüstung aus dem Kofferraum und begab mich in die Fahrzeughalle. Jetzt, um diese Zeit, war ich hier nicht mehr alleine. Die ersten Kollegen der heutigen Schicht hängten bereits ihre Ausrüstung an den fahrbaren Kleiderständer. Er stand immer noch zwischen den großen Feuerwehrfahrzeugen. In dieser Beziehung hatte sich also nichts geändert. Aber für mich gab es sofort eine große Veränderung. Ich durfte meine Sachen heute hier nämlich erstmalig auf den Platz des Gruppenführers hängen. Dabei lief mir der erste alte Bekannte über den Weg. Es war Michael Musch, den wir wegen seiner Liebe zu Katzen manchmal Muschi genannt hatten.

»Mensch Martin, was machst du denn hier?« Erstaunt sah er mich an.

»Hallo Micha, drei mal darfst du raten!«

»Schätze, da gibt es nichts groß zu raten. Bei uns herrscht ja die DGL-Grippe.«

Wir gaben uns erfreut die Hand.

»Und, wer ist heute im Dienst von der alten Truppe?«

»Oooch, da sind schon einige«, sagte er, »aber wir haben auch ein paar Neue bekommen. Aber erzähl mal, wie gefällt es dir denn an Wache 7? Willst du nicht wieder zurückkommen? Hier werden demnächst doch auch zwei Stellen frei.«

»Nee lass mal«, ich lächelte, »ich habe es schon recht gut angetroffen da drüben. So, Micha ich muss nach oben. Wir sehen uns ja gleich bei der Ablösung.«

Die Dienstübergabe mit meinem Kollegen von der ersten Tour fand im Büro statt. Allzu viel brauchte er mir nicht zu erklären, das meiste war noch vertraut. Nachdem er mir eine ruhige Schicht gewünscht hatte, verließ er das Büro über die Wendeltreppe. Ich war wieder alleine.

Genau wie vorhin an Wache 7, dachte ich. Aber dann fiel mir Theos Satz ein – *Auf einer Feuerwache bist du nie allein* –.

Stimmt, ich brauchte nur nach unten in die Fahrzeughalle gehen. Da standen sie bestimmt schon alle und warteten.

Es war jetzt fünf Minuten vor sieben Uhr, da betrat mein Tagesdienst das Büro. In diesem Moment wusste ich allerdings noch nicht, dass der Mann, der jetzt mit lachendem Gesicht auf mich zukam, mein Tagesdienst war.

»Mann, das ist ja ein Ding. Ich dachte erst, der Muschi hätte angeflunkert. Martin, herzlich willkommen auf deiner alten Wache.«

Es war Daniel, Daniel Schlagmann, der mich so freundlich begrüßte.

»Tag Daniel, na, wie geht es dir?«

»Gut, besonders heute. Find ich ja toll, dass wir beide noch mal miteinander Dienst machen. Ich bin übrigens dein Tagesdienst.«

»He, steile Kariere ... ach ja, du hast ja die Vorprüfung bestanden.«

Ich reichte ihm die Rechte.

»Herzlichen Glückwunsch nachträglich.«

Daniel schlug ein und strahlte.

»Na, dann kann ja nichts mehr schief gehen. Los komm, es wird Zeit. Wir müssen runter.«

Es war schon ein seltsames Gefühl. Da stand ich zur morgendlichen Wachablösung auf einmal vor meinen alten Kameraden und blickte in so manches vertraute Gesicht. Darunter befanden sich aber auch einige neue Kollegen, die ich noch nicht kannte. Nach dem Verlesen des Dienstplanes verkündete ich mit ernster Mine:

»So Männer, die meisten von euch kennen mich ja. Ich bin ein gnadenlose Schleifer, also, das hier wird heute eine knallharte Schicht.«

Keiner verzog auch nur eine Miene. Nur mein guter Freund Stan Trunitschek, einer von den älteren und einer der Besten, kam mit seinem gewohnt milden Lächeln auf mich zu, legte mir väterlich den Arm um die Schulter und meinte:

»Ja mein Lieber, das hast du aber schön gesagt und jetzt gehst du brav in dein Büro, und wenn du wieder lieb bist, darfst du auch wieder rauskommen.«

Die jungen Kollegen hatten ganz schön komisch geguckt. Solch eine seltsame Art der Wachablösung hatten sie noch nicht erlebt.

»He Jungs, ich hab Kuchen mitgebracht! Mein Einstand!«, rief ich jetzt und dann musste ich erst einmal viele Hände schütteln. Danach nahm der gewohnte Wachalltag seinen Lauf. Allerdings saßen wir gegen 10.00 Uhr immer noch beim Frühstück. Das lag aber nicht daran, dass wir keine Lust zum Arbeiten verspürten – nein, das hatte andere Gründe. Wir bekamen nämlich kurz vor Beginn der Frühstückspause den ersten Alarm des heutigen Tages.

»Einsatz für 6-46-1 und 6-33-1. Verdächtiger Rauch aus Wohnung. XXX-Straße 15!«

Uli Nagel brüllte durch die Fahrzeughalle:

»He Leute, merkt ihr was? Der Martin ist wieder da!«

Wir rannten zu unseren Fahrzeugen.

Axel Schleußer war heute Maschinist auf dem ersten Fahrzeug.

Mein »alter« Freund warf einen viel sagenden Seitenblick auf mich und meinte spöttisch:

»Na, das fängt ja gut an mit dir.«

Dann betätigte er den Schalter für die Blaulichter und fuhr mit eingeschaltetem Martinshorn aus der Fahrzeughalle. Es ging in den Stadtteil Hellerhof.

»Ist das nicht in der Nähe vom Achim?«, fragte ich.

»Ich bin mir nicht ganz sicher mit der Anfahrt. Aber ich meine auch, wir müssen direkt bei ihm vorbeikommen. Guck doch vorsichtshalber noch mal in den Stadtplan.«

Ich hatte mir den Stadtplan genommen und das entsprechende Planquadrat aufgeschlagen. Nach kurzem Suchen hatte ich die Straße gefunden:

»Stimmt, wir müssen bei Achim in die Straße einbiegen. Ha, dann werden wir den mal zünftig wecken. Schade, dass der heute keinen Dienst hat. Wenn wir bei ihm vorbei sind, musst du in die dritte rechts und dann ... na ist ja auch egal. Ich lotse dich, wenn wir da sind.«

»Nicht mehr nötig, ich weiß jetzt wieder Bescheid. An irgendeiner der letzten Schichten waren wir schon mal in dieser

Ecke. Hier gibt es nur so viele kleine Stichwege, da kann man sich ziemlich schnell verfahren.«

»Ist mir nicht neu, so etwas haben wir im Wache-7-Gebiet auch … pass auf, da vorne müssen wir gleich abbiegen.«

Axel bremste ab und lenkte das große LF 24 in ein ruhiges Wohngebiet. Hier war Tempo dreißig vorgeschrieben.

»Ich schalte jetzt die Sirene aus«, erklärte er mir, »hier drin kann ich sowieso nur Schritttempo fahren. Jetzt kommen überall diese bescheuerten Buckel.«

So war es leider. Was mochten sich die Verkehrsplaner dabei nur gedacht haben?

Für verkehrsberuhigende Maßnahmen mochten diese eckigen Bodenwellen ja zweckmäßig sein, für die Feuerwehr und den Rettungsdienst waren sie einfach nur »tödlich«.

Axel war gezwungen, vor jeder dieser kantigen Bodenwellen abzubremsen. Wenn er keinen ernsten Schaden am Fahrzeug riskieren wollte, durfte er nur extrem langsam darüber fahren. Das kostete uns natürlich viel Zeit.

»Mann ist das ein Elend«, klagte ich. »Hoffentlich ist nichts Schlimmes passiert, so brauchen wir ja hundert Jahre.«

Endlich, nachdem die »hundert Jahre vergangen waren, erreichten wir die Einsatzstelle. Der verdächtige Rauch entpuppte sich glücklicherweise als angebranntes Essen. Da hatte sich jemand ein englisches Frühstück machen wollen, aber anscheinend irgendetwas falsch verstanden. In der Pfanne, die bei unserem Eintreffen nicht mehr auf dem Herd stand, befand sich nur noch eine nicht mehr zu identifizierende, schwarz verkohlte Masse.

Ham and eggs, kross gebraten, allerdings etwas zu kross, wie ich mich persönlich überzeugen konnte. Dem Hausbewohner war das Erscheinen der Feuerwehr äußerst peinlich. Er wusste nicht, dass ein morgendlicher Spaziergänger den Rauch aus seinem Dachfenster hatte aufsteigen sehen. Der aufmerksame Mann hatte sofort über sein Handy die 112 gewählt. Als wir eintrafen, war der Anrufer bereits verschwunden. So etwas passiert uns des Öfteren. Manche Menschen befürchten, sie würden als Anrufer von der Feuerwehr zur Kasse gebeten. Deshalb warten sie unser Kommen erst gar nicht ab. Einige wollen auch einfach nur allen möglichen Fragen aus dem Weg gehen. Dabei sind wir froh über jeden, der uns so frühzeitig wie irgend möglich einen Brand meldet. Viel Leid und Elend ist nur verhindert worden, weil aufmerksame Bürger auch für vermeintliche Bagatellen rechtzeitig die Feuerwehr gerufen haben.

Der erste Einsatz des heutigen Tages war also noch einmal glimpflich abgelaufen, aber es sollte nicht dabei bleiben.

Zum Frühstück gesellte sich Jürgen Leineweber zu uns. Er ist nach wie vor der Wachvorsteher von Feuerwache 6 und heute hatte er C-Dienst.

»Wie, immer noch beim Frühstück?«

»Wir sind eben erst vom Einsatz gekommen«, erklärte ich ihm.

Jürgen holte sich seine Brötchen und einen Kaffee und setzte sich neben mich.

»So, jetzt aber erst einmal herzlich willkommen! Finde ich richtig nett, dass du hier heute Vertretung machst.«

»Mach ich gerne, Jürgen.«

»Trotzdem, Danke. Weißt du, im Moment haben wir etwas Pech mit unseren Kranken. Normalerweise springt in solchen Situationen ein DGL von der anderen Tour ein, aber für heute hat das leider nicht geklappt.«

»Was soll's«, erwiderte ich, »wir sind doch eine Feuerwehr und darüber hinaus sogar ein gemeinsamer Brandschutzabschnitt. Wenn ich nicht gekonnt hätte wäre eben der Theo gekommen oder der Sterni.«

»Ich denke der Theo will heute zu einem Faustballturnier?«

»Ja richtig, das habe ich völlig vergessen. Hoffentlich kommt der nicht zu spät. Die mussten nämlich eben noch zu einen Einsatz fahren.«

»Uniklinik, stimmt's?«

Erstaunt sah ich Jürgen an und vergaß dabei fast mein Brötchen abzubeißen.

»Genau, woher weißt du ...?«

»Was siehst du mich so erstaunt an, ich habe heute C-Dienst. Was meinst du, weshalb ich so spät zum Frühstück komme.«

»Ach so. Also war da tatsächlich was?«

Jürgen wiegte seinen Kopf bedenklich hin und her:

»Na ja, es war so im Grenzbereich. Ist noch mal glimpflich abgegangen ... aber es hätte leicht was Größeres draus werden können.«

Jetzt spitzten natürlich alle am Tisch die Ohren und Jürgen berichtete:

»Es gab eine Verqualmung in den Kellerräumen der ehemaligen HNO-Klinik.«

»Und?«

»Ach, im Grunde nichts Besonderes. Da unten werden neue Heizungsrohre eingeschweißt. Die Installateure haben nicht aufgepasst und so'n Haufen Isolationsmaterial hatte sich entzündet. Ihr wisst ja, wie fürchterlich dieses Zeug qualmt. Gott sei Dank haben die Installateure nicht versucht, das Feuer selbst zu löschen. Wahrscheinlich wären sie dabei im Qualm erstick. Feuerwache 1 ist unten gewesen, aber viel zu Löschen gab es nicht mehr. Das meiste war verbrannt. Aber die Sauerei, die durch den Brandrauch entstanden ist, war erheblich. Nur gut, dass das Gebäude vor einigen Jahren renoviert wurde. Bei der Modernisierung hat sich ja auch brandschutztechnisch einiges getan. Durch die baulichen Maßnahmen ist der Qualm nicht bis in die oberen Etagen gekommen. Früher hätten wir den alten Kasten bestimmt evakuieren müssen und dann säße ich bestimmt noch nicht hier.«

Wir fachsimpelten noch etwas über den Vorbeugenden Brandschutz, dann galt es, sich wieder mit den täglich anfallenden Wacharbeiten zu beschäftigen.

Bis zum frühen Nachmittag blieb es für die Löschmannschaft ruhig. Der Notarztwagen und der Rettungswagen wurden dagegen nicht geschont. Deren Einsätze waren so hoch wie an jedem anderen Tag. Als ich um 16.00 Uhr den mitgebrachten Kuchen anschnitt, kam der NAW gerade von seinem achten Einsatz zurück. Der RTW war immer noch draußen.

»Hallo, Herr Meyer-Pyritz, was machen Sie denn hier?«

»Sie wissen doch, Frau Dr. König, der Täter kommt immer wieder an den Ort seiner Tat zurück«, erklärte ich lachend. »Setzen Sie sich, es gibt Kuchen.«

»Wie schön! Das ist ja wie früher. Und, bleiben Sie länger?«

»Nein, ich bin nur als Vertretung für diese heutige Schicht hier.«

An diesem Nachmittag wurden etliche alte und neue Geschichten zum Besten gegeben. Wir saßen im Atrium, das meine Kollegen in Eigenarbeit umgebaut hatten. Zu meiner Zeit existierte hier oben noch ein großes Pflanzbeet, dass viel zuviel Platz einnahm. Nach der Umgestaltung wirkte die Sitzfläche viel schöner und großzügiger. Es war richtig gemütlich geworden. Doch mit der Gemütlichkeit sollte es bald vorbei sein.

Der Außenlautsprecher war ebenso gnadenlos wie jeder andere Lautsprecher auf der Wache. Laut schallte er in den Innenhof.

»Einsatz für 6-46-1, 6-33-1, den C-Dienst und den RTW von Feuerwache 6. Feuermeldung XXX-Straße 56. Vermutlich Menschenleben in Gefahr!«

Schluss mit Kaffee und Kuchen. Mehrere Kollegen, darunter auch Frau Dr. König, rannten die Treppen hinunter. Die übrigen benutzten die Rutschstangen, so auch ich.

»Menschenleben in Gefahr«, das bedeutet für uns höchste Priorität!

In Windeseile »sprangen« wir in die dicke Schutzbekleidung. Diese Vorgänge sind auf jeder Wache gleich.

Die Maschinisten kappten die angeschlossenen Strom- und Pressluftleitungen, die Rolltore schoben sich in die Höhe.

Sekunden später dröhnten die Dieselmotoren und schon ging es los. Die Ampel zeigte grün, mit Vollgas überquerten wir die breite Frankfurter Straße vor unserer Wache. Der übrige Verkehr stand still. Voraus die erste große Kreuzung. Die Ampel zeigte Rot. Axel bremste ab – warf einen schnellen Blick nach links.

»Rechts frei!«, rief ich.

Axel gab wieder Gas. Ein paar Hundert Meter weiter das Gleiche, nur hier bogen wir ab. Die Leitstelle rief:

»Florian 6-46-1 für Florian Düsseldorf kommen!«

Ich hatte den Hörer schon am Ohr:

»6-46-1 hört, kommen!«

»Wir erhalten mehrere Anrufe. Die Feuermeldung scheint sich zu bestätigen. Löschzug 7 ist ebenfalls alarmiert!«

»Verstanden Florian Düsseldorf, wir sind gleich eingetroffen.«

»Drücken Sie nur noch Status und geben Sie umgehend Rückmeldung, ob weitere Kräfte erforderlich sind, Ende.«

»Mann Mann Mann, mach dich vom Acker Typ!«

»Axel, fahr nicht so dicht auf.«

»Na der spinnt doch oder sitzt der auf seinen Ohren!«

Axel schaltete das Starktonhorn zu. Ich erkannte deutlich, wie der Fahrer im Wagen vor uns erschrocken in den Rückspiegel schaute und zusammenzuckte. Dann trat er abrupt auf die Bremse. Seine Warnblinkanlage sprang überraschend schnell an und Axel flippte fast aus.

»Das darf doch wohl nicht wahr sein! Ist der denn total meschugge!?«

Axel musste unser tonnenschweres LF ebenfalls hart abbremsen.

»Phuu, das war knapp.«

Als wir an dem alten Volvo vorbeischossen, sah ich aus dem Fenster. Unter einem schwarzen Hut starrten mich zwei vor Schreck geweitete Augen an.

»Du meine Güte, der Alte sah ja aus wie der leibhaftige Methusalem!«

»Der soll den Lappen abgeben, Mensch!«

Wenn die Fahrt noch länger gedauert hätte, hätten wir uns sicher weiter über den Zwischenfall ausgelassen. Aber für dieses ohnehin bedeutungslose Gespräch gab es jetzt keine Zeit mehr.

»Die nächste muss es sein!«

»Ja, aber die geht rechts und links rein!«

»Fahr mal langsam, dann kann ich das Schild lesen!«

Axel bremste ab, geradeaus vor uns sahen wir das Straßenschild, darunter waren einige Hausnummern angebracht.

»Links! Wir müssen links rein!«

»Hab's gesehen.«

Axel bog in die Nebenstraße, gab wieder Gas.

»Welche Hausnummer?«

»56!«

»Ich hab hier 9!«

»14! 18! 24! Gerade Hausnummer! Meine Seite!«

»Da vorne ist es! Die Polizei ist schon da!«

Er hatte richtig gesehen. Ein Polizist stand mitten auf der Straße und winkte. Auf dem Bürgersteig wieder die üblichen Zuschauer.

Axel zog mit dem LF die gewohnte B-Länge am Brandobjekt vorbei. Sofort fuchtelten einige der Zuschauer wie wild mit den Armen. Sie riefen uns aufgeregt zu.

»**Halt! Halt! Nicht weiter!**«

Ich sprang aus dem Fahrzeug. Unsere Drehleiter postierte sich genau vor dem Hauseingang. Dunkler Rauch drang aus einem Fenster in der ersten Etage, es gehörte zum Treppenhaus. Insgesamt gab es drei Etagen und ein ausgebautes Dach. Die Hauseingangstüre war verschlossen. Hinter mir hörte ich die Stimme von Jürgen Leineweber:

»Wer von ihnen wohnt in diesem Haus!?«

Sehr gut. Da er die ersten wichtigen Erkundungen einholte, konnte ich mich mit meiner Mannschaft voll auf die Menschenrettung konzentrieren. Aber bis jetzt wusste ich nicht einmal, wo es brannte, und Menschen, die um Hilfe riefen, sah ich auch keine. Aber dass es irgendwo im Haus brannte, war sicher. Der dunkle Brandrauch aus dem Fenster sprach eine eindeutige Sprache. Wir mussten unbedingt das Treppenhaus kontrollieren. Wenn sich hier Menschen aufhielten, befanden sie sich in akuter Lebensgefahr.

»**Martin! Es brennt im Keller!**«

Jürgen kam zu mir gelaufen.

»Hier, ich hab die Haustürschlüssel. Schick sofort einen Trupp nach oben. Ihr müsst das Treppenhaus absuchen und belüften.«

»Geht klar! **Angriffstrupp! Treppenhaus kontrollieren! Sämtliche Fenster schließen, nur oben öffnen! Wassertrupp! Lüfter in Stellung bringen. Anschließend mit PA und C-Rohr zur Brandbekämpfung in den Keller!**«

Diese Art der Vorgehensweise hatte mir mein jetziger Chef Klaus Wloka beigebracht. Er erklärte: *Das Wichtigste ist ein rauchfreies Treppenhaus. Wenn du deine Leute in den Keller schickst, bevor der Lüfter steht, wirst du ständig ein verqualmtes Treppenhaus haben. Denk immer daran, die Menschenrettung ist das A und O. Lass es doch ruhig im Keller brennen. Sorge zuerst für die Sicherheit der Menschen oben. Es sei denn, du hast so viele Trupps zur Verfügung, dass du die Menschenrettung und den Löschangriff gleichzeitig starten kannst.*

Aber so viele Trupps hatte ich hier nicht – noch nicht. Erst in einigen Minuten konnte ich mit Verstärkung rechnen, Löschzug 7 war ja zu mir unterwegs. Der Angriff lief jetzt wie gewohnt. Ich hatte einen Mann zur Rückseite des Gebäudes geschickt und zog mir gerade selbst einen PA an, als der C-Dienst zu mir eilte.

»Was gibt's Jürgen?«

»Hör mal, das mit dem Lüfter ist gut. Aber schick den zweiten Trupp noch nicht in den Keller.«

»Warum?«

»Die dritte Etage ist total verqualmt. Der Angriffstrupp sucht die Wohnung ab, da sollen angeblich zwei Kinder drin sein.«

»Oh, also den zweiten Trupp auch nach oben?«

»Ja, unbedingt.«

»Geht klar, ich zieh mir gerade 'nen PA an, für alle Fälle.«

»Gut, aber sieh zu, dass die Jungs schnell oben sind, das sieht verdammt kritisch aus.«

Der Lüfter lief. Sein kräftiger Ventilator blies einen starken Luftstrom in das Treppenhaus. Die Kellertüre hatte der Angriffstrupp auf seinem Weg nach oben geschlossen. Dadurch gelangte kein weiterer Brandrauch mehr nach oben. Stan und Uli hatten inzwischen das C-Rohr bis vor den Hauseingang verlegt und liefen zurück zum LF.

»**Leitung liegt!**«, rief Stan mir schon von weitem zu. »**Wir rüsten uns jetzt aus.**«

»Macht schnell, auf der zweiten Etage werden zwei Kinder vermisst. Ihr geht sofort hoch.«

»Oh Scheiße!«, Uli machte ein ernstes Gesicht, »Los Stan, jetzt aber Volldampf.«

»Gruppenführer für Daniel kommen!«

Daniel war der Mann, den ich zur Erkundung auf die Rückseite des Hauses geschickt hatte. Er meldete sich und erklärte:

»Mehrere Personen stehen auf dem Balkon der dritten Etage und am Fenster vom Dachgeschoss. Eine akute Gefahr kann ich nicht erkennen. Kein Brandrauch. Aber die rufen um Hilfe.«

»Okay, bleib da und versuche, die Menschen zu beruhigen. Ich schicke dir die Leiterbesatzung.«

»Die können hier aber nicht anleitern.«

»Die kommen durchs Treppenhaus. Kannst du das den Leuten erklären?«

»Ja, schaff ich.«

»Gut Daniel. Wache 7 muss auch gleich da sein, dann bekommst du weitere Hilfe.«

Ich rief jetzt die Drehleiterbesatzung:

»Drehleiter für Gruppenführer!«

»Drehleiter hört.«

»Schnappt euch jeder 'nen PA. Auf der Rückseite des Gebäudes sind Menschen in Gefahr. Balkon dritte Etage und Dachgeschoss. Der Daniel versucht, die von unten aus zu beruhigen. Aber da muss unbedingt jemand von uns hoch. Nicht, dass uns noch einer in Panik springt. Beeilt euch!«

Jens und Horst vom RTW eilten zu mir.

»Sieht verdammt eng aus wie? Wenn du noch jemanden brauchst, wir können mit anpacken.«

»Danke Männer, aber ich habe euch lieber als RTW-Besatzung in Bereitschaft, falls doch was passiert.«

»Die Wasserversorgung haben wir dir aber schon gelegt.«

»Eh, super, mit euch kann man arbeiten.«

Ich wurde erneut gerufen:

»Gruppenführer für Angriffstrupp kommen!«

»Ja, ich höre.«

»Ein Kind gefunden, bewusstlos. Ich komme damit jetzt runter. Der Muschi sucht weiter nach dem anderen Kind.«

»Verstanden, ein Kind gefunden. Der RTW steht bereit.«

Bei dieser Nachricht lief es mir kalt den Rücken runter.

»Habt ihr mitgehört?«

Jens nickte.

»Dann los! Ich fordere den Notarzt an.«

Jetzt funkte mich Jürgen Leineweber an:

»Gruppenführer für C-Dienst kommen.«

»Hört, kommen!«

»**Martin, rein!** Das mach ich hier unten alleine. NAW ist schon bestellt und Wache 7 muss jeden Moment eintreffen.«

»Okay Jürgen!«

Am Hauseingang begegnete mir Michael. Auf seinen Armen trug er ein kleines Mädchen. Er hatte der Kleinen die Fluchthaube übergestreift. Hinter dem Glas seiner verdreckten Atemschutzmaske sah ich die Tränen in seinen Augen. Ich musste schlucken, ein riesiger Kloß steckte in meinem Hals. Ich klopfte Micha nur kurz auf die Schulter, dann eilte ich die Treppenstufen hinauf. Im Hintergrund hörte ich Martinshörner. Gott sei Dank. Der Löschzug 7 kam uns zur Hilfe!

Ich war kaum oben angekommen, da erschien der Angriffstruppmann mit dem zweiten Kind. Auch er hatte die Fluchthaube eingesetzt. Ich funkte sofort den C-Dienst an:

»Jürgen! Das zweite Kind ist gefunden, wird gerade runter gebracht. Ich gehe weiter nach oben.«

»Verstanden. Wache 7 ist da. Wir nehmen jetzt den Löschangriff vor.«

Der Angriffstrupp von Wache 7 hatte den Kellerbrand gelöscht. Sämtliche Wohnungen wurden genau durchsucht. Den Menschen auf dem Balkon war nichts geschehen. Sie hatten einfach nur den Qualm im Treppenhaus bemerkt und sich vorsorglich auf dem Balkon in Sicherheit gebracht. Von da hatten sie dann um Hilfe gerufen, waren aber nicht in Panik verfallen. Ein absolut vernünftiges Verhalten, wie ich ihnen gerne bestätigte.

Die Eltern der beiden Kinder waren heute, am verkaufsoffenen Samstag, zum Einkaufen in die Innenstadt gefahren. Sie hatte sich nichts dabei gedacht und die Kleinen einfach alleine gelassen – ein sträflicher Leichtsinn. Ihre Kinder hatten schwere Rauchvergiftungen erlitten. Wir waren gerade noch rechtzeitig gekommen und hatten so das Schlimmste verhindern können. Nach einem stationären Aufenthalt in der Kinderklinik der Düsseldorfer Universität konnten die überglücklichen Eltern ihre beiden Kinder unversehrt in die Arme schließen.

Auf der Feuerwache saßen wir noch bis spät in der Nacht zusammen. Die Jungs lästerten:

»Mein Gott, da haben wir dich einmal zur Vertretung hier und schon bringt der Kerl solche Aufregung mit sich. Sieh bloß zu, dass du wieder zu Wache 7 kommst!«

Im U-Bahn-Tunnel

Es war Spätherbst geworden. Morgens, wenn ich von meiner 24-Stunden-Schicht nach Hause fahre, ist es noch dunkel und bereits empfindlich kühl. Man spürt, dass der Winter vor der Türe steht. Zudem regnet es oft und da wird so eine Stunde auf dem Fahrrad ziemlich lange und ungemütlich. Das ist die Zeit, in der ich mein Fahrrad lieber in der Garage lasse und das Firmenticket für die öffentlichen Nahverkehrsmittel nutze.

Seit die neuen U-Bahnabschnitte fertig gestellt sind, spare ich fast zehn Minuten gegenüber früher ein. Nachdem ich mit der S6 im Düsseldorfer Hauptbahnhof angekommen bin, brauche ich nur noch eine Treppe tiefer zu gehen und steige in die U77. Die nächste Bahnstation heißt Handelszentrum Moskauer Platz. Das Handelszentrum wurde seinerzeit von Michael Gorbatschow eingeweiht. Hinter der Bahnstation Philippshalle kommen die Gleise wieder an das Tageslicht. Ab hier fährt die Bahn über die Siegburger Straße in dem ebenfalls neu gestalteten Schienenbett weiter. Rechts steht der imposante Bau der Provinzial-Versicherung. Unter uns verläuft die A 46, wir sind jetzt auf der Kölner Landstraße. An der Haltestelle Ickerswarder Straße muss ich aussteigen. Die Bahn fährt weiter in Richtung Benrath. Bis zu meiner Wache sind es von hier höchstens noch zweihundert Meter.

An diesem Morgen betrachtete ich die U-Bahnstation im Hauptbahnhof mit anderen Augen, denn für diese Nacht hatte die Feuerwehr Düsseldorf eine nächtliche Großübung mit der Rheinbahn geplant.

Rolf Schliewe, der Übungskoordinator saß in seinem Büro auf der Feuerwache 1 an der Hüttenstraße. Seit Wochen beschäftigte er sich mit U-Bahnunfällen und deren Bekämpfung. In endlosen Stunden hatte er mit seinem Mitarbeiterstab eine neue Einsatzstrategie entwickelt. Die Praxistauglichkeit seines theoretischen Modells würde sich in der heutigen Nacht herausstellen – oder auch nicht. Für Rolf Schliewe, den sympathischen großen Mann mit den schütteren Haaren stand allerhand auf dem Spiel. An diesem Morgen studierte er noch einmal die ausgearbeiteten Pläne. Obwohl er im Laufe der letzten Jahre bei der Feuerwehr reichlich Erfahrung gesammelt hatte, stellte sich bei ihm das erste nervöse Kribbeln ein.

Auch Ferdinand Caspers, der Leiter des Rheinbahn-Unfallhilfsdienstes, spürte heute eine gewisse Nervosität. Damit im Ernstfall die Zusammenarbeit zwischen den Organisationen reibungslos funktioniert, führt er jährlich über dreißig Schulungen mit den Feuerwehrleuten durch. In der letzten Zeit saß er oft mit Rolf Schliewe zusammen. So nach und nach wurden erste konkrete Vorschläge erarbeitet. Abstrakte, theoretische Modelle verwarfen sie sehr schnell wieder als nicht umsetzbar. Die beiden Männer besaßen genügend praktische Erfahrung, um zu wissen, was wirklich für den Einsatz taugte und was nicht.

Ausschlaggebend für ihre Zusammenarbeit war unter anderem ein U-Bahn-Brand in Berlin. Als im Jahr 2000 in Höhe der U-Bahn-Station »Deutsche Oper« Feuer in einem Triebwagen ausbrach, wurden 25 Fahrgäste schwer verletzt.

Der spektakuläre Einsatz in der Bundeshauptstadt lieferte das Drehbuch für die heutige Großübung. Über 70 Feuerwehrleute sowie Unfallexperten der Rheinbahn sollten in dieser Freitagnacht unter realistischen Bedingungen eingesetzt werden. Zwischen Betriebsschluss und 3.30 Uhr morgens, dann, wenn keine offiziellen Bahnen mehr fuhren, sollte die Trasse zwischen den U-Bahnhöfen Kettwiger Straße und Handelszentrum Moskauer Platz mithilfe von Propangas und einem

Nebel aus Trockeneis zum Schauplatz eines simulierten Albtraum-Szenarios werden, das sich wie folgt darstellte:

Ein Fahrschulwagen der Rheinbahn wird mit hoher Fahrtgeschwindigkeit auf halber Strecke zwischen beiden Stationen entgleisen. In der Elektrik des Zugwagens wird daraufhin Feuer ausbrechen. Bei diesem Unfall werden auch die an den Trassenwänden verlegten Versorgungs- und Stromkabel schwer beschädigt werden. Sofort wird sich dichter Qualm bilden, den der starke Luftstrom innerhalb von Sekunden bis in die nächste Bahnstation verteilt. Für die beiden Männer im Fahrschulwagen wird die Tunnelröhre zur lebensgefährlichen Falle werden. In Panik versuchen sie, sich vor dem Feuer in Sicherheit zu bringen. In der Dunkelheit stolpert einer der Männer, fällt und bleibt verletzt liegen. Für die Einsatzkräfte zählt jetzt jede Sekunde!

»Bleibt bitte nach dem Ende der Frühstückspause sitzen. Wie ihr wisst, haben wir heute Nacht die U-Bahn-Übung. Gegen halb zehn kommt Rolf Schliewe, er wird uns einiges zum Übungsablauf erklären.«

Diese Worte richtete ich während des Frühstücks an meine Männer. Im Grunde spielt es für uns keine Rolle, welche Aufgabe uns in den nächsten Stunden erwartet. Irgendetwas passiert immer, wir sind auf alles vorbereitet.

Im Ernstfall wissen wir sowieso nie, was kommt, also machen wir uns in der Regel auch keine Gedanken darüber. Aber so eine Übung, das ist etwas ganz anderes, besonders solch eine Großübung. An jeder Einsatzstelle können einem Fehler unterlaufen, das lässt sich nie ganz vermeiden. Aber in dieser bedeutungsvollen Nacht würden uns unzählige Augen auf die Finger gucken. Und es würde nur so wimmeln von Beamten des gehobenen und des höheren Dienstes. Außerdem sollte die gesamte örtliche Presse anwesend sein. Obwohl wir immer wieder betonten, dass uns ein solcher Rummel ganz gleichgültig ist, beschäftigte das bevorstehende Ereignis doch jeden Einzelnen.

Pünktlich um halb zehn kam Rolf.

Nachdem er der versammelten Mannschaft die Einsatzlage und den geplanten Einsatzablauf erklärt hatte, meinte er:

»So Männer, ihr wisst jetzt, wie wir uns das Ganze heute Nacht vorstellen. Die meisten von euch haben ja schon ähnliche Übungen mitgemacht und wissen aus eigener Erfahrung, dass nichts so glatt läuft wie geplant. Genau wie im richtigen Einsatz können immer irgendwelche Pannen auftreten. Die heutige Übung ist im Übrigen weniger darauf ausgerichtet, euch und euer Können zu prüfen, als vielmehr, das neue Einsatzkonzept auf seine Tauglichkeit hin zu erproben. Wenn hier anschließend irgendeinem der Kopf abgerissen wird, so bin ich das.«

Er strich sich mit der Hand bedeutungsvoll über den Kopf und meinte ironisch:

»Ich kann ja schlecht sagen – wenn hier einer Haare lassen muss …«

Rolf unterbrach die aufkommende Heiterkeit.

»Noch eins Leute! Da mehrere Feuerwachen an dieser Übung teilnehmen, besetzen einige Freiwillige Feuerwehren eure Wachen und übernehmen in dieser Zeit den Feuerschutz. Sollte es aber zu einem größeren Einsatz kommen, bei dem ihr gebraucht werdet, bricht die Leitstelle die Übung mit dem Stichwort »Realeinsatz« ab. Wie wir dann verfahren, könnt ihr mit eurem Dienstgruppenleiter besprechen. Genau das Gleiche gilt für Fragen, die ihr jetzt noch habt.«

Rolf sah mich an. »Martin, du hast ja meine Info bekommen. Besprecht bitte den Rest ohne mich.« Er tippte mit dem Zeigefinger auf seine Armbanduhr und sagte: »Ich muss jetzt nämlich auch noch die anderen beteiligten Wachen aufsuchen.«

»Rolf, danke für dein Kommen. Das war gut. Was meint ihr, Männer?«

Man war meiner Meinung und trommelte laut mit den Knöcheln auf die Tischplatten. Rolf verabschiedet sich. Irgendwann in dieser Nacht würden wir ihn wieder sehen.

Kaum waren wir wieder unter uns, rief Stefan laut:

»So Leute! Schluss mit der Gemütlichkeit, es gibt reichlich Arbeit!«

Uwe sah Stefan ungläubig an:

»Boh! Was ist denn mit dir los?«

»Was denn, was denn. Ich hab Tagesdienst«, Stefan grinste schelmisch, »ich muss euch antreiben. Sonst passiert hier doch nix.«

Den hinter mir aufkommenden Tumult missachtend, verließ ich mit Sterni den Aufenthaltsraum.

»Wolltest du nicht noch einige Dinge ansprechen?«, fragte er mich auf dem Weg ins Büro.

»Du, ich mache das lieber heute Nachmittag. Ich finde, das war fürs Erste genug an Information. Der Stefan hat zwar gerade einen Scherz gemacht, aber irgendwo hat er auch Recht. Wir sollten uns jetzt wieder um unseren normalen Job kümmern.«

»Hast Recht, bis heute Nacht ist noch lang.«

Der Vormittag verlief ohne besondere Ereignisse. Wir fuhren nur einmal zum Tanken raus, ansonsten stand der Löschzug still in der Fahrzeughalle und wir beide »quälten« uns mit den ungeliebten Büroarbeiten herum. In der Küche bereitete der Koch das Mittagessen vor. Es sollte Geschnetzeltes geben. Leider wurde daraus nichts. Zehn Minuten vor der Pause gab es Zugalarm:

»Einsatz für Zug 7, 7-83-1, den C-Dienst und den NAW Feuerwache 1. Person unter Straßenbahn, Kölner Landstraße Ecke Ickerswarder Straße!«

Jochen riss sich die umgebundene Schürze von der Hüfte und sperrte den Hahn des Gasofens zu. Dann rannte er aus der Küche den langen Gang hinunter, der direkt in die Fahrzeughalle führt.

Person unter Straßenbahn, wie makaber – das passt ja genau zu unserer bevorstehenden Übung, dachte ich und warf einen Blick auf das Fernschreiben.

»Das ist doch die Haltestelle vorne an der Ecke. Da steig ich morgens immer aus.«

»Ich weiß.« Sterni stand neben mir und zog sich seine dicke Jacke an: »Auf so etwas kann ich aber gerne verzichten.«

Ich nickte stumm. Im Laufe der Jahre hatte ich selbst auch schon einige schlimme Unfälle dieser Art erlebt, aber daran konnte ich jetzt keinen Gedanken verschwenden. Der Löschzug fuhr vor.

»**Mach du die Bahn stromlos! Ich übernehme die hydraulischen Heber!**«, rief mir Sterni noch zu, bevor ich in das zweite LF einstieg.

»**In Ordnung!**«, rief ich zurück und sprang ebenfalls in mein bereit stehendes Fahrzeug.

Peter Küpperbusch hatte heute C-Dienst. Zum Zeitpunkt der Alarmierung befand er sich an Wache 1 in einer Besprechung für die heutige Übung. Als er gleichzeitig mit dem Notarzt alarmiert wurde, vibrierte sein Funkmeldeempfänger. Ein rascher Blick auf das grüne Display genügte und schon rannte er grußlos aus dem Raum. Niemand der Zurückgebliebenen beneidete ihn um seinen Job.

Die Schule war aus. Dennis und einige seiner Mitschüler hatten den gleichen Heimweg. An der Haltestelle Ickerswarder Straße stiegen sie immer in die Straßenbahn. Sie mussten nur zwei Stationen weit fahren. Dennis hatte sich heute auf dem Schulhof mit Markus geprügelt. Markus war ein Jahr älter als Dennis und der hatte behauptet, Markus sei sitzen geblieben. In Wirklichkeit war Markus nur später eingeschult worden. Aber bei Jungen in seinem Alter war das Anlass genug für einen handfesten Streit. Trotzdem mussten sie jetzt den Heimweg gemeinsam antreten. An der Haltestelle kam es zu erneuten Wortgefechten.

»Und du bist wohl sitzen geblieben!«

»Bin ich nicht!«

»Wetten doch!«

Dennis pflanzte sich direkt vor Markus auf. Er stand jetzt mit dem Rücken zu den Gleisen und blickte herausfordernd in die Runde seiner Mitschüler. Einige Mädchen aus seiner Klasse standen ebenfalls in der Nähe. Er fand Mädchen zwar doof, wollte sich aber trotzdem vor ihnen hervortun. Dann sagte er etwas sehr Gemeines. Kinder können manchmal grausam sein. Markus bekam einen hochroten Kopf und stieß Dennis wütend vor die Brust.

Dennis strauchelte, tat einen unsicheren Schritt nach hinten und knickte mit dem Fuß auf der Bahnsteigkante um. Unmittelbar vor den entsetzten Augen seiner Mitschüler fiel er vor die heranfahrende Straßenbahn.

Obwohl die Bahn kaum mehr Geschwindigkeit hatte, geriet der kleine Körper des Jungen unter ihre Räder. Der Straßenbahnfahrer hatte keine Chance. Ein fürchterlicher Schrei und Rufen aus unzähligen Kinderstimmen ließ die gegenüberstehenden Taxifahrer zusammenzucken. Einige riefen sofort die Feuerwehr an, andere liefen hinüber zur der Haltestelle. Aber mit ihren bloßen Händen konnten sie nichts ausrichten.

Technisch hatten wir die Lage schnell im Griff. Der Straßenbahnfahrer stand unter einem schweren Schock und konnte uns nicht mehr helfen. Also mussten wir die Bahn selbst stromlos machen und abbremsen. Darin sind wir ausgebildet. Unsere eingesetzten hydraulischen Heber pressten den Straßenbahnwagen vom Typ GT8S die notwendigen Zentimeter in die Höhe.

Wie gesagt, technisch hatten wir die Lage schnell im Griff. Als der C-Dienst nur wenige Minuten später eintraf, war der Junge geborgen. Tiefe Betroffenheit lag auf unseren Gesichtern. Mancher von uns hätte am liebsten selbst geheult, aber wir mussten stark sein und uns auch um die anderen Kinder kümmern.

»Ich lasse den Olaf Schaper kommen und das Open-Team«, erklärte mir Peter.

Ich nickte stumm und musste selbst auch mit den Tränen kämpfen.

Nach diesem Einsatz war niemand von uns mehr lustig. Bei dem Gedanken an die bevorstehende Übung überkam mich ein Grauen. Einen Moment lang hätte ich am liebsten die ganze nächtliche Veranstaltung abgesagt.

Abgesehen davon, dass ich dazu nicht die notwendige Kompetenz besaß, musste ich mir eingestehen, dass eine solche Entscheidung eine völlig überzogene Reaktion gewesen wäre.

Ich redete mit Sterni darüber. Er sah mich an und sagte:

»Martin, wir sind Feuerwehrmänner! Und manchmal ist es unsere Aufgabe, mit dem Tod um das Leben eines Menschen zu ringen. Heute haben wir verloren, aber es gibt weit mehr Situationen, in denen wir die Sieger sind. Und glaub man gar nicht, dass ich das so wegstecke. Du weißt, ich habe selbst noch zwei kleine Kinder zuhause.«

»Komm Sterni, lass uns zu den anderen gehen. Ich glaube, ich bin heute nicht der Einzige, dem deine Worte gut tun.«

Im weiteren Tagesverlauf blieb es ruhig. Gegen halb vier Uhr rief die Wache 2 an:

»Die Korbsteuerung unserer Drehleiter ist defekt. Habt ihr eine Ersatzleiter?«

Ja, wir hatten eine.

»Am besten bringt ihr eure Leiter jetzt direkt her, lasst die hier stehen und nehmt von uns die Reserveleiter mit.«

Nach dem Anruf sprach ich mit meinen Tagesdienst:

»Stefan, die Wache 2 kommt gleich ihre Leiter tauschen. Mach bitte eine genaue Übergabe. Aber kontrolliere vorher noch mal alles, ich will nicht, dass uns wie beim letzten Mal irgendwelche Ausrüstungsgegenstände fehlen.«

»**Unsere** Leiter ist topp in Ordnung. Die Jungs haben erst heute Morgen die Wartungsarbeiten beendet. Wir haben dabei auch die Inventarliste geprüft. Also die kann ich ruhigen Gewissens rausgeben.«

»Schön, aber die Leiter von Wache 2 checkt trotzdem durch. Du weißt ja, wenn da was fehlt, haben wir das Problem.«

»Ja ja, ich weiß. Dann können wir wieder den Sachen hinterherlaufen. Das ist zwar 'ne saudoofe Arbeit, aber ich mach das schon.«

Etwas später fuhr Wache 2 mit ihrer Leiter auf den Hof. Die »saudoofe« Arbeit konnte beginnen.

Auf Stefan konnte ich mich verlassen. Ich wusste aus eigener Erfahrung zur Genüge, warum niemand gerne den Fahrzeugtausch vornahm. Wer einmal in die Fächer eines Löschgruppenfahrzeugs geschaut hat, weiß warum. Vom kleinsten Schraubendreher bis zum Hydraulikaggregat ist so ein Feuerwehrauto bis in den letzten Winkel voll gestopft mit Ausrüstungsgegenständen. Jedes Teil, egal ob groß oder klein, wird in einer Inventarliste aufgeführt und muss anhand dieser Liste abgehakt werden. Wenn man das gründlich macht, braucht man schon eine gute Stunde dafür. Bei einer Drehleiter geht es etwas schneller, trotzdem ist die Arbeit äußerst unbeliebt. Dennoch müssen wir uns hier an Wache 7 des Öfteren damit beschäftigen, zumindest was die Leiterfahrzeuge angeht, weil wir ja die Wartung sämtlicher Düsseldorfer Drehleitern durchführen.

Es wurde 17.00 Uhr, Kaffeezeit. Ich hatte für heute Nachmittag eine besondere Dienstbesprechung angesetzt, in der ich die letzten Fragen für die nächtliche Übung besprechen wollte. Die Mannschaft saß fast vollständig im Raucherraum. Es fehlten nur noch Sterni und Stefan.

»Der Sterni kommt etwas später, der hat noch im Büro zu tun. Und der Stefan ist noch bei der Leiterübergabe«, erklärte ich, »aber ich fang' trotzdem schon mal an.«

Zwei Minuten später kam Stefan zu uns, er brachte die beiden Kollegen von Wache 2 mit:

»Setzt euch. Wollt ihr 'n Kaffee?«

»Habt ihr gerade Unterricht?«

»Nicht direkt«, erklärte ich, »wir sprechen nur noch mal die Übung durch. Ihr wisst doch, die heute Nacht, in der U-Bahn.«

Die beiden sahen sich an und grinsten:

»Oh, dann wollen wir lieber nicht stören.«

»Ihr stört doch nicht, nun setzt euch schon.«

»Nee lass mal, wir fahren lieber wieder. Und ... eh, alles Gute für heute Nacht. Wir werden an euch denken, wenn wir schön im Bettchen liegen.«

»Pah! Hoffentlich bekommt ihr 'ne Lagerhalle so groß wie ein Fußballfeld! Von wegen nachts durchschlafen!«

»Tschüss Leute! Macht es gut!«

Die beiden fuhren wieder auf ihre Wache auf die andere Rheinseite nach Oberkassel und wir beschäftigten uns noch eine ganze Zeit lang mit der anstehenden Übung.

Nachdem das Thema abgehandelt war, zog Mario ein DIN A4-Blatt aus seiner Hosentasche, faltete es auf und hielt es so in die Höhe, dass es jeder sehen konnte.

»Seht mal, was ich aus dem Internet habe!«

»Zeig! Zeig mal!«

Mario ließ das Blatt rundgehen.

Es zeigte eine Karikatur von Gott. Er war als gutmütiger alter Mann mit Bart abgebildet, wie er gerade die Welt erschuf. In der Hand hielt Gott einige dicke Kieselsteine und fragte sie:

»Steine, wollt ihr Feuerwehrmänner werden?«

»Nein«, antworteten diese, »dafür sind wir nicht hart genug!«

Das Bild war einfach herrlich und dieser köstliche Text strapazierte unsere Lachmuskeln.

»Eh, das Ding ist ja super. Häng das ans schwarze Brett!«

Der traurige Einsatz von heute Mittag schien vergessen. Wir waren längst wieder zur Tagesordnung übergegangen. Anders wären solche außergewöhnlich belastenden Einsätze aber auch nicht zu ertragen.

Ich nahm mir vor, mich nach den 20-Uhr-Nachrichten hinzulegen.

»Dann habe ich wenigstens etwas Schlaf, bevor es losgeht«, erklärte ich den anderen. Einige wollten es genauso machen, andere lächelten mitleidig:

»Anscheinend seid ihr Steine, keine Feuerwehrmänner.«

»Eh, Vorsicht, von wegen Steine.«

»Ja ja, legt euch man ruhig hin, wir wecken euch dann.«

Es war nach Mittenacht. Die lautstarken »Helden« hatten sich fast alle hingelegt. Und das angekündigte Wecken übernahm die Leitstelle. Im Grunde war es ähnlich wie bei einem Einsatz, zumindest was das nächtliche Aufstehen betraf. Der angenehme Unterschied bestand jedoch darin, dass wir ab jetzt noch eine gute Stunde Zeit hatten und nicht wie sonst nur neunzig Sekunden.

»**Hausdienst! Kaffee kochen!**«, brüllte jemand lautstark über den Flur.

»**Koch selbst! Ich hab Feierabend!**«

Ich kam den Flur hoch.

»Hast du das gehört? Da musst **du** eingreifen, du bist der Chef.«

»Hast du eben so laut gebrüllt?«

»Ja klar, der soll Kaffee machen.«

»Das glaub ich doch nicht, das ist ja wie im Kindergarten, koch selbst.«

»Eh! Das gibt's doch nicht. Ich hab doch gar keinen Hausdienst.«

»Mann geh mir nicht auf den Geist. Wenn du Kaffe haben willst, mach. Hast du mal auf den Tacho geguckt?«

Ich tippte auf meine Armbanduhr und ließ ihn stehen. Dann holte ich mir meine Kaffeetasse aus dem Küchenspind und ging in den Raucherraum. Die meisten Kollegen saßen bereits hier.

»Und, ist der Kaffee fertig?«

»Was weiß denn ich!«

»Ja hast du denn nicht geklärt, wer den Kaffee kochen soll?«
»Ich glaub ich krieg die Krise. Bin ich hier eure Kaffeetante oder was?«

Als ich mich setzte, stand Torsten demonstrativ auf:
»Ich nehme das jetzt in die Hand!«

Ein allgemeines Aufatmen der Erleichterung ging durch den Raum. In diesem Moment erschienen mit großem »Hallo!« die Kameraden der Freiwilligen Feuerwehr Himmelgeist/Itter.

»Und? Habt ihr Kaffee fertig?«

Ich atmete einmal tief durch. Da soll doch noch mal jemand behaupten, die Feuerwehrleute trinken nur Bier und spielen Karten. Der würde aber sein blaues Wunder erleben.

Mit dem Kaffee entspannten sich die Gemüter, auch das meinige. Die Jungs von der FF waren gut drauf und ihr Gruppenführer meinte:

»Von uns aus könnt ihr die ganze Nacht in der U-Bahn spielen. Wir machen das hier schon.«

Ich zweifelte keine Sekunde an seinen Worten. Die Männer hatten in den letzten Jahren des Öfteren zeigen können, dass sie was drauf hatten. Sterni sah auf die Uhr und stieß mich an:

»Du, es wird langsam Zeit.«

»Oh ja.«

Um mir in dem Durcheinander-Gerede Gehör zu verschaffen, musste ich selbst laut werden:

»**Mal herhören! Trinkt eure Tassen aus. In exakt fünf Minuten ist Abmarsch!**«

An dieser aufwändigen Übung beteiligten sich mehrere Feuerwachen mit über siebzig aktiven Einsatzkräften. Das Ganze war jetzt schon eine strategische Meisterleistung. Das Konzept, das Rolf Schliewe ausgearbeitet hatte, sah vor, an vier voneinander unabhängigen Stellen gleichzeitig einzugreifen. Den Schwerpunkt bildete natürlich die Tunnelröhre, in welcher der Zug entgleist sein sollte.

Wir fuhren mit dem Löschzug 7 den so genannten Bereitstellungsraum an. Die Feuerwache 4 wartete hier ebenfalls auf ihren Einsatz. Andere Feuerwachen sollten über den Tunnelausgang, über einen abzweigenden Nebentunnel und über den Hauptbahnhof in das Geschehen eingreifen. Das war exakt so geplant, da wir im Ernstfall ja auch auf der gesamten Strecke mit Menschen rechnen müssen, die von der Unfallstelle aus ins Freie fliehen wollen. Dabei gingen wir von realen Erfahrungswerten aus. Unter Schock stehende Menschen beachten nämlich nicht die angebrachten Fluchtwegesymbole. Außerdem sind die im Brandrauch manchmal gar nicht zu erkennen. Viele Menschen rennen daher in die falsche Richtung und laufen dabei genau in ihr Verderben.

Wir konnten auch nicht vorherbestimmen, in welche Richtung der Qualm zieht. Möglicherweise verteilte er sich in beide Richtungen oder zog sogar in weitere Tunnelröhren. All das musste beachtet werden. Das war auch ein Grund dafür, warum wir über mehrere Wege zugleich in das unterirdische Tunnelsystem vordringen sollten.

Peter Küpperbusch empfing uns im Bereitstellungsraum. Er winkte Sterni und mich zu sich:

»Hört zu, Start der Übung ist in … genau acht Minuten. Zuerst wird die Leitstelle die Feuerwache 4 alarmieren. Fünf Minuten später seid ihr dran. Sterni, du rüstest dich mit deiner Gruppe komplett mit PA aus. Danach kommt ihr nach unten und packt alles auf die Draisine. Das ganze Equipment bringt euch die Wache 4 nach unten, damit habt ihr also nichts zu tun. Ihr schiebt dann die Draisine in die Tunnelröhre und beginnt mit dem Verlegen der Schlauchleitung. Sterni, du nimmst die Wärmebildkamera mit.

So, jetzt zu dir Martin. Ihr rüstet euch komplett mit Langzeit-PA aus, jeder, auch der Maschinist.«

»Ist der Atemschutzgerätewagen denn schon da? Wir haben doch nur zwei Geräte.«

»Nein, der Feuerwache-U ist noch nicht da, das wäre unrealistisch. Ihr nehmt die zwei PA von Sternis LF und die zwei vom LF der Feuerwache 4.«

»Ja gut, und dann gehen wir so vor, wie wir es heute Morgen besprochen haben oder?«

»Ich weiß nicht, was ihr mit dem Rolli besprochen habt, ich war ja nicht dabei. Aber auf jeden Fall geht ihr alle sechs runter und führt die Menschenrettung durch. Wenn ihr dann in der Tunnelröhre seid, trefft ihr ja irgendwann auf Sterni und seine Gruppe. Mit dem normalen PA können die nur ein Stück weit in den Tunnel, haben aber für euch schon gut vorgearbeitet. Ihr übernehmt jetzt die Draisine und du bekommst von Sterni die Wärmebildkamera, dann geht ihr weiter bis zu dem verunglückten Zug. Solltet ihr unterwegs auf Menschen treffen, musst du selbst entscheiden, was du tust. Dasselbe gilt natürlich auch für dich, Sterni. Während ihr da unten seid, trifft oben die Feuerwache-U ein. Die Jungs von Wache 4 werden sich dann ebenfalls alle mit Langzeit-PA ausrüsten und euch in die Röhre folgen. Das wäre alles. Sterni, du meldest dich jetzt bei eurem Brandabschnittsleiter.«

»Das bist doch du oder?«

»Nein, wir haben umgestellt. Brandabschnittsleiter ist hier, das gilt auch für dich Martin, der C-Dienst von Feuerwache 4. Ich werde gleich woanders eingesetzt. Soweit alles klar?«

Wir nickten.

»Okay, und überprüft bitte noch mal genau eure Florentinen. Wir funken ja auf einer anderen Frequenz. So, ich muss los. Macht es gut.«

Peter verschwand im Dunkel der Nacht und wir beide gingen zurück in unsere Fahrzeuge. Bei allen herrschte jetzt doch eine angespannte Nervosität. Innerhalb der nächsten Minuten musste es losgehen. Wir waren gespannt, welches Szenario man sich da unten für uns ausgedacht hatte.

Dann kam der »Startschuss« der Leitstelle:

»Achtung! Ab sofort beginnt die U-Bahn-Übung. An alle eingesetzten Kräfte – bei dem Stichwort REALEINSATZ brechen sie sofort die Übung ab und melden sich umgehend bei ihrem Brandabschnittsleiter. Viel Erfolg.«

Nach einer kurzen Pause von vielleicht fünf, sechs Sekunden erfolgte der erste Einsatzbefehl:

»U-Bahn-Unfall im Bereich Kettwiger Straße/Handelszentrum. Es rücken aus: Von Feuerwache 1, Zug 1, C-Dienst, B Dienst, RTW 1-83-1, 1-84-1, 1-85-1, der Notarzt 1-81-1 und der Direktionsdienst!« Es folgte eine endlose Aufzählung von Fahrzeugen verschiedener Wachen. Wäre dieser Einsatz echt, würde es innerhalb der nächsten Minuten in der Innenstadt nur so von roten Autos mit Blaulichtern wimmeln. So standen wir einsatz- und abrufbereit in den nahe gelegenen Straßen, eben in unserem so genannten Bereitstellungsraum. Jetzt erhielt die vor uns stehende Wache 4 ihren genauen Einsatzbefehl:

»4-46-1 für Florian Düsseldorf kommen!«

»4-46-1 hört kommen.«

»Sie fahren U-Bahn-Station Kettwiger Straße. Weitere Anweisungen über den C-Dienst.«

»Verstanden, fahren U-Bahn-Station Kettwiger Straße.«

Vor uns zuckten die Blaulichter, Feuerwache 4 fuhr los.

Kurz danach wurden wir aufgerufen:

»7-46-1 für Florian Düsseldorf kommen!«

»7-46-1 hört kommen.«

Sie fahren ebenfalls U-Bahn-Station Kettwiger Straße und melden sich beim C-Dienst.

»Verstanden.«

»Na endlich!«, rief Hucki vorwurfsvoll von hinten. »Ich dachte schon das geht nie los! Ich hab schon fast keine Zigaretten mehr!«

Thorsten schaltete die Blaulichter ein. Das Martinshorn blieb aus. Das war vorher so bestimmt worden. Für schlappe vierhundert Meter musste man ja nicht die schlafende Bevölkerung rebellisch machen.

Gewöhnlich zieht der Angriffstrupp auf der Anfahrt bereits seinen Pressluftatmer an. Darauf konnten wir unter diesen Voraussetzungen natürlich verzichten. Die Langzeit-PA befinden sich in einem der Außenfächer. Ich teilte den anderen mit, wie ich mir das mit den Geräten vorgestellt hatte:

»Der Angriffstrupp zieht unsere eigenen Langzeit-PA an. Der Schlauchtrupp die vom zweiten LF. Haltet untereinander Sichtkontakt, keiner geht alleine nach unten! Verstanden?«

»Ja, verstanden!«

Dann wendete ich mich an meinen Maschinisten: »Thorsten, wir beide nehmen die Geräte von Wache 4.«

»Okay, dann lass uns losgehen.«

Er hatte das LF genau hinter den Fahrzeugen von Wache 4 geparkt. Von der Besatzung war längst keiner mehr zu sehen, denn sie schleppte in diesem Moment die gesamte Ausrüstung, die wir später übernehmen sollten, vier Etagen tiefer unter die Erde. Sternis Gruppe hatte sich schon im LF mit Atemschutzgeräten ausrüsten können. Ich sah, wie sie geschlossen zum Eingang des U-Bahnhofs liefen. Der Brandabschnittsleiter sprach mit ihnen, dann eilte er zu uns.

»Tragt ihr alle ein Langzeit-PA?«

»Noch nicht, wir müssen die von verschiedenen Fahrzeugen nehmen, aber wir sind gleich so weit.«

»Gut. Ich warte vorne an der Treppe, beeilt euch.«

Er zeigte auf die Stelle, an der er eben mit Sterni gesprochen hatte, es war der Eingang zur U-Bahnstation.

Zwei Minuten später führte er uns die Treppenstufen nach unten. Überall begegneten wir Feuerwehrmännern. Einige Pressevertreter »schwirrten« hier ebenfalls herum und fotografierten uns schon auf der Treppe, obgleich wir noch gar nichts Besonderes getan hatten. Aber vielleicht reichte denen unser »außerirdisch« wirkender Auftritt.

Unten in der U-Bahnstation herrschte rege Betriebsamkeit. Von links aus der Tunnelröhre zog heller Rauch bis hier herein. Die Sicht im Bahnhofsbereich wurde dadurch aber kaum eingeschränkt. Andere Fotografen schossen weitere Bilder von unseren Vorbereitungen.

»Ihr geht jetzt in die Röhre. Irgendwann trefft ihr auf den brennenden Zug und nehmt die Brandbekämpfung auf. Solltet ihr unterwegs Menschen finden, müsst ihr die natürlich zuerst retten. Martin, du hältst ständig mit mir Funkkontakt. Ich will über jede Lageveränderung informiert werden. Alles klar?«

»Ja.«

»Dann los!«

»Flaschen aufdrehen und Geräte anschließen!«

Das »Flaschenaufdrehen« hätte ich mir sparen können. Jeder verantwortungsbewusste Feuerwehrmann prüft sein Gerät immer, bevor er es aufsetzt.

Ich kontrollierte persönlich die Druckmanometer. Der Luftvorrat jedes einzelnen Mannes in meiner Gruppe musste für zwei Stunden ausreichen. Thorsten nahm die gleiche Überprüfung an meinem Gerät vor, dann marschierten wir los.

Bereits nach wenigen Metern wurde die Sicht schlechter. Wir hatten alle unsere Handscheinwerfer eingeschaltet, trotzdem bewegten wir uns jetzt wie in vollkommener Finsternis. Der künstlich erzeugte Rauch aus der Nebelmaschine hatte mittlerweile die gesamte Tunnelröhre ausgefüllt. Die Lichtkegel der mitgeführten Lampen »prallten« regelrecht daran ab. Sie brachten uns hier unten gar nichts. Quasi blind tasteten wir uns, einer seine Hand auf der Schulter des Vorangehenden gelegt, immer tiefer in die Tunnelröhre vor.

Ich ging vorneweg und orientierte mich an den Schienen, dabei zählte ich die Schritte, die wir zurücklegten, um wenigstens annähernd abschätzen zu können, wie weit wir gegangen waren. Plötzlich tauchten vor uns andere Lichtkegel auf. Dann erkannten wir schemenhafte Gestalten. Es handelte sich um Sterni mit seiner Gruppe. Wir wechselten nur wenige Worte, dann ging Sternis Gruppe weiter zurück zum Ausgang und wir noch tiefer in den Tunnel hinein.

Der Einzige, der jetzt wieder sehen konnte, war ich. Ich hatte die Wärmebildkamera von Sterni übernommen. Über den kleinen phosphoreszierenden Bildschirm der Kamera folgte ich jetzt dem erkennbaren Schienenstrang weiter. Nach etwa zwanzig Metern stießen wir auf die hier abgestellte Draisine, die unsere Kollegen bis hierher gebracht hatten.

Ab jetzt mussten **meine** Männer das schwere Schienenfahrzeug mit der darauf gepackten Ausrüstung vor sich herschieben. Sie schoben, ohne etwas sehen zu können. Mehrere Male hatte ich unseren Brandabschnittsleiter angefunkt. Zuletzt an der Stelle, von der aus wir mit der Draisine weiter zogen.

Es bereitete den Männern viel Mühe, dabei auch noch den B-Schlauch neben den Gleisen zu verlegen. Trotzdem kamen wir wesentlich besser voran als vorhin. Das Rollen der Metallräder und die Schritte unserer Stiefel in dem Schotterbett der Gleise verursachten einen ziemlichen Lärm, der sich hier in der Betonröhre noch verstärkte. Ich zählte weiterhin die Schritte. Nach meiner Berechnung hatten wir Sterni nach etwa 70 Metern getroffen, seitdem waren wir vermutlich schon wieder fast 150 Meter weitergekommen, als ich einen Menschen auf den Schienen liegen sah. Ohne die Wärmebildkamera wäre ich mit Sicherheit über den leblosen Körper gestolpert.

»**Stopp!**«

Sofort stand die ganze Gruppe, was aber weniger an meinem Ruf lag, als vielmehr an dem Körperkontakt, den ich ständig zum Vordermann der Draisine hielt. Zu meinem Erstaunen war der Mann, der auf den Gleisen lag und eine Maske mit Atemfilter trug, nicht alleine hier unten. An der Tunnelwand standen einige Übungsbeobachter und verfolgten unsere Rettungsaktion ebenfalls über eine Wärmebildkamera. Ich ließ mich davon aber nicht beeindrucken und teilte meinen Kollegen diese Beobachtung auch nicht mit.

Aber dass wir einen Menschen gefundenen hatten, funkte ich sofort nach draußen. Außerdem war ich gezwungen, zwei von meinen Männern mit dem »Verletzten« zurückzuschicken. Udo und Hucki übernahmen diese schweißtreibende Arbeit. Sie zogen den Mann in einem Schleifkorb den weiten Weg über das Schotterbett zurück bis zum Bahnsteig. Zuvor hatte es uns erhebliche Mühe bereitet, diesen großen, schweren Mann bei völliger Finsternis in den Schleifkorb zu legen. Mit nur einer Kamera war ich ja nach wie vor der einzig Sehende in unserer Gruppe. Die Zuschauer zählten nicht.

Den beschwerlichen Weg mussten Udo und Hucki wieder in völliger Finsternis zurücklegen. Etwa fünfzig Meter vor Erreichen des Bahnsteigs trat Udo in eine Vertiefung im Schotterbett und knickte schmerzhafter mit dem Fuß um. Mit jedem weiteren Schritt spürte er, wie der Fuß mehr und mehr anschwoll, aber er biss seine Zähne zusammen und hielt bis zum Bahnhof durch.

Wir Restlichen gingen von nun an nur noch zu viert weiter. Seit Übernahme der Ausrüstung konnte ich weder beim Schieben der Draisine noch beim Verlegen der Schlauchleitung helfen. Selbst wenn ich es gewollt hätte, wäre mir das nicht möglich gewesen. In der einen Hand das Funkgerät, in der anderen die ziemlich schwere Wärmebildkamera ging es Schritt für Schritt weiter. Manchmal machte ich mit der Kamera einen kurzen Schwenk nach links. Ja, unsere Beobachter waren noch da.

Mit einem Mal wurde der Bildschirm ganz hell. Nur wenige Meter vor uns sah ich mit bloßem Auge die Flammen. Meine Kollegen bemerkten sie natürlich ebenfalls, und sie sahen jetzt auch die beiden Beobachter, die sich weiterhin in unserer Nähe aufhielten. Das Feuer wurde von Propangas gespeist. Hinter den Flammen befand sich die U-Bahn.

»C-Dienst für DGL 7 kommen!«

»DGL 7 kommen.«

»Wir haben die U-Bahn erreicht. Der Triebwagen brennt. Bisher keine weiteren Menschen gefunden. Wir nehmen ein B-Rohr und ein C-Rohr vor und erkunden.«

»Verstanden DGL 7. Bereiten Sie alles vor bis Wasser am Rohr. Danach brechen Sie den Einsatz ab. Melden Sie sich bei den Beobachtern vor Ort.«

»DGL 7 verstanden. Bis Wasser am Rohr. Danach abbrechen.«

»Okay Männer! Wir halten hier! Verteiler anschließen. Ein C-Rohr ein B-Rohr mit Schlauchreserve in Bereitstellung.«

Diese Arbeit verrichteten wir gemeinsam. Anschließend gab ich »Wasser Marsch!«

Es dauerte nur wenige Sekunden, bis sich die Schlauchleitung, die wir die ganze Strecke neben den Gleisen verlegt hatten, bis zu unserem Verteiler mit Wasser füllte.

Den einzigen Schutz, den es hier unten geben konnte, bot uns die mitgebrachte Draisine. Nachdem wir den schweren Eisenwagen bis auf circa zehn Meter an die U-Bahn herangeschoben hatten, lagen wir auf dem Bauch dahinter in Deckung und richteten unsere Strahlrohre auf den Zug.

Die Beobachter kamen eilig mit beiden Armen winkend auf uns zu:

»Halt! Halt! Das reicht! Kein Wasser geben. Ihr könnt hier die Übung abbrechen!«

Wir erhoben uns wieder und jetzt erst – beim direkten Gegenüberstehen – erkannte ich in den Beobachtern Jörg von der Heidt und Ruth Eisenmann.

»Martin, ihr dürft alles stehen und liegen lassen«, erklärte Ruth, »und könnt wieder zum Bahnhof zurückgehen. Die Übung ist für euch hier offiziell beendet.«

»Mensch Ruth, das ist die beste Nachricht, die ich in der letzten Zeit von einer Frau bekommen habe.«

Tage später besuchte uns Udo Peschel auf der Wache. Mit Gipsfuß und an Krücken humpelte er in den Tagesraum. Das gab ein großes »Hallo!« unter den Kollegen.

Für diejenigen, die es nicht wussten, musste Udo noch einmal ausführlich erzählen, wie er zu seinem gebrochenen Mittelfuß gekommen war.

»Zieht ihr mal 'nen Hundert-Kilo-Mann im Schleifkorb im Stockfinsteren über das Schotterbett – danach wisst ihr aber, was ihr getan habt.«

»Die hätten ja auch ruhig 'nen Leichteren nehmen können. Legen die uns ausgerechnet so ein Kaliber als Verletzten auf die Schienen.«

»Hucki, das hast du schön gesagt. Und wieso hast du das so gut überstanden?«, fragte Michael.

»Ich? Ich hab doch Muskeln aus Stahl und Sehnen wie Drahtseile, Mann.«

»Ha, von wegen, wahrscheinlich hast du dich mit in den Korb gelegt und vom Udo ziehen lassen. Das erklärt auch, wieso der sich den Fuß gebrochen hat.«

»Pass mal auf! Ich trete dir gleich auch ein Gipsbein. Von wegen ziehen lassen! Udo, sag du doch mal was.«

Udo lachte und erklärte allen, die es hören wollten:

»Also da lass ich nichts auf den Hucki kommen. Der hat genauso geackert wie ich und die letzten Meter … die wurden verdammt schwer – das kann ich euch aber sagen.«

Bei seinen Worten boxte er Hucki freundschaftlich gegen den Arm.

»Was Hucki, da hab ich mich gut auf dir abgestützt.«

»Das kann man wohl sagen.«

So, jetzt erzählt ihr aber mal. Wie ist das Ganze denn ausgegangen? Ich hab doch nichts mehr mitgekriegt, ich war ja im Krankenhaus.«

Michael berichtete:

»Nachdem ihr den Verletzten herausgebracht hattet, war ja schon fast alles vorbei. Im Grunde genommen ist alles gut gelaufen. Das hat uns der Stefan Boddem anschließend auch noch mal bestätigt.«

»Wie, der war auch da?«

»Ja, als Vertreter der Branddirektion. Nach der Übung hatte er alle Einsatzkräfte zu einer kurzen Abschlussbesprechung im Bahnhof versammelt. Der Stefan sagte dann, dass er sehr zufrieden sei, dass die Zusammenarbeit untereinander reibungslos funktioniert hätte und so.

Ach ja, und dass der Blödmann, der sich den Fuß gebrochen hat, uns allen einen ausgeben soll.«

Schriftstellerglück und Weihnachtszigarren

Tausende von Kinderaugen schauten immer wieder zum Himmel. Wie ein dicht gewebtes graues Leinentuch lastete er dunkelverhangen über Düsseldorf. Trotz all ihrer kindlichen Sehnsucht nach der weißen Pracht, die wir Erwachsenen nicht unbedingt mit ihnen teilen, wollte kein Schnee auf die Erde herunterfallen.

Ich hatte in diesem Jahr an Heiligabend Dienst. Weihnachten auf einer Feuerwache, das bedeutete Weihnachten feiern wie in einer großen Familie. Die Vorbereitungen für den Heiligen Abend liefen auf Hochtouren.

Ulla und Andrea, die auf unserer Wache für Sauberkeit sorgen, hatten noch einmal alles richtig gründlich geputzt. An den Feiertagen mussten wir dann selbst klarkommen, da hatten die beiden Frauen selbstverständlich frei.

Holger fegte gerade mit einem Besen durch unseren festlich geschmückten Tagesraum.

»Wehe wenn hier noch mal einer mit dreckigen Stiefeln durchläuft! Das ist das letzte Mal, dass ich hier heute fege!«

In der Küche stand Tofu und bereitete ein außergewöhnliches Festmahl zu. Schon das Frühstück von heute Morgen war so ganz anders als an den übrigen Tagen, eben richtig festlich. Die Tische waren zu einer großen Tafel zusammengestellt. Unsere alten, teilweise gammeligen Kaffeepötte waren an diesem Tag tabu. Tofu und seine fleißigen Gehilfen hatten weiße Tischtücher ausgelegt und stilvoll eingedeckt. Neben appetitlich belegten Brötchen gab es in großen, kupfernen Warmhaltebecken schmackhaftes Rührei und kleine, leckere, in Speck gebratene Würstchen.

»He Tofu, absolute Spitze!«

Tofu lächelte und freute sich über sein wohlverdientes Lob:

»Wartet erst mal heute Abend ab. Ich habe mir etwas ganz Besonderes einfallen lassen.«

Zum Abendessen erwarteten verschiedene Kollegen ihre Frauen. Platz war genügend vorhanden und die Küchenmannschaft um unseren Spitzenkoch hatte wirklich Erstaunliches geleistet.

Wir saßen gemeinsam bei Kerzenlicht und speisten genüsslich wie in einem 4-Sterne- Restaurant. Kein Alarm unterbrach unser Festmahl. Sogar die Besatzung des RTW wurde in den nächsten Stunden von Einsätzen verschont.

Klaus Wloka, unser Chef weilte an diesem Heiligen Abend ebenfalls in unserer Mitte. Er hatte C-Dienst und Pressedienst. Theo war heute DGL.

»Männer«, sprach er mit feierlicher Stimme zu vorgerückter Stunde, »ihr kennt alle unseren Weihnachtsbrauch. Den Frauen, die heute als Gäste mit uns feiern, möchte ich dazu noch ein paar Worte sagen. Unser Wachvorsteher«, er deutete auf Klaus, der ihm gegenübersaß und lachend abwinkte, »ist gut Theo, lass gut sein.«

»Also«, hob Theo erneut unbeirrt an, »unser Wachvorsteher hat wie jedes Jahr eine Kiste Zigarren spendiert.«

Lautes Auf-den-Tisch-Klopfen!

»Aber weil die »Wahnsinnigen« in diesem Jahr unbedingt das Teuerste vom Teuersten paffen wollten, habe ich mich geweigert zu zahlen!«, rief der Chef jetzt lachend dazwischen.

»Aber unser lieber Frank«, fuhr Theo unbeirrt weiter fort und deutete dabei auf Frank Brozulat, »... und unser lieber Martin«, jetzt deutete er auf mich, »... und meine Wenigkeit haben sich entschlossen, etwas zu den Kosten beizusteuern ...«

Erneutes Auf-den-Tisch-Klopfen!

»... so dass wir uns schließlich doch **dicsc** crlesenen Zigarren kaufen konnten.«

Er hielt eine Kiste in die Höhe, um sie allen zu zeigen. Aber weil sie in Geschenkpapier eingewickelt war, konnte natürlich niemand den Inhalt sehen.

»Aufmachen! Aufmachen!«, riefen einige Kollegen ungeduldig.

»Ja, das kommt schon noch. Beruhigt euch, ihr jungen Hüpfer! Zuerst die Regeln:

Jeder hier im Raum erhält eine von diesen Zigarren. Wir zünden sie zusammen an und rauchen sie auch zusammen auf. Alle Türen und Fenster werden geschlossen und dürfen während dieser Zeit nicht geöffnet werden! Falls das einer der Frauen zu hart erscheint, kann sie jetzt noch den Raum verlassen. Gleich ist das nicht mehr möglich.«

Nach einigen vergeblichen Einwänden und Protesten erkannten die Frauen, dass es ihm ernst war. Sie verließen den Raum lieber, als »mit uns zu ersticken«, wie sie es nannten, und setzten sich, welche Ironie, nebenan in den Raucherraum.

Theo entfernte das Weihnachtspapier und öffnete die Zigarrenkiste:

Klaus pfiff bedeutungsvoll zwischen den Zähnen und meinte anerkennend:

»Mein lieber Freund, da habt ihr aber wirklich was Feines gekauft.«

Theo verteilte die Zigarren. Jede war einzeln in einem Glaszylinder eingeschlossen. Als ich mein Exemplar in Empfang nahm, wurde mir doch ganz anders. Ich, der Nichtraucher, und dann solch ein »Monster«!

»Eh Theo, darf man die auch durchschneiden?«

Er sah mich geradezu entsetzt an.

»Bist du wahnsinnig, weißt du überhaupt, was die gekostet haben?«

»Ja, weiß ich. Ich zahle ja mit. Aber ich dachte, weil ich doch Nichtraucher ... nein? ... gilt nicht? Na gut ... ich muss also wie die Anderen auch ...?«

»**Du** rauchst!«

Theo sah herausfordernd in die Runde:

»Kein Feuerwehrmann verlässt den Raum! Hier wird nicht gekniffen. So, es geht los! Messer raus, Zigarre anschneiden und anzünden!«

Da ich bis dato noch keine Zigarre angeschnitten hatte, sah ich einfach bei Klaus und Theo zu und tat es ihnen gleich. In Ermangelung eines professionellen Zigarrenabschneiders tat es ein Taschenmesser genauso, und das besitzt schließlich jeder Feuerwehrmann.

Genau wie die anderen paffte ich munter drauf los und ... fand Gefallen daran. Anfänglich betonte Klaus noch einige Male, dass es eine Schande sei, diese ausgezeichneten Zigarren an Unwürdige zu verschwenden. Schließlich hatte er aber sogar seinen Spaß daran, unserer unprofessionellen Pafferei zuzusehen.

Nach und nach hüllten uns die immer dichter werdenden Qualmwolken ein. Zu meiner Verwunderung bekam ich weder die befürchteten Hustenanfälle noch irgendwelche anderen Atemprobleme. Sogar die geröteten Augen blieben aus.

»Das ist halt richtig gute Qualität, mein Lieber«, erklärte mir Theo, »nicht so 'n billiges Kraut wie in den vergangenen Jahren!«

»Wer hat die Dinger eigentlich gekauft?«, fragte unser Chef.

»Der Tofu!«

»Respekt Freund, Respekt. Für einer Nichtraucher ... alle Achtung, das hätte ich dir gar nicht zugetraut.«

»Mein Großvater raucht Zigarre«, erklärte der Gelobte.

»Ach so, ja dann. Aber trotzdem ... gut ... wirklich sehr gut.«

Die Pafferei dauerte fast eine Dreiviertelstunde. Ich war natürlich alles andere als ein wahrer Genießer, aber ich hatte richtig Spaß dabei. Voller Bewunderung betrachtete ich die Kringel, die mein Nachbar in die Luft blies und rief voller Übermut:

»Die dummen Nichtraucher haben ja keine Ahnung, was ihnen heute entgeht! »

»Hört hört! Wir werden dich später daran erinnern, wenn du wieder gegen das Rauchen wetterst.«

Vergeblich versuchte ich auszumachen, wer von meinen Kollegen mir das zugerufen hatte. In dem dichten Qualm konnte ich das andere Ende des Tisches kaum mehr erkennen. Und ich meine, unsere Stimmen hatten sich unter dem Einfluss der Zigarren ebenfalls verändert. Auf jeden Fall rief danach noch jemand:

»Ich will jetzt sofort einen PA haben oder ich streike!«

Die Zigarren neigten sich dem Ende zu, langsam schmeckten sie unangenehm.

»Das ist normal«, erklärte mir Klaus, »das kommt vom Nikotin. Jetzt sollte man aufhören.«

Das war das Zeichen. Theo erhob sich von seinem Sitz und rief:

»Das Weihnachtszigarrenrauchen ist offiziell beendet! Ihr könnt die Fenster jetzt wieder öffnen!«

Der Rauch wollte kaum abziehen und weil das einigen Kollegen zu lange dauerte, flitzten sie in die Fahrzeughalle und holten einen Lüfter aus der LF. Als der benzinbetriebene Ventilator durch den Flur ratterte, schüttelten die Frauen ein weiteres Mal ungläubig die Köpfe.

Mein Gott, was sind unsere Männer doch für große Kinder!

Aber so sind wir Feuerwehrleute nun mal. Vielleicht haben wir uns unsere kindlichen Späße erhalten, weil wir auf der anderen Seite immer wieder mit anderen grausamen Realitäten konfrontiert werden.

In dieser Heiligen Nacht blieb zumindest unsere Wache von solchen ernsten Ereignissen verschont.

Das neue Jahr war weit vorangeschritten und mein neues Buch, dieses Buch, näherte sich seiner Vollendung. Die ersten Vorbestellungen trudelten bereits ein und ich hatte noch keinen blassen Schimmer, wie ich den Druck finanzieren sollte – da ergab sich eine wundersame Fügung.

Ich lernte den Düsseldorfer Verleger Felix Droste kennen. Bereits bei unserem ersten Treffen legten wir den Grundstein für eine gemeinsame Zusammenarbeit.

Seitdem, liebe Leserin und lieber Leser, schreibe ich für den Droste Verlag.

Für mich hat sich dadurch vieles zum Positiven verändert.

Geblieben sind hingegen die wahren Geschichten, die ich schreibe: Es sind die Erlebnisse und Einsätze von uns – von uns, den Feuerwehrmännern und -frauen, die überall in Deutschland retten, löschen, bergen und schützen, so wie es unser Auftrag und unsere Bestimmung ist.

Anhang

Adalitlampe: Akkubetriebene, robuste Handlampe eines Feuerwehrmannes.

Atemschutz: Hier meist Pressluftatmer (PA), die auf dem Rücken getragen werden. Sie machen ihren Träger in Verbindung mit der Atemschutzmaske von der Umgebungsluft unabhängig, so dass er in verqualmte Bereiche vordringen kann.

Angriffstrupp: Meist zwei Feuerwehrmänner, die für den Erstangriff (Menschenrettung oder Brandbekämpfung) eingesetzt werden.

B-Dienst: Leitender Feuerwehrbeamter an größeren Einsatzstellen.

Bertha: B-Schlauch: Feuerwehrschlauch von 75 Millimeter Durchmesser und 20 Meter Länge.

B-Rohr: Strahlrohr zum Löschen, kann je nach Art des Einsatzes 400 oder 800 Liter Wasser pro Minute abgeben.

Cäsar: C-Schlauch: Feuerwehrschlauch von 55 Millimeter Durchmesser und 15 Meter Länge.

C-Dienst: Weisungsbefugter Feuerwehrbeamter mit eigenem Fahrzeug (C-Dienst Wagen) und Fahrer. Ist zuständig für einen Brandschutzabschnitt (zwei Feuerwachen) und übernimmt die Koordination an der Einsatzstelle.

DGL: Dienstgruppenleiter: Leitet eine Dienstgruppe von zehn Düsseldorfer Feuerwachen im 24-Stunden-Dienst.

DLK 23/12: Drehleiter mit Rettungskorb. Fachbezeichnung für ein Feuerwehrfahrzeug.

Flash Over: Sehr gefährliche Rauchgasdurchzündung (Feuerübersprung). Entsteht meist nach einem Schwelbrand in geschlossenen Räumen bei erneutem Sauerstoffzutritt.

FF-Logistik: Freiwillige Feuerwehr innerhalb Düsseldorfs, die unter anderem an großen Einsatzstellen die Verpflegung der Einsatzkräfte übernimmt.

Florentine: In Anlehnung an St. Florian, den Schutzpatron der Feuerwehren, ein oft genutzter Name für Handsprechfunkgeräte.

Fluchthaube: Eine Rettungshaube, die den zu bergenden Personen über den Kopf gezogen wird, um sie durch verqualmte Bereiche retten zu können.

GKTW: Großraumkrankentransportwagen. Ein Rettungsfahrzeug (hier ein Bus), speziell ausgerüstet für den Transport und die Versorgung mehrerer Menschen.

GWA: Gerätewagen Atemschutz: Sonderfahrzeug der FWU (Feuerwache Umweltschutz).

Hebekissen: Rettungsgerät. Das flache Kissen, mit Pressluft aufgeblasen, hebt tonnenschwere Lasten an, presst Gitterstäbe auseinander oder dichtet Leckagen ab.

Hoher Querschnitt: Medizinischer Begriff für eine Verletzung des Rückenmarks und der Wirbelsäule. Meist nach einem Unfall mit Gefahr der Querschnittslähmung.

Hydraulisches Aggregat: Öldruckbetriebenes Rettungsgerät, meist für die hydraulische Schere, den Spreizer und den Heber.

Intubation: Das Einführen eines Tubus (Luftschlauch) über Mund oder Nase eines Menschen, der dann darüber künstlich beatmet wird.

K6-Team: Ärzte und Krankenschwestern oder Krankenpfleger einer Spezialabteilung der Düsseldorfer Universitätsklinik, die auch als mobiles Team von der Berufsfeuerwehr zum Einsatzort gefahren werden.

KEF: Katastropheneinsatzfahrzeug, oft auch Kombi genannt: früher ein VW-Bus, heute ein Mercedes-Sprinter für umfangreiche, kleinere Einsätze.

Konnektor: Verbindungsstück zwischen Endotrachealtubus und dem Schlauch des Beatmungsgerätes.

LF: Löschgruppenfahrzeug. Hier mit der Typenbezeichnung LF 16 und LF 24.

Löschzug: Die Kombination von meist mehreren Feuerwehrfahrzeugen, die gemeinsam ausrücken.

Lüfter: Großer, fahrbarer Ventilator mit Elektro- oder Benzinmotor, zum Belüften verqualmter Treppenhäuser und Brandräume.

Lungenautomat: Anschlussteil des Pressluftatmers, wird an die Atemschutzmaske angeschlossen.

Maschinist: Fahrer eines Feuerwehrfahrzeugs mit Spezialausbildung.

NATO-Rampe: Schräge Betonfläche in den Rhein für Großfahrzeuge der NATO.

NAW: Notarztwagen.

PA: Pressluftatmer: ein Atemschutzgerät.

RTW: Rettungstransportwagen.

Saugkorb: Ein Gerät der Wasserführenden Armaturen. Der Saugkorb wird an das Ende einer Saugleitung angekuppelt, wenn aus einem offenen Gewässer Wasser angesaugt werden soll.

Schutzkorb: Ein stabiles Drahtgeflecht, das über den Saugkorb gestülpt wird. Der Schutzkorb verhindert, dass grobe Verunreinigungen beim Ansaugen von Wasser über den Saugkorb in die Pumpe geraten können.

Standrohr: Auch Hydrantenstandrohr. Wird von der Feuerwehr zur Wasserentnahme auf die sog. Unterflurhydranten des städtischen Rohrnetzes eingedreht.

Stethoskop: Medizinisches Gerät zum Abhorchen eines Patienten (z. B. Herzgeräusche, Lungenfunktion).

Strahlrohr: Das Gerät, das der Feuerwehrmann in der Hand hält, wenn er mit Wasser Feuer löscht. Mehrere Strahlrohrtypen sind inzwischen auf dem Markt. Weit verbreitet sind die älteren Mehrzweckstrahlrohre und die neueren Hohlstrahlrohre.

Toxisch: Giftig

Tubus: Hier Endotrachealtubus. Ein Kunststoffschlauch, der in die Trachea (Luftröhre) eingeführt wird, um einen Patient künstlich zu beatmen.

Ventilleine: Leine, die am Saugkorb befestigt wird. Durch Zug öffnet sich ein Ventil und das angestaute Wasser kann wieder aus der Saugleitung ablaufen.

Verteiler: Eine Wasserführende Armatur. Ermöglicht die Aufteilung einer ankommenden Leitung in drei abgehende Leitungen, die einzeln mit Ventilen zu- oder aufgedreht werden können.

Wenderohr: Strahlrohr zur Abgabe großer Wassermengen. Auf Dächern von Speziallöschfahrzeugen montiert, auch Monitor genannt. Übliche Wassermenge: 1000 oder 2000 Liter pro Minute.